Zwei zwischen den Jahren

Mila Marten
Lene Jansen

Mehr von Mila Marten:
Moments like Snowflakes & Moments like Stars

Über Mila Marten:
Mila Marten wurde an einem windigen Novembertag an der Nordseeküste geboren und lebt heute mit ihrem Mann und ihren drei Kindern im Herzen Bayerns. Nach ihrem Studium arbeitete sie viele Jahre als Freie Redakteurin. Der Traum vom eigenen Roman klopfte jedoch immer wieder an ihre Tür – so lange, bis sie ihn endlich hereinließ und zu schreiben begann. Wenn sie heute ihren Laptop öffnet, verfasst sie Geschichten, in denen die Liebe eine Hauptrolle spielt. Außerdem ist sie als selbstständige Lektorin und Korrektorin tätig, um auch anderen dabei zu helfen, Manuskripte in wundervolle Bücher zu verwandeln.
Mehr Informationen sind auf Instagram oder ihrer Webpage zu finden: www.milamarten.de

Mehr von Lene Jansen:
In Richtung Stoppelfelder

Über Lene Jansen:
Lene Jansen lebt zusammen mit ihrem Mann, ihren Kindern und dem Hund am Rande einer größeren Stadt in Westfalen. Geboren ist sie vor etwas mehr als vierzig Jahren im benachbarten Münsterland. Diese Region hat für immer einen Platz in ihrem Herzen.
Neben einer ganzen Menge Alltag, trifft sie sich gerne mit Freunden, liest Bücher, schaut Serien oder zwingt sich zum Joggen. Und egal, was sie macht, Musik läuft dabei eigentlich immer.
Lene schreibt seit ihrer Kindheit, hat sich aber lange nicht getraut, die Geschichten aus der Schublade herauszuholen und jemandem zu zeigen.
Lenes Bücher handeln vom Leben, bringen dabei aber auch immer eine ordentliche Portion Liebe mit. Es sind authentische Geschichten, romantisch, aber durchaus auch traurig und manchmal nachdenklich ... meist etwas anders und deshalb besonders.
Mehr Informationen auf www.lenejansen.com

Zwei zwischen den Jahren

Roman

Mila Marten
Lene Jansen

1. Auflage
Originalausgabe November 2023

c/o Autorenglück
Franz-Mehring-Str. 15
01237 Dresden

Umschlaggestaltung: Katja Preuß
ISBN: 9798864945452
Independently published

Maybe
we just found forever at the wrong time,
and someday
time will pull us back together again.

Anonym

Playlist

Chasing Pavements – Adele
River – Robert Downey Jr.
Last Christmas – Wham!
See You Later (Ten Years) – Jenna Raine
Kein ja/kein nein – Revelle
Sit Down Beside Me – Patrick Watson
Another Love – Tom Odell
Herz über Kopf – Joris
Christmas Time – Bryan Adams
All I Want for Christmas Is You – Mariah Carey
Hideaway – Joy Denalane
Nur beste Freunde – Philipp Dittberner & Kati K
The Scientist – Coldplay
Perfect – Ed Sheeran
Egal wie weit – Senta
Merry Christmas – Ed Sheeran & Elton John
Do They Know It's Christmas? – Band Aid
Komet – Udo Lindenberg & Apache 207

Bonustitel

Ich bin ein Döner – Tim Toupet
We Go Together – John Travolta & Olivia Newton-John

Prolog

Damals
Heiligabend 2018

Jana, 22 Jahre

Nur eine Handbreit, mehr ist es nicht.

Ein weiteres Mal strecke ich mich, stehe bereits auf den Zehenspitzen, hole jeden Zentimeter aus meinen einhundertachtundsechzig heraus. Aber trotz meiner Anstrengung und der kleinen Trittleiter, gelingt es mir nicht, der buschigen Tanne aus dem Baumarkt die rote Spitze aufzusetzen. Und wenn ich an Heiligabend nicht im Krankenhaus landen möchte, sollte ich gefälligst warten, bis ich nicht mehr allein bin.

Ich seufze grummelig und könnte fast meinen, dass das Geräusch an der gegenüberliegenden Wand abprallt und in der viel zu leisen Wohnung zu mir zurückhallt.

Stille Nacht. Definitiv zu stille Nacht.

»Alexa, spiel Weihnachtsmusik.« Auf meinen Versuch, das Problem musikalisch zu lösen, antwortet die virtuelle

Sprachassistentin mit einem »Hier ist ein Sender, der dir vielleicht gefällt. *Weihnachten* auf Amazon Music.«

Während ich die zwei Stufen von der Leiter steige, ertönen bereits die ersten Takte von *Last Christmas* aus dem Lautsprecher, und ich verdrehe die Augen.

»Nein, Alexa, stopp!«

Eben nicht *last* Christmas. Dann doch lieber Stille. Ist ja auch nicht das Schlechteste, wird nur völlig unterschätzt. Das, was sich da in mir breitmacht, im Bauch und im Kopf, ist schließlich keine Einsamkeit, keine Melancholie – sondern Besinnlichkeit. Und Besinnlichkeit ist gut. Punkt.

Weihnachten muss nicht voll Trubel sein, es muss nicht mit vielen Menschen gefeiert werden, groß und laut. Wenn ich den Heiligabend leise verbringe, dann ist das auch völlig okay. Ich darf mir mein eigenes kleines Weihnachten basteln, darf meine eigenen Traditionen finden. Muss mich nicht an die von früher klammern.

Und obwohl ich das bescheuerte Lied längst ausgeschaltet habe, obwohl ich den Tannenbaum extra nicht in Gold und Silber, sondern in Rot schmücke und alles, wirklich alles anders mache, als in den letzten einundzwanzig Jahren, treffen mich Erinnerungen mit voller Wucht. Unkontrollierbar und unsortiert.

Da sind Mama, Silke und wir Kinder beim Christbaumschmücken in dem großen Blockhaus in Österreich, in dem wir jedes Jahr gemeinsam Weihnachten gefeiert haben. Wir alle. Die Sanders und die Langers.

Ich erinnere mich an Papas Auftritt als Weihnachtsmann mit Skibrille und dem Bart aus zusammengetackerten Wattepads. An Felix' schiefe Blockflötenversion von *In der Weihnachtsbäckerei* und den hartnäckigen Ohrwurm, der tagelang davon geblieben ist. Ich fühle fast, wie Noahs Schneeball mich an meinem Hinterkopf trifft, und lächle bei dem Gedanken an das Huckelpistenrennen, das ich gegen Max gewonnen habe.

So viel lautes Lachen, so viele glückliche Momente, liebe Worte, echte Umarmungen, volle Bäuche. Irgendwo dazwischen ich … und Leon.

Kaum taucht er in meinem Kopf auf, sitze ich gedanklich neben ihm eingehüllt in ein kuscheliges Kapuzenhandtuch auf der breiten Holzbank vor dem Küchenfenster des Chalets. Es ist Weihnachten im Jahr 2001, ich bin fünf, Leon sechs Jahre alt. Unsere Haare sind noch nass von einem Badeausflug in den Whirlpool, der uns die Wartezeit bis zum Abend ein wenig vertreiben sollte. Wir frieren nicht, das prasselnde Feuer im offenen Kamin taucht den Raum in wohlige Wärme. Es riecht nach Tannengrün, Keksen und Kerzen. Gemeinsam blicken wir hinaus auf die bergige Schneelandschaft, in den Händen zwei Becher voll Kakao. Und obwohl wir das viele Weiß eigentlich großartig finden, möchte es im Moment keiner von uns sehen. Wir wollen, dass es dunkel wird, dass sich Heilignachmittag endlich in Heiligabend verwandelt und tonnenweise Geschenke bringt.

Noch jetzt, allein in meiner kleinen Wohnung, kann ich die kindliche Ungeduld spüren, dieses Kribbeln im Bauch und in den Fingern, das innere Hibbeln, das kaum auszuhalten ist.

Und als säße er wirklich neben mir, höre ich Leons Stimme, höre ihn wie damals sagen: »Mann, es dauert immer noch soooo lang bis zur Bescherung.«

»Viel, viel, viel zu lang«, erwidere ich.

»Zum Glück bist wenigstens du da.« Mit einem leisen Knack bricht er eine Ecke der Schokolade ab, die zwischen uns liegt, und gibt sie mir. »Weißt du, ich würde dich sofort gegen Noah eintauschen. So einen großen Bruder wie den braucht kein Mensch.« Augenrollend nimmt er sich ebenfalls ein Stück und spült es mit einem Schluck Kakao hinab.

Mein Blick geht Richtung Wohnzimmer, in dem Noah und mein älterer Bruder Max auf dem Sofa sitzen und eines ihrer tausend Autoquartetts spielen. *Leistung: 200 PS. Sticht.*

»Tauschen wird wahrscheinlich schwierig, aber ich habe die perfekte Idee.« Mit einem stolzen Blick stupse ich Leon in die Seite. »Du ziehst zu uns. Du wirst mein zweiter großer Bruder.«

»Das wär's.« Er lacht. Keine Sekunde später schüttelt er den Kopf. »Nee, Mist, ihr wohnt zu weit weg. Von euch aus schaff ich es niemals pünktlich zum Fußballtraining. Und Mama, Papa und Felix sind ja eigentlich voll in Ordnung.«

»Dann bleiben wir halt einfach beste Freunde.«

»Auf jeden Fall.« Er stellt seine Tasse auf die Fensterbank, leckt sich über Daumen, Zeige- und Mittelfinger, hält die drei in die Höhe und blickt mich ernst an. Ich weiß sofort, jetzt folgt ein Schwur, den keiner von uns je brechen darf. »Freunde für immer. Versprochen?«

Ich überlege keine Sekunde, wiederhole sein Ritual, schlecke mir dabei ein bisschen Schokolade von den Fingern, die sich aus Versehen dorthin verirrt haben muss, und nicke anschließend feierlich. »Versprochen.«

Wir lächeln uns an, dann wandert mein Blick noch einmal durch die Fensterscheibe nach draußen. Klettert über die zwei Schneefamilien, die wir gestern alle gemeinsam gebaut haben. Fliegt entlang der gezuckerten Tannen, die weißen Hänge hoch in den blauen Himmel und zurück zum knisternden Kaminfeuer im Wohnzimmer. Er streift unsere Eltern in der Küche bleibt kurz an dem in Gold und Silber glänzenden Tannenbaum hängen und landet wieder bei uns, bei Leon und mir. »Dann lass uns aber auch versprechen, für immer hier zusammen Weihnachten zu feiern, okay?«

Wie ich zuvor zögert Leon kein bisschen. »Versprochen«, antwortet er sofort und schnappt sich den Rest der Schokolade. Mit vollem Mund und breitem Grinsen spricht er weiter. »Wo sonst? Einen besseren Ort für Weihnachten gibt es auf der ganzen Welt nicht.«

*****

Ich schüttle den Kopf, will die Gedanken vertreiben. Sie haben hier nichts zu suchen.

Mit fünf Jahren konnte ich nicht ahnen, wie problemlos sich Schwüre brechen lassen und wie leicht man andere ebenso gute Orte für ein Weihnachtsfest finden kann.

Heute weiß ich es.

Entschlossen stecke ich die Lichterkette in die Mehrfachsteckdose und sehe den Baum in seinem tadellosen Lichterkleid vor mir aufleuchten. Als ich zeitgleich höre, wie sich ein Schlüssel in der Wohnungstür dreht, atme ich erleichtert durch. Schon im nächsten Augenblick vernehme ich die Schritte meines Freundes im Flur. Mit einem Geschenk in der Hand schaut er lächelnd um die Ecke.

Ich lächle zurück.

Wer braucht alte Erinnerungen, wenn er neue schaffen kann? Wer will ein Gestern, wenn ein Heute vollkommen reicht?

Das hier, das ist mein Weihnachten.

Und es ist perfekt so, wie es ist.

Kapitel 1

Freitag, 22. Dezember 2023

Jana

Unermüdlich prasseln Tropfen gegen die Schaufensterscheiben. Seit drei Tagen regnet es. Mittlerweile haben sich meine Ohren an das monotone Hintergrundgeräusch gewöhnt, würden den Dauerregen vielleicht nicht einmal mehr wahrnehmen, wenn nicht ab und zu ein Auto durch die gigantische Pfütze am Rinnstein preschen und damit literweise Wasser über den schmalen Gehweg bis an die Scheiben klatschen würde.

Ich seufze in mich hinein. Mit einer trägen Bewegung ziehe ich die Ärmel meines hellblauen Wollpullis bis über die Hände, verschränke die Arme vor der Brust und streiche mir über die Schultern. Allein der Blick durch die Fenster hinaus ins Nasskalt reicht, um mir erneut ein Frösteln den Rücken hinablaufen zu lassen.

Draußen ist es längst dunkel. Obwohl, eigentlich war es das den ganzen Tag. Wie so oft im Winter wurde es auch heute nicht wirklich hell. Ein 22. Dezember in Grautönen: Aschgrau, Fahlgrau, Betongrau … und inzwischen sind wir bei Anthrazit angekommen.

Die Weihnachtsbeleuchtung am Friseursalon auf der anderen Straßenseite gibt sich zwar reichlich Mühe, gegen die Tristesse anzuleuchten, gelingen will es ihr aber dennoch nicht. Die Wand aus Regen verschluckt die Hälfte des Lichts. Weihnachten wirkt bei diesem Wetter furchtbar deplatziert.

Ich wende den Blick ab, schaue hinüber zu dem kleinen Schwedenofen im Cafébereich meines Buchladens. Das Feuer ist abgebrannt, nur wenig Glut glimmt noch hinter der rußigen Scheibe. Seit die letzten Gäste um achtzehn Uhr gegangen sind, habe ich kein weiteres Holzscheit nachgelegt. Eigentlich muss das auch nicht sein. Der Ofen speichert genug Wärme für den mittelgroßen Raum. Trotzdem friere ich und wäre dankbar, wenn ich dem Dezemberwetter die gesamte Schuld dafür in die Schuhe schieben könnte. Kann ich aber leider nicht …

Mit einem weiteren Seufzen drehe ich mich weg vom Verkaufstresen hin zur Küchenzeile und atme tief ein, rieche den Duft meines Ladens, der mich stets beruhigt. Diese Mischung aus neuen und alten Büchern, Papier und Druckerschwärze, verwoben mit dem Geruch von Kaffeebohnen, Kuchen und dieser kleinen zusätzlichen Nuance. Dem Duft des Fachwerkhäuschens. Nur ganz leicht wahrzunehmen, nicht richtig greifbar, aber für immer verbunden mit meiner Großmutter, mit Erinnerungen an viele wundervolle gemeinsame Jahre. Auch jetzt, während ich Teller für Teller ihres alten Kaffeeservice aus der Spülmaschine nehme und vorsichtig über die Ornamente am weißen Rand streiche, spüre ich Oma

Lissi bei mir. Fast so, als mache sie eine kleine Stippvisite in ihrem alten Geschäft.

Sorgfältig staple ich das Geschirr in dem restaurierten Küchenschrank aus den Dreißigern, in dem es schon immer sein Zuhause hat. Am Porzellan hat sich nichts verändert, am Schrank allerdings schon. Vor drei Jahren haben wir ihn in der Scheune von Marcels Eltern restauriert. Zentimeter um Zentimeter haben wir uns mit dem Heißluftföhn durch die Lackschichten der vergangenen Jahrzehnte gekämpft, haben das Holz geschliffen und neu gestrichen. Wir waren mächtig stolz, als wir ihn anschließend in Shabby-Chic-Optik auf Rollbrettern durch zwei Seitenstraßen hierhertransportiert haben. Wir. Nicht ich, nicht er … sondern wir.

Und jetzt?

Die möglichen Antworten, die diese Frage hinter sich herzieht, sollte ich besser mitsamt den Tellern auch in dem alten Schrank verstauen, ganz tief, weit hinter den Untertassen und den Dessertschälchen.

Die Türglocke holt mich zurück ins Hier und Jetzt. Ein rascher Blick auf die Uhr zeigt, dass es bereits fünf Minuten vor sieben ist. Kurz vor Ladenschluss.

Klar, Weihnachten ist für meinen kleinen Laden das wichtigste Geschäft des Jahres. Die Tage vor dem Fest sind die umsatzstärksten. Bücher haben Hochsaison, egal, ob Romane, Kinderbücher, Ratgeber oder Gedichtbände. Und eigentlich sollte ich mich über jedes einzelne Werk freuen, das über meinen Echtholzverkaufstresen in die Hände meiner Kundschaft wandert. Trotzdem hätte ich heute Abend auf zusätzliche Kundschaft verzichten können.

Noch bevor ich ein freundliches Lächeln aufsetzen und mich umdrehen kann, höre ich mit der ins Schloss fallenden Holztür eine bekannte Frauenstimme.

»Ich glaube ja nicht, dass es für dieses Jahr noch Hoffnung auf weiße Weihnachten gibt.«

Kurz flackert der Gedanke in meinem Kopf auf, laut *Bingo* zu rufen, denn mit diesem Satz sind die Weihnachtsfloskeln für heute vollständig. Reihen sich perfekt ein zu *Also in Weihnachtsstimmung bin ich ja noch nicht* oder auch *Drei Kreuze, wenn der ganze Trubel wieder vorbei ist.*

»Hallo, Frau Lenten.« Ich nicke zur Begrüßung, während meine Kundin ihren tropfnassen Regenschirm zusammenzieht und in den Schirmständer im Eingangsbereich stellt. »Ja, schneien wird es wohl nicht mehr. Aber Regen ist schließlich auch nur Schnee in einem anderen Aggregatzustand, oder? Wie geht es Ihnen denn? Steht alles fürs große Fest?« Meine Worte ernten ein Lächeln, das mich für einen kurzen Augenblick meine Sorgen vergessen lässt.

»Guten Abend, Jana.« Frau Lenten nennt mich noch immer beim Vornamen. Sie duzt mich, seit ich meine Schultüte in ihren Klassenraum getragen habe, und hat niemals damit aufgehört. Nicht als ich achtzehn wurde, nicht als ich die Bäckerei meiner Großmutter übernommen und zu einem Café umgebaut habe, und bestimmt wird sie es auch nicht tun, wenn ich in drei Jahren dreißig werde. Das braucht sie auch nicht, zumindest solange ich sie weiter siezen darf. Frau Lenten bleibt Frau Lenten. Manche Dinge sollten sich nicht ändern.

»Selbstverständlich ist alles vorbereitet. Die Gans ist bestellt, die Zutaten für die Beilagen liegen parat und eigentlich habe ich auch die Geschenke längst besorgt. Allerdings …« Sie stockt, scheint Luft zu holen, sich eine Erklärung zurechtzulegen.

»Allerdings fehlt Ihnen noch eine Kleinigkeit?«, frage ich deshalb mit einem sanften Lächeln.

»Richtig. Es ist ein Unding, aber es ist so.« Ein Hauch Entrüstung spiegelt sich im Gesicht meiner ehemaligen Grundschullehrerin. »Jetzt hat sich doch tatsächlich meine Schwester spontan für den zweiten Weihnachtstag zum Essen angemeldet. Dabei wollte sie in die Sonne fliegen. Aber was beschwere ich mich? Ich sollte mich freuen. Lange Rede, kurzer Sinn … Ich dachte mir, so ein Buch, das geht doch immer, und Jana, die Jana weiß auch welches.«

Das versteckte Kompliment kommt bei mir an, ist wie ein kleiner Schulterklopfer, den ich gut gebrauchen kann. Und ja, Buchempfehlungen sind meine Paradedisziplin, sind sogar einer der Gründe, warum ich meine Arbeit so liebe. Mein Wissen über Bücher teilen zu dürfen, gleichzeitig einzuschätzen, wem welches Exemplar gefallen könnte, macht mir Spaß. Natürlich liege ich nicht immer richtig mit meinen Tipps, vor allem, wenn ich den Leser nicht persönlich kenne. Aber meine Quote kann sich sehen lassen.

»Ich nehme mal an, es sollte etwas Anspruchsvolleres sein. Kein Thriller, keine Biografie … Komplex, aber trotzdem irgendwie authentisch?«

Frau Lenten nickt, und ich lasse den Blick über die Regale fliegen. Keine zehn Sekunden später trete ich auf eines zu, greife nach Robert Seehalters Roman *Das Café ohne Namen* und reiche ihn meiner Kundin etwas zögerlich.

»Das wäre ein Vorschlag. Aber … aber ich glaube …« Mein Finger gleitet über die Buchrücken im Regal. Weil ich weiß, dass es nicht die ideale Empfehlung war, dass dort etwas anderes steht, was besser passt. Meine Augen wandern über die Buchstaben, bleiben an einem Titel hängen und ich spüre ein inneres Nicken. »Das hier wäre um einiges besser.«

In dem Augenblick, in dem ich Juli Zehs Buch *Über Menschen* aus dem Regal ziehe, geht die Türklingel erneut und jemand betritt den Laden mit einem lautstarken »Was ein verdammtes Kackwetter!«. Franzi.

Sofort erntet sie einen tadelnden Blick von unserer Grundschullehrerin. »Guten Abend, Franziska.« Siehe da. Frau Lenten kann es noch immer. Mit dem strengen Unterton in ihrer Stimme schafft sie es, selbst bei einer freundlichen Begrüßung zurechtzuweisen. Erstaunlich.

Ich sehe zu Franzi, die sich ein Grinsen verkneifen muss.

»Hallo, Frau Lenten«, grüßt sie höflich. »Ich hatte Sie gar nicht bemerkt und will auch nicht weiter stören.« Sie duckt sich weg, hält weder dem Blick noch dem Unterton stand, hat es früher nicht geschafft und schafft es auch heute mit ihren achtundzwanzig Jahren nicht. Und das, obwohl sie mittlerweile selbst Grundschullehrerin ist. Oder wer weiß, vielleicht gerade deswegen nicht.

Zielstrebig geht sie auf den Tisch mit den Weihnachtsromanen zu und gibt vor, extrem vertieft in einen der Klappentexte zu sein.

Glücklicherweise entscheidet Frau Lenten sich schnell für Juli Zehs Buch. Ich reiche es ihr, lege ein Lesezeichen obendrauf und wünsche viel Spaß beim Verschenken. Gemeinsam gehen wir die paar Schritte zur Ladentür, wo sie ihren Schirm aus dem Ständer nimmt und sich mit einem »Frohe Weihnachten euch beiden« verabschiedet.

»Ebenso. Frohes Fest und liebe Grüße an die Familie.«

Fast simultan kommt ein ähnlicher Satz von Franzi, dann fällt die weiße Holztür scheppernd ins Schloss. Ich verschließe sie sofort und atme tief durch. Endlich Feierabend. Wieder einen Tag geschafft.

Ich trete zu Franzi, schaue über ihre Schulter auf das Buch, das sie in der Hand hält, und muss schmunzeln. »Na, bist du interessiert an *Vierundzwanzig Türchen für die Liebe*?«

»Aber dermaßen, schon der Titel spricht mich extrem an.« Augenrollend wirft sie das Buch zurück auf den Stapel.

»Spiegel-Bestsellerliste Platz zwei«, antworte ich, während ich den Stapel geraderücke und an der Tischkante ausrichte.

»Aha. Und was ist auf Platz eins? *Küsse an Heißwurst mit Kartoffelsalat*? Die Gay-Romance *Vier Nüsse – Kein Aschenbrödel*? Oder die spannende Dreiecksgeschichte *Naughty or Nice – Entscheidung unterm Weihnachtsbaum*?« Sie prustet los, ich lache.

Kurz.

Dann kommt das Wort Dreiecksgeschichte in dem Teil meines Gehirns an, in dem es sich mit meinem Freund … Exfreund … Noch-Freund … verknüpft, und mein Lachen verstummt.

Im Laden wird es still, einzig Bryan Adams Stimme ist leise zu hören. Feierlich singt er von der *Christmas Time*. Am liebsten würde ich die Weihnachtsplaylist, die seit Wochen als Hintergrundmusik durch den Verkaufsraum dudelt, aus dem Fenster schmeißen. Raus ins kalte Nass, wo auch sie vom Regen verschluckt würde.

»Au, sorry …« Franzi verzieht zerknirscht das Gesicht.

Ich zucke mit den Schultern. Möchte meiner besten Freundin damit eigentlich sagen, dass es schon okay ist, dass sie sich keinen Kopf zu machen braucht. Nur leider ist die Geste so kraftlos, dass sie vermutlich einfach nur verloren wirkt … Wie ich.

Franzi streicht mir über den Oberarm. »So ein Arschloch, der Typ. Echt! Ich könnte mich immer noch dermaßen aufregen.«

»Ist schon gut.« Ich winke ab, will nicht daran denken, erst recht nicht darüber sprechen. »Warum bist du überhaupt hier?«, frage ich, könnte nicht auffälliger das Thema wechseln.

In Franzis Blick liegt Sorge, wie so oft in letzter Zeit. »Ich wollte nur kurz sehen, wie es dir geht. Und …« Sie zögert. »Ich wollte dich fragen, ob du nachher zur Karaokenacht ins Rockys gehen möchtest. Zur Ablenkung?«

Ich atme tief ein und wieder aus. Klar, heute ist der Freitag vor Weihnachten. Der Tag, an dem sich jedes Jahr aufs Neue gefühlt die Hälfte der Stadt im Rockys trifft, sich entweder ans Mikro stellt und seine Gesangskünste zum Besten gibt oder denjenigen, die auf der Bühne stehen, zujubelt. Sonst bin ich immer dabei. Singend und jubilierend. Aber dieses Jahr … dieses Jahr nicht.

Und obwohl ich mir eben noch vorgenommen habe, nicht an den Grund dafür zu denken, schiebt er sich jetzt doch in den Vordergrund, bleibt nicht stillschweigend hinter Dessertschälchen und Eierbechern liegen.

Zwei Wochen ist es her. Am Freitag vor zwei Wochen ist meine heile, bestens strukturierte Welt ins Wanken geraten und hat seither nicht mehr damit aufgehört. Der Auslöser nicht mehr als ein Kuss. Ein einziger bescheuerter Kuss auf der berühmt-berüchtigten Weihnachtsfeier der Sparkasse. Ein Kuss nach zu viel Alkohol, versteckt hinter einem Vorhang in der letzten Ecke des Raumes. Ein Kuss, der angeblich nichts zu bedeuten hatte, aber es nun mal tut. Weil er nicht zwischen mir und Marcel stattgefunden hat, so wie tausende Küsse zuvor. Nein, dieses eine Mal hat Marcel nicht mich geküsst, sondern seine Kollegin … und hat damit so vieles verändert.

»Du möchtest lieber nicht, oder?«, fragt Franzi vorsichtig, ahnt meine Antwort offensichtlich schon.

Ich senke den Blick. »Vielleicht kommt Marcel auch und … Wir haben das Thema noch nicht mal ansatzweise durch. Wie auch? Außerdem, stell dir vor, *sie* taucht auf oder irgendwer sonst von dieser bekloppten Weihnachtsfeier. Am Ende tuscheln alle über mich oder werfen mir mitleidige Blicke zu. Nein, danke.«

Franzi legt mir eine Hand auf die Schulter. »Das wäre nicht so, da bin ich mir sicher. Es weiß kaum jemand davon. Wäre Lea nicht völlig angetüdelt hinter dem Vorhang auf die Suche nach ihrer Handtasche gegangen, vermutlich hätte es nie jemand mitbekommen.« Sie stockt, als würden ihre eigenen Worte sie erschrecken, und hebt entschuldigend beide Hände in die Luft. »Was es natürlich nicht besser macht. Überhaupt nicht, kein Stück.«

Ich nicke nur abwesend, bin zu abgelenkt von ihren Worten.

Vermutlich hätte es nie jemand mitbekommen.

Mein Hirn drückt Repeat, wiederholt den Satz. Langsam und deutlich. Einmal und noch einmal.

Ja, vielleicht wäre das die bessere Variante gewesen. Vielleicht wäre es einfacher, wenn es keiner gesehen hätte. Denn im Endeffekt hat nicht der Kuss meine Zukunftspläne zerstört, sondern der Moment, in dem ich von ihm erfahren habe. Wüsste ich nichts davon, müsste ich jetzt keine Konsequenzen ziehen, sondern könnte mein Leben so weiterleben, wie ich es mir vorgestellt habe.

O Gott, denke ich das ernsthaft? Ich schüttle den Kopf über mich selbst und auch, um die erbärmlichen, regelrecht erschreckenden Gedanken daraus zu vertreiben.

»Irgendwie bin ich mir nicht sicher, ob Lea es nach dem ein oder anderen Glühwein nicht doch weitererzählt hat«, erwidere ich, meine Stimme brüchig.

Franzi nickt betreten. »Ja, da magst du recht haben.«

Ich lehne mich mit der Hüfte an den Verkaufstresen, stütze mich, weil ich so müde bin. Nicht von dem Tag, nicht vom Vorweihnachtsstress, sondern von all dem inneren Durcheinander. »Wie auch immer, ich … ich glaub, ich will mich heute einfach nur noch verkriechen.« Keinen sehen, keinen hören, keinen ignorieren müssen. »Ein weiteres aufgesetztes Lächeln bekomme ich nicht mehr hin. Der Vorrat ist aufgebraucht. Sorry.« Ich zucke mit den Schultern, so hilflos und ausgelaugt, wie ich mich fühle.

»Kein Problem. Dafür brauchst du dich wirklich nicht zu entschuldigen.« Noch einmal streicht Franzi mir mit der Hand über den Arm. »Ich verkrieche mich mit dir. Wir verbuddeln uns auf meiner Couch unter Decken, Kissen und Desperadosflaschen. Kommst du rum? Gegen halb neun?«

Ich nicke. In Franzis Blick liegt so viel Wärme, dass ich gar nicht anders kann, als ihr Angebot anzunehmen. Außerdem lässt alleine verkriechen zu viel Platz für Gedanken, das habe ich die letzten Tage schmerzhaft lernen müssen. Ein Beste-Freundinnen-Abend klingt nach einer besseren Idee.

»Gut«, sagt Franzi erleichtert. »Dann bestellen wir Pizza und streamen was. Ich freu mich auf dich.«

»Klingt nach einem Plan.« Ich halte kurz inne. »Danke, Franzi.«

»Wofür? Dafür, dass ich mir deinetwegen keine drittklassigen Performances in einer Kneipe ansehen muss, die noch immer nach Rauch stinkt? Dass den Eltern meiner 2b mein Anblick erspart bleibt, wenn ich betrunken J.Lo interpretiere? Bitte sehr, gern geschehen!« Sie zwinkert, und meine Schultern entspannen sich ein wenig.

»Doch, genau dafür«, antworte ich und spüre, wie ein Funke guter Laune aufglimmt. Er wird es nicht schaffen gegen all das Grau und das Anthrazit, aber es tut trotzdem gut, dass er da ist. »Und nächstes Jahr singen wir wieder *Jenny From The Block*, versprochen.«

Franzi lacht, dann verabschiedet sie sich.

Ich gehe noch einmal durch die Reihen, schiebe hier einen Buchrücken zurück, richte dort einen Stapel aus. Ziehe einen der Cafétische um ein paar Zentimeter in den

Raum, rücke den silbernen Kerzenleuchter und die weiße Amaryllis, die darauf stehen, ein wenig zurecht.

Mit einem Tippen auf mein Handy stoppe ich die Playlist und lasse meinen Kontrollblick ein letztes Mal über Verkaufstresen, Kaffeemaschine, Kuchenvitrine und Kerzendeko fliegen. Dann nehme ich meine Daunenjacke von der Garderobe, schalte das Licht aus und verlasse für heute meinen Laden.

Kaum habe ich die Tür hinter mir geschlossen, ziehe ich mir die Kapuze tief ins Gesicht und mache mich im strömenden Regen auf den Weg durch die Stadt. Vorbei am Marktplatz mit der großen Tanne, die wie jedes Jahr weihnachtlich geschmückt und beleuchtet ist. Vorbei an den Holzhütten, die auch am vierten Adventswochenende auf einen Glühwein und eine Bratwurst einladen werden. Vorbei an der Kirche, die sich schon auf den alljährlichen Besucheransturm vorbereitet.

Alles ist wie immer, wie in jedem Dezember, nur bei mir ist alles anders. Und das wird es leider auch an Heiligabend sein. Mal wieder.

Kapitel 2

Freitag, 22. Dezember 2023

Leon

Ein schielender Elch blickt mir entgegen.

Gut, genau genommen ist es nur ein Gesicht. Ein hellbraunes Elchgesicht mit einem Zahnlückenlächeln, winzigen Ohren und einem Geweih, von dem bunte Lichterketten hängen. Gedruckt auf einen rot-grün gestreiften, mit unzähligen Schneeflocken übersäten Weihnachtspullover. Definitiv der hässlichste, den ich je in den Händen gehalten habe und den ich noch dazu in meinen Koffer legen muss. Schlimmer sogar, ich muss ihn tragen. Ausgerechnet bei einer Kneipentour durch München. Vor Menschen. Vielleicht sogar welchen, die mich noch von früher kennen. Noahs Trauzeuge Alex hat echt die besten Ideen.

Schon vor Wochen hat er jeden in unserer Junggesellenabschiedsgruppe damit beauftragt, sich mit einem Pullover auszustatten, den er ausgesucht hat. Mit dem jeder einzelne von uns, wie er meinte, einen der vorderen

Plätze bei einem Ugly-Sweater-Wettbewerb belegen würde. Wahrscheinlich lehne ich mich nicht allzu weit aus dem Fenster, wenn ich behaupte, meine Chancen auf den Gesamtsieg stehen nicht schlecht.

Ehrlich, ich möchte nicht wissen, wie viele Spaßvögel es morgen Abend wahnsinnig witzig finden werden, meinem Elch in seine angenähte Bommelnase zu kneifen oder mir den glitzernden Schriftzug *Go Jesus, it's your birthday* im Beatbox-Style vorzusingen, der über ihm prangt. Und einfach extrem penetrantes Ohrwurm-Material ist.

Ich spreche aus Erfahrung.

Go Je- ... Nein, Hirn, shut up!

Stöhnend wende ich mich meinem Koffer zu, der aufgeschlagen auf dem Bett liegt und in dem bereits T-Shirts, Socken und ein beiger Wollpullover darauf warten, mich auf meinen Wochenendtrip nach Deutschland zu begleiten. Ich schmeiße den Elch dazu und könnte mir fast einbilden, er hätte mir einen vorwurfsvollen Blick zugeworfen, weil ich so schlecht über ihn und seinen Kumpel, den Pulli, denke. Es könnte aber auch gut sein, dass mir Weihnachten einfach zu Kopf steigt – wie jedes Jahr.

Ich packe schließlich nicht ohne Grund stets um diese Zeit, an den Tagen vor dem Fest, meinen Koffer. Nur normalerweise packe ich ihn nicht wie jetzt mit dicken Socken, Handschuhen und langer Hose, sondern immer nur mit Flipflops und Sonnencreme. Nie, um nach Hause zu fliegen, immer nur, um ans andere Ende der Welt zu reisen. Um Regen gegen Sonne einzutauschen, Schnee gegen Meer. Einsamkeit gegen Ablenkung. Raclette unterm Tannenbaum gegen Street Food in Yaowarat, Skifahren im Salzburger Land gegen Klippenspringen in die Andamanensee. Sinnliche Bescherung gegen Party am Strand. Egal wo. Hauptsache, weit weg.

Aber dieses Jahr ist alles anders. Anstatt in einen Flieger Richtung Wärme zu steigen, werde ich zwischen London und München pendeln. Zwischen Noahs Junggesellenabschied und seiner Silvesterhochzeit eine Woche später, zwischen Regen und noch mehr Regen, zwischen *Silent Night* und *Stille Nacht*, *Last Christmas* und … *Last Christmas*.

Seufzend fahre ich mir durchs Haar, blicke dann auf die Uhr. Ich bin spät dran, war zu lang im Büro, konnte mich nicht von meinen Entwürfen loseisen. Muss mich daher jetzt beeilen, nach Heathrow zu kommen. Noch den Kulturbeutel, einen weiteren Pulli – einen unifarbenen in Beige, einen, der tragbar ist – und die Ersatzjeans in den Koffer, danach die Geschenke für meine Eltern. Die Schwarzteemischung von Harrods für Mama, die Flasche Aberlour Whiskey für Papa. Wie immer fahren die beiden über die Festtage nach Österreich. Wenigstens schaffe ich es noch, sie morgen Mittag kurz vor ihrer Abreise zu besuchen.

Ein letzter Kontrollblick über mein Bett bleibt an meinem Ladekabel auf dem Nachttisch hängen. Ich greife danach und stopfe es in eine der blickdichten Innentaschen im Zwischendeckel meines Koffers. Dabei stoßen meine Finger gegen etwas. Sofort ziehe ich meine Hand zurück. Ruckartig. Schnell. Im selben Atemzug klappe ich den Koffer zu, verschließe den Reißverschluss. Und mit ihm jegliche Gedanken, die dieses Etwas auslösen könnte. Sie führen zu nichts. Sollten dringend raus aus dem Innenfach, hängen da schon viel zu lange rum. Als würden sie auf etwas warten, was niemals eintreten wird. Doch um sie zu entsorgen, müsste ich mich mit ihnen auseinandersetzen, und bevor ich das tue, verreise ich lieber.

Ich hebe den Koffer vom Bett, rolle ihn hinaus in den Flur und mache beim Vorbeigehen mein Licht aus. Auch das in Matts Zimmer brennt noch. Wie so oft hat er vergessen, es auszuschalten. Auf seinem Fußboden stapelt sich Wäsche. In der Ecke neben dem Regal lugt der 3D-Druck eines Hydraulikventils hervor, an dessen Effizienz wir derzeit feilen und das seinen Platz eigentlich in der eigens angefertigten wattierten Box haben sollte, anstatt halb verdeckt unter Laufschuhen und einer Jogginghose. Ich bahne mir einen Weg durch die verstreuten Klamotten, lege das Ventil, unser Karrieresprungbrett, behutsam, aber demonstrativ auf den Schreibtisch und schließe dann besser schnell die Tür. Matt ist ohne Zweifel der unordentlichste Mensch, den ich kenne, doch gleichzeitig der beste Mitbewohner und Arbeitskollege diesseits der Themse. Und jenseits sowieso.

Küche und Wohnzimmer liegen bereits im Dunkeln, daher steuere ich direkt die Garderobe an und nehme meine wärmste Jacke vom Kleiderbügel. Das schmuddelige Dezemberwetter verlangt danach. Eben, auf dem Rückweg vom Büro, hat mir der Wind den Regen regelrecht ins Gesicht gepeitscht. Unzählige fiese feine Eispickelstiche, die mich ein weiteres Mal daran erinnert haben, dass Asien um diese Jahreszeit eben doch eine gute Idee ist.

Während ich in meine Jacke schlüpfe, vibriert mein Handy auf der Schuhkommode vor mir. Weiß auf schwarz leuchtet mir der Name meines kleinen Bruders vom Display entgegen.

Ich tippe auf den grünen Hörer, dann auf den Lautsprecher-Button. »Felix. Hi.«

»Hey, bist du schon am Flughafen?«, begrüßt er mich über das Geräusch eines Kaffee zermahlenden Vollautomaten hinweg.

»So gut wie.«

»Also bist du noch in deiner Wohnung.« Er lacht, klimpert mit Geschirr, bereitet sich offensichtlich einen seiner heißgeliebten Latte macchiato zu.

»Quatsch. Ich sitze quasi schon im Flugzeug«, erwidere ich, erwarte ein weiteres Lachen, doch höre nur das Zischen des Milchaufschäumers und, wenn mich nicht alles täuscht, ein gemurmeltes »Hoffentlich«.

Aber Felix hat so leise gesprochen, vielleicht habe ich mich auch verhört. Denn Sinn gibt diese Antwort nicht. Oder meint er, es bestünde die Möglichkeit, dass ich nicht käme? Zum Junggesellenabschied unseres großen Bruders? Niemals würde ich mir den entgehen lassen. Es mag Zeiten gegeben haben, in denen ich meine Prioritäten anders gesetzt habe, als es meine Familie tun würde, doch für die wirklich wichtigen Dinge war ich stets da. Papas Fünfundfünfzigster, Noahs Examensfeier, Omas Beerdigung … Hat Felix das vergessen? Weiß er nicht mehr, dass ich immer wieder extra gekommen bin? Aber ich verstehe schon, wahrscheinlich erinnert er sich nur daran, dass ich trotzdem nie geblieben bin.

Er trinkt von seinem Kaffee, ich höre deutlich, wie er ihn hinunterschluckt. »Ich hole dich also wie abgemacht kurz vor zehn am Flughafen ab«, fährt er dann fort, spricht wieder in seiner gewohnt locker-lässigen Art, zu der unterschwelliges Gemurmel so gar nicht passen mag. Vielleicht habe ich mich doch verhört. »Und dann düsen wir direkt nach Giesing, okay? Das Meyers hat einen neuen Barkeeper. Ich sag dir: superhot. Er hat mir letzten Freitag einen Mai Tai ausgegeben. Nur ich war blöderweise mit einem Date aus dem Gym unterwegs. Der Typ hatte Oberarme wie The Rock, sah aus, als könnte er die Welt retten, aber hat den ganzen Abend bloß was von transzendenter Spiritualität gefaselt. Völlig losgelöst und so. Ich bin trotzdem noch mit zu ihm und hab mich mit ihm … freigetanzt, so ist es nicht.«

»Verstehe.« Lachend steige ich in meine Schuhe und binde mir meine Schnürsenkel, kann mir Felix' schelmisches Grinsen, das er im Moment sicher aufsetzt, bildlich vorstellen. Dazu die Augenbrauen, die er vorwitzig spielen lässt.

»Jedenfalls«, erzählt er weiter, »ich konnte mich nicht gebührend bei ihm bedanken.«

»Bei wem? Dem Barkeeper oder dem Freitänzer?«

»Na, beim Barkeeper natürlich. Bei Dwayne hab ich mich ausführlich und jenseits allem Weltlichen bedankt, das glaubst du aber.« Erneut könnte Felix' Grinsen nicht frecher durch die Telefonleitung klingen. Er und seine Männergeschichten – immer wieder äußerst unterhaltsam. »Ich muss das also heute unbedingt nachholen. Deswegen sieh zu, dass du dich herbewegst, damit wir ins Meyers kommen und ich zu einer hoffentlich von Dankbarkeit erfüllten Nacht.« Wieder das Grinsen, ich weiß es und kann es nur erwidern.

»Alles klar.« Ich stecke mir meine Kopfhörer ins Ohr und das Handy in die Hosentasche. Dann schalte ich das Licht aus, ziehe den Koffer durch die Tür und diese hinter mir ins Schloss, sperre ab. »Bin unterwegs.«

»Gut, ich hüpf noch schnell unter die Dusche. Muss mich unbedingt rasieren, also … nicht im Gesicht, wenn du verstehst …«

»Alter«, gebe ich stöhnend zurück, während ich den Koffer die Treppe hinab ins Erdgeschoss trage. »Viel zu viele Informationen.«

»Wieso? War auch nicht mehr als bisher.«

»Und insgesamt ist das Maß damit voll.«

»Apropos Maß«, wechselt Felix ohne Umschweife das Thema. »Hier laufen schon die Wetten, wie viele du als Zugereister noch verträgst. Ich habe auf drei getippt und verlass mich auf dich.«

Drei Maß? Niemals.

Der Straßenlärm, der mich vor der Haustür empfängt, verschluckt das Prusten, das ich auf diese Annahme einzig erwidern kann. Die Zeiten, in denen ich mich so zugeschüttet habe, sind vorbei. Erst recht die, in denen ich mir die Mengen, die ich abends konsumiert habe, nachts noch einmal durch den Kopf habe gehen lassen. Oder die, in denen mich der Alkohol dazu gebracht hat, Telefonate zu führen, die ich nicht hätte führen sollen. Und dabei Dinge anzusprechen, die besser im Verborgenen geblieben wären.

»Wehe, du lässt mich im Stich«, redet Felix weiter. »Der Wetteinsatz ist unverschämt hoch. Und du weißt, ich bin nur ein armer Student. Ach, und nicht, dass du es vergisst: Mama und Papa erwarten uns morgen zum Mittagessen.

Du solltest da echt hingehen.« Wieder wechselt er von jetzt auf gleich das Thema. Doch diesmal komme ich nicht so schnell mit, diesmal muss ich erst durchatmen und meine Gedanken dahin zurückschicken, wo sie hingehören. Weit weg. In das Innenfach des Koffers, wenn schon nicht ans andere Ende der Welt.

»Natürlich gehe ich hin«, entgegne ich, meine Stimme belegt. Vielleicht hängt sie noch beim alten Thema fest. Vielleicht versteht sie aber auch nicht, wieso mein kleiner Bruder erneut durchscheinen lässt, dass ich mich womöglich nicht an eine Abmachung halte.

Wie viele Jahre müssen vergehen, bis so nicht mehr von mir gedacht wird?

»Ich wollte nur auf Nummer sichergehen«, verteidigt Felix sich. »Aber dann ist ja gut. Sie freuen sich echt auf dich.« Er klingt entschuldigend. Offensichtlich hat er den Unterton in meiner Stimme gehört. Bestimmt den genervten. Auch den verletzten?

Ich verscheuche den Ton, indem ich mich räuspere, und füge ein entgegenkommendes »Okay. Schön« an, das ich ernst meine. Wirklich. Ich will keine unangenehme, von falschen Vermutungen belastete Stimmung zwischen uns. Doch irgendwie steckt mir das belegte Gefühl weiterhin im Hals.

»Mama macht extra dein Lieblingsessen«, sagt Felix, möglicherweise immer noch einlenkend.

Steak? »Lecker.«

»Schweinebraten. Voll gut, oder?«

Die Sirene eines Krankenwagens, der im Moment an mir vorbeirast und Pfützenwasser in alle Richtungen spritzt, erspart mir eine Antwort. Das durchdringende

Heulen würde meine Stimme verschlucken. Und ehrlich gesagt, weiß ich gar nicht, was ich erwidern soll. Wahrscheinlich würde es doch eh nichts bringen, Felix darauf hinzuweisen, dass er scheinbar ein weiteres Mal etwas vergessen hat. Dass er falschliegt. Nicht nur er, auch meine Mutter … Ich esse keinen Braten, habe schon als Kind mein Fleischstück immer gegen Noahs Kloß getauscht. Mama verwechselt mich. Aber klar, bei drei Söhnen kann man schon mal den Überblick verlieren.

Ich atme tief ein und stelle den Kragen meiner Jacke auf, schütze mich gegen den Wind, der weiterhin eiskalt um die Häuser fegt. Und das Scheißgefühl in mir spätestens an der nächsten Straßenecke hoffentlich einfach wegpustet.

»Also, Punkt zwölf morgen«, nimmt Felix das Gespräch wieder auf, kaum hat sich die Geräuschkulisse um mich herum gelegt. »Kann aber gut sein, dass ich kurzfristig absage. Zumindest, falls der Barkeeper auf die Idee kommen sollte, mir ein Mittagessen servieren zu wollen. Oder du weißt … Dessert …« Er grinst, ich höre förmlich sein Augenzwinkern, doch schaffe es diesmal partout nicht, mit einzusteigen. »Ich muss schließlich Prioritäten setzen«, fügt er leichthin an. »Und Mama nimmt mir das nicht übel. Sicherlich plant sie mich an einem Samstagmittag eh nicht mit ein. Sie kennt mich schließlich gut genug.« Er lacht, ich nicht.

Mein Hals schnürt sich endgültig zu.

Da hilft auch kein Räuspern und erst recht kein Wind.

Kapitel 3

Damals
Heiligabend 2013

Jana, 17 Jahre

Endlich bin ich hier.

Mit der Reisetasche über der Schulter betrete ich das Chalet. Nachdem ich meine Schneestiefel auf den Fliesen hinter der Eingangstür ausgezogen und sie zum Abtropfen auf die Gummimatte gestellt habe, gehe ich durch den geräumigen hellen Wohnraum mit den zwei großen beigen Sofas, den zwei breiten Sesseln und dem Natursteinkamin, der garantiert spätestens in einer Stunde brennen wird.

Ich atme tief ein. Es riecht nach Holz, nach Tannengrün, nach Urlaub und nach Erinnerungen.

Der Ausblick durch die großen Sprossenfenster ist wie immer atemberaubend. Bis zum Horizont erstreckt sich die weiße Winterlandschaft. Die schneeüberzogenen Berge erheben sich majestätisch und glitzern in der Mittagssonne, die vom wolkenlosen Himmel strahlt. Kaiserwetter.

Ein paar der Gondelbahnen und Skilifte, die ich vom Wohnzimmer aus erkennen kann, fahren selbst heute an Heiligabend noch. Doch vor dem zweiten Weihnachtsfeiertag werden wir sicher nicht auf die Bretter steigen. Morgen ist die alljährliche Schneeschuhwanderung angesagt.

Mein Blick fällt auf die Tannen direkt neben der Veranda, die ebenfalls mit einer dicken Schneeschicht bedeckt sind. Einige Äste scheinen unter ihr fast zu kollabieren. Ein passender Schneeballwurf in den nächsten Tagen und irgendwer von uns wird eine ordentliche Schneedusche abbekommen.

Ich seufze lächelnd. Es ist so schön. Das Haus, die Umgebung, alles … Niemals würde ich Weihnachten woanders feiern wollen.

Dann drehe ich mich um, durchquere mit ein paar Schritten die offene Küche mit dem großen massiven Holztisch. Auf der Eckbank daneben haben wir Kinder jahrelang problemlos zu fünft nebeneinander Platz gefunden. Wenn Noah dieses Jahr allerdings weiter so trainiert hat, wird es zu eng und er muss mit seinem breiten Kreuz auf einen der Stühle ausweichen.

Im Laufschritt nehme ich die hölzerne Treppe ins Obergeschoss. Schon bevor ich die fünfte Stufe betrete, weiß ich, dass sie knarzen wird.

Die Türen zum Schlafzimmer meiner Eltern und dem von Silke und Stefan stehen offen. Die Zimmeraufteilung hat sich nie geändert. Dabei bin ich mittlerweile echt neidisch auf den geräumigen Balkon, den die beiden Räume in der ersten Etage besitzen. Trotzdem gehe ich voller Vorfreude die steile Treppe ein Stockwerk höher nach oben ins Dachgeschoss. Rechts geht es zum Vierbettzimmer, in dem wir Kinder jahrelang zusammen geschlafen haben. Dann als Felix dazukam, haben wir kurzerhand eine Matratze auf den Boden gelegt. Erst seit vier Weihnachten biege ich links ab, in die Abstellkammer, wie die Jungs sie liebevoll nennen. Und ja, mehr ist es nicht. Ein klitzekleiner Raum mit einem schmalen Bett direkt unter einem winzigen Fenster. Aber ich liebe meinen Mädchenflügel, mein eigenes kleines Reich.

Leicht außer Atem stelle ich die Tasche in der Ecke auf den Boden aus Eichendielen, der damit fast komplett gefüllt ist, und lasse mich aufs Bett fallen. Mit der Hand streiche ich über die weiße glatte Bettwäsche und grinse. Alles ist wie immer … und das ist gut so. Ich bin kaum fünf Minuten hier und schon voll und ganz angekommen.

Wie kann sich diese Blockhütte so sehr wie ein zweites Zuhause anfühlen?

Unten rumpeln meine Eltern und mein Bruder, haben offensichtlich begonnen, unser Auto leerzuräumen und die Koffer und Boxen voll Proviant ins Haus zu tragen. Bevor ich ihnen helfe, schnappe ich mir mein Handy und tippe eine Nachricht.

Erste! Wo bleibt ihr Schnarch-
nasen denn?

Ich freue mich auf diesen Urlaub schon seit Wochen. Den ganzen Dezember habe ich ihm entgegengefiebert. Aufs

Skifahren, auf Weihnachten, auf Silvester … aber noch ein wenig mehr auf ihn.

Mein Handy vibriert, und mein Herz legt einen Gang zu. Wie immer, wenn mich eine Nachricht von ihm erreicht. Wie jedes einzelne Mal im vergangenen Jahr, wenn er mir geschrieben hat.

Frag nicht. Unfassbar! Ehrlich. Noah kriecht den Berg im ersten Gang hoch. Safety First. Ich weiß echt nicht, warum er mir einen Anfängersticker aufs Auto kleben will. Der könnte selbst drei davon gebrauchen.

Mein Kopf erstellt direkt eine Audiospur der Nachricht. Ich kann Leons Stimme hören. Wie er sich aufregt. Sehe, wie er dabei die Augen verdreht. Wir kennen uns nach all der Zeit so gut, und das, obwohl wir uns bis auf Weihnachten nur hin und wieder zu runden Geburtstagen oder anderen großen Feiern sehen. Für regelmäßige Treffen wohnen unsere Familien zu weit auseinander. Immerhin mehr als zwei Stunden.

»Jana, kannst du deinen Hintern mal runter bewegen? Ich schlepp den ganzen Rotz doch nicht allein.« Max' Stimme schallt lautstark durch das Ferienhaus, und ich hoffe, dass sie genervter klingt, als sie ist.

»Schon unterwegs.« Ich springe auf, nehme die Treppe im Eiltempo, ohne genau hinzusehen. Jeder Schritt sitzt.

Unten angekommen lächelt meine Mutter mir entgegen. Auch sie ist froh, wieder hier zu sein. »Wenn du willst, dann räum doch die Lebensmittel aus.«

Nickend greife ich mir die Kühltasche und sortiere Eier, Milch, Käse und Joghurt in den großen silbernen Doppelkühlschrank.

»Ach, und mach bitte Eiswürfel. Hoffentlich werden die bis heute Abend noch fest«, ruft meine Mutter mir zu, als sie mit den beiden Raclettegrills im Arm von draußen zurückkommt.

Ich öffne das Gefrierfach und sehe vier gefüllte, durchgefrorene Eiswürfelbehälter. »Keine Sorge, Ma. Für Eiswürfel ist gesorgt, die kennen dich hier.«

Meine Eltern buchen seit mittlerweile siebenundzwanzig Jahren zusammen mit ihren damaligen Kommilitonen dasselbe Haus im selben Feriendorf. Damals, um sich nach dem Studium nicht aus den Augen zu verlieren, heute – weil wir alle an diesen Tagen einfach zueinandergehören. Und nach mehr als einem Vierteljahrhundert weiß selbst das Besitzer-Ehepaar, dass Mama und Silke an Heiligabend Baileys on the Rocks trinken.

Nachdem die Kühltasche leer ist, kümmere ich mich um die anderen Lebensmittel. Als ich gerade dabei bin, sieben Packungen Penne und fünf Gläser Tomatensauce im Schrank zu verstauen, dringen das Motorengeräusch eines Autos und das Knatschen zusammengedrückten Schnees von der Auffahrt zu mir in die Küche.

Sie sind da.

Ich lasse die Vorräte Vorräte sein und eile die zwei Schritte zum Fenster.

In Zeitlupe versucht Noah den blau-weißen VW Bulli der Sanders neben unserem Audi einzuparken. Stefan, sein Vater, hockt wild gestikulierend auf dem Beifahrersitz. Ich weiß nicht, wer von beiden gestresster wirkt.

Unmittelbar nachdem der Motor verstummt, öffnet sich die Schiebetür. Zuerst steigt Felix aus, gähnt und streckt sich. Wahnsinn, wie er sich über das vergangene Jahr verändert hat. Er ist jetzt vierzehn und längst nicht mehr so schlaksig wie letztes Weihnachten. Offensichtlich treibt er eine ganze Menge Sport und wirkt dadurch noch einmal mehr, wie die kleine Ausgabe von Noah. Seine Haare trägt er schulterlang, und selbst aus der Entfernung frage ich mich, wann sie zum letzten Mal eine Bürste gesehen haben.

Als Nächstes klettert Silke aus dem Wagen, drückt ihrem jüngsten Sohn einen Rucksack in die Hand und dirigiert ihn zum Kofferraum, der bestimmt so voll ist, wie unserer es war.

Mein Blick fällt zurück auf die Schiebetür, in der eine weitere Person erscheint.

Leon.

Endlich.

Meine Hand fährt an meinen Bauch, will halten, was auch immer darin einen Hüpfer macht.

Leon streicht sich durch die kurzen dunkelblonden Haare, setzt sich sein schwarzes Baseballcap auf, das perfekt zu seinem schwarzen Hoodie passt, und blickt in Richtung des Hauses. In meine Richtung. Doch er sieht mich nicht.

Während sich auf meinen Armen allein bei der Vorstellung, länger als zwei Sekunden ohne Jacke draußen in der klirrenden Kälte zu sein, eine Gänsehaut ausbreitet, steht er einfach nur da und schaut. Etwas an ihm, an seinem Gesichtsausdruck irritiert mich. Ich kann nur nicht sagen, was. Es ist, als würde sich anstelle der Vorfreude und der

Leichtigkeit, die ich erwartet hatte, etwas anderes, etwas Schweres in seinem Blick spiegeln.

Er lässt seine Augen über das Haus schweifen, bleibt am Küchenfenster hängen und entdeckt mich. Wir sehen uns an, und er grinst. Der Schatten auf seinem Gesicht ist von jetzt auf gleich verschwunden.

Mit zwei Fingern an der Stirn grüßt er mich.

Ich will die Geste erwidern, bekomme allerdings nicht mehr als ein Lächeln zustande. Die zwei Finger lassen sich nicht koordinieren, ebenso wenig der Rest meines Körpers. Er gehorcht mir nicht, er hat anderes zu tun. Er ist damit beschäftigt, meine weichen Knie zu stabilisieren, die plötzliche Wärme zu regulieren, dort, wo eben noch die Gänsehaut war, und meinen irgendwie aus Kontrolle geratenen Herzschlag zurück in einen normalen Takt zu bringen. Denn all das sind nicht unbedingt Reaktionen, die angemessen sind, wenn zwei Menschen sich begrüßen, die doch einfach nur beste Freunde sind.

Kapitel 4

Freitag, 22. Dezember 2023

Jana

»Dann vielleicht *Tatsächlich Liebe*?«

Ohne zu antworten, versinke ich ein Stück tiefer in Franzis Sofa und stecke mir einen Dominostein aus der Packung, die offen auf meinen Knien liegt, in den Mund.

»Okay, verstehe. Also irgendwas Weihnachtliches ohne Liebe.« Meine beste Freundin klopft sich mit dem Zeigefinger gegen die Unterlippe und gibt dabei ein merkwürdiges nachdenkliches Brummen von sich. »*Kevin allein zu Haus*?«

Während Franzi in meinen Augen hoffentlich bloßes Entsetzen über den Vorschlag sieht, erkenne ich in ihren leichte Verzweiflung.

»Macaulay Culkin scheint dich irgendwie abzuschrecken.« Sie sagt es nicht genervt, dabei dürfte sie es sein. Sie hätte allen Grund dazu. Ich bin furchtbar schwierig. »Wusstest du eigentlich, dass der sich umbenannt hat? So richtig offiziell?«

Ich schüttle wortlos den Kopf, der Typ und sein Name sind mir völlig egal. Aber Franzi gibt nicht auf mit ihrem Ablenkungsmanöver.

»Doch, doch. Der hat seinen zweiten Vornamen, den ich schon wieder vergessen habe, in Macaulay Culkin ändern lassen und heißt jetzt Macaulay Macaulay Culkin Culkin.« Sie giggelt vor sich hin.

»Dein Ernst?«, frage ich ungläubig.

»Sein Ernst!« Jetzt lacht Franzi lauter und bringt mich damit doch zu einem leichten, aber schiefen Grinsen.

»Die Amis und ihre Namen.« Kopfschüttelnd nehme ich mir einen weiteren Dominostein aus der Packung und stelle dabei fest, dass ich heute bisher nur ein halbes Laugenbrötchen gegessen habe. Mir fehlt die meiste Zeit der Appetit. Nur die Dominosteine tun gerade erstaunlich gut. »Sorry, ich will gar nicht so anstrengend sein. Aber *Kevin allein zu Haus* hab ich schon hundertmal gesehen und … Ach, ich sag ja, ich bin schwer auszuhalten.«

»Quatsch, bist du nicht. Am besten suchst du einfach einen Film aus.« Sie reicht mir die Fernbedienung. »Ich schiebe mal ein paar Nachos in den Ofen. Du kannst dich schließlich nicht nur von Dominosteinen ernähren, bis die Pizza kommt. Das wäre ganz klar zu einseitig.« Ein Zwinkern, dann ist sie verschwunden.

Ich klicke mich durch Netflix, ohne ansatzweise fündig zu werden. Auch als Franzi ein paar Minuten später mit zwei Flaschen Desperados zurück ins Wohnzimmer kommt, bin ich kein Stück weiter und seufze. Die Weihnachtsfilme gehen alle nicht. Nicht dieses Jahr.

Ich senke den Blick, weil es mich nervt, weil ich mich selbst nerve mit diesem wehleidigen Gefühl im Bauch.

Weil ich so nicht sein will. »Es wird nicht besser, es wird schlimmer, je näher Weihnachten kommt. Und wenn es mir heute schon so übel geht, wie werden dann die nächsten Tage?«

Meine Freundin stellt die Getränke beiseite und lässt sich neben mich aufs Sofa fallen. »Wenn ich ehrlich bin, vermutlich echt scheiße. Hast du einen Plan? Meine Tür steht dir offen. Dann hätte ich wenigstens einen Grund, meinen Eltern für Heiligabend abzusagen. Kein stundenlanges Kniffeln, sondern Moskow Mule mit dir. Win-Win.« Sie stößt ihre Schulter sachte gegen meine.

Ich stoße ebenso sachte zurück. Ich weiß ihre Aufmunterungsversuche wirklich zu schätzen. Auch wenn sie nicht fruchten. Verdammt noch mal einfach nicht fruchten.

Wie werde ich Weihnachten feiern?

Oder wohl besser: Wie werde ich die drei Tage überstehen?

Mein Blick wandert zum Fenster. Es regnet immer noch. Im Gegenlicht der Straßenlaternen kann ich die Tropfen erkennen, die kontinuierlich an der Scheibe hinablaufen und kleine Wasserkanäle bilden. »Ich habe keine Ahnung, was ich an den Feiertagen mache«, antworte ich, während mein Blick einem der Tropfen folgt. »Wirklich keinen Plan … Das kann nicht gut gehen.« Wieder entfährt mir ein Seufzer, dieses Mal lauter und ungehemmter. »Meine Ma hat gefragt, ob ich mit auf die Hütte komme, aber …« Ich zucke mit den Schultern, schüttle den Kopf. Könnte schon wieder seufzen, aber verkneife es mir.

Meine Mutter weiß, dass es momentan zwischen Marcel und mir kriselt, und auch, dass er für ein paar Tage zurück zu seinen Eltern ins Nachbardorf gezogen ist. Als ich es ihr erzählt habe, hat sie perfekt reagiert, mich in den Arm genommen, wenige Fragen gestellt und Hilfe angeboten. Sie hat sogar vorgeschlagen, dass ich nach Weihnachten noch mit ihr und Papa allein in den Bergen bleibe. Max und Tina fahren sowieso wie immer am Siebenundzwanzigsten nach Hause, und auch die komplette Sander-Sippe reist dieses Jahr aufgrund von Noahs Hochzeit früher ab.

Wobei gar nicht die komplette Sippe kommt. Einer fehlt.

»Das ist doch eine Superidee.« Franzi reicht mir eine Flasche Desperados und hält ihre zum Anstoßen parat. »Die volle Familiendröhnung lenkt dich zumindest vom Dauergrübeln ab.«

Ich greife mir das eiskalte Getränk.

Die volle Familiendröhnung.

Genau das ist wohl einer der Gründe, warum ich, ohne zu zögern, Nein gesagt habe.

»Happy Family ist dann doch eine Nummer zu viel für mich. Ich weiß nicht, ob ich das aushalte. Dafür tut … dieses … dieser …« Ich verstumme und suche nach einem Wort, das ich nicht finde. Weil ich nicht weiß, was das zwischen Marcel und mir ist. Was wir sind. Ob wir noch etwas sind. Ob ich das überhaupt möchte. Trotzdem nehme ich das eine Wort, das die Situation, in der wir uns befinden, ziemlich gut trifft. »Dafür tut diese Scheiße noch zu weh.«

»Verdammt, ja, kann ich mir vorstellen.« Franzi legt tröstend ihren Arm um mich. »Weißt du denn jetzt, wie es bei euch weitergehen soll?«, fragt sie, scheint meine Gedanken lesen zu können. »Trennt ihr euch? Ist es endgültig?«

Ist es das? Ganz viel in mir ruft laut *Ja!*, will keine Entschuldigungen mehr hören, will sich diese Erniedrigung nicht gefallen lassen, will sich breitschultrig hinstellen und ohne eine weitere Träne nach vorne laufen. Aber neben diesem lauten *ganz viel* hockt ein leises *klein wenig*, das vorsichtig fragt, ob ich nicht über den einen Fehler hinwegsehen kann, ob ich nicht einfach auf Weiter-nach-Plan umschalten kann.

»Wenn ich das wüsste.« Eine Träne rollt meine Wange herunter, dabei will ich doch nicht weinen.

Franzi zieht mich näher zu sich. »Ist es wirklich so? Weißt du es wirklich nicht?«

Doch. Einerseits schon. Aber anderseits nicht.

Dieses Mal sagt mir mein Herz, ich soll gehen. Mein Verstand aber glaubt, es wäre besser, zu bleiben. Die letzten beiden Male, als ich mich so gefühlt habe, als ich mich entscheiden musste, war es genau andersrum. Und bis heute bin ich mir nicht sicher, auf wen ich besser hören sollte. Herz oder Hirn?

Sind innere Organe wirklich so gute Ratgeber?

Ich zucke mit den Achseln. »Wenn du die Antwort kennst, dann sag sie mir. Es ist ein Alptraum.«

Franzi erwidert nichts, obwohl ich weiß, was sie denkt. Sie stimmt meinem Herzen zu, vermutlich mit Recht. Diesen inneren Kampf muss ich allerdings selbst ausfechten. Herz gegen Kopf, Bauch gegen Verstand.

Aber heute habe ich die Kraft nicht mehr. Dafür bin ich zu müde. Immerhin kommt mir zumindest eine Idee, die die nächsten anderthalb Stunden retten könnte.

»Alptraum ist ein gutes Stichwort. Lass uns *Nightmare before Christmas* schauen.« Ich drücke auf der Fernbedienung ein paarmal hin und her, bis ich an der richtigen Stelle angekommen bin und Jack Skellington vom Flachbildschirm grinst.

Franzi erhebt sich vom Sofa. »Alles klar, ich hol noch kurz die Nachos. Käsesoße?«

Ich nicke und streiche mir die Träne von der Wange. »Ganz, ganz viel Käsesoße!«

Kapitel 5

Samstag, 23. Dezember 2023

Leon

»Endlich bist du da.« Meine Mutter zieht mich in eine liebevolle Umarmung. Ihr Duft steigt mir in die Nase, diese Mischung aus dem Parfüm, das sie benutzt, seit ich denken kann, und ihrem eigenen Geruch. Frische trifft auf Süße trifft auf einen Hauch Maracuja. Das ist sie, das ist zu Hause.

Ich drücke sie fest an mich. »Ja«, ist alles, was ich erwidern kann.

Auch mein Vater umarmt mich, kaum haben meine Mutter und ich voneinander abgelassen. Er ist genauso groß wie ich, trägt sein dunkelblondes Haar ähnlich kurz. An den Seiten ist es mittlerweile mit grauen Strähnen durchzogen. Wahrscheinlich kann ich davon ausgehen, dass meines sich auch eines Tages so färben wird.

»Schön, dich zu sehen«, begrüßt er mich mit seiner tiefen Stimme, und wieder bekomme ich nicht mehr als ein »Ja« über die Lippen.

Immerhin schaffe ich es, zu nicken. Muss dabei aber meinen Blick abwenden und unbedingt etwas anderes tun, mich hinunterbeugen, um meine Schuhe auszuziehen, um die Schnürsenkel zu lösen und dabei zu hoffen, dass sich auch der Kloß in meinem Hals löst. Der ohne Vorwarnung gekommen ist, sich einfach hochgedrückt hat von da, wo ich zu meinem ersten Ja ein *Endlich* und zu meinem zweiten ein *Und noch schöner, euch zu sehen* gefühlt habe.

»Jetzt komm schnell rein.« Meine Mutter schiebt die Klappbox beiseite, die neben zwei gepackten Koffern steht und in der sich Unmengen an Küchenutensilien stapeln. Was man eben so braucht, wenn man als Selbstverpfleger verreist. Und dabei scheint es egal, dass der Urlaub in diesem Jahr ein paar Tage kürzer ausfällt als sonst. Spülmittel, Gewürze, Backpapier und zwei Flaschen Baileys dürfen einfach nie fehlen.

»Das Essen ist schon fertig. Ich hab extra Schweinebraten für dich gemacht.« Mama strahlt mich an und offenbart dabei ein paar Lachfältchen mehr um Augen und Mund, die noch vor gut einem Jahr nicht da waren. Damals, als wir uns das letzte Mal gesehen haben, als sie mich zum Weihnachtsshopping in London besucht hat.

Ich kann einzig zurückstrahlen. »Lecker.« Niemals könnte ich es über das Herz bringen, ihr zu sagen, dass sie mich mit ihrem ältesten Sohn verwechselt, mit Noah.

Gerade tritt er aus der Wohnzimmertür zu uns in den Flur. »Und ich durfte noch nichts nehmen, weil Mama mir verboten hat, anzufangen, bevor du da bist. Dabei bin ich am Verhungern.« Er schenkt ihr ein gespielt genervtes Augenrollen und drückt mich dann mit einem »Hey, alles klar?« kurz, aber kräftig an seine Bodybuilderbrust. Seit Jahren rennt er mindestens drei-, wenn nicht sogar viermal die Woche ins Fitnessstudio, hat selbst das Flitterwochenhotel auf den Malediven, in das Laura und er gleich an Neujahr fliegen, nach dessen Gym-Equipment ausgewählt.

»Klar«, antworte ich auf seine Frage. »Und bei dir?«

»Auch.«

Gut, dann wäre das geklärt.

»Echt genial, dass du es einrichten konntest«, fügt Noah hinzu, und ich kann die Anspannung nicht verhindern, die sofort durch meinen Körper zieht. Das Telefonat von gestern mit Felix hallt noch zu sehr in mir nach. Zum Glück hat sich unser Gespräch später im Meyers in unterstellungsfreien Zonen bewegt. Wobei wir nicht wirklich viel geredet haben. Felix war zu beschäftigt damit, den Barkeeper anzuschmachten.

»Ich lasse mir doch deinen Junggesellenabschied nicht entgehen«, erwidere ich mit einem Lachen, das mir dabei hilft, jeglichen verletzten Unterton aus meiner Stimme zu verbannen. Langsam bekomme ich Übung.

Noah legt seine Hand brüderlich auf meine Schulter. »Da war ich mir, ehrlich gesagt, nicht so sicher. Aber ich freu mich natürlich voll – auch wenn die Wettschulden, die ich jetzt hab, echt schmerzen.« Er grinst, grinst wie Felix. Und irgendwie brauche ich wohl doch noch eine ganze Menge mehr Übung, denn jetzt gerade schaffe ich es nicht, mitzugrinsen.

Glaubt mir in meiner Familie niemand, dass ich mich an mein Wort halte? Kennen sie mich alle so schlecht? Oder kennen sie nur die zehn Jahre alte Version von mir?

Denken sie, auf mich ist kein Verlass, weil ich weggegangen bin, weil ich Erwartungen nicht erfüllt habe?

Und … wie viele Wetten haben sie noch über mich abgeschlossen?

»Also rein jetzt mit euch.« Mama gestikuliert Richtung Wohnzimmer, in das Noah und mein Vater sofort verschwinden. Sie streicht mir über den Arm. »Du hast doch bestimmt auch Hunger. Zieh dich schnell aus und komm.«

Nickend schlüpfe ich aus meiner Jacke, und anstatt sie an der Garderobe aufzuhängen, wie es echter Besuch tun würde, schmeiße ich sie über das Treppengeländer. Zu Noahs Jacke, die dort schon liegt. Wie früher.

Die Papiertüte mit den Weihnachtsgeschenken, die ich beim Hereinkommen neben die Eingangstür gestellt habe, lasse ich stehen und gehe direkt ins Wohnzimmer, das gemeinsam mit Küche und Essbereich einen großen offenen Raum bildet. Links im Kamin knistert ein Feuer, versucht, mit Gemütlichkeit gegen das Regenwetter vor der breiten Fensterfront mir gegenüber anzukämpfen. Rechts steht der riesige Esstisch aus Echtholz, Mamas ganzer Stolz. Noah hat bereits daran Platz genommen, während Papa am Tresen dahinter Klöße vom Kochtopf in eine Schüssel füllt.

»Auf Felix müssen wir ja nicht warten, oder?«, fragt er ohne jegliche Wertung in der Stimme. Als sei es völlig okay, dass mein kleiner Bruder seine eigenen Bedürfnisse auf Prio eins setzt.

»Jaja«, erwidert meine Mutter ebenso entspannt, »er hat sich grad gemeldet und abgesagt.«

»Ist sein Plan mit dem Barkeeper aufgegangen, oder wie?« Noah schnappt sich ein kleines Stück Bratenfleisch, das von einer der gleich groß geschnittenen Scheiben abgefallen sein muss, die bereits auf dem Tisch angerichtet sind. Er wirft es sich in den Mund und blickt mich fragend an.

»Es sah ganz danach aus.« Zumindest nachdem der Barkeeper verstanden hatte, dass ich nicht Felix' Date bin, sondern sein Bruder. Nur wenige Minuten später stand ein Sex on the Beach vor uns, als Freigetränk versteht sich. Aber das war mein Stichwort. Ich habe mein Glas ausgetrunken, so schnell ich konnte, und mich einzig beeilt, aus dem Weg zu sein. Habe mich dann von einem Taxi zum Hotel bringen lassen, froh darüber, dass ich Felix' Angebot, in seinem Studentenwohnheimzimmer auf der Couch zu schlafen, von Anfang an ausgeschlagen habe. Möglicherweise hätte ich mich sonst auf der Bank in der Gemeinschaftsküche wiedergefunden.

»Na, auf die Geschichte bin ich gespannt.« Noah lacht, und ich beschließe, mich einfach nicht darüber zu wundern, wie locker sich meine Familie verhält. Wie vorwurfslos.

Oder vielleicht wundere ich mich doch.

Mein Vater stellt die Schüssel voll Klöße auf den Tisch, der mit dem guten Geschirr meiner Oma gedeckt ist. Das mit dem Goldrand. Das man per Hand waschen muss und nicht in die Spülmaschine geben kann. Eigentlich holt meine Mutter es nur aus dem Schrank, wenn Gäste kommen. Scheinbar bin ich das also – egal, wo ich meine Jacke hinhänge.

»Setz dich.« Lächelnd deutet Mama auf meinen Platz. Den, auf dem ich gute achtzehn Jahre lang zu jeder Mahlzeit saß. An der Längsseite neben Noah, Mama schräg und Felix genau gegenüber, Papa am Tischende. Und mit nur dieser einen Geste nimmt sie dem Gefühl, ein Fremder in meinem ehemaligen Zuhause zu sein, sofort die Kraft.

»Ja, setz dich hierhin.« Noah klopft auf meine Lehne und lässt das Lächeln, das sich um meine Mundwinkel geschlichen hat, stärker werden. »Laura kommt ja nicht«, fügt er dann hinzu, und mein Lächeln verblasst.

Dabei ist das Quatsch. Absoluter Kindergarten. Natürlich hat die Freundin meines Bruders, die er noch dazu nächste Woche heiratet, meinen Stuhl zugeteilt bekommen. Die beiden sind seit fünf Jahren zusammen, wohnen zwei Straßenecken von meinen Eltern entfernt. Wahrscheinlich war Laura erst vor drei Tagen hier. Ich war es das letzte Mal vor drei Jahren.

»Laura feiert ihren Junggesellinnenabschied in einem Wellnesshotel«, erklärt Noah mir, während ich mich setze. »Ihre Freundinnen haben sie damit überrascht und sie heute Morgen schon um acht Uhr abgeholt. Es war wirklich zu gut, wie Laura sich erst erschrocken und dann gefreut hat.«

»Cool.« Ich nehme den Teller entgegen, den meine Mutter mir gefüllt hat – mit einem dicken Stück Fleisch.

»Das Hotel ist irgendwo am Chiemsee«, erzählt Noah weiter und streckt die Hand nach dem Teller aus, auf den Mama auch ihm Braten, Rotkohl und Kloß gehäuft hat. »Ist also superpraktisch, weil Felix und ich sie morgen auf dem Weg nach Österreich einfach aufgabeln können.«

»Das war meine Idee.« Papa klopft sich selbst auf die Schulter.

»Und meine Idee ist es, dass du noch mehr Soße holst.« Mama drückt ihm die Sauciere in die Hand und lächelt überzogen liebevoll.

»Deine Ideen sind natürlich immer die besten«, sagt er ebenso überzogen, erhebt sich und wirft ihr noch einen Luftkuss zu, bevor er sich zum Gehen wendet.

»Sowieso.« Sie schmunzelt zufrieden, doch reißt im nächsten Moment erschrocken die Augen auf. »Wir dürfen die Tetrapack-Tomaten nicht vergessen!« Damit springt sie hoch und huscht ebenfalls in die Küche, zu der Klappbox, die auf dem Tresen steht.

»Braten gegen Kloß?«, flüstert Noah von der Seite, kaum haben meine Eltern uns den Rücken zugekehrt.

»Ich dachte, du fragst nie«, gebe ich zurück, und ohne weitere Worte spießt er seinen Kloß auf und legt ihn mir auf den Teller.

Zeitgleich reiche ich ihm mein Stück Fleisch, ein Lächeln auf dem Gesicht, das er erwidert, das die Zeit zurückdreht und uns verbündet. Das mich von innen wärmt, weil mir irgendwie doch ziemlich kalt war.

Noch einmal sehe ich rüber zu Noah, sehe meinen großen Bruder. Wie oft haben wir früher gestritten? Wie hart haben wir gegeneinander gekämpft, mit Fäusten und mit Worten? Wie besessen haben wir versucht, uns zu überbieten? Rückblickend wohl nur, weil wir uns einerseits zu ähnlich waren und andererseits zu verschieden. Aber immer dann, wenn es darauf ankam, wenn es wirklich darum ging, füreinander da zu sein, waren wir Verbündete. Wir zwei und der Kleine. Die drei Sander-Jungs.

»Also Noah, glaubst du, morgen klappt alles, ja?«, nimmt Mama das ursprüngliche Thema wieder auf, nachdem sie und Papa sich zurück an den Tisch gesetzt haben. »Ihr müsst wirklich bis spätestens sechs, wenn nicht eher fünf Uhr da sein, damit wir die Bescherung machen können. Sonst wird das den zwei Kleinen von Max und Tina zu spät.«

»Spätestens fünf«, stimmt mein Vater ihr zu. »Wir müssen eh schauen, wie wir sie so lange bei Laune halten können. Irgendwann ist der Baum ja nun mal zu Ende geschmückt. Und nach der fünfundzwanzigsten Runde nervt Uno halt auch.« Er zuckt entschuldigend mit den Schultern und schiebt sich dann einen ersten Bissen in den Mund. Mit der Gabel deutet er eine Sekunde später auf meine Mutter. »Lass mal noch ein paar Mohrrüben und die alten Fußballschals einpacken, dann bauen wir eine Schneema- äh Schneeleute-Familie … oder wie man das heutzutage politisch-korrekt nennt …«

»Du hast ja doch gute Ideen.« Mama grinst ihn frech an, und beide erheben sich abermals.

Er verschwindet raus in den Flur, sie geht in die Küche, um die Karotten aus dem Kühlschrank zu holen. Die zwei haben absolut keine Ruhe für ein gemütliches Essen. Warum sie es dann überhaupt gekocht haben, ist mir ein Rätsel. Doch nicht nur wegen mir?

»Ich hätte die Karotten eh mitgenommen.« Mama legt die Tüte in den Korb. »Für die Kartoffelsuppe am Montag. Die tut nach der Schneeschuhwanderung immer so gut, oder?«

»Total gut«, erwidern Noah und ich aus einem Mund, inklusive eines einvernehmlichen Seufzens, das Mama zum Lachen bringt.

Ich weiß nicht, ob sich ihre Frage mehr an Noah gerichtet hat als an mich. Aber ich kann sie genauso beantworten. Ich habe die Suppe schließlich achtzehn Jahre lang jeden ersten Weihnachtsfeiertag gegessen, habe mich von ihr nach dem stundenlangen Marsch durch die Kälte aufwärmen lassen. Und sie tat nun mal immer total gut.

Meine Mutter blickt mich liebevoll an. »Willst du nicht doch mitfahren?«

Ich war mir sicher, dass die Frage kommen wird, ich dachte nur nicht, dass es so schnell passiert. Aus welchem Grund auch immer hatte ich erst beim Abschied damit gerechnet.

Und ich habe mich gewappnet. Aber hätte mir das wohl schenken können. Mein Schutzwall, den ich mir schon vor Langem aufgebaut habe gegen all die Erwartungen, die ich nicht erfülle, und all die Enttäuschung, die ich damit auslöse, bröckelt schon jetzt … nur beim Hören der Frage. Und die Begründung, die ich mir zurechtgelegt habe, die meine Absage nachvollziehbar untermauern sollte und die noch vorhin, auf dem Weg hierher, durch und durch logisch klang, erscheint plötzlich nichts als lächerlich.

Weihnachten aufgrund eines Hydraulikventils absagen? Damit muss man keiner Familie kommen. Und ich erst recht nicht meiner.

»Im Auto ist noch Platz, im Haus zwar nicht so, aber auch dafür finden wir eine Lösung.« Mein Vater tritt zurück an den Tisch und sieht mich ebenso abwartend an wie meine Mutter. Oder nein, das stimmt nicht. Die beiden sehen mich nicht abwartend an, sie betrachten mich voll Hoffnung. Sie erwarten nicht, sie hoffen. Und sich dagegen zu wappnen, ist nicht möglich.

»Es wäre so schön.« Mama setzt sich, greift über den Tisch nach meiner Hand und drückt sie kurz. »Endlich wieder alle zusammen. Wie früher.«

Mein Kopf schüttelt sich. Reflexartig. Als würde er es tun, ohne dass mein unbewappnetes, schutzmauerfreies Herz ein Mitspracherecht hätte. Dabei weiß ich überhaupt nicht, auf welche Worte mein Kopf genau reagiert. Verneint er die Bitte, mit nach Österreich zu fahren, um gemeinsam Weihnachten zu feiern? Oder widerspricht er der Aussage, dass es dann so wäre wie früher?

Denn nein, das wäre es nicht. Zu viel ist heute anders. Das meiste gut, manches nicht.

Und nein, wir wären nicht alle zusammen.

Eine fehlt.

Oder … kommt sie?

Immerhin ist es 2023 …

Kapitel 6

Damals
Heiligabend 2013

Leon, 18 Jahre

»Boah, Noah, fahr bitte noch langsamer. Die Leute in der Schlange hinter uns wollen genauso wenig ans Ziel kommen wie wir.«

»Sehr witzig.« Mein Bruder umklammert das Lenkrad fester. Ein Wunder, dass das überhaupt möglich ist. Seine Knöchel stechen ohnehin schon extrem hell hervor. Es würde mich nicht überraschen, würden sie jeden Moment im wahrsten Sinne des Wortes aus der Haut fahren. Sie bilden einen extremen Kontrast zu seiner Gesichtsfarbe. Hitzerot trifft auf kreidebleich, schweißnasse Stirn auf sicherlich eiskalte Hände.

»Hör auf, Leon!« Mein Vater wirft mir vom Beifahrersitz einen strafenden Blick über die Schulter zu und legt seine Hand schützend auf Noahs Oberarm, über dem sich dessen hellblaues Langarmshirt gefährlich eng spannt.

Vielleicht sollte Noah doch langsam überlegen, seine tägliche Eiweißshake- und Fitnessstudio-Ration etwas runterzufahren.

»Du machst das ganz toll«, lobt mein Vater ihn. »Besser Vorsicht als Nachsicht.« Er blickt ein weiteres Mal zu mir und zieht seine Augenbrauen in die Höhe. »Wer weiß, wie du dich auf dem Rückweg schlägst.«

»Genau. Wer weiß«, stimmt Felix ihm wichtig zu, labert wie immer alles nach. »Dann geht es bergab, und das ist noch mal so was von schwerer.«

»Von wegen.« Ich gebe ein zynisches Prusten von mir und wünschte, ich hätte einfach meine Klappe gehalten. Ja, mein Kommentar war nicht sonderlich hilfreich, ich gebe es zu. Aber … es nervt halt alles nur.

»Ach Jungs, jetzt seid doch endlich mal friedlich.« Meine Mutter neben mir sieht so aus, als würde sie den Baileys, den sie wie immer für Anne und sich dabeihat, am liebsten sofort exen. »Ich kann euer Gezanke echt nicht mehr hören. Es ist Weihnachten, verdammt noch mal!« Mit einem Grummeln auf dem Gesicht lässt sie ihren Blick über Felix' Kopf hinweg aus dem Fenster schweifen, hinaus auf die schneebedeckten Tannen, die sich eine neben der anderen an den ansteigenden Hang drängen.

Auf meiner Fensterseite geht es steil bergab, hinab ins Tal, von wo wir vor einer Ewigkeit gekommen sind. Wohin ich nichts als zurück möchte. Aber nicht, um dortzubleiben, ich will weiter. Weiterziehen. Weiter weg. Ganz weit weg. Egal wohin.

Diese Rastlosigkeit, ich spüre sie schon länger. Sie war auf einmal da, ich weiß nicht, wann es genau war. Aber seitdem frisst sie mich von Tag zu Tag mehr auf, lässt mich anecken, lässt mich unausstehlich werden und stößt auf null Verständnis. Ich bin mir sicher, von allein haut sie nicht ab. Sie geht erst, wenn ich gehe. Wenn ich ihr nachgebe und aus dem Immergleichen ausbreche.

Gott, ich klinge, als wäre ich steinalt, fünfundvierzig oder so, und würde bis zum Kinn in der Midlife-Crisis stecken. Frustriert lasse ich den Kopf an die Lehne sinken, schließe die Augen.

Ich weiß, ich muss etwas ändern. Nein, vieles. Alles.

Meine Waden drücken gegen den Rucksack, der zwischen meinen Füßen auf dem Boden steht. In ihm warten die Anmeldeformulare für das Working-Holiday-Visum darauf, ausgefüllt zu werden.

Work und Travel in Neuseeland. Für ein Jahr, am liebsten länger. Das ist mein Traum. Meine Medizin gegen die Rastlosigkeit.

Doch als ich Mama und Papa schon vor einer Weile grob davon erzählen wollte, haben sie ziemlich verhalten reagiert, haben was von extrem teuer gemurmelt und mit einer riesigen Sorgenfalte auf der Stirn gefragt, ob ich mir das wirklich gut überlegt hätte.

Ja, habe ich.

Ich weiß definitiv, ich werde den Ausbildungsplatz bei der Münchener Rück nicht annehmen, werde nicht wie Noah in Papas Fußstapfen treten. Ich möchte nach Neuseeland, möchte sofort nach dem Abi im Juni los. Und wenn ich zurückkomme, *wenn* ich zurückkomme, werde ich studieren, vielleicht irgendetwas in Richtung Ingenieurwesen. Aber ebenso wie Felix sich bereits sicher ist, dass er eines Tages an die Uni München gehen wird, bin ich mir sicher, dass ich das nicht tun werde. Dass ich auch nicht in Mamas Fußstapfen treten werde.

Selbst wenn meine Eltern es nicht verstehen, werde ich nicht in Deutschland bleiben. Mein Erspartes reicht. Ich will meinen eigenen Weg finden, meine eigenen Fußstapfen setzen.

In meiner Hand vibriert mein Telefon. Ich öffne die Augen, sehe auf das Display hinab, und obwohl es diese Super-Early-Midlife-Crises eigentlich selten zulässt, legt sich ein Lächeln auf mein Gesicht.

Jana hat geschrieben.

Erste! Wo bleibt ihr Schnarchnasen denn?

Mein Lächeln verstärkt sich, liegt nicht mehr nur auf meinem Gesicht, sondern auch in mir drin. Was nicht wirklich Sinn macht. Aber so fühlt es sich an.

Gleich sehe ich sie wieder. Obwohl … nachdem Noah offensichtlich weiterhin zum langsamsten Autofahrer in ganz Österreich gekürt werden möchte, kann es noch Stunden dauern.

Frag nicht. Unfassbar! Ehrlich. Noah kriecht den Berg im ersten Gang hoch. Safety First. Ich weiß echt nicht, warum er mir einen Anfängersticker aufs Auto kleben will. Der könnte selbst drei davon gebrauchen.

Wann immer Jana und ich im letzten Jahr geschrieben haben, und das war zum Glück oft, konnte ich ein wenig freier atmen. Habe mich nicht mehr ganz so eingeengt gefühlt, nicht mehr ganz so rastlos. Doch viel länger als einen Moment hielt dieser Zustand nicht an. Viel mehr als ein Verdrängen war es nicht. Dennoch ist es tausendmal besser als alles andere.

*****

Eine Unendlichkeit später sind wir am Ziel. Und noch mal fünf Jahrzehnte danach hat Noah es endlich geschafft, unter dem Carport zwischen den an der Wand gestapelten Holzscheiten und dem Audi der Langers einzuparken.

Mittlerweile bin nicht mehr nur ich von seinen Fahrkünsten genervt, mittlerweile sind wir es alle. Selbst mein Vater hat sein *Vorsicht ist besser als Nachsicht* vor ungefähr sieben Kurven endgültig über den Haufen geworfen. Dann nämlich, als die Straße sich nicht länger als Serpentine den Berg hinaufschlängelte, sondern zwischendrin gerade Abschnitte besaß und damit den uns folgenden Autos erlaubte, zu überholen. Die Schlange reichte bestimmt bis nach Rosenheim zurück. Einer nach dem anderen raste an uns vorbei, laut hupend. Manch einer öffnete sogar das Fenster und brüllte Noah Nettigkeiten entgegen, andere gestikulierten wild – mit dem Mittelfinger.

Meine Mutter flehte Noah an, draufzudrücken. Mein Vater drohte ihm zuletzt, ihn nie wieder hinter das Steuer zu lassen, wenn er nicht endlich geradeaus in die Parklücke fahren würde, »die so groß ist wie der verdammte Olympiapark!«.

Kaum steht der Bulli jetzt an seinem Platz, schiebt Felix die Seitentür auf. Gähnend klettert er aus dem Wagen und reckt und streckt sich ausgiebig.

Meine Mutter folgt ihm mit einem »Gott sei Dank, wir haben es geschafft!« und hält ihm seinen Rucksack entgegen, den er hundertprozentig mit Absicht hat liegenlassen. Felix drückt sich gerne mal vor Dingen, auf die er keine Lust hat. Und das sind recht viele.

»Auf zum Kofferraum – ausräumen helfen!«, ordert Mama und dreht Felix in Richtung seines vorgegebenen Ziels, damit er es auch ja findet.

Mein Weg ist frei. Ich kann das Auto verlassen. Doch meine Beine verweigern ihre Arbeit. Sie bewegen sich nicht, sind gelähmt vom Zwiespalt, der auf einmal in mir tobt. Denn plötzlich bin ich mir einer Tatsache mehr als bewusst: Es ist vorerst das letzte Mal, dass ich Weihnachten an diesem Ort verbringen werde. In diesem Haus, in der Woche zwischen den Jahren. Mit diesen Menschen. Mit Jana.

Nächstes Weihnachten feiere ich am anderen Ende der Welt. Diese Gewissheit fühlt sich einerseits genial an, groß, richtig. Doch andererseits schmerzt sie. Denn die Angst, dass meine Freundschaft zu Jana dadurch zerbrechen könnte, ist ebenso groß. Oder größer, weil das, was ich für Jana fühle, doch gar nicht nur Freundschaft ist, sondern … mehr.

Ich schlucke, schlucke dieses *mehr* hinab. Es muss weg, es hätte sich keinen ungünstigeren Moment aussuchen können. Ich will es loswerden, doch es sitzt verdammt fest. Hat sich über die letzten zwölf Monate angeschlichen, ist immer weiter gewachsen, mit jedem Telefonat und jeder Nachricht ein bisschen … mehr.

Mein Vater und Noah diskutieren vor mir über die Breite des Bullis im Vergleich zu der des Parkplatzes, meine Mutter schimpft hinter mir mit Felix, weil er ruhig eine zweite Tasche hätte nehmen können – und ich will nur noch weg. Die Starre meiner Beine ist vergessen, ich greife nach meinem Rucksack, fliehe aus dem Auto, brauche frische Luft. Kaum stehe ich draußen, atme ich sie tief ein. Nehme meine Cap ab, streife mir durch die Haare und weiß, weiter kann ich nicht fliehen. Hier bleibe ich für die nächsten acht Tage. Und ein großer Teil von mir will das auch. Will zu Jana.

Bisher hat auch sie keine Ahnung von meinen Neuseelandplänen. Doch ich kann sie ihr nicht länger verschweigen. Ich muss ihr davon erzählen. Muss ihr sagen, dass wir uns vorerst das letzte Mal sehen. Von all dem anderen, von der Angst, von der Lähmung und von dem *mehr*, verrate ich besser nichts. Das verkompliziert den Abschied nur.

Mein Blick gleitet langsam in Richtung Haus. In Richtung Jana. Hinter dem Küchenfenster entdecke ich sie. Sie sieht zu mir, lächelt und hält mich mit ihrem Blick fest.

Und ich lasse mich gerne halten, es tut gut. Doch hoffentlich versteht sie, dass ich dennoch gehen muss.

Kapitel 7

Samstag, 23. Dezember 2023

Jana

»Jaaaaannnnaaaaa!« Ein kanarienvogelgelber Regenmantel hüpft mit ebenso knallgelben Gummistiefeln im Hopserlauf in meinen recht gut besuchten Laden. Wenn beste Laune einen Namen hätte, dann definitiv den meiner kleinen Nichte Hanna. Sie zieht ihre Kapuze vom Kopf und strahlt mich über den Verkaufstresen hinweg an.

»Hey, Große.« Ich winke ihr lächelnd zu.

Sie öffnet den Mund, um mir sicherlich eine ihrer Weißt-du-was-Geschichten zu erzählen, vergisst sie aber scheinbar wieder, als sie den kleinen elektrischen Zug entdeckt, der auf dem Tisch mit den Kinderweihnachtsbüchern seine Runden dreht. Ihre Augen werden groß, das Strahlen darin verstärkt sich um etliche Megawatt und plötzlich fühlt sich all das auf meinen Schultern ein ganzes Stück leichter an. Nur für einen Moment, aber einen, der mich durchatmen lässt.

Im Türrahmen erscheinen meine Schwägerin Tina und Hannas kleine Schwester Lotte, die mit ihrem Schnuller im Mund zögerliche Schritte macht, die winzige Hand ganz fest um Mamas Finger geschlossen.

Langsam und deutlich behutsamer hebe ich den Arm erneut zum Gruß. Dieses Mal, um meiner kleinen Nichte zuzuwinken. Ich schicke ein Lächeln hinterher, sage aber besser kein Wort. Es ist ein vorsichtiger Versuch. Doch kaum treffen sich unsere Blicke, vergräbt Lotte ihr Gesicht im Stoff der Jeans an Tinas Oberschenkel.

»Sie fremdelt noch immer.« Meine Schwägerin zuckt entschuldigend mit den Schultern. »Liegt nicht an dir.«

Ich nicke verständnisvoll. »Klar, weiß ich doch.«

Dann drehe ich mich zu Hanna, die am Kinderbuchtisch angekommen ist. Ich vertröste den nächsten Kunden für einen Augenblick, hole einen meiner Rentierkekse mit Zuckeraugen aus dem Vorratsglas und reiche ihn meinem Patenkind.

»Wow, wie cool ist der denn?« Wenn überhaupt möglich, wird ihr Strahlen noch stärker und ihr Lächeln noch breiter. Sie fällt mir in die Arme und drückt mich. Und irgendwie bin ich mir unsicher, wer sich hier an wem festhält.

Von Tina ernte ich allerdings eine hochgezogene Augenbraue. »Jana, es ist halb zehn. Eigentlich viel zu früh für Kekse.«

Ich werfe meiner Nichte einen gespielt erschrockenen Blick zu. »O nein! Das wusste ich nicht. Gibt es das? Eine Zu-früh-für-Kekse-Uhrzeit und das auch noch so kurz vor Weihnachten?«

Hanna kichert, und ich stupse sie auf die Nasenspitze.

»Zum Glück ist das ja kein richtiger Keks, sondern nur ein Rentier. Und eine Zu-früh-für-Rentiere-Zeit gibt es garantiert nicht.« Obwohl ich weiß, dass Tina mir nicht böse sein wird, blicke ich vorsichtig über die Schulter zu ihr. »Irgendwo unter der Schoki steckt auch ein Hauch von Dinkel. Da bin ich mir sicher. Habe ich schließlich selbst gebacken.«

Hanna zupft meiner Schwägerin mit der freien Hand einige Male an ihrem Shirt. »Nur den einen, Mama? Bitteee.«

Bei ihrem Dackelblick kann selbst Tina nicht hart bleiben. Das eigentlich in ihrem Satz vorhin hat das Einknicken ja ohnehin schon eingeläutet.

»Okay. Einer ist erlaubt.« Sie hebt den Zeigefinger, um die Anzahl zu verdeutlichen, dann sieht sie mich an. »Wer kann bei diesen homöopathischen Mengen an Dinkel schon ablehnen? Jetzt will ich aber auch einen. Bestimmt zucker- und fettreduziert, oder?«

»Klar. Weniger Fett als Butter.« Ich gehe rüber zum Glas und reiche meiner Schwägerin einen Keks. Dabei erhasche ich einen kurzen Blick auf Lottes Gesicht, die durch die Beine ihrer Mutter lugt, sich dann aber wieder eilig versteckt und Tina erneut mit den Achseln zucken lässt.

Ich mag die Frau meines Bruders, wie könnte ich nicht. Ich mag seine ganze Familie und mittlerweile sogar ihn eine ganze Ecke mehr als früher. Hat Tina gut hinbekommen.

Hanna ist mit ihrer Rentierbeute in der Hand längst wieder auf die kleine Dampflok fokussiert, die soeben hinter Astrid Lindgrens Buch über den Wichtel *Tomte*

Tummetott in den Tunnel einbiegt. Nachdem der letzte Wagen der Bahn verschwunden ist, dreht sich meine Nichte mit großen Augen zu mir. »Darf ich den Zug einmal rückwärtsfahren lassen?«

»Na klaro. Der Trafo steht hinter dem Tisch auf dem Boden«, antworte ich und widme mich dann dem Rest der Kundschaft. Im Augenwinkel sehe ich, wie Hanna, Lotte und Tina unter dem Tischtuch verschwinden, und höre einen Jubel, als die Lok die Fahrtrichtung ändert. Manchmal ist es so einfach, Pluspunkte zu sammeln.

Während ich das nächste Buch routiniert in dunkelgrünes Geschenkpapier einschlage, frage ich mich, ob es nicht doch eine gute Idee wäre, heute Nachmittag einfach mit ins Auto meines großen Bruders zu springen, um hinten zwischen den Kindern mit in ein All-Inklusive-Weihnachten zu fahren. Mit auf die Hütte, raus aus dem Nieselregen, aus dem Grau der Kleinstadt. Weihnachten noch einmal durch Kinderaugen sehen. Eventuell bräuchte ich das für ein paar Tage. Weihnachtslieder, Schneeengel und heißen Kakao mit Sahne. Hannas Strahlen. Und wer weiß, danach würde vielleicht selbst Lotte eine Runde Fangen mit mir spielen.

Bevor ich weiter darüber nachdenken kann, versinke ich knietief im Tagesgeschäft. Kassiere den Gedichtband ab, bringe einen Milchkaffee mitsamt duftender Zimtschnecke zu Tisch Nummer drei, wechsle ein paar Worte über die Glühweinpreise auf dem Weihnachtsmarkt und stelle einer Kundin eine Auswahl skandinavischer Thriller als Geschenk für ihren Mann vor.

Irgendwann stehen Tina, Hanna und Lotte wieder vor mir, dieses Mal ganz ordentlich in der Schlange. Nachdem meine Schwägerin ein Weihnachtsbilderbuch für ihren Neffen bezahlt und in ihren Jutebeutel gepackt hat, läuft Hanna mit schnellen Schritten zu mir hinter den Tresen und schließt mich noch einmal fest in ihre kleinen Ärmchen. Um sie ebenfalls zu umarmen, gehe ich in die Knie.

»Frohe Weihnachten, Jana. Und sag das auch Marcel.« Ihre Worte und ihre helle Stimme suchen sich einen Weg durch das dicke Fell, das ich mir für heute, für den letzten Arbeitstag vor dem Fest, angelegt habe. Sofort klingen all meine Gedanken, mit ins Salzburger Land zu fahren, lächerlich. Mit Ausnahme meiner Mutter hat keiner in der Familie einen Schimmer von dem Chaos, in dem ich mich befinde. Oder zumindest glaube ich das.

»Echt schade, dass ihr nicht mitfahrt. Überlegt doch für nächstes Jahr. Wir würden uns alle freuen. Außerdem lohnt es sich dann auch, das zweite große Chalet dazuzubuchen. Dieses Jahr haben Noah und Laura sich wieder das kleine Haus um die Ecke gemietet. Zweisamkeit und so.« Tina zieht lächelnd die Augenbraue hoch. »Deshalb schlafen wir vier oben im alten Jungszimmer, und Felix bezieht für die paar Tage dein Reich. Aber nächstes Jahr sollten wir das ändern. Da kommt ihr einfach mit, ja?« Tina nickt auffordernd, und mir ist eindeutig klar, dass sie von Marcels und meinen Problemen keine Ahnung hat.

Auf der einen Seite beruhigt mich das, weil sich dadurch bestätigt, wie wenig sich der Vorfall in der Stadt herumgesprochen hat. Auf der anderen Seite fühle ich mich schlecht, noch schlechter als sowieso schon. Irgendwie habe ich das Gefühl, zumindest meiner Familie eine Erklärung schuldig zu sein. Doch käme ich mit auf die Hütte, würden es alle dort erfahren.

Marcel hat mich betrogen.

Aber wie geht die Geschichte weiter? Welches Ende gebe ich ihr? Dass unsere Beziehung im Eimer ist, nicht mehr zu retten? Oder dass wir nur einen kleinen Tiefpunkt haben, daran arbeiten und nächstes Jahr wieder alles beim Alten ist?

Ich weiß es nicht. Ich weiß nicht, was ich will, was wir wollen, weiß nicht, was wird. Aber irgendwas muss passieren.

»Alles okay, Jana?« Tina blickt mich sorgenvoll an. »Du siehst plötzlich so mitgenommen aus.«

Verdammt, ich muss meine Gesichtszüge besser unter Kontrolle halten. Ich streiche mir mit der Hand über die Wangen. »Ach, mir geht es nicht so gut.« Noch ist es keine Lüge, aber so kann ich den Satz nicht stehen lassen. Zumindest nicht, ohne eine Nachfrage zu provozieren. »Vermutlich macht sich eine Erkältung startklar, um mir die Feiertage zu verderben.« Okay, jetzt ist es doch eine Lüge – wenn auch eine Notlüge.

»Du Arme, dann lass dich gut von Marcel umsorgen.«

Ich nicke, auch wenn es mir schwerfällt. Winke schnell zum Abschied und drehe mich viel zu hastig zur Kaffeemaschine, leere den Siebträger und lasse das Mahlwerk für einen Moment alles lautstark übertönen.

Wenn ich mich jetzt schon überhaupt nicht im Griff habe, wie soll ich dann tagelange Gespräche über meine kaputte Beziehung überstehen und mir gleichzeitig all die Perfektion, die heile Welt um mich herum ansehen? Max und Tina, Mama und Papa, Stefan und Silke, Noah und Laura – sie alle sind glücklich miteinander. Und Felix ist meines Wissens zwar Single, aber will es nicht anders. Wie soll ich eine solche Überdosis an Friede, Freude, Eierkuchen aushalten?

Die Gedanken drehen ihre Runden durch meinen Kopf, ziehen Kreise, so lange, bis sie doch zu dem führen, der in der Aufzählung fehlt. Der schon vor Jahren vor all dem geflohen ist. An den ich eigentlich nicht denken möchte.

Wie sein Weihnachten wohl dieses Jahr ablaufen wird? Ob sein Leben mittlerweile so ist, wie er es sich vorgestellt hat? Ob er ruhiger geworden ist, vernünftiger? Ob er sich hin und wieder auch fragt, was aus mir geworden ist? Ob er manchmal an früher denkt? An mich? … An uns?

Es ist 2023 …

Doch ich habe mir schon vor Jahren geschworen, dieser Zahl nicht mehr Bedeutung beizumessen als jeder anderen. Leider klappt das nicht immer.

Ich greife zu meinem Handy, das nicht unweit der Siebträgermaschine liegt. Noch bevor ich es entsperren kann, um ihn auf Instagram zu suchen, sein Profil zu checken, schaltet sich mein Verstand ein.

Nein, Jana, öffne sie nicht, die Büchse der Pandora. Lass sie geschlossen, auch dieses Jahr. Pack ein Vorhängeschloss davor und lege zur Sicherheit noch ein paar Bücher drauf. Viele Bücher, einen ganzen Buchladen voller Bücher.

Ich atme kontrolliert ein und aus, setze ein Lächeln auf und drehe mich entschlossen in Richtung Verkaufsraum, in Richtung der Kunden und der Gäste.

Es geht nicht um ihn.

Es geht um Marcel. Und um mich.

Kapitel 8

Damals
Heiligabend 2013

Jana, 17 Jahre

Als sich der Heiligabend nach Sander-Langer-Drehbuch mit Raclette, Bescherung und Würfeln um die Auspackreihenfolge langsam dem Ende entgegenneigt, sitzen Leon und ich in unseren dicken Steppjacken und mit Wolldecken über den Beinen auf der Bank der Veranda. Über uns der Wärmestrahler, der die bissige Kälte etwas abschwächt. Vor uns die hölzerne Brüstung, um die eine Lichterkette geschlungen ist, die die winzigen Eiszapfen zum Glänzen bringt.

Ich blicke in die Ferne, sehe die Lichter des Dorfes unter uns. Max und Noah haben sich tatsächlich vorhin auf den Weg ins Tal gemacht, um in Michis Bar noch ein paar Bier zu trinken und irgendwelche Leute zu treffen, die sie im letzten Jahr kennengelernt haben. Dass unsere

Eltern wenig begeistert davon waren, hielt die beiden nicht auf.

»Weißt du …« Meine Stimme ist erstaunlich leise hier draußen. So, als wäre der Schnee ein Schalldämpfer. Für meine Worte, aber auch für all die Geräusche um uns herum. »Ich bin echt froh, dass wir nicht mit in die Kneipe gegangen sind.«

Das bin ich wirklich. Kurz hatte ich überlegt, ob Leon und ich uns anschließen sollten, aber die ständigen Streitereien zwischen den Brüdern haben selbst heute, am Heiligabend, und auf Bitten von Silke keine Pause gemacht.

Seit unsere älteren Brüder aber vor knapp einer Stunde die Blockhütte verlassen haben und der Rest der Familie sich langsam zum Schlafen in die Zimmer verzogen hat, war Leon wie ausgewechselt. Beinahe so, als wäre endlich Platz für ihn.

»Ja, hierzubleiben war definitiv die bessere Entscheidung. Ich bin echt froh, dass sie weg sind. Endlich.« Schon ist der genervte Unterton in seiner Stimme zurück. Allein die Erwähnung von Noahs Namen reicht aus, um irgendeine Art von Wut in ihm auszulösen. Ist es überhaupt Wut? Oder Eifersucht?

Bevor ich weiter darüber nachdenken kann, dreht er mir sein Gesicht zu und vertreibt mit seinem Lächeln die Gedanken, die soeben in meinem Kopf waren. »Es ist viel schöner, mit dir hier zu sitzen. Ohne die anderen.«

Sein Lächeln, seine Worte machen etwas mit mir. Etwas Gutes. Fast wie ein Taschenwärmer, bei dem durch einen klitzekleinen Knick eine Reaktion ausgelöst wird, die überall wärmt. Überall in mir.

Kurz lächle ich zurück, dann muss ich etwas anderes tun, muss die Decke ein wenig höher ziehen, muss sie glattstreichen. Muss ablenken. Ihn von meiner Nervosität und mich von … ihm.

Ich lasse die Decke los und nehme die Tasse von der Fensterbank hinter mir, schließe beide Hände darum. Die Tasse, die vor ein paar Stunden noch in blauem Geschenkpapier eingeschlagen unter dem bunt geschmückten Tannenbaum im Wohnzimmer gelegen hat. Mit grünem Geschenkband und einer Karte, auf der neben einem grinsenden Elch *Für J. B. von Lon* zu lesen war. Nur die paar Buchstaben, mehr nicht, und doch mehr als genug, weil unsere kleinen Insider ausreichen, um die jahrelange Vertrautheit erneut zu bestätigen und das Kribbeln in meinem Bauch zu verstärken.

Bei der Erinnerung muss ich lächeln. *Lon* – nicht Leon. So, wie ich ihn damals gerufen habe, als ich hier im Haus auf wackligen Beinen hinter ihm hergetapst bin und kaum sprechen konnte. Aus irgendeinem Grund ist der Name hängengeblieben. Und das, obwohl Leon mittlerweile so gar nicht mehr der kleine blonde Junge mit den Strubbelhaaren ist, sondern der ziemlich große, verflucht gutaussehende Typ mit den dunkelblonderen ähm … ja, doch: Strubbelhaaren. Sie sind so, wie sie immer waren, und sollten niemals anders sein.

Und *Jana-Banana*? Ich seufze innerlich. Wie oft habe ich ihn verflucht, diesen Spitznamen, den mir Noah und Max ständig in diesem fiesen, hänselnden Ton hinterhergerufen haben? Wie oft habe ich mich rückblickend darüber geärgert, im Alter von sechs Jahren meinen eigenen Vorrat an Bananen mitgebracht und mit Edding namentlich beschriftet zu haben? Drei für jeden Tag. Aber mittlerweile ist es mir egal, mehr noch … ich bin mir selbst dankbar. Weil ich es so mag, wenn Leon mich J. B. nennt.

Jetzt halte ich die Tasse mit dem letzten lauwarmen Schluck Glühwein in der Hand und tue so, als würde ich mich wärmen, obwohl mir plötzlich deutlich weniger kalt ist als zuvor. Dank Leons Taschenwärmerworten.

Meine Augen wandern über den Aufdruck auf dem Kaffeebecher. *It's the most wonderful time of the year.*

Sanft streicht mein Daumen darüber. Ich seufze tonlos.

Ja. Richtig. Es ist die wundervollste Zeit des Jahres. Aber nicht, weil Weihnachten ist.

»Danke noch mal für die Tasse«, murmle ich und verdrehe innerlich die Augen. Was für ein belangloser Satz. Aber ich bin komplett überfordert. Obwohl wir uns so ewig kennen, obwohl ich schon immer ohne Probleme über alles, also fast alles, mit ihm reden konnte … kann. Doch dieses Jahr fällt es mir plötzlich schwer, vernünftige Sätze zu formulieren, wenn er in der Nähe ist. Dieses Jahr ist es nahezu unmöglich, ihn anzuschauen, ohne dabei albern oder rot zu werden. Trotzdem hebe ich meinen Blick, sehe ihn an, sehe, wie er sein Gesicht verzieht.

»Boah, sag das bitte nicht. Die Tasse ist mir extrem peinlich. Hätte ich geahnt, dass du mir ein so cooles Armband schenkst, hätte ich dir was Schöneres ausgesucht. Oder es zumindest versucht …« Mit seinem Zeigefinger berührt er das schwarze Segeltau, das sich um sein rechtes Handgelenk schmiegt, und streicht dann über den silbernen Magnetverschluss mit dem dezent aufgedruckten Angelhaken.

Das Geschenk hatte schon Monate in meiner Schreibtischschublade gelegen. Im Sommer habe ich es im Urlaub an der Nordsee im Schaufenster eines kleinen Juweliers entdeckt und wusste sofort, es ist perfekt. Perfekt für Leon.

»Quatsch. Ich hab es zufällig gesehen und gedacht, es passt zu dir«, erwidere ich und winke ab. Dabei möchte ich das gar nicht. Ich möchte nichts kleinreden, will viel mehr sagen, will Leon wissen lassen, dass ich –

»Dann ist ja gut.« Seine Worte holen mich aus meinen Gedanken. »Und ich meine den Satz auf der Tasse ernst. Auch wenn es vielleicht nicht so wirkt, aber ich hab mich tierisch gefreut auf die Zeit. Also, nicht auf den Weihnachtstrubel, aber … auf dich.« Er lächelt leicht, und ich halte das warme Gefühl in mir kaum noch aus.

Beiße auf meine Unterlippe. Klammere mich an die Tasse.

Leon räuspert sich, wirkt mit einem Mal verunsichert. »Ähm … wo wir gerade beim Thema sind. Ich wollte dir noch etwas sagen.«

Mein Herz, das bis zu diesem Satz fleißig in doppelter Geschwindigkeit geschlagen hat, macht einen Aussetzer. Mein Kopf wiederholt seine Worte.

Ich wollte dir noch etwas sagen.

Und ich weiß nur zu gut, was es ist. Bin mir hundertprozentig sicher und gleichzeitig erleichtert. Weil ich ihm das Gleiche sagen möchte. Auch wenn ich Angst habe, Angst, dass sich mit einem Schlag zu viel zwischen uns ändert. Nein, nicht nur viel. Sondern alles.

Aber plötzlich spüre ich neben der Wärme in meinem Bauch noch etwas anderes. Einen Anflug von Waghalsigkeit, nur ein Flattern. Doch ich lasse es nicht entkommen.

Ich stelle meine Tasse zurück auf die Fensterbank und drehe mich Leon zu, nähere mich seinem Gesicht. Sehe ihm tief in die Augen, in seine warmen dunkelbraunen Augen. Für einen kurzen Moment glaube ich, Verwunderung darin zu erkennen, vermutlich darüber, dass ich ihm zuvorkomme. Mit Sicherheit ahnt er, was ich vorhabe.

Langsam nähere ich mich ihm weiter, so langsam, dass ich befürchte, der Mut könnte mich verlassen. Aber das tut er nicht.

Unsere Lippen berühren sich. Leicht. Sanft. Vorsichtig. Sie liegen aufeinander. Meine so zittrig, wie ich mich fühle. Seine so weich und warm, wie ich es mir vorgestellt habe.

Ich möchte nicht, dass dieser Kuss jemals endet.

Gleichzeitig möchte ich wissen, was Leon denkt. Möchte es in seinen Augen lesen. Ich nehme meinen Kopf ein wenig zurück, nur ein klitzekleines bisschen.

Als sich unsere Lippen voneinander lösen und eine kleine Atemwolke zwischen uns aufsteigt, lächelt er. Nicht nur mit seinem Mund, auch mit seinen Augen, mit seinem ganzen Gesicht. Und da ist kein Platz mehr für Verwunderung.

Ich lächle zurück. Spüre hinein in dieses ungreifbare Durcheinander in mir. Eines, das sich erstaunlich gut anfühlt und mich an Jahrmarkt erinnert. Weil sich alles dreht, alles leuchtet und blinkt. Weil mein Herz wie der Bass vom Musik-Express wummert. Laut und schnell zur nächsten Rückwärtsfahrt oder zum Mittanzen auffordert.

Weil ich bleiben möchte zwischen all den Lichtern, der Musik und mit dem Geschmack von Zuckerwatte auf den Lippen. Und doch habe ich Angst, die Euphorie und der Jahrmarkt könnten sich in Luft auflösen.

Leons Stirn fällt an meine, er hält eine Sekunde inne, sein Atem streift sanft und warm über meine Haut. Dann presst er seine Lippen auf meine. Er küsst mich zurück, und plötzlich bin ich mir sicher, dass sich ganz und gar nichts in Luft auflösen wird.

Kapitel 9

Samstag, 23. Dezember 2023

Leon

»Ich hab zwei Zwiebeln auf der Mütz, ich bin ein Weihnachtsdöner. Denn Döner macht schöner.« Felix singt voll Inbrunst, schunkelt dazu im Takt und legt Noah, der neben ihm sitzt, den Arm über die Schulter, um ihn zum Mitmachen zu bewegen.

So, wie Noah sich versteift, hat er darauf offensichtlich wenig Lust. »Pschscht, Mann, nicht so laut. Wir sind in einem anständigen Lokal.« Er schnipst Felix die beiden Zwiebelringe von der roten Samtmütze mit dem dicken weißen Plüschfellrand und dem ebenso weißen Plüschbommel.

Irritiert deutet Felix einmal um uns herum. Über die Bestelltheke, in der sich auch spät nachts noch Riesenmengen an Salat, Tomaten und Zwiebeln türmen, über die beiden Drehspieße dahinter, über die Schlange an hungrigen Menschen davor und über die drei rechteckigen Hochtische gegenüber, von denen wir an einem sitzen – Noahs Trauzeuge Alex neben mir und Felix mir gegenüber.

»Wir sind in einer Dönerbude«, stellt er klar, falls Noah seine demonstrative Geste nicht verstanden haben sollte.

Doch unser großer Bruder nickt bestätigend. »Sag ich ja. Anständig.« Er wischt ein paar unanständige Fladenbrotbrösel vom Tisch und beißt von seinem Döner ab.

Kaum hat er ihn wieder vom Mund genommen, pickt Felix sich stumm eine Zwiebel zwischen Fleisch und Tomaten raus und legt sie sich auf die Mütze. Dann sieht er Noah provozierend an.

Glaube ich zumindest. Sein Blick ist schon seit einer ganzen Weile so alkoholvernebelt, dass andere Regungen darin ziemlich versinken.

Kein Wunder. Wir sind seit neun Stunden unterwegs, haben den Junggesellenabschied um sechs Uhr mit einem ersten Bier im Hofbräukeller eingeläutet und sind nach vielen weiteren Getränken in vielen weiteren Locations beim Abschlusssnack angekommen, dem Döner danach. Gibt es eine bessere Erfindung?

Vielleicht ist er aber auch nur eine Zwischenstärkung. Der umfunktionierte gelbe Schulbus aus den USA, der uns den gesamten Abend lang mit Discobeleuchtung und Musikbeschallung durch München kutschiert und von Bar zu Stripclub zur Neunziger-Jahre-Party und zu guter Letzt zur Dönerbude gebracht hat, steht uns zwar nicht mehr zur Verfügung, aber wir können ja zu Fuß weiterziehen. Zumindest wir fünf, die von den ursprünglich vierzehn noch übrig sind. Wobei, so, wie Alex seinen Kopf auf dem Tisch abgelegt hat, die Weihnachtsmütze weit über die Augen gezogen, geht er nirgendwo mehr hin außer in sein Bett. Und Daniel, Noahs Arbeitskollege, hängt schon seit Minuten bei den beiden Blondinen am Tisch hinter uns herum. Auch in all den anderen Locations, in denen wir heute waren, hat er ständig und sofort Mädels angequatscht. Ganz offensichtlich will er ebenfalls in ein Bett, nur nicht in seins.

Bleiben noch Noah, Felix und ich. Wir drei Brüder zusammen um die Häuser? Ich hätte Lust drauf.

»Du willst anständig?« Felix lässt frech seine Augenbrauen spielen. »Kannst du haben.« Er pickt eine Zwiebel aus seinem Döner und legt sie Noah auf die Mütze, die wir alle passend zu unseren Pullis tragen. »Hier. Jetzt bist du ein anständiger Döner.«

»Ein schöner«, füge ich grinsend an, und Felix fällt vor Lachen fast vom Stuhl.

Gerade noch rechtzeitig schafft er es, sich zu halten, und stößt mit viel Mühe und unter Prusten hervor: »Ein schöner Weihnachtsdöner.«

»Ihr seid so witzig.« Noah verdreht die Augen, um die sich jedoch deutlich erkennbare Lachfalten graben. Und die Zwiebel lässt er auch auf dem Kopf.

Felix legt seinen Arm noch einmal um Noahs Schulter, zieht ihn zu sich heran und küsst ihn auf die Wange. »Bester Junggesellenabschied ever, echt!«

»Hab ja auch ich organisiert.« Ohne seinen Kopf zu heben, hält Alex seine Bierflasche in die Höhe, mühevoll, aber stolz.

Der Plüschbommel seiner Mütze ist kurz davor, in den Ketchupfleck auf dem Tisch zu tauchen. Ich bringe den Bommel in Sicherheit, lege ihn auf Alex' Schulter und stoße meine Flasche dann an seine. »Auf den besten Trauzeugen ever!«

Noah und Felix stimmen mit ein, und Alex schiebt die Weihnachtsmütze von seinen Augen, blinzelt gegen das grelle Dönerbudenlicht an. Mühevoll, aber stolz.

»Damit wir uns von Anfang an klar verstehen«, sagt er zu Noah und setzt sich auf. »Noch mal mach ich das nicht. Du heiratest nur einmal.«

»Natürlich.« Noah schenkt ihm einen Blick, der von purer Verständnislosigkeit spricht. Der klar und deutlich zeigt, dass der Gedanke, nicht für immer mit Laura zusammenzubleiben, für ihn völlig absurd ist.

»Äh, excuse me?« Auch Felix könnte Alex nicht konsternierter ansehen. »Hast du Noah und Laura mal zusammen erlebt? Die beiden sind so dermaßen verliebt, das grenzt schon fast an Unzumutbarkeit.«

»Ey.« Noah rammt Felix den Ellenbogen in die Seite. So stark, dass dieser ins Schwanken gerät und es diesmal nicht allein schafft, sich auf dem Hocker zu halten. Er kippt gefährlich zur Seite, ist schon beim Fallen, als meine Hand vorschnellt. Ich greife ihn an der Schulter und schiebe ihn zurück in die Senkrechte, rette ihn und erstaunlicherweise auch die Zwiebel auf seinem Kopf im letzten Moment.

Kaum sitzt er einigermaßen gerade, schubst er Noah zurück, lässt sich das nicht nehmen. Doch sein Rempeln zeigt keinerlei Wirkung. Gegen die Muskelwand, die sich Noahs Oberkörper nennt, kommen die wenigsten an. Erst recht niemand, der zur Einstimmung des Abends den Selbstgebrannten von Opa mitgebracht und womöglich die halbe Flasche allein getrunken hat.

»Ist doch wahr«, rechtfertigt er sich und zieht eine Schnute, die er schon als Baby so perfektioniert hatte, dass er meist seinen Willen bekam. »All euer Geknutsche, Händchenhalten und Schatz hier und Schatzi da … Das mag nicht jeder sehen.«

»Du bist ja nur neidisch.« Noah grinst zufrieden, denkt womöglich gerade an die Küsse und all das andere hier und da.

»Stimmt.« Felix nickt. »Und weißt du, was ich noch bin?« Er deutet auf seinen Kopf. »Ein Döner.«

Wir lachen so laut los, dass sich die Leute in der Schlange, die weiterhin nicht abreißt, zu uns umdrehen. Aber sorry, der war echt gut.

»Pschschscht«, macht Noah wieder. Warum auch immer, wir beachten ihn doch ohnehin nicht.

»Und was ist eigentlich mit dir?«, fragt Alex mich, kaum hat er sich und mir mit seinem Mützenbommel die Lachtränen aus den Augenwinkeln getupft.

»Ich bin kein Döner.« Gewissenhaft beuge ich meinen Kopf nach unten, damit er sehen kann, dass auf meiner Mütze keine Zwiebel liegt. Falls es das ist, was er wissen wollte.

Offenbar ist es das nicht. Denn Alex verdreht die Augen.

»Ich meine, ob du eine Freundin hast«, erklärt er mit einem zum Augenrollen passenden Unterton und fügt im nächsten Moment hastig und mit Seitenblick auf Felix hinzu: »Oder einen Freund. Wie auch immer. Völlig okay. Eine Person halt.« Seine Wangen verfärben sich so rot wie unsere Mützen und sein Pulli, auf dem zwei Elche

Hula tanzen. »Ich hatte nur angenommen, dass es eine Sie wäre, aber falls –«

»Es wäre eine Sie«, unterbreche ich ihn, helfe ihm damit hoffentlich aus seiner Misere. »Aber ich habe keine.«

Er blickt mich überrascht an. »Echt nicht?«

Ich schüttle den Kopf. »Echt nicht.«

»Aber irgendwas Lockeres hast du, oder?«, fragt Felix und klingt dabei so, als würde er keine Frage stellen, sondern eine Tatsache benennen.

Erneut schüttle ich den Kopf. »Nein. Nichts.«

Alex mustert mich mit zusammengezogenen Brauen. »Du verarschst uns doch.«

Felix lacht zustimmend. »Klar tut er das. Wie immer. In London leben Millionen von Frauen, natürlich hat Leon da Spaß ohne Ende.« Er redet so, als wäre ich nicht da, als säße ich ihm nicht genau gegenüber, als wüsste er, wie ich mein Leben lebe. Über den Tisch hinweg klopft er mir brüderlich auf die Schulter, nimmt mich also sehr wohl wahr. »Das ist doch unser Leon, der Weltenbummler, der Freiheitsfanatiker, der Wildeste von allen! Der lässt sich nicht einfangen. Höchstens für eine Nacht, garantiert nicht länger, garantiert kein Leben lang, oder?« Schon wieder stellt er eine Frage, die für ihn keine ist. Dazu grinst er sein breites Grinsen, das Alex ebenso breit erwidert.

»Klasse Thema für einen Junggesellenabschied …« Ich versuche es mit Sarkasmus, weil die Wahrheit offensichtlich nicht gehört wird.

Felix macht eine wegwerfende Handbewegung. »Noah kann das ab. Er weiß schließlich, dass es auf der Welt

Menschen wie dich gibt, die nichts von der Institution Ehe halten. Und das ist ja auch völlig okay so.«

Noah stöhnt genervt. »O Bruder, du hast so was von keine Ahnung.«

»Hab ich wohl«, verteidigt Felix sich sofort. »Es glauben halt nun mal nicht alle an *die eine große Liebe*.« Entschuldigend nimmt er die Hände hoch. Eine Geste, die wohl ausdrücken soll, dass er doch auch nichts für meine seltsamen Ansichten kann. Bei seinen letzten Worten rund um die Liebe malt er Anführungsstriche in die Luft. Offenbar, um zu unterstreichen, wie befremdlich ich diesen Ausdruck finde, dieses … Dings, das in meinen Augen seiner Meinung nach nicht existiert.

Ich habe keine Ahnung, wie er daraufkommt.

Habe aber auch keine Lust, ihm das zu sagen. Mich zu erklären. Es wieder und wieder und doch vergeblich zu versuchen.

Plötzlich bin ich einfach nur müde. Von allem.

»Du hast recht«, bestätigt Noah, und meine Müdigkeit nimmt zu. Wird zur Enttäuschung.

Schon komisch, wie man sich jemandem in einer Sekunde total verbunden fühlen kann und in der nächsten ist nichts davon übrig. Außer eine vage, doch unwirkliche Erinnerung.

Fakt ist: Meine Brüder kennen mich nicht. Aber woher sollten sie?

Es ist besser, zu gehen.

In einem Zug trinke ich mein Bier aus, nehme die Füße von der Strebe meines Hockers und will gerade aufstehen, als Noah anfügt: »Nicht alle glauben an die Liebe.« Über den Tisch schaut er zu mir. »Leon schon.«

Ich halte überrascht inne. Die anderen beiden schenken Noah den gleichen verwunderten Blick. Wenn auch sicherlich aus einem anderen Grund.

»Quatsch«, entgegnet Felix mit einem Lachen, in das diesmal niemand einstimmt. Und das prompt verstummt, sobald ihm diese Tatsache bewusst wird.

Noah sieht mich weiterhin an, wartet darauf, dass ich seine Aussage bestätige.

Ich zucke mit den Schultern.

Er nickt. Akzeptiert mein Schulterzucken als das *Ja*, was es ist. »Und du«, sagt er dann zu Felix und legt ihm den Arm um die Schultern, »glaub nicht alles, was du denkst. Mach mal deine Augen auf. Dann wirst du dich wundern, was du alles siehst. Zum Beispiel auch, dass die Liebe existiert. Manche suchen sie nur ewig.« Sein Blick wandert zurück zu mir. »Und andere werden von ihr gefunden, lange bevor sie bereit dafür sind.«

Kapitel 10

Damals
Heiligabend 2013

Leon, 18 Jahre

Jana küsst mich.

Sie hat den ersten Schritt getan. Einfach so. Hat sich vorgebeugt und ihre Lippen auf meine gelegt. Ihre Lippen, die nach Glühwein schmecken, nach Zimtsternen und nach der Ruhe im Sturm.

All die Gedanken, die mich seit Monaten umtreiben, all die Sorgen, all die Zerrissenheit, all die Worte in meinem Kopf sind plötzlich still. Die Rastlosigkeit schweigt.

Leider löst Jana sich viel zu schnell von mir. Vorsichtig blickt sie mich an, ist sich scheinbar unsicher, was ich von ihrem Wagnis halte.

Ich lächle, denn ich halte viel davon. Sehr, sehr viel.

Sie lächelt zurück, und meine Stirn fällt an ihre.

Dieser Kuss, dieser Blick, dieses Lächeln ist anders als alles, was ich bisher erlebt habe. Der Moment geht tiefer, ist echter, ist alles.

Eben noch wollte ich ihr von meinen Plänen erzählen, jetzt möchte ich einfach nur in diesem Moment sein. Nur hier, nicht in der Zukunft. Nur bei Jana.

Ich lege meine Lippen auf ihre und spüre, wie sich ihr Lächeln verstärkt. Meines ebenso. Ich könnte niemals nicht lächeln in diesem Augenblick.

Unser Kuss ist so vorsichtig, wie es der vorherige war. Ebenso sanft streichle ich über ihre Wange, ihre zarte Haut, ihre Sommersprossen, die jetzt im Winter viel blasser sind als auf den Fotos, die sie mir im Sommer von sich geschickt hat. Ich lasse eine ihrer braunen Locken, die unter ihrer dunkelblauen Mütze herausragen, durch meine Finger gleiten, fühle, wie weich ihre Haare sind.

Ob sie fühlt, wie schnell mein Herz schlägt? Wahrscheinlich nicht, die Daunenjacken, die wir beide tragen, sind Schallschutzdämpfer. Und einfach viel zu warm, viel zu dick und viel zu sperrig. Jana ist viel zu weit weg.

Mit beiden Händen umfasse ich ihr Gesicht, ziehe sie näher zu mir, ihre Lippen fester auf meine. Ich brauche mehr als vorsichtig, und ich glaube, sie auch. Wir öffnen unsere Lippen, unsere Zungen finden zueinander, und Jana seufzt. Sie presst ihre Hände an meine Brust, verhakt ihre Finger mit dem Kragen meiner Jacke, als suche sie Halt. Ich hebe sie auf meinen Schoß, umschlinge sie mit beiden Armen. Erschrocken saugt sie die Luft ein, hat damit nicht gerechnet. Doch hat scheinbar nichts dagegen. Sie legt ihre Arme um meine Schultern und lächelt so wie eben, ganz tief in mich hinein.

Mein Herz rast. Vielleicht spürt sie es jetzt.

Meine Stirn legt sich erneut an ihre. Vielleicht brauche auch ich Halt.

»Jana«, flüstere ich und weiß gar nicht so recht, ob ihr Name ein Satzbeginn ist oder ob ich ihn einfach nur laut aussprechen wollte, damit er mir hilft, zu realisieren. Dass es wahr ist. Dass ich sie wirklich im Arm halte, wirklich küsse.

Und genau das tun wir, so lange, bis uns ein Poltern im Wohnzimmer auseinanderfahren lässt. Im selben Moment geht das Licht an, fällt durch die Terrassentür und das Fenster in meinem Rücken und erhellt uns und unsere Bank.

»Shit«, entfährt es Jana und mir gleichzeitig und ebenso zeitgleich müssen wir lachen.

»Pschscht.« Ich lasse mich an der Lehne hinabrutschen, verschwinde hoffentlich noch rechtzeitig aus wessen Blickfeld auch immer.

Jana duckt sich ebenfalls, legt ihre Stirn kichernd auf meine Brust, versteckt sich hinter mir.

Ich halte sie fest im Arm. Wehe, sie kommt auf die Idee, abzuhauen.

Im besten Fall holt sich irgendjemand aus unseren Familien etwas zu trinken, ist sofort wieder verschwunden und wir können einfach weitermachen, wo wir aufgehört haben.

Im schlimmsten Fall … ist es Noah. Ja, er ist es. Er öffnet die Verandatür und tritt zu uns, dringt endgültig in unsere Zweisamkeit. »Ach guck«, sagt er nur und ruft dann ins Haus zurück: »Max! Leon und Jana haben es endlich gebacken bekommen.«

Janas verwunderter Blick fliegt zu mir.

Ich kann nur mit den Schultern zucken. Bin über Noahs Kommentar genauso überrascht wie sie und finde absolut keine Worte, um darauf zu antworten. Brauche ich auch nicht, denn schon erscheint Max in der Tür.

Als er Jana auf meinem Schoß sitzen sieht, hebt er die Hände dramatisch in die Höhe, direkt in Richtung der dunklen Holzbalken, die den Balkon über uns tragen. »Halleluja! Hat es also doch was gebracht, dass wir uns vom Acker gemacht haben.«

Noah haut ihm bekräftigend auf die Schulter. »Beste Idee ever!«

Die Verwunderung in Janas und meinem Blick steigt um ein Fünffaches. Haben die zwei Vögel, die sich sonst für nichts anderes als sich, Muskelaufbau und Mädchen interessieren, ernsthaft versucht, uns zu verkuppeln? Aber woher wussten sie …?

»Weitermachen!«, ordert Noah. »Wir waren nie da.« Er schiebt Max zurück ins Haus und schließt die Tür hinter sich.

Für einen Moment sehen Jana und ich uns stumm an, aber schon im nächsten lachen wir uns kaputt. Und wie immer geht das mit niemandem so gut wie mit ihr.

»Das heißt dann wohl zwei Dinge«, sagt sie, nachdem wir uns beruhigt haben. »Erstens, wir sind fürchterlich schlecht im Geheimhalten von … ähm … Gefühlen.« Plötzlich spricht sie zögerlich. Die Unbeschwertheit, die vor einer Sekunde noch über uns lag, scheint verschwunden. Sie wirkt wieder so unsicher wie eben, wie nach ihrem Wagnis, mich zu küssen. Doch erneut wendet sie ihren Blick nicht ab, hält meinem stand, hoffentlich weil sie weiß, dass ihr vor mir nichts unangenehm sein muss, dass sie mir alles sagen kann. »Und zweitens«, fährt sie leise fort, »müssen wir es dann gar nicht erst versuchen, oder? Also ich meine, das zwischen uns … wir müssen es nicht geheimhalten. Zumindest nicht vor den Jungs.« Ihre Unsicherheit schiebt Röte auf ihre Wangen. Dabei ist sie so wahnsinnig tapfer, so beneidenswert mutig. Doch sich dessen kein bisschen bewusst.

»Hättest du uns lieber geheimhalten wollen?«, frage ich, ersetze ihr *es* absichtlich mit einem *uns* – nicht einem *das zwischen uns*, sondern einem bedeutungsschweren *uns*.

Und dabei schlucke ich auch ein bisschen.

Ein Lächeln huscht über Janas Gesicht. Sie hat meine Wortwahl bemerkt. »Nein«, antwortet sie und schüttelt den Kopf. »Ich will nur die wenige Zeit, die wir diese Woche haben, nicht mit unnötigen Rechtfertigungen oder Diskussionen verschwenden.«

Sie spricht von meinen Eltern und der Tatsache, dass mein Verhältnis zu den beiden in den letzten Wochen und Monaten leider hauptsächlich von Rechtfertigungen und Diskussionen beherrscht wird. Ich kann schwer einschätzen, was die zwei davon halten würden, wenn sie wüssten, dass ich Gefühle für die Tochter ihrer besten Freunde habe. Wahrscheinlich wären sie wenig begeistert. Und wahrscheinlich hätten sie nicht ganz unrecht damit. Doch diesen Gedanken will ich nicht weiterdenken.

»Geheimhalten macht ja auch Spaß, oder?«, frage ich stattdessen, und Jana grinst verschmitzt.

»Auf jeden Fall.«

Ich presse meinen Mund auf ihren, küsse den Gedanken weg und weiß, ich habe mich auch um eine Antwort gemogelt. Habe auf ihren Kommentar bezüglich der wenigen Zeit, die wir haben, nicht reagiert. Mein Verhalten mag egoistisch sein, aber ich möchte nicht weiter als jetzt und hier denken. Hier mit ihr.

Denn wenn sie mich daran erinnert, dass unsere Zeit ein Enddatum hat, macht sie mir bewusst, dass die Realität, die nach Ablauf unserer Woche folgen wird, mit etlichen Problemen aufwartet, jetzt noch mehr als vorher. Und die Realität hat zu wenig Lösungen parat. Zumindest zu wenige, die jeden zufriedenstellen. Eigentlich gibt es keine einzige.

Ich weiß das und möchte es dennoch nicht wissen, möchte mir den Kopf darüber nicht zerbrechen. Ich möchte mit Jana zusammen sein, möchte sie zum Lachen bringen und zum Seufzen. Ich möchte, dass sie glücklich ist, und möchte es selbst auch sein. Im Jetzt.

*****

Und es klappt. In der kommenden Woche, in unserer letzten Woche zwischen den Jahren, klappt genau das.

Doch mit jedem Tag, der verstreicht, verschwindet ein Stück vom Jetzt, von unserer gemeinsamen Zeit.

Obwohl Jana und ich sie füllen, so gut es geht. Obwohl wir *uns* in jeden möglichen Winkel quetschen, in jede Millisekunde, in jeden Herzschlag. In jede Schneeballschlacht, in jede Gondelfahrt die Berge hinauf und in jede Abfahrt zurück ins Tal. In die Rodelpartie und die Fackelwanderung. In Spieleabende mit allen am großen Esstisch in der Küche und in Chill-out-Sessions mit unseren Brüdern im Whirlpool auf der Terrasse.

Wie sehr ich wünschte, insbesondere bei Letzterem mit Jana allein zu sein, müsste Noah und Max eigentlich klar sein. Selbst Felix, der ebenfalls überraschend selbstverständlich auf Jana und mich reagiert hat, müsste es mit seinen vierzehn Jahren verstehen. Das heiße Wasser würde Jana und mir endlich die Chance geben, uns berühren zu können ohne all die frustrierenden Lagen an Winterklamotten zwischen uns. Doch den strengen Blicken der Jungs nach zu urteilen, ist möglicherweise genau das der Grund, warum sich keiner von ihnen auch nur einen Zentimeter aus den Wellen bewegt. Sie wachen über uns, wohl damit wir keinen Fehler machen, den wir bereuen würden, wenn das Enddatum da ist.

Ich bin mir nicht sicher, ob wir das tun würden.

Wann immer unsere Eltern in der Nähe sind, halten wir Abstand. Doch müssen diesen nie lang ertragen, weil wir problemlos Möglichkeiten finden, ohne sie zu sein. Bei der Schneeschuhwanderung lassen wir uns zurückfallen. Beim Anstehen an der Gondel gewähren wir Fremden den Vortritt und steigen in die nächste, küssen uns dann bis zum Gipfel hinauf.

An jedem Abend streichle ich unter dem Esstisch heimlich Janas Hand. An einem Morgen, als alle aus dem Haus zum Auto gehen, um zur Bergstation zu fahren, hält sie mich in der Tür zurück, zieht mich dahinter und drückt ihren Mund auf meinen. Am Nachmittag im Dachgeschossflur, während unten aus der Küche das Lachen unserer Mütter dringt und die Jungs im Zimmer nebenan zu Felix‘ neuem *Just Dance* auf der Wii schwitzen, stehlen wir uns gegenseitig Küsse, kurze und lange. Lieber lange.

Mehr als einmal bekommen wir von Noah ein »Boah, nehmt euch ein Zimmer!« zu hören, wenn er uns Arm in Arm entdeckt. Aber obwohl er seine Augen verdreht, liegt in ihnen ein Lächeln. Es ist das gleiche, das er mir geschenkt hat, als ich zum ersten Mal vom Dreier gesprungen bin, endlich den Double Flip mit meinem Skateboard geschafft oder mir meine Nägel lackiert habe, weil ein paar Vollidioten aus der Fünften meinten, sie müssten Felix aufgrund der rosaroten Farbe auf seinen hänseln. Es ist ein Lächeln, mit dem er mich schon lang nicht mehr betrachtet hat. Und das sich deswegen umso besser anfühlt.

An den Abenden, an denen unsere Eltern sich vor dem Kamin verquatschen, gehen wir mit Max und Noah ins Dorf. Nicht, weil wir Lust auf Après-Ski im Michis haben. Nur, weil wir zwischen Jagatee und *Gangnam Style*, zwischen Aperol Spritz und *I sing a Liad für di* für uns sein können. Weil wir uns, während alle anderen grölend um die Bar tanzen, auf die Bank in der Ecke verziehen können. Dort, wo uns niemand beachtet, uns niemand stört. Wo wir uns endlos küssen können und nicht komplett gegen die Musik anschreien müssen, um uns zu unterhalten. Wo Jana mir von ihrem Zukunftsplan erzählt, doch ich ihr nie von meinem. Weil ich nicht weiß, ob er für mich noch wichtig ist. Weil ich weiß, dass er für alle anderen nicht richtig ist.

Aber Janas Plan ist es. Und sie müsste mir davon nicht erzählen. Ich kenne ihn in- und auswendig, es ist schon immer derselbe. Doch ebenso wie sie nicht müde wird, darüber zu sprechen, dass sie nach der Schule die Konditorei ihrer Oma übernehmen und diese in einen Buchladen mit Café verwandeln möchte, werde ich nicht müde, ihr zuzuhören. Ich mag, wie ihre Augen strahlen, wenn sie von den weißen Wandregalen voll Romanen träumt und von den Vitrinen voll bunter Cupcakes. Oder wenn ich ihr helfe, einen Namen für ihren Traum zu finden, für ihr kleines Büchercafé. Es wird Realität werden. Daran gibt es keinen Zweifel.

Und jede Nacht, wenn alles schläft, setzen wir uns auf die Holzbank auf der Terrasse. Dann sind wir nur wir. Ich wünschte, wir könnten es für immer bleiben.

Doch die Tage vergehen.

Ich versuche, jede Sekunde zu genießen, klammere mich an jeder Minute fest. Aber ich kann sie dennoch nicht aufhalten. Die Zeit läuft mir davon. Heute, an Silvester, unserem letzten Abend, sogar mit Ansage.

Während die anderen vorhin lautstark den Countdown bis Mitternacht gegrölt haben, hätte ich mich am liebsten übergeben. Während meine Eltern zuvor bereits die ersten Sachen zusammengepackt und ins Auto gebracht haben, um morgen beizeiten loszukommen, hätte ich Jana am liebsten an die Hand genommen und wäre mit ihr weggerannt, durchgebrannt. Irgendwohin, nur nicht zurück nach Hause, wo die Rastlosigkeit sich erneut zu Wort melden wird.

Wobei es nicht so ist, als wäre sie in den letzten Tagen dauerhaft still gewesen. Es war ein Trugschluss, zu denken, sie hätte ihre Sprache verloren. Sie hat nur nichts gesagt, wenn Jana in meiner Nähe war. Als mein Vater mich jedoch bei der Schneeschuhwanderung beiseitegenommen und gefragt hat, ob ich mich endlich bei seinem Kumpel aus der Finanzabteilung bedankt habe, der mir den Ausbildungsplatz angeboten hat, rief sie sofort schweißtreibend laut.

Und als Anne, Janas Mutter, nach drei Baileys on the Rocks mit Tränen der Sehnsucht in den Augen von ihrer dreimonatigen Rundreise durch Neuseeland geschwärmt hat – *der besten Zeit ihres Lebens* –, schrie alles in mir: *Das will ich auch!* Ich hing an ihren Lippen, habe jedes Detail ihrer Tour in mich aufgesaugt. Doch als mein Blick im nächsten Moment auf Jana fiel, ertönten die gleichen Schreie: *Sie will ich auch!*

Aber ich weiß, ich kann nicht beides haben. Weil ich mich nicht mit drei Monaten Neuseeland zufriedengeben würde, weil ich mehr will als nur einen kurzen Ausflug in die beste Zeit meines Lebens. Und weil ich Jana nicht mitnehmen kann, ihren Zukunftsplan nicht meiner Rastlosigkeit opfern darf.

Unser beider Lachen war heute erloschen, ab und an höchstens krampfhaft vor den anderen erzwungen, doch nie echt. Selten habe ich ein einsameres *Frohes neues Jahr* gehört als das, was Jana mir um Mitternacht wünschte, während die anderen um uns laut jubelten und der erste Goldregen den Nachthimmel erhellte. Sie verpackte ihre Worte in ein tapferes Lächeln, das ihre Augen nicht erreichte. Umso mehr jedoch mein Herz.

Ich konnte nichts erwidern, konnte sie nur an mich ziehen und meine Arme um ihren Hals schlingen. Sie schmiegte ihren Kopf an meine Brust, legte ihre Arme um meinen Rücken, hielt mich genauso fest wie ich sie. Es war mir egal, dass unsere Eltern in der Nähe waren, dass Anne und meine Mutter uns mit Sorge betrachteten. Ich ließ Jana nicht los. Unser letzter Tag war angebrochen, das Enddatum da.

Nach dem Feuerwerk sind die anderen überraschend schnell ins Bett verschwunden. Zum Glück. So sehr ich die Zeit auch anhalten wollte, so konnte ich es doch nicht abwarten, mit Jana allein zu sein.

Und jetzt sitzen wir wieder auf unserer Bank. Jana hat sich in meine Armbeuge gelehnt, ihre Beine liegen quer über meinen Oberschenkeln, die dicke graue Wolldecke darüber. Ich schaue in den dunklen Nachthimmel, in dem Schneeflocken mittlerweile so wild durcheinanderwirbeln wie die Gedanken in meinem Kopf. Eine Flocke nach der anderen legt sich auf das Holzgeländer, das die Terrasse vom Hang hinterm Haus abgrenzt und auf dem sich bereits eine zentimeterdicke Schicht aus Neuschnee gesammelt hat. Die Lichterkette, die um das Geländer gewickelt ist, verschwindet immer mehr darunter. Doch manche Flocken gesellen sich nicht zu den anderen, sie fallen nicht auf das Geländer, sie suchen sich einen alternativen Weg …

»Du bist so still«, sagt Jana auf einmal und unterbricht meine seltsamen, ungesunden Gedanken. Sie legt ihren Finger unter mein Kinn, dreht meinen Kopf zu sich und blickt mich fragend an.

»Du doch auch.« Ich streichle über ihre Wange. »Du hast doch heute auch kaum etwas gesagt.«

Sie zuckt hilflos mit den Schultern. »Weil ich nicht will, dass heute heute ist. Und morgen morgen …«

Ich nicke und versuche mich an einem tröstenden Lächeln, möchte ihr so gern ihre Sorgen nehmen. Doch natürlich gelingt es mir nicht. Wie sollte es auch? Ich bin schließlich derjenige, der ihr gleich noch mehr wehtun wird.

In meinem Hals hängt ein Kloß so groß wie der Stein in meinem Magen so groß wie der Berg, den wir morgen wieder nach Hause hinabfahren. Ich schlucke, zweimal, dreimal, doch er bewegt sich nicht einen Millimeter. Kein Wunder, er hat sich mit jeder Sekunde, die mir durch die Finger geronnen ist, vergrößert, mit jeder Minute, die ich nicht stoppen konnte, stärker festgesetzt.

»Jana, ich …«, beginne ich, doch weiter komme ich nicht. Meine Stimme bricht.

Jetzt ist Jana es, die mit ihrer Hand zaghaft, nein, liebevoll über meine Wange streichelt. Die gleiche Empathie liegt in ihrem Blick, mit dem sie mich stumm auffordert, weiterzusprechen.

Ich halte mich daran fest, verhake meinen Blick mit ihrem und hole tief Luft, irgendwo an dem Kloß vorbei. »Vor einer Woche hatte ich vor, nach dem Abi für ein Jahr nach Neuseeland zu gehen … vielleicht länger …«

Sie schluckt, ebenso wie ich. Aber ihre Miene verändert sich nicht, sie scheint nicht überrascht. »Und jetzt hast du es nicht mehr vor?«

Doch, ist mein erster Gedanke. *Doch, ich habe es immer noch vor. Ich möchte es unbedingt.*

Aber, ist mein zweiter Gedanke, und er folgt dem ersten so dicht, dass sich die beiden beinahe vermischen. *Aber das bedeutet, wir können uns für Ewigkeiten nicht sehen. Wir leben verschiedene Leben. Wir können nicht zusammen sein.*

Ich muss meinen Mund öffnen, muss Jana genau das sagen, doch die Worte wollen nicht über meine Lippen.

Denn ich weiß, sobald ich sie laut ausspreche, liegen sie zwischen uns. Und trennen uns.

Ich wende den Blick ab, kann ihr nicht länger in die Augen sehen. Mit der Hand fahre ich mir durchs Haar, reiße den Reißverschluss meiner Jacke auf. Mir ist so scheiße heiß und gleichzeitig kein bisschen. Am liebsten würde ich die Jacke von mir zerren und in die Ecke knallen. Oder etwas anderes schmeißen, egal was. Es nehmen und weit von mir werfen, mit aller Kraft und mit ihr all den Frust. Oder noch besser: Auf irgendetwas einschlagen, die Verwirrung in mir, das Gefühls- und Gedankenchaos einfach raushauen.

»Doch, du hast es noch vor«, höre ich sie ihre Frage selbst beantworten, ihre Stimme leise, aber bestimmt. Als wüsste sie, dass es an meinem Plan ebenfalls keinen Zweifel gibt.

Sie nimmt ihre Beine von meinem Schoß, zieht sie zu sich heran, zieht sich von mir zurück.

Ich lasse mich nach vorn fallen, stütze meine Ellenbogen auf meine Knie und meinen Kopf in meine Hände. Die Maserung der braunen Bodenbretter unter mir verschwimmt.

Scheiße.

Ich schlucke, zum mittlerweile zehnten Mal, elften, zwölften, wie auch immer. Dann blicke ich zu ihr. Sie hat ihre Arme um die Waden geschlungen, ihr Kopf liegt auf den Knien.

»Komm mit mir mit«, bitte ich und bin mir gleichzeitig sicher, dass sie ablehnen wird. Doch ich musste die Möglichkeit aussprechen. Es wäre die beste Lösung. Für mich.

Wie erwartet schüttelt Jana den Kopf. »Ich kann nicht. Das weißt du.«

Ich nicke. Weil meine beste Lösung eben nicht ihre ist. Im Gegenteil.

Jana will bleiben, ich will weg.

Sie hat einen Zehnjahresplan, will sich mit einem eigenen Laden fest an ihren Heimatort binden. Ich bekomme bereits Schweißausbrüche, wenn ich die Worte *Bindung* und *Ort* nur in einem Satz höre.

Sie weiß genau, wie ihre Zukunft aussehen soll. Abgesehen von groben Studiumsgedanken habe ich keinen blassen Schimmer, was mich nach Neuseeland erwartet.

Eine Träne rinnt ihre Wange hinab. Sie wischt sie störrisch fort. Hat mit Sicherheit genauso wenig Lust auf all den Mist wie ich. Aber wir können es nicht ändern. Der Preis für das schlechteste Timing der Welt geht an uns.

Ich beuge mich zu ihr, küsse ihr die nächsten Tränen weg. Vergrabe mein Gesicht in ihrem Nacken, damit sie meine nicht sieht.

Sie legt ihre Stirn an meine Schulter, schiebt ihre Hände unter meine offene Jacke und umgreift meine Arme, die sie halten.

Für Sekunden, wahrscheinlich Minuten, bewegen wir uns nicht. Sitzen auf unserer Bank. Atmen zu wenig und fühlen zu viel.

»Kannst du mir was versprechen?«, flüstert sie nach einer Ewigkeit, die doch viel zu kurz war. Sie löst sich von mir und blickt mich voll Hoffnung an. »Können wir Freunde bleiben? So, wie wir es immer waren? Glaubst du, wir bekommen das hin?«

»Ja.« Eine kurze Antwort, doch ich könnte sie nicht aufrichtiger meinen.

»So wirklich, richtig Freunde?«

Ich fahre mit meinem Daumen über ihre Wangen, trockne die letzten Tränen. »So wirklich, richtig. Mit täglichen Nachrichten und wöchentlichen Telefonaten. Mindestens.«

Sie lächelt. Endlich konnte ich ihr eine Sorge nehmen.

Möglicherweise schrumpft der Kloß in meinem Hals ein kleines bisschen.

»Glaubst du, du feierst dann übernächstes Jahr wieder Weihnachten mit uns?«

Und schon schwillt er wieder an.

»Ich weiß es nicht.«

Ihr Lächeln stirbt. Die Enttäuschung, die sich stattdessen auf ihre Züge legt, brennt mir so fies in den Magen, dass ich meine Antwort am liebsten zurücknehmen würde, sie am liebsten in ein *Auf jeden Fall!* abändern würde. Doch das wäre nicht ehrlich. Und unehrlich hat Jana nicht verdient.

»Du kannst dir nicht vorstellen, wie sehr ich wünschte, dass es anders wäre«, presse ich hervor. »Es tut mir so wahnsinnig leid, aber ich –«

Sie legt ihren Zeigefinger auf meinen Mund, schüttelt dabei den Kopf. »Du musst dich nicht entschuldigen. Dann müsste ich es doch genauso. Keiner von uns hat Schuld, dass wir unterschiedliche Vorstellungen von der Zukunft haben. Es ist nun mal so. Wir würden vielleicht zusammenpassen, aber unsere Leben tun es nicht.« Sie zuckt mit den Schultern, das tapfere Lächeln ist zurück auf ihrem Gesicht. Es zerrt erneut an meinem Herz, reißt ein ziemlich großes Stück ab. Aber Jana kann sich nehmen, was und wie viel sie will, es gehört eh alles ihr.

»Wir dürfen uns für den anderen nicht verbiegen«, sagt sie, während ich noch versuche, mit meinem halben Herzen zurechtzukommen. »Dann würden wir nicht glücklich sein. Und das ist doch das, was wir uns gegenseitig am meisten wünschen, oder?«

»Ja.« Abermals die kürzeste, aber wahrste Antwort, die es gibt.

»Dann lass uns einen Deal schließen.« Sie streicht sich eine Haarsträhne hinter das Ohr, tut das, was ich eigentlich machen wollte, doch mich nicht getraut habe. Weil ich nicht weiß, ob ich sie als Freund noch so berühren darf. Nur weiß, dass ich es so verdammt gerne möchte.

»Egal, was passiert, wo wir sind oder mit wem – an Heiligabend in zehn Jahren treffen wir uns genau hier. Hier auf unserer Bank. Und dann erzählen wir uns, ob wir glücklich geworden sind, mit und ohne Plan.« Sie streckt mir ihre Hand entgegen. »Deal?«

»Okay. Weihnachten 2023. Deal.« Ich schlage ein und halte ihre Hand fest.

Sie lässt ebenfalls nicht los.

Wir verschränken unsere Finger.

»Freunde für immer?«, fragt sie.

»Freunde für immer«, antworte ich. Doch während Janas Augen das erste echte Lächeln an diesem Tag erreicht, bleibt meines ein kläglicher Versuch.

Die Zeit für Abschied ist noch nicht gekommen. Wir haben mindestens sechs Stunden, bis die Sonne sich hinter den Bergen hervorschiebt, und noch mindestens zehn, bis wir abfahrbereit sein müssen. Das sind sechshundert Minuten, sechsunddreißigtausend Sekunden, die wir nutzen können. Nutzen müssen. Wir dürfen uns nicht einfach so begraben. Ohne einen letzten Kuss oder zwei, drei. Selbst hundert werden nicht reichen.

Und ja, ich möchte ihr Freund bleiben, möchte es unbedingt. Seit ich denken kann, ist Jana ein Teil meines Lebens. Ohne sie geht es nicht. Sie ist mein Anker. Meine Konstante in der Planlosigkeit. *Freunde für immer,* daran halte ich mich fest, darauf baue ich.

Dennoch … Ich wünschte, wir wären mehr. Bei meiner Ankunft vor einer Woche wollte ich das *mehr* loswerden, wusste, es würde alles verkomplizieren. Und ich hatte recht. Aber jetzt will ich es trotzdem halten. Will mehr.

Es wird unvorstellbar schwer, nach dieser Woche weniger zu sein.

Kapitel 11

Samstag, 23. Dezember 2023

Jana

Wütend knalle ich den Karton mitsamt den Strohsternen und den Holzanhängern auf den Boden. So fest, dass einer der kleinen Engel mitsamt seiner Harfe übers Parkett rollt. Ich hebe ihn nicht auf, schnaube nur laut. Warum? Warum mache ich das überhaupt? Warum glaube ich, den bescheuerten Baum schmücken zu müssen? Weil ich es für heute geplant habe? Weil es nun mal zu Weihnachten gehört? Weil der Baum eh hier steht und nach Tannengrün riecht?

Aber was bitte soll ich dieses Jahr mit einem Weihnachtsbaum? Will ich mich morgen allein danebensetzen und lauthals *O du Fröhliche* singen?

Lächerlich, echt!

Mit einem lauten, wütenden Aufschrei lasse ich mich rückwärts in den grauen Ohrensessel fallen. Dabei ist mir egal, dass ich vermutlich halb auf den dänischen Papieranhängern gelandet bin, die jetzt wohl nur noch zwei anstatt drei Dimensionen haben. Im nächsten Moment sacke ich in mir zusammen, als wäre nach dem Schrei nichts mehr an Kraft übrig, um auch nur den kleinsten Muskel in meinem Körper anzuspannen. Eine Träne rollt meine Wange herunter, gefolgt von einer zweiten, einer dritten und dann von ganz vielen.

Was zur Hölle mache ich hier?

Warum versuche ich aller Welt – inklusive mir – Normalität vorzuspielen? Warum lasse ich den blöden Baum nicht Baum sein und verschwinde? Vielleicht wirklich zu Franzi oder in ein Wellnesshotel, drei Tage Sauna und Massage. Kurz abhauen – oder auch länger – und die Probleme in der Wohnung lassen, gleich hier in der Ecke zusammen mit der verknoteten Lichterkette, die sowieso nicht funktioniert. Nichts mit Weihnachten, einfach nur Pause. Und vielleicht würde ich dann endlich klarer sehen. Vielleicht wüsste ich nach meiner Rückkehr wie durch ein Wunder plötzlich, wie kaputt diese Lichterkette wirklich ist. Ob es ausreicht, ein oder zwei Glühbirnen auszutauschen, oder ob es nur Sinn macht, das gesamte Kabelknäuel zu entsorgen.

Ich kauere mich weiter zusammen, ziehe die Knie nah an meinen Oberkörper und wische mir trotzig über die feuchten Augen. Diese ewige Heulerei nervt mich gewaltig. Ich will nicht ständig weinen. Weil es aber trotzdem passiert, wartet neben mir auf dem hölzernen Couchtisch ein kleiner Vorrat Taschentücher. Als ich eine Packung greifen will, fällt mein Blick auf mein Handy, das ein paar Zentimeter daneben liegt. Mit dem Display nach unten und auf lautlos gestellt, damit ich neu eintreffende Nachrichten nicht bemerke. Nicht, weil ich allein sein will, sondern weil schon diese eine Nachricht seit Stunden zu schwer zu ignorieren ist und ich Angst vor weiteren hatte … habe.

Aber ich weiß, solange ich nicht geantwortet habe, komme ich nicht zur Ruhe.

Vorsichtig lege ich meine Finger auf das Telefon und drehe es um. Keine neue Nachricht. Ich atme tief ein und öffne WhatsApp, öffne die Nachricht, die heute Mittag auf meinem Handy eingetrudelt ist und die ich bereits fünfmal gelesen habe.

> *Jana, ich erreiche dich nicht. Lass uns bitte reden. Ich habe einen Riesenfehler gemacht. Gib mir noch eine Chance, alles zu erklären. Morgen? An Heiligabend? Schreib ein Ja, und ich stehe um 19 Uhr vor unserer Tür. Ich liebe dich.*

Es ist erstaunlich, wie weh so ein paar Buchstaben tun können. Obwohl es nur eine Bitte ist.

Er möchte eine Chance. Hat er die nicht verdient, muss ich sie ihm nicht geben? Will ich?

Das Gedankenkarussell nimmt zum x-ten Mal an diesem Tag, in diesen Wochen Fahrt auf. Und mir ist längst klar, dass es mir nicht um Marcel geht. Es geht um mehr, es geht um uns. Ich kann doch nicht alles wegwerfen nur wegen eines Fehlers? Uns? Unsere Zukunft.

Seufzend drücke ich mich aus dem Sessel hoch und gehe die paar Schritte vom Wohnzimmer zum Esstisch, blicke auf die großen Zeichnungen. Auf die Grundrisse, die dort liegen, als wäre nichts passiert. Die sich zwischendrin still und heimlich in mein Blickfeld schleichen, um es in Erinnerung zu rufen, das Leben, das wir geplant haben. Seit zwei Wochen habe ich sie nicht angefasst. Ich bin nur drumherumgeschlichen, morgens mit meinem Kaffeebecher in der Hand, abends nach Feierabend auf dem Weg zum Sofa und mitten in der Nacht, wenn ich meine Nachdenkrunden durch die Wohnung gedreht habe. Durch Flur, Küche und Esszimmer, Flur, Küche und Esszimmer. Ich habe Seitenblicke darauf geworfen, mehr nicht. Warum? Warum räume ich die Papiere nicht weg, in die Schublade oder sogar in den Mülleimer? Ist das Liegenlassen nicht schon die eigentliche Entscheidung?

Meine Augen wandern über die Zeichnungen, durch die zweidimensionale Küche, den Wohnbereich aus Strichen, vorbei an dem Sofa, das zwar noch bei Möbel Lutz steht, auf dem ich aber schon gesessen habe. Sie laufen durch den Flur, wechseln zu dem Grundriss des oberen Stockwerks. Zu den Räumen, die wir *Büro Nummer eins* und *Büro Nummer zwei* genannt haben, obwohl keiner von uns einen Schreibtisch zu Hause braucht. Die Zimmer, die wir liebevoll mit Steckdosen dort ausgestattet haben, wo irgendwann kleine Nachttische stehen könnten, mit ausreichend Platz für einen Schrank und ein Hochbett.

Das alles sollte nur wegen eines kleinen Fehlers nie Realität werden dürfen? Bei null anfangen? Allein?

Es ist nicht so, dass wir bald Kinder wollten, dass meine innere Uhr tickt oder schon der Alarm schrillt. Nein, ich hatte zielsicher auf die Snoozetaste gedrückt.

Mehrfach. Aber … irgendwann wollten wir … wollte ich. Irgendwann wollte ich meine eigene kleine Familie. Mit Marcel. So war doch der Plan … gewesen?

Ich drehe mich weg vom Tisch, Richtung Fenster, sehe den silbernen Deko-Elch und den vertrockneten Weihnachtsstern auf der Fensterbank, um den ich mich die letzten Tage definitiv zu wenig gekümmert habe. Braune verdorrte Blätter liegen neben dem Topf. Mit einem leichten Schuldgefühl greife ich zu der kleinen Gießkanne, die direkt daneben steht, schiebe mit der Hand das Grün zur Seite und gieße etwas Wasser in die trockene Erde.

Der Plan? Ist der alles, was zählt? Sollte es nicht eigentlich um Liebe gehen? Tut es das nicht auch?

Wer weiß, vielleicht haben wir uns bei der Menge an Alltag ein wenig aus den Augen verloren, vielleicht machen wir einfach eine schwierige Phase durch. Und in so einer Phase können solche Dinge mal passieren. Verdammt, ich bin erwachsen und sollte mich gefälligst auch dementsprechend verhalten. Und erwachsen sein heißt auch, zu verzeihen, über einen kleinen Ausrutscher hinwegzusehen, nicht aus allem ein Drama zu machen.

Wieder entsperre ich den Bildschirm, starre auf die Nachricht, ignoriere jeden anderen Gedanken, das Zwicken in meinem Bauch, das leichte Zittern meiner Finger und zwinge sie dazu, eine Antwort zu tippen. Nicht viel. Nur zwei Buchstaben. Zwei Buchstaben, die sich erwachsen anfühlen sollten, zwei Buchstaben, die mich zurück auf meinen Weg bringen könnten und nicht weiter davon ab.

Ja

Kapitel 12

Damals
Heiligabend 2015

Jana, 19 Jahre

»Noch ein weiteres Ferrero Rocher und ich platze.« Mein Vater schiebt die Packung über den Esstisch, während im Hintergrund leise die Weihnachtsplaylist aus den kleinen Boxen im Wohnzimmer des Blockhauses schallt.

Momentan bemüht sich Mariah Carey mit *All I Want For Christmas Is You* vergeblich, dem Abend feierliche Stimmung zu verleihen. Ich mag Mariah nicht, ich mag das Lied nicht. Hoffentlich kommt sie nie auf die Idee, einen Film daraus zu machen. Der würde es hundertprozentig direkt auf meine Rangliste der schlechtesten Weihnachtsfilme aller Zeiten schaffen, würde sich mit *Grumpy Cat's worst Christmas ever* den Spitzenplatz teilen. Dicht gefolgt von *Santa Claus mit Muckis*. Hulk Hogan als Weihnachtsmann? Also bitte.

Ich schüttle den Kopf, schiebe den Adventskranz ein wenig beiseite und schnappe mir die Packung Rocher. Eigentlich bin ich auch längst satt, eigentlich war ich das schon vor dem Abendessen, aber trotzdem nehme ich die Praline aus der goldenen Alufolie. Anstatt sie anschließend wie mein Vater sorgsam und geduldig glattzustreichen, zerdrücke ich sie zu einer Kugel und rolle sie zwischen den Fingern hin und her, bis ich sie in den Deckel der Schachtel werfe.

»Ich bekomme auch nichts mehr runter.« Silke lässt sich stöhnend an die Stuhllehne sinken. »Und wenn ich noch einen einzigen Obstler trinke, bin ich morgen früh bei der Schneeschuhwanderung so was von raus.« Demonstrativ stellt sie das Schnapsglas, das vor ihr steht, auf den Kopf. Der letzte Tropfen Flüssigkeit, der noch im Glas war, sickert langsam in die weiße Tischdecke mit den kleinen grauen Sternen.

Aus der Küche hinter mir klingen Gesprächsfetzen und das Klappern von Geschirr. Mama und Stefan räumen gemeinsam die Spülmaschine aus und im Anschluss die nächste Ladung ein. Das ist zwar wenig besinnlich, aber bei zehn erwachsenen Leuten zwischendrin notwendig, auch an Heiligabend.

Zehn. Ich finde es mehr als merkwürdig, dass wir dieses Jahr in neuer Konstellation angereist sind. Aber außer mir scheint es niemanden zu stören. Mein Blick wandert an dem silber-gold geschmückten Christbaum vorbei rüber zur Sofaecke, auf der Max den Arm um seine Freundin Tina gelegt hat und in ein Gespräch vertieft ist, während Noah seine Finger nicht von dieser unglaublich anstrengenden Johanna lassen kann. Die beiden sind so furchtbar verliebt, dass es kaum auszuhalten ist. Ist seine rechte Hand eben ernsthaft unter den Saum ihres Shirts gewandert? Und ein Stück höher? Jetzt? Im Wohnzimmer? Hallo?

Ich verdrehe die Augen, stehe auf, wende mich ab von der Küchenzeile und den Sofas. Mache ein paar Schritte Richtung Flur, schlurfend, ohne die Füße zu heben. Ich würdige die Neuzugänge keines weiteren Blickes. Sie gehören hier nicht hin, sind Störfaktoren, Fremdkörper. Diese Tage am Ende des Jahres sind unsere, unser Weihnachten, unser Winterurlaub. Die Tradition zweier Familien – nicht mehr. Da kann nicht jeder mir nichts dir nichts einfach irgendwen mitbringen. Verdammt!

Mir entfährt ein Grummeln. Und natürlich ist mir klar, dass ich mich trotzig verhalte und albern noch dazu, völlig kindisch. Und genauso gut weiß ich auch, dass sich die Dinge in den nächsten Jahren ändern werden … sogar schon geändert haben. Aber ich kann nichts dafür, in diesem Moment fühlt es sich falsch an. Und Gefühle kann man nun mal nicht auf Knopfdruck abschalten. Leider. Zur Seite schieben, überspielen, unter Kontrolle halten, das alles geht kurzzeitig – aber richtig loswerden eben nicht. Nicht an Heiligabend und … auch nicht an jedem anderen Tag.

An der Garderobe angekommen, schnappe ich mir meine Daunenjacke, den dicken Strickschal, meine Handschuhe und Pudelmütze und durchquere – ohne beachtet zu werden – erneut den Wohnraum.

Vielleicht hilft mir ein wenig frische Luft. Kurz raus. Ich will weg von Mariah, weg von den Sofapärchen, und zum ersten Mal in meinem Leben will ich auch weg von der Blockhütte.

Als meine Hand die Klinke der großen Sprossenfenstertür berührt, rufe ich ein emotionsloses »Bin mal auf der Veranda, den Ausblick genießen. Komm gleich wieder« in den Raum. Dabei weiß ich nicht mal, an wen es gerichtet ist und an wen nicht, wer es hört und wer wohl nicht. Egal, ich verknüpfe es sowieso mit der Hoffnung, dass mir niemand folgt, dass ich ein paar Augenblicke für mich allein habe, ohne von diesem ganzen Weihnachtskram erdrückt zu werden.

Schon als ich die Terrassentür öffne, schlägt mir bissige Kälte entgegen. Frisst sich in mein Gesicht, während ich die ersten drei Schritte nach draußen mache und die Tür hinter mir schließe. Ich vergrabe mich tief in meinen orange-rot gestreiften Schal, aber verteufle den Schmerz nicht, den die zweistelligen Minustemperaturen auslösen. Er lenkt mich ab von meinen Gedanken, von dem Ausblick und von der Bank, auf die ich mich nicht setzen will. Was einfach bescheuert ist, weil es nur eine Bank ist, ein Stück Holz, das nicht das Recht haben sollte, mich zum Stehen zu zwingen.

Mit zusammengepressten Zähnen umklammere ich das hölzerne Geländer der Veranda. Fest, so fest, dass meine Handschuhe spannen.

Wütend bin ich, genervt und kein bisschen in Weihnachtsstimmung. Dabei hatte die Rolle des Grinchs in diesem Haus doch die letzten Jahre immer jemand anderes.

Und endlich lasse ich den Gedanken zu, der sich schon lange vor meiner Anreise und seit dem immer wieder in meinem Kopf zu Wort gemeldet hat, den ich bisher aber gekonnt ignoriert habe.

Es ist das erste Weihnachten ohne ihn. Ohne Leon.

Okay, im engeren Sinne war er auch letztes Jahr schon nicht hier, nicht wirklich, nicht als Person. Saß nicht mit mir auf unserer Bank, nicht mit uns am Frühstückstisch, überholte mich nicht auf der Piste und lächelte dabei nicht dieses Leon-Lächeln, aber trotzdem war er da. Weil wir uns gut verstanden haben, auch nach dem, was vor zwei Jahren zwischen uns passiert ist. Dem einen Kuss, der alles verändert hat, all den anderen heimlichen Küssen und der gemeinsamen Woche, die sich noch immer hin und wieder in meine Träume schleicht. Selbst das abrupte Ende hat uns nicht auseinandergebracht.

Ich schlucke beim Gedanken an das Gespräch. Aber auch wenn es verflucht wehgetan hat, haben wir das Steuer rumreißen können, sind nur noch bessere Freunde geworden, haben uns zwar losgelassen, aber gleichzeitig auf eine merkwürdige Weise auch festgehalten. Dabei ist ein *Lass-uns-Freunde-bleiben* doch zu neunzig, wenn nicht sogar zu neunundneunzig Prozent zum Scheitern verurteilt. Nur für uns war es das nicht.

Leon und ich waren die Ausnahme, wir waren das eine Prozent – habe ich zumindest glauben wollen.

Letztes Jahr an Heiligabend hat er seine Eltern über Skype angerufen, um uns allen frohe Weihnachten zu wünschen. Spontan hat Stefan sein Handy mitten auf den Raclettetisch direkt an die Schüssel mit den Pellkartoffeln gelehnt und Leon damit einfach zu uns an den Tisch gesetzt. Eine gute Viertelstunde erzählte er Geschichten über seine Trips in Neuseeland, die meine Mama durchgängig nicken ließen, klopfte Sprüche und brachte alle zum Lachen – wie so oft in all den Jahren zuvor.

Später, mitten in der Nacht, nachdem wir über eine halbe Stunde miteinander geschrieben hatten, rief er noch mal per Videocall an, aber dieses Mal nur mich. Er hockte in einer kleinen spärlich eingerichteten Unterkunft auf einer Obstplantage in Gisborne, während ich flüsternd in meinem Schlafanzug auf dem Bett meines kleinen Mädchenzimmers in der oberen Etage saß – und trotzdem waren wir für die paar Minuten irgendwie gemeinsam hier gewesen.

Das gesamte Jahr zuvor hatten wir uns Nachrichten geschickt, auch öfter telefoniert. Wir wussten viel voneinander, vom Leben des anderen, selbst von den Beziehungen. Er erzählte mir von seiner Freundin, von allem, was gut lief, und ebenso von den Streitigkeiten. Ich erzählte ihm von meinen miesen Dates, aber auch von dem Ibiza-Urlaub, von Mats mit den langen Haaren und den Tattoos, von wenig Liebe, aber umso mehr Spaß. Und dabei mochte ich den leicht eifersüchtigen Unterton in Leons Stimme, als er sagte, die Details bräuchte er nun wirklich nicht zu wissen.

Stunden hatten wir über das Jahr verteilt gesprochen, nur gesehen hatten wir uns maximal auf einem Bildschirm, nicht real. Bis zu dieser einen Nacht vor drei Monaten, dieser Nacht Ende September, bis zu dem Abend, an dem ich meinen neunzehnten Geburtstag feierte.

Ich lockere meinen Griff, lasse das Geländer los. Atme tief ein und sehe beim Ausatmen die große Wolke, die sich im Schein der Lichterkette bildet. Vorsichtig nehme ich die vereisten Stufen seitlich der Veranda, die auf den verschneiten Kiesweg führen. Der kalte Wind pfeift um die Ecke und trotzdem trete ich ihm entgegen, biege auf den Parkplatz neben dem Haus. Erst dort bleibe ich stehen, außerhalb der Sichtweite der anderen. Ich sehe die Lichter des Dorfes unter mir leuchten, die Schneeflocken, die zu weißen Tupfen auf meiner schwarzen Jacke werden. Ich sehe das alles, und doch bin ich in Gedanken woanders.

Neunzehn. Eigentlich kein Grund für eine große Party. Wenn man aber den Achtzehnten aufgrund eines fiesen Radunfalls inklusive Armbruchs ausfallen lassen musste, dann schon.

Ich wollte alles nachholen und noch mehr, entwarf sogar Einladungen und schickte sie an einen Haufen Leute. Nach und nach trudelten die Zusagen ein, darunter auch Leons. Ich freute mich tierisch. Allerdings nur für einen kurzen Moment.

Dann schob dieses merkwürdige Gefühl in meinem Magen die Freude weg. Es war wie ein Grummeln, ein Donnern, als braue sich etwas zusammen … Angst? Eine Vorahnung?

Oder Eifersucht.

Denn ja, Leon wollte kommen, er wollte mich besuchen, nur halt nicht allein. Er würde zusammen mit der wasserstoffblondierten, maßlos durchtrainierten Lucy auftauchen. Seiner Weltenbummlerfreundin, die er in Neuseeland kennengelernt hatte und die – welch wundervoller Zufall – auch seit ein paar Monaten in Berlin studierte.

Schon die Erwähnung ihres Namens reichte aus, um meine Laune deutlich zu verschlechtern. Dabei kannte ich sie nur von Bildern und aus seinen Erzählungen. Aber auch, ohne sie getroffen zu haben, mochte ich sie nicht. Mir war klar, es würde verdammt schwer werden, Lucy eine echte Chance zu geben. Wenn es nicht sogar unmöglich war. Aber Zeit konnte ja angeblich so einiges.

Pff, einen Scheiß ändert die Zeit.

Selbst jetzt, drei Monate später, hunderte von Kilometern entfernt und mit einer Landesgrenze zwischen uns, verdrehe ich die Augen beim Gedanken an Lucy.

Ich lege den Kopf in den Nacken, seufze und setze dann einen Fuß vor den anderen. Muss mich bewegen, möchte weiter weg vom Haus, weiter durch das Weiß, das unter meinen Stiefeln knarzt und in dem ich selbst auf dem Weg knöcheltief versinke.

Mit dem Handschuh streiche ich über den schwarzen Golf, der sich mittlerweile unter einer dicken Decke Schnee versteckt. Noah und Johanna sind mit ihm angereist. Johanna … *Jojo* … Erneut verdrehe ich die Augen. Die Sander-Jungs haben es nicht so mit sympathischen Freundinnen. Zumindest nicht bei Beziehungen, die eine Woche überdauern. Wir können froh sein, dass Felix nur Jungs mit nach Hause bringt. Da besteht noch Hoffnung.

Ich nehme eine Handvoll Schnee vom Wagendach, forme einen Ball und werfe ihn so weit ins Tal, wie meine Kraft es erlaubt. Dann verliere ich mich gedanklich wieder in der warmen Spätsommernacht in meiner Heimatstadt.

Die Geburtstagsparty war laut, viel, grell, und all das von der besten Sorte. Allerdings leider, leider auch zu schnell vorbei. Als am Ende Placebo leise *Song To Say Goodbye* sangen, waren nur noch Franzi, Leon und ich übrig. Während Franzi versuchte, über den klebrigen Boden zu fegen, was dessen Zustand nicht ansatzweise verbesserte, spülten Leon und ich die letzten Gläser. Doch es brauchte lediglich einen gezielten Spritzer Wasser aus dem Hahn, ein lautes Lachen und unsere gegenseitigen Blicke füreinander, schon verabschiedete auch Franzi sich und machte sich übereilt auf den Heimweg. Hätte sie sich still und heimlich davongestohlen, wäre es mir vermutlich nicht mal aufgefallen.

Ich erinnere mich genau, wie wir kurz darauf den Partyraum am Stadtrand verließen und auf den kleinen Schotterplatz davor traten. Wie da plötzlich nicht mehr war als die Stille der Nacht, das sanfte Licht einer Straßenlaterne, das Fiepen in unseren Ohren, zwei leicht nasse Shirts … und wir.

Als Leon meine Hand ergriff, ging alles ganz schnell. Von einer Sekunde auf die nächste brachte er die Welt um mich aus dem Lot.

Dabei hatten wir den gesamten Abend – ohne es zu wollen – daraufhingesteuert, mit jedem Blick, den wir ausgetauscht hatten, mit jedem Wort, das wir wechselten, und sogar mit all den Worten, die wir unausgesprochen mit Getränken runtergespült hatten. Alles, seit dem Augenblick, in dem er allein, ohne seine Freundin angereist war und mich in den Arm geschlossen hatte. Für zwei oder drei Herzschläge war diese Umarmung nicht mehr als eine Begrüßung gewesen. Doch dann wurde sie eine Sekunde zu lang, einen Hauch zu fest, einen Zentimeter zu eng für rein freundschaftlich. Es passierte scheinbar ohne unser Zutun. Als wären wir zwei Magnete, die zu nah aneinandergeraten waren, die lediglich getrennt voneinander funktionierten, wenn der Abstand ausreichend groß war. Die sich aber nur unter extremer Anstrengung trennen ließen, wenn die Schwelle unterschritten wurde. Trotzdem bekamen wir es hin, lösten uns voneinander, sahen uns an. In seinem Blick konnte ich den Funken Sehnsucht erkennen, den ich in mir selbst unter Kontrolle zu bringen versuchte.

Jeder Satz dieses Abends ist noch in meinem Kopf gespeichert. Wie eine Liveaufnahme, die ich immer und immer wieder abspielen kann.

Direkt nach unserer Begrüßung hatte ich gefragt, wo denn Lucy steckte, obwohl es mir nicht leicht über die Lippen gekommen war. Alles in mir wehrte sich dagegen, wollte sie nicht mal als Wort zwischen uns lassen.

Leon hatte den Blick gesenkt, die Schultern sacken lassen und mit einem »Frag einfach nicht« geantwortet, dessen Unterton ich nicht klar zuordnen konnte. Sein Satz konnte alles oder nichts bedeuten, konnte in beide Richtungen steuern. Die Richtung, die ich mir insgeheim wünschte, und die Richtung, die diesen Funken Sehnsucht besser rasch zum Erlöschen bringen sollte.

Vielleicht tat ich deshalb genau das, um was er mich bat. Ich fragte nicht weiter. Wollte mir keinen Reim darauf machen und hatte dazu glücklicherweise auch keine Zeit. Im nächsten Moment kamen zwei gute Freundinnen mit drei Gläsern Jägermeister-Energy auf mich zu und zogen mich lachend und kreischend auf die kleine Tanzfläche der alten Industriehalle.

Doch dann, Stunden später, nach dem Ende der Party, mitten in der Nacht auf dem Schotterplatz, war niemand mehr da, der uns voneinander wegzog, der uns ablenkte, der für Abstand sorgte. Leon drückte meine Hand, zog mich an sich. Unsere Blicke ineinander verstrickt, schloss er beide Arme um mich, hielt mich mit seinen Händen in meinem Nacken. Ohne nachzudenken, nur meinem Herz folgend, legte ich meine Finger auf seine Hüften. Wir sahen uns weiter an, brauchten keine Worte. Küssten uns, erst behutsam, vorsichtig … dann mutiger, drängender. Jeder von uns schien da weitermachen zu wollen, wo wir vor anderthalb Jahren aufgehört hatten.

Die Wohnung von Max, die er für diese Nacht netterweise für Leon und Lucy geräumt hatte, lag nur zwei Straßen weiter. Schnell liefen wir die paar Meter, hielten uns an den Händen, küssten uns zwischendurch innig, kicherten leise. Etwas berauscht vom Alkohol, doch viel mehr voneinander. Wir redeten kaum, vielleicht aus Angst, Dinge erklären zu müssen, die diesen Moment zerstören würden.

Sobald wir die Wohnungstür hinter uns geschlossen hatten, ließen wir die dünnen Sommerjacken fallen, zogen uns gegenseitig die Shirts aus. Wir hatten es eilig, fast so, als würde uns die Zeit davonlaufen können. Doch selbst diese Sorge hatte keine Chance, bei unserer Geschwindigkeit mitzuhalten.

Achtlos warfen wir unsere Kleidungsstücke auf den Boden, konnten Hände und Lippen nicht voneinander lassen, stolperten weiter in die Wohnung hinein, bildeten eine Klamottenspur von der Eingangstür bis ins Wohnzimmer mit der kleinen Küchennische.

Nur noch in Boxershorts bekleidet hob Leon mich an, setzte mich in meinem Slip und BH auf den Küchentisch vor sich. Wir küssten uns weiter, intensiver. Leon strich mir mit seinen Fingerspitzen über den Rücken und schickte Schauer über Schauer meine Wirbelsäule hinab. Ich biss ihm leicht auf die Unterlippe und griff fest in seine dunkelblonden kurzen Haare. Ich konnte spüren, wie sehr er mich wollte, als ich meine Beine um seine Hüften schlang, als sein Unterkörper gegen meinen drückte.

Noch jetzt, über drei Monate später, führt allein der Gedanke an diesen Moment zu einem sehr ähnlichen Gefühl. Selbst hier, allein, mitten im Schnee.

Ich schließe die Augen, will mich nicht erinnern an all die Küsse auf nackter Haut, nicht daran, wie meine Finger über seinen Oberkörper bis zum Rand seiner Shorts glitten und dann tiefer, will nicht daran denken, wie er mich berührt hat, überall, und wie gut sich jede einzelne dieser Berührungen angefühlt hat. Ich will mich nicht erinnern, wie wir hastig und fast verzweifelt die Schubladen in dem Nachttisch meines Bruders auf der Suche nach Kondomen durchwühlt haben, und wie selbstverständlich wir kurz darauf unseren Rhythmus gefunden und uns Minuten später ineinander verschlungen für einen Augenblick einfach aufgelöst haben.

Und warum will ich die Erinnerungen endlich streichen, löschen und begraben? Weil sie allesamt so intensiv sind, so laut in mir nach mehr schreien und gleichzeitig so unwiederbringlich sind. Und weil sie deshalb einfach unfassbar schmerzen.

Ebenso wie ein anderer Moment, an den ich nicht denken möchte, der aber mit all den anderen unmittelbar verknüpft ist. Der Moment, als die Nacht vorbei war, als die Sonne langsam die Welt vor dem Fenster in warmes

Spätsommerlicht tauchte. Als der Morgen nach Kaffee roch und man unser Lachen aus dem gekippten Fenster hätte hören können. Der Moment, der nach Leon schmeckte und nach Zukunft. In dem alles möglich schien und der so lange andauerte, bis Leon nach dem Frühstück im Badezimmer verschwand.

Nichts wollte ich mehr, als ihm in die Dusche zu folgen. Es waren nur Sekunden, die ich noch blieb, einen letzten Schluck von meinem Kaffee nahm und verträumt aus dem Fenster sah.

Dann piepte sein Handy neben mir auf der Arbeitsplatte, an der ich lehnte. Ich könnte mir einreden, dass es zu einladend dort lag. Ich könnte mir einreden, dass ich nicht anders konnte, als hinzuschauen. Aber ich könnte mir auch eingestehen, dass ich ihren Namen sah und wissen wollte, was sie geschrieben hatte. Also beugte ich mich rüber und las die Vorschau, die mir vom Display entgegenleuchtete.

Hey, Großer! Es tut mir leid, ich wollte nicht so zickig und eifersüchtig sein. Mache es heute Abend wieder gut …

Es tat weh. Jedes Wort. Es dröhnte im Kopf, es brannte in der Kehle, bohrte sich in meinen Magen, und plötzlich wurde mir schlecht. Nicht vor Wut, für die war neben der Enttäuschung kein Platz. Leon hatte schließlich nicht gelogen, ich hatte schließlich nicht gefragt. Wir haben die Wahrheit beide ignoriert. Doch wie so oft ließ sie das nur kurz zu.

Unsere gemeinsame Nacht war grandios gewesen, nicht nur der Sex … auch der – aber eben nicht nur. Es war diese Mischung aus tiefer Verbundenheit, absolutem Vertrauen, zwei Finger breit Humor und einem Schuss Bei-dir-kann-ich-sein-wie-ich-bin. Es war eine viel zu kurze Ausgabe von dem, was wir zusammen sein könnten.

Aber wir waren es nun mal nicht. Leon und ich waren Freunde. Allerdings sollten Freunde nicht unbedingt nackt nebeneinander aufwachen, sollten sich nicht mitten in der Nacht wecken, um sich zu küssen … Und Freunde sollten einander auf keinen Fall in die Dusche folgen.

Es war Zeit, zu gehen. Dieses Mal würde ich den Schritt machen, nicht er.

Ich drückte mich nur in Shirt und Unterwäsche von der Küchenzeile weg, schnappte mir meine Handtasche, holte Zettel und Papier hervor und schrieb eine kurze Nachricht.

Es war … du warst … wir waren … perfekt.
Perfekt für den Augenblick. Doch Zeit war immer schon unser Endgegner.
Sehen uns am 24.12.2023. Vergiss das nicht.
Freunde für immer.
J. B.

Noch einmal las ich die Zeilen, zögerte, doch legte den Zettel dann auf den Tisch. Ich dachte an unseren Deal. Erinnerte mich an den Abend, in dem mein Herz zum allerersten Mal gebrochen wurde. Damals lautlos und verbunden mit einem gewollt verständnisvollen Lächeln, obwohl es so unbeschreiblich wehgetan hatte. So wie jetzt.

Ich wollte nicht hören, was Leon sagen würde, müsste. Weil es alles noch schlimmer machen würde.

Das Wasser der Dusche prasselte, während ich in meine Klamotten stieg. Meine Jeansjacke fand ich neben der Eingangstür, die ich öffnete und leise hinter mir ins Schloss zog.

Ich ging, obwohl ich es nicht wollte. Lief die Treppe hinab, obwohl ich sie hinaufsteigen wollte. Trat auf die Straße hinaus, obwohl ich doch in die Dusche hineingehen wollte. Zu ihm. Nicht fort von ihm.

Aber ich konnte nicht.

Ich hielt mich an der Hoffnung fest, dass er sich melden würde. Dass alles so wie vorher werden würde. Als hätte es unsere Nacht nie gegeben. Irgendwie. Keine Ahnung, wie.

Freunde für immer ...

Doch seither kein Wort. Keins von ihm, keins von mir. Funkstille …

Kein Wunder, denn leider schreibt man dieses *für immer* getrennt und nicht zusammen.

★★★★★

Das Quietschen der Terrassentür holt mich zurück ins Jetzt, zurück auf den Berg, auf den Parkplatz unseres Chalets. Erschrocken und ertappt drehe ich mich um, höre Schritte und sehe Felix, der im Licht der kleinen Laterne um die Hausecke schaut. Auch er trägt seine komplette Wintermontur. Die dicke dunkle Skijacke, einen schwarzen Schal und eine ebenso schwarze Mütze.

»Du hältst es bei dem Rumgeknutsche und Rumgegackere da drinnen auch nicht mehr aus, oder?«, fragt er und verdreht die Augen so übertrieben, dass ich lächeln muss.

»Wie auch?«, gebe ich zurück, schaffe es nicht, die Verzweiflung in meiner Stimme vollständig zu verstecken, und hoffe, er kann sie nicht zuordnen.

»Bock, auf zwei oder drei Bier im Michis?« Felix Gesicht strahlt voll Hoffnung, sodass ich unmöglich Nein sagen kann.

Und warum sollte ich? Es ist bisher die beste Idee des heutigen Tages.

Kapitel 13

Sonntag, 24. Dezember 2023

Leon

Zehn Jahre später und es hat sich so gut wie nichts verändert. Rechts der Supermarkt, vor dem immer noch der Imbisswagen steht. Gegenüber auf der anderen Straßenseite das Holzunternehmen, in dessen Hof sich seit jeher die zurechtgestutzten Scheite meterhoch stapeln. Dahinter der Gasthof mit den roten Fensterläden und der Bank neben der Eingangstür, auf der nach wie vor derselbe Plastikweihnachtsmann sitzt. Allerdings hat er über die Zeit deutlich an Farbe verloren.

Die Straße scheint zwar neu geteert und die Häuser jenseits des kleinen Flusses, den wir seit einigen Kilometern begleiten, wurden definitiv erst vor Kurzem gebaut, doch der Kreisverkehr, an dem wir jetzt die zweite Ausfahrt nehmen, ist immer noch der Alte. Als Nächstes folgt die Unterführung, dann die scharfe Kurve, die erste von vielen auf der schmalen Straße, die uns hoch in die Berge und ins Feriendorf führt. Zu *unserem* Chalet.

Ich schlucke, versuche bereits seit München, die Nervosität zu ignorieren, die in meinem Magen rumort. Doch je näher wir unserem Ziel kommen, desto weniger mag es mir gelingen.

Nach all der Zeit zum ersten Mal zurück.

Pünktlich zum vereinbarten Termin …

Wird sie da sein?

Felix neben mir auf der Rückbank schläft. Ich wünschte, ich hätte diese Ruhe ebenfalls. Besonders nachdem es fast fünf Uhr heute Morgen war, bis ich in meinem Hotelbett lag. Immerhin habe ich mir den Late-Check-Out gegönnt, musste so zumindest erst mittags aufstehen, kurz bevor Noah mich abgeholt hat. Aber an erholsamen Schlaf war dennoch nicht zu denken. Zu viele Gedanken weckten mich immer wieder auf. Zu viele Fragen nach dem Was-wäre-wenn, zu viele Zweifel über Entscheidungen, die ich getroffen habe, zu viele Erinnerungen, die ich normalerweise mustergültig zu unterdrücken weiß.

Nach jahrelanger Übung.

»Magst du ein Vanillekipferl? Hab ich vorgestern noch schnell gebacken.« Laura, die schräg vor mir auf dem Beifahrersitz sitzt, hält mir eine mit Mistelzweigen und Schneeflocken bedruckte Aludose entgegen.

»Sind die mit Schokolade?«

»Spinnst du? Natürlich nicht!« Sie blickt mich so entgeistert an, als hätte ich ihr soeben eröffnet, dass es den Weihnachtsmann nicht gibt. »Aber sie sind vegan«, fügt sie hinzu.

»Danke, nein«, erwidere ich zögerlich und habe keine Ahnung, was das eine mit dem anderen zu tun hat.

»Weil sie vegan sind? Oder weil sie nicht mit Schokolade sind?«

»Beides?«

Noah vor mir lacht, während er in den ersten Gang schaltet, um die nächste Kurve zu nehmen – oder besser: um sie entlangzuschleichen. Sein Fahrstil hat sich ebenfalls kein bisschen verändert.

Laura straft mich mit einem Augenrollen, dann hält sie Noah die Dose vor die Nase. »Möchtest du wenigstens noch eines?«

»Ich hatte schon drei«, entgegnet er mit Nachdruck, als würde das ihre Frage beantworten.

»Ja, und? Schmecken sie dir also auch nicht?«

Er zieht die Schultern hoch und wirft Laura ein vorsichtiges Lächeln zu, ich sehe es im Rückspiegel. »Wenn Schokolade drin wär, wären sie besser …«

»Ihr zwei.« Sie schüttelt laut stöhnend den Kopf, mit uns Brüdern offensichtlich der Verzweiflung nah. Keine Sekunde später strahlt sie mich an. »Aber ich freu mich voll, dass du dabei bist. Das wird eine Megaüberraschung! Ich bin so gespannt, wie Silke reagiert.« Vor Aufregung klatscht sie in die Hände.

Ich würde mir meine am liebsten vors Gesicht klatschen und ebenso laut stöhnen, wie Laura es gerade getan hat. Wenn sie so spricht und mir Bilder über meine Ankunft in den Kopf pflanzt, dann rumort meine Nervosität nicht mehr nur im Magen, dann schiebt sie sich hoch und mir wird kotzübel. Laura mag auf die Reaktion meiner Mutter gespannt sein, wenn ich durch die knarzende Eingangstür trete – und darauf freue ich mich auch, keine

Frage –, aber mich interessiert eher, wie jemand anderes reagiert. Falls sie da ist.

Alle Zeichen sprechen dafür, dass sie es nicht ist.

»Jetzt erzähl mal, wieso du dich spontan entschieden hast, mitzukommen.« Laura dreht sich so, dass sie mit dem Rücken zum Beifahrerfenster sitzt, und blickt mich erwartungsvoll an. »Ich weiß alles über euren gestrigen Abend, aber das weiß ich nicht.«

Seit wir sie vor einer guten Stunde an dem Wellnesshotel abgeholt haben, in dem sie ihren Junggesellinnenabschied gefeiert hat, haben Noah und sie sich ununterbrochen von den letzten knapp dreißig Stunden erzählt. Mich haben sie dabei zum Glück wenig erwähnt. Und mir wäre es sehr lieb, würde es so bleiben.

»Ich dachte einfach, es ist eine gute Idee«, antworte ich und schiebe dann schnell ein »Wie lang dauert's noch, bis wir da sind, Noah?« hinterher. Als wüsste ich nicht, dass noch gute zwanzig Kilometer vor uns liegen – für die Noah circa drei Tage brauchen wird, plusminus fünfzehn Minuten.

»Es ist auch eine gute Idee.« Laura lächelt, lässt meine Frage an Noah völlig außer Acht und nimmt sich ein Vanillekipferl aus ihrer Dose, wenn wir es schon nicht tun. »Aber eigentlich wärst du doch jetzt bereits halb zurück in London. Und sonst reißt du dich auch nicht um unser Weihnachten. Also woher der Sinneswandel?«

»Ja, Leon … Woher?« Noah ahmt Lauras interessierten Tonfall nach und grinst mich durch den Rückspiegel so breit an, dass ich den Schalk beinahe greifen kann, der in seinen Augen blitzt.

Ich antworte ihm mit meinem Mittelfinger. Worte finde ich keine, auch nicht für Laura. Sie hat es nicht vorwurfsvoll gemeint, das weiß ich. Sie hat einfach nur eine Feststellung gemacht, die wahr ist. Wahr war.

Unser Weihnachten.

Du reißt dich doch sonst nicht darum.

Es gab eine Vergangenheit, in der ich das vielleicht so unterschrieben hätte. Doch heute tut diese Tatsache weh. Reiht sich ein in die Liste der zweifelhaften Entscheidungen, die mich letzte Nacht wachgehalten haben.

»Ich geb dir einen Tipp«, sagt Noah zu Laura, bevor ich mir auch nur annähernd eine Antwort überlegen kann, die sie zufrieden- und ihre Fragerei damit abstellt. »Es hat was mit Jana und dem Deal zu tun.«

»Mit Jana?« Laura sitzt sofort aufrecht, ihre Stimme schnellt in die Höhe – um mindestens zwei Oktaven.

Meine klingt ähnlich, als ich Noah zeitgleich ein »Das ist doch kein Tipp!« von hinten an den Kopf werfe.

»Natürlich!«, rechtfertigt er sich. »Was denn sonst?«

»Es ist die komplette Geschichte. Das ist alles.« Und mehr sollte es wahrscheinlich nie sein.

»Das ist längst nicht alles«, entgegnet Noah in dem Ton, den er von unserem Vater übernommen hat. Der keine Widerrede duldet. Und mir zudem klarmacht, dass wir beide längst nicht mehr über den Tipp sprechen.

»Was ist denn nun genau passiert?«, grätscht Laura dazwischen. »Hat Jana sich etwa bei dir gemeldet?« Ihre Augen strahlen, als hätte ich ihr verraten, dass es den Weihnachtsmann doch gibt.

»Nein.«

»Ach, schade.« Sie lässt sich enttäuscht zurück gegen das Autofenster fallen. »Ich hatte schon gehofft, dass sie dich an euren Deal erinnert hat und auch kommt. Das wäre so toll.«

Ja, das wäre es.

Aber den Gedanken lasse ich nicht zu.

Stattdessen suche ich Noahs Blick im Rückspiegel. »Ich muss nicht wirklich fragen, woher Laura davon weiß, oder?«

Er formt seine Finger zum Peace-Zeichen und zeigt mir sein schönstes, unschuldigstes Zahnpastalächeln.

Laura dagegen zieht irritiert die Augenbrauen zusammen, so, als verstünde sie meine Frage nicht. »Noah und ich erzählen uns selbstverständlich alles. Aber jetzt sag du endlich mal, warum du mitgekommen bist.«

»Ja, Leon. Sag endlich mal.« Noah wieder.

Felix gibt ein Prusten von sich, ohne die Augen zu öffnen oder sich sonst in irgendeiner Form zu bewegen. Einfach nur ein einzelnes, in den Rücken fallendes Prusten.

Ich verdrehe stöhnend die Augen. Meinen Mittelfinger lasse ich verräumt, bringt ja eh nichts.

»Also … hattest du von Anfang an geplant, dieses Jahr mitzufahren?«, fragt Laura, fragt einfach immer weiter. Über das Geplänkel von uns Brüdern hinweg. Sie beachtet es nicht. Sicher der beste Umgang damit.

Aber er treibt mich in die Enge. Ich muss ihr Antworten geben. Das Problem ist nur, dass ich keine habe. Ich weiß doch selbst nicht, warum ich tue, was ich tue.

Aus Überforderung schüttle ich den Kopf, doch beantworte Lauras Frage damit ebenso. Und gebe ihr direkt eine Steilvorlage für die nächste.

»Und was war dann der Auslöser?«

Ich wusste, dass sie das fragen wird. Aber wie gesagt, ich habe keine Antwort. Weil ich mir nicht sicher bin, was am Ende den Ausschlag gegeben hat. Warum ich zwar immer mal an Janas und meine Abmachung gedacht habe – in den letzten Wochen vermehrt, je näher die Deadline kam –, doch erst vor ein paar Stunden ernsthaft in Erwägung gezogen habe, mitzufahren. Den Deal einzuhalten. Nachzusehen, ob sie es auch tut. Darauf zu hoffen.

Lag es an Noah, der mein Gefühlsleben gestern Nacht trotz etlicher Bier und einer Zwiebel auf dem Kopf ziemlich exakt auf den Punkt gebracht hat? Oder an Felix, der mich danach minutenlang nachdenklich musterte, bis er irgendwann meinte: »Wir sprechen von Jana, oder?« Und wieder hat er keine Frage gestellt.

Oder lag es daran, wie das Gespräch weiter verlaufen ist? Wie meine Brüder Alex von dem Deal erzählten und mich alle drei Jungs dann dazu ermutigten, ihn einzuhalten. Wie sie ihn ernst nahmen und nicht als jugendliche Spinnerei abtaten.

Dabei weiß ich immer noch nicht, ob er nicht doch eine ist.

Hat die Zeit unseren damals mit Handschlag besiegelten Worten nicht längst die Bedeutung genommen? Haben sie nicht über die Jahre hinweg ihren Stellenwert verloren? Sind stattdessen zu etwas geworden, das höchstens eine nette Erinnerung sein darf. Weil alles andere einfach nur dumm wäre. Dumm und naiv. Erst recht, wenn der andere die Worte längst vergessen hat.

Aber hat Jana das wirklich? Sie hat unsere Abmachung doch sogar noch schwarz auf weiß verewigt. Auf dem Zettel, den ich neben Max' Kaffeemaschine gefunden habe, als ich an dem Morgen nach unserer gemeinsamen Nacht aus der Dusche kam. Das dünne bisschen Papier, das so viel Kraft hatte. Das mir die Luft genommen und Leere dahin geschoben hat, wo eine Sekunde zuvor noch Glück war, geballtes, pures Glück. Und alles, was am Ende blieb, war Verwirrung. Dazu die Erkenntnis, dass wir endgültig einen Schritt zu weit gegangen waren, um zu Freundschaft zurückzukehren. Nach einer Woche voller Küsse hatten wir es noch geschafft, nach einer Nacht voll mehr – nicht.

Ich schlucke. Schlucke die Leere weg und versuche gar nicht erst, an den Scheiß zu denken, den ich an Heiligabend 2017 verzapft habe. Wenn er schon aus meinem Kopf so schwer zu streichen ist, wie sieht es dann in ihrem aus?

»Es gab keinen richtigen Auslöser«, antworte ich und zwinge mich dazu, Lauras Blick standzuhalten, meinen Kopf nicht wieder dem Fenster zuzuwenden, um mit meinen Gedanken in die Schneelandschaft davor zu flüchten. Und auch in Erinnerungen. »Ich konnte nur nicht zurückfliegen, ohne zu wissen, ob …« *… Jana da sein wird.*

Die Worte verlassen meinem Mund nicht, ich schließe sie darin ein. Weil sie sich lächerlich anfühlen. Weil ich mich allein beim Gedanken an sie lächerlich fühle. Dumm und naiv. Weil so ein Deal, den man mit achtzehn schließt, eben doch nichts anderes ist als kindischer Blödsinn.

Ich zucke mit den Schultern und wappne mich für die nächste Folgefrage von Laura, die garantiert kommen wird.

Doch Laura stellt keine. Sie nickt nur, sie versteht.

Kapitel 14

Damals
Heiligabend 2017

Jana, 21 Jahre

Ein merkwürdiges Brummen holt mich aus dem Tiefschlaf.

Für einen Augenblick weiß ich nicht, wo ich bin.

Dann macht die Kombination aus Dunkelheit und Dröhnen plötzlich einen Sinn, und ich taste hastig über den Holzboden, bis ich mein vibrierendes Telefon halb unter dem Bett zu fassen bekomme. Ich greife es, blinzle mit viel zu kleinen Augen auf das Display, lese, wer anruft. Und weiß für ein paar Atemzüge nicht, ob ich auf den grünen Hörer drücken soll. Allein seinen Namen zu sehen, löst so viele unterschiedliche Gefühle in mir aus – seine Stimme zu hören, wird es nicht besser machen.

Dabei hatte ich es endlich geschafft, ihn zum Großteil aus meinem Leben zu streichen. Nicht komplett, weil die Erinnerungen sich hin und wieder zu Wort melden, besonders gerne an Weihnachten in dieser Umgebung. Aber zwischendrin, so mitten im Jahr, gab es Wochen, manchmal sogar Monate, da habe ich es tatsächlich hinbekommen, nicht an ihn zu denken. Das ist zumindest ein Schritt in die richtige Richtung.

Soll ich riskieren, dass sein Anruf mich um Meilen zurückwirft? Andererseits … Es ist mitten in der Nacht. Zwanzig nach drei. Er würde sich doch um diese Uhrzeit nicht ohne Grund melden. Was, wenn ihm etwas passiert ist? Von seiner Familie weiß ich, dass er irgendwo durch Rio de Janeiro turnt. Was, wenn er Hilfe braucht, wenn die anderen ihre Handys in den Flugmodus gestellt haben und er keinen von ihnen erreicht?

Mein Herz überschlägt sich bei diesem Gedanken. Wie ferngesteuert tippt mein Finger auf den grünen Hörer.

»Leon?« Meine Stimme ist leise mit einer leichten Prise Ängstlichkeit. Durch das Telefon höre ich laute Musik, Gemurmel, Rauschen, dann endlich Leon.

»Fröööhliche Weiiihnachten, Jana-Bananaaa.«

Es braucht nur diesen Satz und sofort ist mir klar, wie betrunken er ist. Der Alkohol schwappt förmlich mit jeder seiner bescheuert lang gezogenen Silben durch die Leitung.

Wut macht sich in meinem Bauch breit, steigt hoch bis in den Hals und lässt sich nicht zurückhalten. »Es ist nach drei Uhr nachts, du bist randvoll und ich sollte besser auflegen!«

Ich weiß nicht, ob meine Worte so lange brauchen, um von den verschneiten Bergen im Salzburger Land nach Brasilien zu gelangen, oder ob Leon ihre Bedeutung erst in seinem besoffenen Kopf sortieren muss. Vielleicht kommen sie aber auch gegen die Bässe der Musik, die im Hintergrund wummern, nicht an. Denn es dauert ein paar Sekunden, und erst als ich kurz davor bin, ohne einen weiteren Kommentar aufzulegen, antwortet er.

»Es tut mir leid«, lallt er, und doch wirkt es, als meine er seine Entschuldigung ernst. »Die Zeitverschiebung. Hier ist es erst zehn Uhr. Ich wollte dich nicht wecken … Ich wollte nur –« Er bricht ab. Mitten im Satz. Und obwohl er tausende Kilometer entfernt ist, höre ich einen Unterton in seiner Stimme. Einen, der mich zweifeln lässt, ob es ihm wirklich gut geht.

Trotz seiner bescheuerten Begrüßung, trotz des Alkohols in seiner Stimme, trotz all der feiernden Menschen im Hintergrund und obwohl ich vermutlich nach wie vor besser auflegen sollte, frage ich nach. »Du wolltest nur was?«

»Egal.« Plötzlich ist er überlagert, der Ton, der mir Sorgen gemacht hat. Verdeckt von aufgesetzt guter Laune?

Ich richte mich auf, lehne mich mit dem Rücken an die Holzwand. Noch immer liegt das Zimmer im Dunkeln, nur etwas diffuses Licht strahlt vom Display an meinem Ohr vorbei in den Raum, in dem ich mich blind zurechtfinde. »Leon? Alles gut?«

Ein lautes Seufzen dringt von der Südhalbkugel zu mir, und ich weiß sicher, dass etwas nicht stimmt. Was ich nicht weiß, ist, ob er es zugeben wird.

»Jana … Ich vermisse dich.«

Obwohl es schöne Worte sind, tun sie mir nicht gut. Sie sind wie ein fieser Papercut, eine Schnittverletzung durch Papier, völlig unerwartet, harmlos wirkend und doch höllisch brennend. Ich schlucke, habe wenig Lust, verständnisvoll darauf zu reagieren. Weil genau das passiert ist, was ich befürchtet habe. Ein paar Worte und schon drängt Leon sich zurück in meinen Kopf, in mein Leben. Und ich weiß bereits jetzt, dass es unfassbar anstrengend und zu lange dauern wird, ihn da wieder rauszubekommen. Verdammt, ich habe keinen Bock mehr auf dieses Hin und Her, auf diese Gefühlswippe, auf die kurzen Highs und die viel zu tiefen Lows.

»Du kannst nicht nach zweieinhalb Jahren mitten in der Nacht von einer Party am anderen Ende der Welt betrunken bei mir anrufen und so etwas sagen. Mir so einen Satz vor die Füße werfen. Nicht einfach so.« Ich will knallhart klingen, selbstbewusst, sachlich – klappt nur überhaupt nicht.

»Doch, kann ich«, gibt er zurück, und so, wie ich aus seiner Stimme vorhin den Alkoholpegel raushören konnte, schwingt in ihr jetzt Wut, Enttäuschung und Schmerz mit.

Und wieder erwischt mich ein Papercut, diesmal quer über mein Herz. Aber was mache ich mir Sorgen? Bestimmt kann er sich an dieses Gespräch morgen ohnehin nicht mehr erinnern, so betrunken wie er ist.

»Daran ist nichts einfach so, Jana. Mit dir ist niemals irgendetwas einfach so … Und das weißt du.«

Tue ich das?

»Wer von uns ist das letzte Mal gegangen, abgehauen nach unserem letzten Treffen, unserer Nacht?«, fragt er, doch wartet nicht auf meine Antwort, holt nur tief Luft, bevor er weiterspricht. »Ich war das nicht. Ich war noch da.« Er beantwortet seine Frage selbst, spricht leiser, wärmer, echter als noch zuvor – und trotzdem tut es nicht weniger weh.

Was soll ich erwidern?

Ich starre ins Dunkel meines kleinen Blockhüttenzimmers, während Sätze in meinem Kopf durcheinanderwirbeln. *Weil ich gehen musste. Weil ich dir zuvorkommen wollte. Weil ich dich nicht in die Situation bringen wollte, dich erklären zu müssen. Weil ich nicht wieder verlassen werden wollte. Weil ich es kein zweites Mal mit einem verständnisvollen Lächeln ertragen hätte?*

Doch ich sage nichts davon, sage gar nichts.

Für einen Augenblick ist es still zwischen uns. Einzig die brasilianische Band und die feiernde Meute im Hintergrund sind zu hören. Doch die Geräusche sind gedämpfter. Leon scheint sich etwas entfernt zu haben.

Dann erklingt wieder seine Stimme. »Beste Freunde für immer, weißt du noch?«

»Natürlich.« Als ob ich das je vergessen könnte. Ich erinnere mich an jede einzelne Situation, in der dieser Satz gefallen ist. Damals nach dem Schwimmen im Whirlpool, als wir nichts mehr waren als beste Freunde. Dann Jahre später auf der Bank, auf der er mir von seinen großen Plänen erzählte. Von der Welt da draußen, die er unbedingt sehen wollte. Und dann das dritte Mal, als ich die Worte selbst geschrieben habe, nach der Nacht, in der wir ein zweites Mal so viel mehr gewesen waren als beste Freunde.

Auch dieses vierte Mal werde ich nicht vergessen. So ist das mit Leon – er erschafft Momente, die sich für immer in mein Gehirn setzen, die sich wie ein Angelhaken dort verfangen. Selbst wenn ich es partout nicht möchte, habe ich keine Chance. Denn leider sind nicht all diese Momente atemberaubend perfekt, nicht immer möchte ich mich an sie erinnern, sie wieder und wieder erleben. Manche schmerzen. So wie dieser.

»Aber weißt *du* noch? Nicht nur beste Freunde für immer, auch Weihnachten für immer … hier im Blockhaus. Erinnerst du dich daran?« So sehr ich es möchte, ich schaffe es nicht, den genervten Unterton aus meiner Stimme zu verscheuchen. Erst recht nicht, als Leon nicht antwortet. Besonders nicht, weil der Ton doch in Wahrheit nur versteckt, was Leon nicht hören soll. Wie sehr er mich verletzt.

»Du weißt es nicht mehr? Kein Wunder!«, feuere ich weiter ab, ohne es zu wollen. Stoppen kann ich mich dennoch nicht. »Im Schwürehalten bist du nicht sonderlich gut.«

Leon bleibt still.

Vielleicht weil er weiß, dass ich ihm Vorhaltungen für etwas mache, das ich selbst nicht einhalten kann. Ich breche unseren Schwur doch ebenso. Klar, ich bin hier, das schon. Weihnachten für immer, das bekomme ich auf die Reihe.

Aber beste Freunde?

Nein, das schaffe ich nicht. Wenn ich ehrlich bin, schon nicht mehr, seit dem Abend auf der Holzbank, seit ich ihn geküsst habe. So lange habe ich es versucht, habe allen anderen inklusive mir dieses *Nur-beste-Freunde* vorgespielt. Dabei hab ich immer mehr gefühlt, mehr gewollt.

Leon und ich, wir können nur zu nah oder zu weit. Nicht mal eine Beste-Freunde-Umarmung bleibt bei uns folgenlos, wir brauchen einen Mindestabstand. Vermutlich sind die knapp zehntausend Kilometer, die gerade zwischen uns liegen, genau das Richtige.

»Für immer ist echt lang«, sagt Leon leise, spricht jetzt doch. »Wir waren Kinder. Sechs oder sieben Jahre vielleicht.«

Sechs. Du warst sechs, und ich war fünf.

Ich korrigiere ihn nicht, höre weiter zu.

»Weihnachten für immer im Blockhaus, das war doch nur dahingesagt.«

»War es das?« Die Schärfe in meiner Stimme ist verschwunden, ersetzt durch etwas anderes. Ich bekomme es selbst nicht zu fassen, aber ich glaube, es ist Traurigkeit. Und die Frage, was für ihn alles noch als *nur dahingesagt* gilt. »Klar, wir waren jung, vielleicht waren wir zu jung. Und doch … bin ich hier.«

»Fuck, ja, ich weiß!«, poltert er los, und ich zucke zusammen, drücke meinen Rücken fester gegen die Holzwand. Doch Leon klingt nicht sauer, sondern einzig frustriert. Die Traurigkeit, die ich bei mir nicht hundertprozentig greifen konnte, höre ich bei ihm klar und deutlich. Sie schwingt so stark durch die Leitung, dass ich die zehntausend Kilometer doch am liebsten sofort überbrücken möchte.

»Ich wäre auch gern da, das musst du mir glauben. Ich würde sofort auf all das hier scheißen, könnte ich dafür bei dir sein. Auf die dreißig Grad in der Sonne, auf die Cocktails, die Straßenmusiker, die weißen Strände. All das würde ich eintauschen für eine Stunde auf der Bank neben dir.«

Ich fahre mir mit der Hand übers Gesicht und fluche innerlich. Weil ich sie sofort nehmen würde, diese Stunde.

Weil ich ihm glauben möchte, weil ich hoffe, dass im Cachaça, im Zuckerrohrschnaps, die Wahrheit liegt. Und weil ich gleichzeitig doch ahne, dass es leere Worte sind, dass er morgen wieder auf ein Surfbrett steigen wird und sein fotogenes Insta-Leben weiterführt, von dem ich kein Teil bin und es nie sein werde.

Oder?

Es sind nur vier Buchstaben, nur ein kleines Wörtchen, das sich als völlig unvernünftige Hoffnung neben mich auf die Bettkante setzt und mich ermutigt, die Worte auszusprechen, die mir auf der Zunge liegen.

»Dann komm …« Ich kann sie nur flüstern. Mehr geht nicht und selbst das ist schon schwer, trotzdem rede ich weiter. »Ich bin bis Neujahr hier. Steig einfach in einen Flieger und komm.« Mit aller Kraft verkneife ich mir das Bitte, das in mir immer größer wird.

»Ich würde so gerne … Wirklich«, erwidert er, dann ist er still. Doch ich ahne, dass er noch etwas sagen möchte, dass auf seiner Zunge ebenfalls Worte liegen, für die er erst Mut braucht. »Weil … manchmal, so zwischendrin, möchte ich nicht der sein, der ausbricht, der immer weiterrennt, sondern einfach nur der, der zurückkommt.«

Ich bin mir hundertprozentig sicher, dass er seine Worte ehrlich meint, egal, wie betrunken er ist. Und doch ist jedes einzelne davon nicht mehr als eine Momentaufnahme, ein Schnappschuss.

»Dann komm«, wiederhole ich. Genauso leise, kein Stück lauter, aber ich packe etwas mehr von der Verzweiflung dazu, die in mir tobt.

Leon antwortet nicht und versetzt meiner Hoffnung damit einen Stoß in die Rippen.

Abermals schallen für einen Augenblick nur die Hintergrundgeräusche durch die Leitung. So lange, bis Leon doch weiterspricht. »Jana?«, fragt er leise. Mehr nicht.

Irgendetwas in mir will mich warnen, will mir sagen, dass ich besser nicht darauf eingehen sollte.

»Ja?«

»Hört das mit uns denn niemals auf?«

Mein Mund wird trocken, mein Herz schlägt schneller. Ich schließe die Augen.

Er hat es nie so gesagt, noch nie. Ja, aus seinen Gesten, seinen Blicken, seinen Küssen konnte ich es lesen, aber ausgesprochen hat er nie, dass es da dauerhaft etwas gibt zwischen uns. Etwas, das er ebenso wenig abschütteln kann wie ich. Weder in Berlin, Dubai oder Rio de Janeiro, weder mit anderen Frauen im Arm noch mit Unmengen an Alkohol. Gleichzeitig zeigt mir der Satz, wie sehr er darauf hofft, mich endlich vergessen zu können … zu dürfen.

Hört das mit uns denn niemals auf?

Wie oft habe ich mir diese Frage selbst gestellt?

Aber es gibt nur eine Antwort.

»Ich weiß es nicht.«

Bevor er auf meine Worte reagieren kann, wird es unruhig auf seiner Seite. Laute Stimmen rufen seinen Namen, die Musik dreht auf, Gläser klirren aneinander.

»Jana?« Er brüllt beinahe gegen die Hintergrundgeräusche an. »Die anderen lassen nicht locker. Sorry. Ich … Ich vermiss dich echt. Ja, vielleicht komme ich … Vielleicht mache ich das wirklich.«

Es ist sein *vielleicht*, das die Hoffnung endgültig zur Seite, vom Bett und damit gleich aus meinem kleinen Zimmer schubst. Raus auf den Flur. Außer Reichweite.

»Alles klar. Viel Spaß.« Ohne auf eine Antwort zu warten, drücke ich auf den roten Hörer, beende das Gespräch. Bleibe zurück in einem dunklen Raum und höre nichts außer meinen eigenen Herzschlag, der sich nur langsam wieder normalisiert.

★★★★★

Am nächsten Tag, dem ersten Weihnachtsfeiertag, nehme ich zum allerersten Mal in all den Jahren nicht an unserer traditionellen Schneeschuhwanderung teil. Nachdem ich in der Nacht irgendwann endlich eingeschlafen bin, hat mich mein Hals kurze Zeit später mit einem Kratzen geweckt. Heute Morgen haben sich dann Husten und eine laufende Nase dazugesellt.

Fabelhaft.

Als würde ich mich nicht so schon elend genug fühlen.

Mittlerweile habe ich mich mit einem Roman, einer Kanne Ingwertee und einer Packung Aachener Printen aufs Sofa im Wohnzimmer geschleppt. Während die dritte Fuhre Holz im Kamin vor sich hin brennt, haben die anderen bestimmt schon längst ihre Pause am verschneiten Eibensee hinter sich gebracht und befinden sich auf dem Rückweg.

Einerseits wäre ich gerne bei ihnen, andererseits nicht. Andererseits wäre ich am liebsten ganz woanders. In Südamerika vielleicht.

Ich schüttle den Kopf, schüttle die Gedanken weg, und greife nach meinem Buch, das auf dem Couchtisch liegt.

Hoffentlich kann Dörte Hansen mich ablenken, mich mit in die Nähe von Hamburg nehmen. Weit weg von Weihnachten, vom Schnee, von all den Erinnerungen und von einem Telefonat, das ich nicht hätte führen sollen.

Tatsächlich schafft sie es. Sie zieht mich hinein in das alte Bauernhaus, zieht mich in die Seiten ihres Buches, in die unterschiedlichen Jahrzehnte und deren Probleme. Auf Seite hundertzweiundvierzig angekommen höre ich plötzlich lautes Stimmengewirr vor dem Haus. Kurz darauf poltern Max, Felix und Noah lachend und wild plappernd durch die Tür. Kalte Luft strömt ins Wohnzimmer und bringt mich augenblicklich zurück aus dem *Alten Land* nach Österreich.

Die Jungs klopfen sich den Schnee von den Klamotten, ziehen Jacken und Skihosen aus und legen ihre Mützen zum Trocknen auf die Heizung.

Noah tritt als Erstes ins Wohnzimmer und lässt sich mit einem Seufzer der Erleichterung direkt neben mir aufs Sofa plumpsen. »Hey, Jana, geht es dir besser?«

Ich zucke mit den Schultern. »Nicht wirklich, aber zumindest auch nicht schlechter. Wie war die Wanderung?«

Bevor er antworten kann, schmeißt Max sich in den Sessel uns gegenüber. Er ist nur mehr in seiner schwarzen Skiunterwäsche bekleidet und sieht – ich kann es nicht anders sagen – furchtbar aus. Eine solch hautenge Kombination trägt wirklich nur mein Bruder ohne Scham. Aber gut, er ist seit Jahren vergeben und Tina scheint einfach nichts zu schockern. Trotzdem könnte er mal an den Rest seiner Mitmenschen denken.

Er grinst mich an. Manchmal habe ich wirklich Angst, er kann meine fiesen Gedanken lesen. »Same procedure as every year. Hast nichts verpasst, Schwesterchen.«

»Nichts verpasst?«, schaltet Felix sich aus Richtung des Küchentresens ein und beißt in einen Apfel. Kauend und mit vollem Mund spricht er weiter. »Von wegen! Du kennst das Video ja noch nicht.«

»Video?«

Noah zückt sofort sein Handy. Alle drei Jungs lachen voll Vorfreude, während er kurz auf das Display tippt und es mir dann entgegenhält. »Ready?«

»Ich bin mir nicht ganz sicher«, antworte ich mit skeptischem Blick. Aus Erfahrung kommt nichts Gutes dabei raus, wenn sich die Jungs so extrem amüsieren.

»Doch, doch!«, ruft Felix aus der Küche. »Ist ein Knaller! Mach den Ton an.«

Als Noah auf das Dreieck in der Mitte des Bildschirms tippt, sehe ich zuerst nicht mehr als eine Art Ruckeln, ein verwischtes, unscharfes Bild mit einem Blaustich. Es wirkt so, als versuche jemand wenig erfolgreich, sein Handy bei laufender Kamera in Position zu bringen, es irgendwo anzulehnen und dann scharfzustellen. Eine Hand fingert für eine gefühlte Ewigkeit vor der Linse herum, es wackelt noch mehr, danach scheint das Telefon endlich sicher dort zu stehen, wo es stehen sollte. Das Bild wird scharf und gibt einen blau beleuchteten Pool preis, der eingerahmt von Palmen im Dunkeln liegt.

Auf einmal habe ich eine Ahnung, wen ich gleich zu Gesicht bekommen werde, und bin mir alles andere als sicher, ob ich das möchte. Doch bevor ich mich wappnen kann, höre ich schon Leons Stimme aus dem Off.

»Liebe Brüderchen«, lallt er, klingt noch um einiges angetrunkener als bei unserem Gespräch. Dieses Video muss Stunden danach entstanden sein. Im nächsten Moment rennt er auf den Pool zu – ohne Badehose, ohne irgendetwas – und brüllt: »Feliz Natal, ihr Spießer! Dieses Jahr bekommt ihr von mir eine 1A-Arschbombe!«

Damit springt er vom Beckenrand, zieht die Beine an und landet mit einem Riesenplatscher mitten im Pool. Das Wasser spritzt zu allen Seiten und weit über den Rand des Beckens hinaus. Leon taucht unter, dann wieder auf. Er streicht sich die nassen Haare aus dem Gesicht und grinst in die Kamera. Wuchtet sich aus dem Pool und geht – der Peinlichkeit die Krone aufsetzend – splitterfasernackt zum Handy, um die Aufnahme zu beenden.

Die Jungs können sich vor Lachen kaum noch halten.

Ich hingegen bekomme nicht mehr als ein Augenrollen zustande. Am liebsten würde ich das Telefon wegwerfen, das blöde Video ignorieren, genauso wie dieses fiese Ziehen in meinem Bauch.

Da alle Blicke auf mich gerichtet sind, sucht mein Kopf nach einer geeigneten Reaktion. Aber mir fällt nichts ein außer: »So besinnlich, der Herr Sander junior.«

Noah grinst von einem Ohr zum anderen. »Das Allerbeste kommt noch: Leon hat das Video heute Morgen per WhatsApp geschickt, vermutlich immer noch sturzbetrunken. Denn leider, leider ist es nicht in unserer Brüdergruppe gelandet und dummerweise auch nicht in der Gruppe mit unseren Eltern.« Sein Grinsen wird noch breiter. »Sondern in der Gruppe mit all unseren Onkel, Tanten, Cousinen, Cousins und unseren Großeltern mütterlicherseits.«

Die Jungs prusten los. Max haut sich auf die Skiunterhosenschenkel. Felix kann kaum sprechen vor Lachen.

»Und dann«, presst er mit Mühe und Tränen in den Augen hervor, »ist er wohl schlafen gegangen. Wir haben ihn erst Stunden später an die Strippe gekriegt, um ihm zu sagen, dass er das Video besser löscht, damit nicht jeder der Familie seinen Christbaumschmuck in Großaufnahme sieht. Ey, der Typ …«

»Voll wie ein Eimer«, ergänzt Noah. »Selbst vorhin am Telefon konnte er kaum drei Sätze vernünftig aneinanderreihen. Er hat sich gestern so dermaßen aus dem Leben geschossen, er weiß nichts mehr. Kompletter Filmriss des ganzen Abends.«

Jetzt zieht sich mein Bauch nicht mehr nur zusammen, jetzt rammt mir jemand ein Messer hinein, sticht richtig fest zu. Ich könnte mich krümmen, so weh tut es.

Dabei habe ich den Angriff doch kommen sehen, schon heute Nacht. Verdammt, ich hätte das Gespräch nie annehmen dürfen. Hätte endlich mal meinem Kopf vertrauen sollen.

Noah blickt mich verwirrt an, vermutlich weil ich im Gegensatz zu den Jungs nicht lauthals lache, nicht mal grinse. »Findest du es gar nicht witzig?«

Ich schüttle den Kopf. »Fremdschämen trifft es eher. Und irgendwie tut er mir leid.«

»Quatsch.« Noah stupst seine Schulter gegen meine. So, als wolle er, dass ich mir einen Ruck gebe. »Leon braucht dir nicht leidzutun. Ernsthaft, der feiert, springt durch irgendwelche Betten und schläft am Morgen danach einfach aus. Der Typ hat die Zeit seines Lebens. Vermutlich ist ihm das Video noch nicht mal wirklich peinlich, zumindest nicht so peinlich, wie es meiner Mutter ist.« Er schnaubt lachend. »Leon ist ein Spinner. Zwar ein netter, aber halt trotzdem einer. Der braucht noch ein paar Jahre, um sich die Hörner abzustoßen. Kannst nur froh sein, dass das damals zwischen euch nichts Ernstes war. Es wäre nie gutgegangen.«

Und noch mal dreht sich das Messer herum. Noah hält es in der Hand, ohne es zu ahnen.

Ich will weg.

Max' Blick trifft auf meinen. Tatsächlich erkenne ich Verständnis in seinem. Vielleicht sind wir nicht das perfekte Schwester-Bruder-Paar, aber irgendwie haben wir doch einen Draht zueinander.

Obwohl er nicht alles über Leon und mich weiß, nicht alles über die Zeit nach unserer kurzen Woche hier in Österreich und auch nicht alles über seinen Küchentisch, weiß er doch, dass es mir damals ernst war. Dass da mehr war und leider noch ist.

Vermutlich springt er mir deshalb zur Hilfe, so, wie große Brüder es machen. Unauffällig, etwas unbeholfen, mit einem kurzen Augenzwinkern. »Jungs? Bierchen im Whirlpool? Ich denke, es ist an der Zeit, dass ihr eine echte Arschbombe seht, nicht so einen kleinen Platscher wie der von Leon. Wird eine Herausforderung in dem Whirlpool, aber bitte … ich liebe hohe Schwierigkeitsgrade.«

Sein Vorschlag findet laute Zustimmung. Sofort hechten die drei die Treppe hoch, um ihre Badehosen zu holen. Ich bleibe auf der Couch zurück.

Kompletter Filmriss? Stimmt das? Weiß er nichts mehr? Nichts von unserem Telefonat?

Mein Blick verliert sich im Schnee vor den Fenstern. In der Ferne sehe ich meine Eltern, Stefan und Silke zusammen mit Tina auf das Blockhaus zulaufen.

Noahs Worte hallen durch meinen Kopf.

Leon braucht dir nicht leidzutun.

Richtig, braucht er nicht. Sollte er nicht. Darf er nicht.

Er lebt sein Leben und ich meins. Das ist gut so.

Es wäre nie gut gegangen.

Richtig, wäre es nicht. Ist es nicht. Und wird es nicht.

Leon wird nicht in den Flieger steigen, er wird seinen Urlaub nicht abbrechen, wird nicht kommen.

Ich muss mit ihm abschließen. Ein für alle Mal.

Und dafür muss ich aufhören, mir selbst leidzutun.

Ich habe meine Träume, meine Ziele, mein Leben. Alles ist geplant und zum Teil schon umgesetzt, da passt er nicht rein.

Leon und ich, wir bremsen uns gegenseitig aus.

Ich weiß, ich war gedanklich oft an diesem Punkt. Habe im Kopf schon mindestens dreimal den Schlussstrich unter das Thema gezogen, aber so ernst gemeint wie jetzt habe ich es noch nie. So oft habe ich den Tag, an dem wir uns wiedersehen herbeigesehnt, aber mindestens genauso oft hatte ich nichts als Schiss davor. Und habe es immer noch. Denn es geht nicht nur um mich. Leon kennt die Gefühle auch … beide, das weiß ich, egal, wie gelallt seine Worte vor ein paar Stunden waren.

Aber wir tun uns mehr weh, als wir uns guttun.

Manchmal reicht verliebt sein nicht.

Es ist Zeit, erwachsen zu werden. Denn klar, es mag schon mal vorkommen, dass man sich in einen Jungen verliebt, den man schon immer kennt, der einen gegen den bescheuerten Spitznamen des großen Bruders verteidigt, der einem eine CD mit allen Lieblingsliedern brennt und zuschickt, der einen nach einer Schneeballschlacht küsst, der einem die Nacht des Lebens schenkt, der einen betrunken anruft nach Jahren, weil er immer noch an einen denkt. Ja, vielleicht verliebt man sich in so einen – aber mehr wird daraus nicht. Nie.

Ich stehe auf, gehe ein paar Schritte durch den Raum, berühre das Treppengeländer, atme die Luft ein, die wie immer nach Holz, nach Feuer, nach Urlaub riecht. Und noch bevor meine Eltern zusammen mit ihren besten Freunden unser Haus betreten, weiß ich, dass ich in diesem Jahr das letzte Weihnachten hier verbringe.

Kapitel 15

Sonntag, 24. Dezember 2023

Jana

»Die haben halt alle Angst vor dem hohen Verkehrsaufkommen. Und weil die Beschwerden an die Stadt nicht aufhören, soll es jetzt angeblich eine Bürgerbefragung geben. Zumindest meinte das der alte Häusner, und der wird es ja wissen.« Marcel wirft mir einen kurzen Schulterblick zu, der seinen Stolz über die Insiderinformationen nicht verheimlicht.

Ich nicke, obwohl ich nur mit einem halben Ohr zuhöre. Mir könnte momentan kaum etwas egaler sein als der Bau des neuen Kreisverkehrs beim Edeka im Nachbarort.

Marcel dreht sich zurück zur Arbeitsplatte und zu dem Gemüse, das er seit Minuten eifrig schnippelt. Ohne Umschweife schwadroniert er weiter über die unterschiedlichen Möglichkeiten der Zufahrt zum Parkplatz des neuen Supermarktes.

Ich stehe hinter ihm, an den Küchentresen gelehnt, und sehe dabei zu, wie er Chinakohl, Birnen und Bärlauch schneidet, Milch erwärmt, salzt und pfeffert. Schaue ihm zu, wie er – ebenso wie in den letzten fünf Jahren – ein spezielles Weihnachtsmenü für uns zubereitet. Dieses Jahr gibt es Rinderfilet im Speckmantel mit Klößen, von denen ich noch nie gehört habe, und an einem Salat, den man an normalen Tagen nie essen würde.

Marcel kann kochen, sogar sehr gut. Besser als ich, und wenn ich ehrlich bin, sogar besser als meine Mutter. Normalerweise freue ich mich, dass er diese Aufgabe übernimmt. Wäre ich dafür zuständig, gäbe es wohl auch an Weihnachten etwas Unspektakuläres. Backen liegt mir, kochen nicht. So hat sich unsere kleine Weihnachtstradition eingeschlichen. Marcel kümmert sich um das Abendessen, steht in der Küche. Ich stehe mit einem Glas Rotwein daneben oder kümmere mich um die Deko, um den Tisch. Wir hören klassische Weihnachtsmusik, die Kerzen am Adventskranz brennen und nach dem Essen überreichen wir uns die Geschenke. Ruhig, besinnlich und feierlich – ein ziemlicher Gegensatz zu den Feiertagen, wie ich sie von früher kenne. Aber so läuft es ab, unser Fest, und das ist doch … gut so. Nur heute wirkt es verkrampft. Alles. Das Kochen, die Gespräche, wir.

Vor allem wir.

Mein Blick wandert zur Küchenuhr. Viertel vor acht. Bis zum Essen kann es noch dauern.

Wir reden nicht viel, nur, wenn das Schweigen zu unangenehm wird. Dann sucht einer von uns ein unverfängliches Gesprächsthema. Eines, an dem wir uns ein paar Minuten aufhalten können. Jetzt aber scheint alles zum geplanten Bauvorhaben im Nachbardorf gesagt, und es wird wieder still. Während das Wasser für die Knödel leise blubbernd kocht, nutzt keiner von uns die Redepause, um das eigentliche Thema anzusprechen. Es scheint fast so, als hätten wir wortlos das Abkommen getroffen, dass die Aussprache erst nach dem Dessert auf dem Menüplan steht. Ob das der Grund ist, warum sich alles merkwürdig anfühlt? So wie anfängliches Sodbrennen. So, als läge mir das Unausgesprochene schwer in meinem noch leeren Magen.

Mir entfährt ein leises Schnauben, das hoffentlich im Rauschen der Dunstabzugshaube untergeht. Ich will nicht, dass Marcel bemerkt, wie angespannt ich bin. Aber er formt weiter Kugeln aus der Semmel-Eier-Masse zwischen seinen Handflächen, wirkt konzentriert, spürt es anscheinend nicht. Und natürlich weiß ich, dass Marcel mit dem Kochen und dem Small Talk nur Normalität in den Abend bringen will. Dass er eine solide Basis schaffen will, damit das, was gleich kommt, uns nicht komplett den Boden unter den Füßen wegreißt.

Doch anstatt ihm dafür auf eine gewisse Weise dankbar zu sein, anstatt mich innerlich auf das kommende Gespräch vorzubereiten, hängt mein Kopf sich an Kleinigkeiten auf. Daran, dass Marcel extrem laut auf seinem Kaugummi kaut, daran, dass er das schmutzige Messer einfach an der Schürze abwischt oder daran, dass mich die Art, wie er die Gurken schneidet, nervt. Tierisch. So würfelt man keine Gurken. Punkt.

Jeder normale Mensch teilt sie der Länge nach in zwei Hälften, setzt dann weitere Längsschnitte und würfelt anschließend quer dazu. Niemand schneidet Gurken zuerst in Scheiben. Wirklich niemand, oder? Hat er das immer schon so gemacht? Es könnte mir egal sein, sollte es … aber es nervt mich. Jedes einzelne Mal, wenn das Messer mit einem kurzen Klacken auf das blaue Kunststoffbrettchen trifft.

Ich trinke von meinem Rotwein, der mir etwas zu trocken ist. Schlucke mit ihm ein paar ordentliche Flüche hinab. Sie gelten nicht Marcel und auch nicht seiner Art, Gurken zu schneiden. Sie gelten mir. Denn ich weiß, dass das negative Gefühl in mir, diese Gereiztheit in meinem Bauch, kein guter Anfang für den heutigen Abend sein kann.

»Ich decke schon mal den Tisch. Wohnzimmer, oder?«, frage ich und mache zwei Schritte auf den Unterschrank mit dem Geschirr zu. Ich sollte besser irgendetwas tun, anstatt untätig rumzustehen.

»Ja, sehr gerne«, erwidert Marcel. Es klingt zu freundlich, zu aufgesetzt – und plötzlich fühle ich mich wie in einem schlecht inszenierten Theaterstück.

Während ich mit zwei Tellern in der Hand zur Besteckschublade gehe, fällt mein Blick auf das Geschenk, das Marcel mitgebracht hat. Es steht auf dem Bügelbrett neben der Arbeitsplatte und sticht mir immer wieder ins Auge. Nicht, weil ich keines für ihn habe, auch nicht, weil ich jedes Mal denke, dass ich das Bügelbrett an Heiligabend hätte wegstellen können. Nein, weil ich Angst habe, es später auspacken zu müssen, und nicht sicher bin, ob ich es schaffe, zu lächeln. Ob ich ein Danke aus mir herauspressen kann. Denn was auch immer in dem kleinen Päckchen ist, wird nach seinem Fehltritt einen schweren Stand haben.

Zweieinhalb Wochen ist der nun her. Achtzehn Tage. Ich zähle sie weiterhin. Warum? Hoffe ich, dass sich sein Betrug weniger fies anfühlt, wenn mehr Zeit vergeht? Oder zähle ich die Tage, weil ich froh bin, wenn wieder einer vorbei ist?

Ohne meine inneren Fragen zu beantworten, verlasse ich die Küche. Beinahe bilde ich mir ein, im Augenwinkel erkennen zu können, wie sich auch Marcels Schultern ein wenig entspannen.

Im Wohnzimmer schiebe ich die Bauzeichnungen zur Seite, die noch immer auf dem Tisch liegen. Denke kurz, dass ich sie nicht wegpacken sollte, dass sie ein gutes Gesprächsthema wären, dass wir uns an tragenden Wänden und zusätzlichen Steckdosen durch den Abend hangeln könnten. Dass es vielleicht gut wäre, unsere Zukunft im Auge zu behalten bei unserer Aussprache nachher, einen Grund mehr zu sehen, warum wir uns zusammenraufen müssen – warum ich beide Augen zudrücken sollte … und werde.

Einen Grund?

Oder den Grund?

Bei dem Gedanken erschrecke ich mich über mich selbst und falte hastig die Papiere zusammen, um sie in der oberen Schublade des Sideboards verschwinden zu lassen.

★★★★★

Kurze Zeit später sitzen wir uns mit zwei vollen Gläsern des mittelklassigen Rotweins vom Weingut, bei dem seine Eltern so gerne Urlaub machen, gegenüber. Vor mir ein

Teller mit mühevoll drapiertem Festessen, das ohne Zweifel und rein objektiv hervorragend aussieht. Und trotzdem liegt nicht nur auf dem Teller ein Kloß an dem Salat mit Birne, ein zweiter, viel größerer bildet sich in meinem Hals – aus Angst vor dem, was jeden Moment kommt. Was sich seit Stunden, ach, Tagen ankündigt.

Mein Blick schweift durch den Raum, versucht, die Stille zwischen Marcel und mir zu ignorieren. Das Flackern der goldenen Stumpenkerzen taucht das Zimmer in ein Licht, das sich unter anderen Umständen gemütlich anfühlen könnte. Tut es aber nicht.

Nichts ist wie die Jahre zuvor. Drei der vier Kerzen des Adventskranzes brennen heute zum ersten Mal. Die Weihnachtsmusik, die im Hintergrund läuft, fühlt sich falsch an. Und der nur halb geschmückte Baum mit seiner schiefen Spitze sowie der vertrocknete Weihnachtsstern tragen noch zur fragwürdigen Stimmung bei. Das hier ist nicht echt, das sind nicht wir. Der Bühnenbildner der Laienspielschar hätte sich deutlich mehr Mühe geben müssen.

Mit der Gabel schiebe ich das Essen auf meinem Teller hin und her, kratze dabei leise über das Porzellan, bekomme keinen Bissen runter. Marcel scheint es nicht viel anders zu gehen. Seinen gefüllten Teller sehe ich, den Blickkontakt mit ihm meide ich – nun noch mehr als in den letzten beiden Stunden. Es war so viel einfacher, als wir beide etwas zu tun hatten. Als er sich an Pfannenwender und Messer festhalten und ich mich zwischendrin in andere Teile der Wohnung flüchten konnte. Jetzt, an diesem Tisch mit ihm, habe ich keine Ahnung, wie ich sein soll … wer ich sein soll. Will am liebsten weg und weiß gleichzeitig, dass das der falscheste Gedanke ist So wird unsere Aussprache nicht funktionieren, und das soll sie doch, verdammt.

Trotz all der inneren Gegenwehr hebe ich deshalb mein Gesicht, schaue ihn an und erkenne, wie er versucht, zu lächeln, ohne dass es gelingt. In seinen blaugrauen Augen liegt etwas anderes. Trauer? Schuld?

»Jana, es tut mir so leid.«

Da ist sie, und obwohl wir daraufhingesteuert haben, obwohl ich sogar irgendwie darauf gewartet habe, kommt sie doch unvermittelt. Diese Entschuldigung an Rinderfilet mit Kräuterknödeln.

Und obwohl ich viele Tage hatte, um mir eine vernünftige, erwachsene Antwort zu überlegen, fallen mir spontan zwar einige ein, aber keine, die ich sagen möchte … sagen sollte. Deshalb blicke ich Marcel nur an, in seine Augen, in sein Gesicht und versuche, zu verstehen, was genau ich fühle.

Er legt das Besteck zur Seite, bevor er weiterspricht. Ich halte mich an meinem fest.

»Wirklich. Es war so bescheuert von mir. Ein dummer Fehler, mehr nicht. Es hatte nichts zu bedeuten. Gar nichts.«

Noch immer möchte ich nicht antworten. Verkneife es mir, wenngleich es nicht einfach ist, während seine Worte in meinem Kopf rotieren.

Es hatte nichts zu bedeuten.

Marcel räuspert sich, scheint zunehmend nervöser zu werden. »Ich … Also … ich war betrunken, Sonja auch. Und sie hat es echt draufangelegt.«

»Ach, war es ihr Fehler?« Die Worte rutschen mir raus. Dabei hätte ich auch sie gern zurückgehalten. Ich will die Stimmung nicht in diese Richtung gleiten lassen. Denn sie ist nicht gut und macht eine Kehrtwende umso schwerer. Aber die Wut ist noch immer da – weniger mittlerweile, tiefer unter der Oberfläche, aber weiterhin vorhanden.

Mein Blick bohrt sich in Marcels. Messer und Gabel halte ich noch immer fest umschlossen.

»Nein!«, sagt er entschieden und ertappt. »Natürlich nicht, so meine ich das nicht. Also schon, aber nein. Ich hätte …« Er bricht ab, blickt hilfesuchend zu mir, so, als sollte ich seinen Satz vervollständigen.

»… nicht darauf eingehen sollen.« Ich tue ihm den Gefallen, beende seinen Satz. Jedes Wort schneidend. Am liebsten würde ich aufstehen, mich bewegen, dem Gefühl der Wut entgegenwirken. Aber sie muss raus. »Allein, dass du jetzt so anfängst, macht alles noch schlimmer.«

Marcel senkt den Blick. »Jana, es tut mir so leid. Es war nicht mehr als ein Kuss.« Obwohl er nicht laut gesprochen hat, wirkt es fast so, als würde der Satz in unseren vier Wänden nachhallen. Ein verzweifeltes Echo in zwei Zimmern, Küche, Bad.

Es war nicht mehr als ein Kuss.

Doch!

»Ein Kuss ist nie einfach nur ein Kuss.« Mein Magen zieht sich schmerzhaft zusammen, weil der Satz zutrifft, immer – nicht nur heute Abend.

»Wie meinst du das?«

Obwohl ich nicht weiß, wie man eine so klare Aussage nicht verstehen kann, setze ich zu einer Erklärung an. »Man küsst nicht einfach irgendjemanden ohne einen

Grund. Dahinter steckt immer mehr.« Es überrascht mich selbst, dass die Schärfe aus meinen Worten verschwunden ist, dass sie einer Art Resignation Platz gemacht hat. Und noch etwas meldet sich in mir, etwas, das ich lange ignoriert habe. Eine Erkenntnis schleicht sich an … Nein, sie breitet sich aus, war schon lange da, wird nur jetzt erst greifbar.

Marcel schüttelt den Kopf. »Es lag nur am Alkohol.«

Sein Beteuern ändert nichts, denn plötzlich ist mir klar, worum es wirklich geht.

Ich lege das Besteck quer über den Teller. Nehme mir einen Moment, um meinen Gedanken selbst noch einmal zuzuhören.

Es ist nicht er, nicht sein Fehler. Es sind wir.

»Nein, Marcel, es lag nicht am Alkohol. Aber ich will dir gar nicht die ganze Schuld geben.« Ich versuche, seinen Blick einzufangen, ihn zu halten. »Glaub mir, es läuft schon länger etwas falsch. Zwischen uns, meine ich. Wir haben es nur gekonnt überhört, übersehen … überfühlt.«

Er sieht mich fragend an, scheint meinen Worten nicht folgen zu können.

Ich kann es ihm nicht verübeln, ich verstehe sie selbst erst in diesem Augenblick. »Sind wir … Bist du wirklich glücklich?«

Seine Augen scannen den Raum, scheinen eine Bestätigung für unser Glück zu suchen, irgendetwas, in dem wir und unsere Zukunft manifestiert sind. Doch sie finden offenbar nichts, bleiben an mir hängen und bringen Verzweiflung mit. »Ich dachte schon. Ja, ich dachte, ich wäre glücklich, also wir beide. Sind wir das nicht? Wir haben so viel vor. So viel läuft doch richtig gut.« Er zögert, streicht mit der Hand über die Tischdecke, schiebt ein paar Krümel des Baguettes zu einem kleinen Haufen zusammen, scheint zu überlegen, ob er weitersprechen soll, und tut es dann doch. »Wenn ich ehrlich bin, wollte ich dich an Neujahr in Budapest fragen, ob du meine Frau werden willst. Deshalb doch alles, deshalb doch der Kurztrip.«

Mir entfährt ein Prusten, und ich reiße meine Augen auf. Gleichzeitig wird sein Blick traurig. Für den Bruchteil einer Sekunde tut er mir leid. Aber auch nur für diesen wirklich kurzen Moment. Dann bleibt einzig Fassungslosigkeit.

»Du wolltest mir einen Heiratsantrag machen? In einer Woche? Ernsthaft?« Ich sehe ihn ungläubig an. »Du planst, mir die Frage aller Fragen zu stellen, dann trinkst du drei Bier zu viel, Sonja setzt sich auf deinen Schoß und du kannst nicht anders?«

Er senkt seinen Blick erneut, spielt mit der Serviette. »Es war nur ein Kuss.«

»Und wenn Lea nicht zufällig gekommen wäre? Was wäre es dann geworden? Zwei Küsse, drei, vier … noch mehr?«

Stille.

»Das tut doch nichts zur Sache.«

Tut es wohl, denke ich, schweige aber.

»Es hatte nichts zu bedeuten«, fährt er fort. Wie oft hat er mir diesen Satz nun schon gesagt? »Ich will nichts von Sonja.«

»Das glaube ich dir sogar. Aber das ist nicht der Punkt.« Ist es nicht. Ist es wirklich nicht. Dafür frage ich mich, wie sehr etwas an Bedeutung gewinnen kann, indem man seine Bedeutungslosigkeit immer und immer wieder betont. »Du kannst es noch so oft behaupten, aber so etwas passiert nicht, wenn alles stimmt.«

Ich weiß nicht, ob ich all das zu ihm oder zu mir sage. Aber darüber zu sprechen, rückt definitiv Dinge in meinem Kopf zurecht. Dinge, die tagelang in falschen Schubladen steckten und die mich nächtelang nicht schlafen ließen. Vielleicht bleibt meine Stimme deshalb ruhig, obwohl die Tränen laufen.

»Marcel, fühl mal tief in dich hinein. Ist es dieses Leben, das du willst? Für immer? Bin ich es? Sind wir das? Reicht das Gefühl wirklich?«

Das Schlimme ist, dass ich seine Antwort nicht brauche. Weil ich endlich auf meine höre. *Nein, es reicht nicht.* Es wollte immer reichen, es sollte immer reichen.

Mein Kopf wollte, dass es funktioniert. Mein Herz nie hundertprozentig. Natürlich war ich verliebt, damals als Marcel und ich uns auf einer Feier von Freunden kennengelernt haben. Vielleicht nicht direkt, aber ich mochte ihn, und die Liebe ist gewachsen, Treffen für Treffen, Stück für Stück. Aber anscheinend ist sie nie groß genug geworden – auch nicht auf seiner Seite.

Marcel zuckt mit den Schultern, wirkt überfahren von den Worten. Kein Wunder, seine Planung für heute Abend war eine andere. Unsere Planung für die nächsten Jahre war eine andere.

»Aber … wir hatten doch so viel vor.«

Ja, genau, *hatten wir* – nicht haben wir. Und diese Tatsache schneidet tief, weil auch meine Zukunftsaussichten wie ein Kartenhaus in sich zusammenfallen. Weil ich einen Großteil der Pläne geschmiedet habe und doch immer so sehr will, dass Pläne funktionieren.

Marcel spricht weiter, seine Stimme brüchig. »Das Haus, eine Familie …«

Ich nicke, schlucke. »Aber du und ich sind wohl nicht das richtige Fundament. Weder für ein Fertighaus noch für eine Beziehung, definitiv nicht für eine Ehe … und sorry … aber schon gar nicht für Kinder.«

Eine Träne rinnt über seine Wange.

Zum allerersten Mal sehe ich Marcel weinen. Bevor ich etwas sagen kann, wischt er die Träne mit dem Handrücken weg, schiebt den Teller von sich. Sein Gesichtsausdruck verändert sich, wird härter, kantiger, und ich ahne, dass ein hundertachtzig Grad Stimmungswechsel bevorsteht.

Mit einem Ruck steht er auf. »Du wolltest das doch alles. Du! Wer hat sich denn wie immer völlig verbissen in all die Kleinigkeiten gestürzt? Wer hat denn stundenlang über den Plänen fürs Haus gehockt? Ach, nicht nur fürs Haus, für alles.« Seine Augen funkeln vor Wut.

Er hat recht. Ich war das, ich habe stundenlang davorgesessen und doch nichts komplett abgenickt. Aber das lag nicht an den zu detaillierten Plänen in meinem Kopf. Der Grund war ein anderer, den ich selbst nicht gesehen habe.

»Ja, vielleicht bist du schuld, Jana. Vielleicht hat mich deine akribische Strukturiertheit so eingeengt, dass ich mal ausbrechen musste. Einfach mal spontan sein musste, machen wollte, was ich fühle.«

Das tut weh, trifft mich an einer ungeschützten Stelle, von der Marcel nur allzu gut weiß. Verdammt ja, diese ständige Planerei nervt mich doch auch, war über die letzten Jahre immer wieder Thema in kleineren und größeren Streits zwischen Marcel und mir. Aber ich kann sie nicht abstellen, zumindest nicht für lang, sie ist ein Teil von mir.

Ich antworte nicht, aber ich weiß, dass er den Schmerz in meinem Gesicht sehen kann, und die Genugtuung in seinem macht ihn noch größer. Warum tut er das? Warum dreht er alles um?

»Weißt du was? Es klingt so, als hättest du das mit uns eh schon begraben … metertief, ohne mich zu fragen«, donnert er weiter. »Wie du willst. Ich hätte uns noch eine Chance gegeben. Ich denke, wir hätten es hinbiegen können. Nach unserer Verlobung wäre alles wieder in Ordnung gekommen. Man muss halt nur auch wollen. Wir hätten es kitten können.«

Kitten können? Ja, vielleicht … Doch kitten wollen?

Ein Kopfschütteln ist alles, was ich zustande bringe. Er zeigt mir in diesem Moment so sehr, warum ich es nicht will. Warum das mit uns keine Zukunft hat.

»Gut, wie du meinst. Wirf ruhig alles weg.« Mit großen Schritten geht er Richtung Flur, reißt das Geschenk für mich vom Bügelbrett und schnappt sich seine Jacke, zerrt sie vom Haken. »Echt – frohe Weihnachten, Jana.« Ein lautes Schnauben. »Und kündige gefälligst die Wohnung zum Ende des Monats. Ab Februar siehst du von mir keinen Cent mehr. Und die Stornierungskosten der Budapestreise, die teilen wir uns auch.« Seine Stimme ist so abwertend, dass ich zusammenzucke.

Langsam stehe ich auf, folge ihm in den Flur, während er die Tür öffnet und sich auf dem Weg hindurch noch ein letztes Mal zu mir umdreht. »Viel Spaß beim Planen deines neuen Lebens. Wird sicher nicht so einfach für jemanden, der eine Unverträglichkeit gegenüber Spontanität hat.«

Damit zieht er die Tür hinter sich zu. Mit einem Krachen fällt sie ins Schloss.

Ich bleibe zurück mit dem bitteren Geschmack, den seine Worte hinterlassen.

Kapitel 16

Sonntag, 24. Dezember 2023

Leon

Kaum hat Noah das Auto vor dem Chalet unserer Eltern zum Stehen gebracht, reißt meine Mutter die Haustür auf. Als sie mich auf der Rückbank entdeckt, hüpft sie vor Freude in die Höhe und kreischt so laut, dass ich es durch die geschlossene Fensterscheibe hören kann.

»Leon ist mitgekommen!«, ruft sie ins Haus und schlüpft eilig in ein Paar braune Männerboots, die neben ihr im Eingang stehen und ganz offensichtlich nicht ihr gehören. Doch das scheint ihr völlig egal zu sein. Auch ihre Jacke lässt sie an der Garderobe hängen, schützt sich nicht gegen die Kälte, sondern schlappt in den viel zu großen Schuhen und im T-Shirt wild winkend auf unser Auto zu.

Ich öffne lachend meine Tür und bin schon mit einem Bein ausgestiegen, als Laura sich zu mir dreht.

»Schau, wie sie sich freut. Das allein ist doch deinen Besuch wert, oder? Also, falls … du weißt schon …« Sie muss nicht weitersprechen, ich verstehe auch so. Lese es in ihrem mitfühlenden Blick.

Falls Jana nicht hier ist. Falls sie nicht kommt.

»Hmhm«, murmle ich, nicke kurz und bestimmt viel zu verkrampft und verfluche mich dafür, dass ich schon wieder über Lauras Wortwahl stolpere. Denn ja, zu sehen, wie Mama sich freut, ist definitiv meinen Besuch wert. Doch nicht nur *das allein.* Ich wünschte wirklich, es würde sich auch aus einem anderen Grund lohnen, dass ich meinen Flug verschoben und den Plan, mich mit ein paar Freunden im Pub zu treffen, über den Haufen geworfen habe. Dass ich hier bin.

»Leon!« Meine Mutter hat meine Autotür erreicht, und mein Lachen kehrt auf mein Gesicht zurück, echt und unverkrampft.

»Überraschung!« Ich steige aus und schließe sie in meine Arme, hebe sie hoch und drehe sie im Kreis. Damit sie weiter vor Freude kichert.

»Das ist das beste Geschenk aller Zeiten! Ich danke dir.« Sie drückt mir einen dicken Kuss auf die Wange, kaum hat sie festen Boden unter den viel zu großen Stiefeln. Tränen schimmern in ihren Augen. »Endlich hab ich euch drei wieder an Weihnachten zusammen.«

Ich umarme sie noch einmal fest, atme Maracuja und Frische ein, den Duft von zu Hause, egal, wo wir sind. Und plötzlich weiß ich, dass Laura doch recht hatte. *Das allein ist es wert.*

Als meine Mutter von mir ablässt und Felix in die Arme schließt, kann ich meinen Blick dennoch nicht davon abhalten, suchend über den Platz vor dem Haus zu schweifen, über all die anderen, die mittlerweile zu uns gestoßen sind, die uns begrüßen oder uns von der Haustür aus zuwinken.

Jana ist nicht dabei.

Aber das muss nichts heißen. Es ist erst kurz nach fünf. Noch gute sieben Stunden bis Mitternacht. In der Zeit kann viel passieren, können Wunder geschehen und Wünsche wahr werden. Besonders an Weihnachten, oder?

Quatsch. Was für schwülstige Gedanken.

Ich war definitiv zu vielen der kitschigen Weihnachtsfilme ausgesetzt, die Matt sich seit Wochen in Dauerschleife reinzieht. Aus welchem Grund auch immer. Aber Fakt ist: Wenn du wochenlang hörst, dass Weihnachten eine magische Zeit ist, in der alles, einfach alles möglich ist, gräbt sich der Kram irgendwann in dein Hirn und setzt sich dort fest. Auch wenn du aus Erfahrung weißt, dass es Schwachsinn ist. Dass es keine Wunder gibt. Erst recht nicht an Weihnachten.

Ich nehme meine Jacke von der Rückbank. Meinen Koffer lasse ich im Auto. Noah hat mir angeboten, mich nachher nach Salzburg ins Hotel zu fahren. Ich könnte zwar bei ihm und Laura in dem kleinen Nachbarchalet schlafen, in das die beiden aus Platzgründen schon seit ein paar Weihnachten ausweichen, aber ich habe wirklich keine Lust, ihren Vorflitterwochen beizuwohnen – im wahrsten Sinne des Wortes. Als Alternative bliebe die viel zu kurze Zweisitzercouch im großen Blockhaus oder irgendein Fußboden, aber für den Scheiß bin ich dann doch zu alt.

»Jo, Sander zwei und drei«, ruft Max von der Eingangstür, »bewegt euch endlich her, damit ich mein Begrüßungssoll erfüllen und wieder zurück vor den Kamin kann. Ist doch arschkalt hier.«

»Sprache!« Tina, die mit ihrer Kleinsten auf dem Arm neben meiner Mutter am Auto steht, wirft ihm einen strafenden Blick zu. »Das macht einen Euro ins Böse-Wörter-Schwein.«

Er räuspert sich schuldbewusst. »Ich meinte natürlich, es ist *sehr* kalt hier. Entschuldigung, Schatz.«

»Entschuldigung angenommen«, flötet Tina zurück. »Aber zahlen musst du trotzdem.«

»War klar.« Max stöhnt.

Hanna dagegen reißt jubelnd die Arme in die Höhe und hüpft von dem Schneeberg neben der Haustür, auf den sie zuvor geklettert war. »Juhu, bald ist genug Geld drin, damit ich mir die Playmobil-Schule kaufen kann! Papa, fluch ruhig noch weiter.«

»Das nenn ich die richtige Einstellung.« Felix hält ihr seine Faust hin.

Sie drückt ihre, die in einem dicken Handschuh steckt, dagegen, strahlt bis über beide Ohren, und Max stöhnt noch mehr.

Ich gehe lachend auf ihn zu, will ihn begrüßen. Doch mir frieren die Gesichtszüge ein. Und das nicht, weil es arschkalt ist.

Hinter Max' Schulter huscht ein brauner, leicht gelockter Haarschopf vorbei. Ist so schnell verschwunden, wie er erschienen war.

Jana.

Sie ist doch hier.

Meine Schritte beschleunigen sich, mein Herzschlag sowieso.

»Hi, Mann, gut, dich zu sehen.« Max reicht mir seine Hand, zieht mich in eine kurze Umarmung und klopft mir auf den Rücken. »Es ist echt viel zu lange her.«

»Ja«, erwidere ich abwesend und blicke suchend über seine Schulter. Aber außer ihm ist niemand hier. Zumindest nicht im Flur.

»Hey, wir haben dich gestern vermisst!« Felix tritt hinter mir auf Max zu, begrüßt ihn gebührend, ist nicht abgelenkt von Hoffnung, die ihm Halluzinationen in den Kopf pflanzt. Und von seinem Herzschlag, der viel zu laut in den Ohren dröhnt.

»Ja, das war echt doof«, erklärt Max. »Aber irgendwer musste bei den Kindern bleiben, weil Tina doch –«

»Ist okay, weiß ich ja«, fällt Felix ihm ins Wort.

Was auch immer Max antwortet, ich höre es nicht mehr, bin schon an ihm vorbei ins Haus gegangen. Und nehme dort ebenfalls nur am Rande wahr, dass sich nichts verändert hat, dass mich dieselbe Einrichtung empfängt, derselbe Geruch, dieselbe Atmosphäre – die, die sich meist gut angefühlt hat, aber manchmal auch so fürchterlich beengend. Doch ich kümmere mich nicht weiter darum, gebe den Empfindungen nicht nach, habe keine Zeit dafür.

Ich streife meine Stiefel von den Füßen und stelle sie auf die Gummimatte, auf die seit jeher alle nassen Schuhe gehören. Meine Jacke behalte ich über dem Arm, habe keine Ruhe, einen Platz an der übervollen Garderobe zu suchen. Muss ins Haus, ins Wohnzimmer, auf die Veranda – zu unserer Bank? Wohin auch immer. Ich muss wissen, ob mich das Wochenende mit all seinen unerwarteten Wendungen und all den Erinnerungen, auf die ich nicht vorbereitet war, so weit in die Knie gezwungen hat, dass ich unter Wahnvorstellungen leide. Oder ob Jana hier ist.

Aber wenn ja, wieso begrüßt sie mich dann nicht?

Ich trete vom Flur in die Küche. Die Tür des Kühlschranks rechts von mir ist geöffnet, jemand steht dahinter. Eine Frau. Ihre Beine schauen unter der Tür hervor, sind in schwarze Leggings gehüllt. Die Füße stecken in dicken grauen Wollsocken.

Mein Mund will sich gerade zu einem fragenden »Jana?« formen, als Anne hinter der Kühlschranktür hervortritt. Anne, Janas Mutter. Natürlich. Schon immer hatten die beiden die gleiche Haarfarbe, die gleiche leichte Naturwelle. Auch die gleiche Körperstatur, die gleiche Größe.

Anne zuckt zusammen, als sie mich sieht. »Leon!« Sie fasst sich an ihre Brust, da, wo ihr Herz wohl auch zu schnell schlägt. »Hast du mich erschreckt!«

»Sorry, wollte ich nicht. Ich …« *... dachte, du seist jemand anderes.* Ich räuspere mich, schlucke die Worte hinab und mit ihnen die Hoffnung. »… wollte nur Hallo sagen.«

Okay, es ist offiziell: Dieses Wochenende steigt mir zu Kopf. Ich glaube an Weihnachten, sehe Gespenster. Bin komplett bescheuert.

Anne tritt mit geöffneten Armen auf mich zu, zieht mich an sich. »Ich wäre gleich zu euch rausgekommen, ich musste nur noch schnell das Spekulatius-Tiramisu in den Kühlschrank stellen. Das magst du doch auch so gerne, oder?«

»Es gibt nichts Besseres als eine dicke Mascarpone-Creme nach sechs Pfännchen triefendem Raclette-Käse.« Ich grinse, grinse die Enttäuschung weg.

Anne verdreht lachend die Augen. »Du wieder. Dann iss weniger Raclette.«

»What? Niemals. Das ist doch das Beste an Weihnachten.« Ich übertreibe maßlos. In Wahrheit schnürt sich mir die Kehle zu, wenn ich nur ans Essen denke. Nein, nicht deswegen.

»Ist Jana da?« Die Frage fliegt aus meinem Mund, bevor ich auch nur annähernd darüber nachdenken kann, sie aufzuhalten. Aber … das will ich gar nicht. Ich will es wissen.

Anne blickt mich verdutzt an. »Nein.«

Ich nicke. Natürlich. Überflüssige Frage. Die nächste, die sich in meinem Kopf formt, ist bedeutender. »Kommt sie noch?«

Die Verwunderung in Annes Blick weicht Nachdenklichkeit. Möglicherweise ist es auch Sorge. »Ich glaube nicht.«

Noch mal: natürlich.

Ich nicke erneut, fahre mir durchs Haar, schlucke. Ich schlucke ziemlich viel in letzter Zeit.

Dabei war es doch klar. Ich habe es doch gewusst.

»Zumindest weiß ich nichts davon«, fügt Anne hinzu, in ihrer Stimme liegt Mitgefühl, ebenso auf ihren Gesichtszügen. Wieso, ist mir schleierhaft. »Aber du hast uns ja auch überrascht …«

»Stimmt.« Ich lächle, versuche es, so gut ich kann. Doch Annes Blick ändert sich nicht.

Ich muss unbedingt an meiner Glaubwürdigkeit feilen. Und sollte besser noch ein paar mehr Gefühle runterschlucken.

Wer weiß, vielleicht hat Anne ja recht. Wie gesagt, der Tag ist jung. Es kann noch alles pass–

Ach, Schwachsinn. Weihnachtsfilmtext.

Ich wende mich ab, sehe rüber ins Wohnzimmer, in das Anne nun geht, um Felix zu begrüßen. Ebenso wie die Mehrheit der anderen hat er es sich bereits auf einem der beiden Sofas bequem gemacht, ein Spritzgebäck vom Teller auf dem Couchtisch in der Hand. Max kniet vor dem Kamin und legt Holz nach, meine Mutter hängt gemeinsam mit Hanna ein paar letzte Strohsterne an den Weihnachtsbaum in der Ecke, gibt ihm den finalen Schliff. Aus den Lautsprechern an der Wand tönt *Do They Know It's Christmas?* ... und ja, ich glaube, wir wissen es alle. Wir fühlen es.

Doch mein Blick fliegt über all das hinweg, landet zielstrebig auf dem Fenster, das hinaus auf die Veranda zeigt, auf *unsere* Bank.

Sie ist leer. Und wird es auch bleiben.

Jana wird nicht kommen. Hätte sie es vorgehabt, wäre sie längst da.

Nur das ist die Wahrheit. Jegliche gegenteilige Überlegungen kann ich mir sparen. Erst recht die Hoffnung.

Ich schlucke.

*****

Sieben Stunden später weiß ich, nicht Anne hatte recht, sondern ich. Es ist kurz nach Mitternacht. Ich stehe allein auf der Veranda, blicke auf die Bank. Abgesehen von den

Kissen, die früher rot-braun waren und jetzt blau-grau gestreift sind, ist sie leer. Ich mag mich nicht setzen. Ohne Jana fühlt es sich komisch an. Nicht richtig. Noch einsamer, als ich es eh schon bin.

Und das liegt nicht nur daran, dass sie nicht gekommen ist, dass sie unseren Deal offensichtlich vergessen hat oder er ihr nicht wichtig war. Nicht so wichtig, wie Weihnachten mit ihrem Freund zu verbringen. Was ich verstehe. Irgendwie.

Nein, es liegt auch an der Tatsache, dass mir die letzten Stunden einmal mehr gezeigt haben, was ich in all den Jahren, in denen ich weg war, verpasst habe. *Dass* ich verpasst habe. So viel. Zu viel.

Dabei war es nicht so, als hätten mich die anderen heute Abend ausgeschlossen, als hätten sie sich über Insiderwitze amüsiert oder absichtlich in Erinnerungen geschwelgt, von denen ich nichts weiß. Auch das Fest verlief exakt nach Langer-Sander-Drehbuch. Nur dass die Ausgabe, die ich davon kenne, veraltet ist. Es gibt längst ein Update. *Version 24.10.*

Viele Dinge haben sich geändert, allen voran die Hauptdarsteller. Heute haben nicht mehr vier Jungs und ein Mädchen das Sagen, heute hat eine neue Generation Kinder das Ruder übernommen, an die sich alle anderen anpassen. Mit Tina und Laura sind außerdem zwei Nebencharaktere aufgetaucht, die ihre eigenen Bräuche mitgebracht haben, die vor der Bescherung mindestens drei Weihnachtslieder singen wollen und sich zum Abendessen zwar mit Raclette zufriedengeben, aber nur, wenn es dazu schlesische Bratwürste gibt.

Die übrigen Familienmitglieder sind zwar weiterhin die gleichen – außer dass eine fehlt –, doch sie spielen nicht mehr dieselbe Rolle. Sie sind in Enkelkinder vernarrte Opas geworden, die anstatt den ganzen Abend am Tisch sitzenzubleiben und über den Job zu schimpfen, mit Hanna und Lotte auf dem Boden liegen, Lego Duplo spielen und die Playmobil-Schule aufbauen, für die Max doch nicht weiterfluchen muss, weil sie der Weihnachtsmann gebracht hat. Oder sie haben ihre Schwiegertöchter in den Baileys-on-the-Rocks-Fanclub aufgenommen und Felix ebenfalls. Und die, die früher nicht schnell genug abhauen konnten, denken nicht mehr im Traum daran, für ein oder zwei Bier hinab ins Tal zu gehen.

Die Zeiten, wie ich sie kenne, sind vorbei. Das ist verständlich, absolut normal. Dinge verändern sich. Doch ich habe den Moment des Wandels verpasst. Ich war nicht hier, als das Drehbuch adaptiert wurde, jedes Jahr ein bisschen. Und die aktuelle Version hatte ich nicht zur Hand. Konnte sie nicht lesen, um mich vorzubereiten. Um zu wissen, dass wir erst bescheren und dann essen. Dass wir nicht länger Tabu spielen, sondern Codenames. Dass wir Annes Mutter, Oma Lissi, nicht mehr anrufen können, um ihr alle gemeinsam auf drei *Frohe Weihnachten* in den Hörer zu brüllen. Weil sie nicht mehr bei uns ist.

Als Max mir davon erzählte, wünschte ich noch mehr, dass Jana kommen würde. Einfach nur, um mit ihr über ihren Verlust zu sprechen, ihr zuzuhören, ihr ein wenig Trost zu schenken. Falls ich das könnte.

Was ich heute Abend definitiv nicht konnte, war, die Einsamkeit zu ignorieren, die meinen Brustkorb zusammenzog. Bei jeder Erklärung, die ich über unser neues, upgedatetes Weihnachten erhalten habe, ein wenig mehr. Denn jede einzelne hat mir gezeigt, dass ich nicht dazugehöre. Nicht richtig. Nicht so wie früher.

Obwohl mich die anderen zu hundert Prozent aufgenommen haben, mich zu jeder Sekunde wissen ließen, dass eine Familie, die aus zwei, mittlerweile drei verschiedenen besteht, immer noch Platz für einen mehr hat. Selbst den verlorenen Sohn. Erst recht den verlorenen Sohn.

Dieses Weihnachten war das schönste, das ich seit Langem hatte. Doch gleichzeitig hat keines je so geschmerzt.

Wie passt das zusammen?

Ich drehe mich von der Bank weg, stütze mich auf das Geländer, um das noch immer die Lichterkette von damals hängt. Ein paar der Birnen haben ihre Leuchtkraft verloren, dafür brennen unten im Tal umso mehr. Der Tourismus hat das Dorf vergrößert. Ob es das Michis noch gibt? Die Bank in der Ecke hinten links?

Wir haben ziemlich gute Gespräche auf ihr geführt. Natürlich nicht zu vergleichen mit denen auf der Bank hinter mir.

Über die Schulter schaue ich zurück zu ihr. Stumm steht sie da. Und sagt doch so viel. Spricht von all den Momenten, die wir auf ihr erlebt haben. Die meisten davon so viel mehr als gut, nur das Ende schlecht. Wir hätten es heute umschreiben können, anpassen auf eine neue Version. *Freunde für immer 23.0.*

Ohne nachzudenken, ohne zu zögern, nehme ich mein Handy aus der Hosentasche und mache ein Foto von der Bank. Dann klicke ich auf Janas Kontakt, um den ich

Noah vorhin gebeten habe. Beige und leer liegt der Chatverlauf vor mir. Ich lade das Bild hoch und tippe.

> *Schade, ich hatte gehofft, dass du auch hier bist. Frohe Weihnachten, Jana. Wo auch immer du stecken magst. Leon*

Ohne nachzudenken, ohne zu zögern, drücke ich auf Senden. Und atme tief durch.

Doch ich zweifle nicht. Diese Nachricht fühlt sich richtig an. Selbst nach all der Zeit, nach allem, was zwischen uns war.

Und *nicht* war.

Aus einem grauen Haken werden zwei. Jana hat ihr Telefon noch nicht ausgeschaltet, scheint noch nicht im Bett.

Ich warte. Eine Minute, zwei, fünf.

Mein Atem malt weiße Wolken in die Nacht, die Kälte kriecht durch meine Jacke, durch meine Jeans.

Eine weitere Minute vergeht, dann zwei.

Die Haken werden nicht blau. Jana öffnet die Nachricht nicht. Oder möchte es nicht.

Dabei hatte ich kurz gehofft, dass wir uns wenigstens so hätten austauschen können, nur für ein paar Nachrichten hin und her. Besser als nichts …

Doch jetzt ist klar: Es wird kein Wiedersehen geben, weder ein reales noch ein digitales. Ich gebe auf, brauche nicht länger zu warten, zu hoffen. Wir haben uns verloren.

Aber das wusste ich doch. Nicht ohne Grund haben wir seit Jahren keinen Kontakt.

Ich kann es als klares Statement verstehen, dass Jana nicht gekommen ist. Eine Geste, die mir sagen soll, dass sie nichts mehr von mir wissen will. Dass ich nicht mehr Teil ihres Lebens bin und es auch nie wieder sein werde. Es ist zu spät. Uns trennt zu viel. Zu viele verpasste Chancen, zu viele ungesagte Worte. Selbst zu wenig kann irgendwann zu viel werden.

Ein weiteres Mal wende ich der Bank den Rücken zu, kurz danach der Veranda, dann dem Chalet und allen, die darin um den Kamin zusammensitzen, reden, lachen, glücklich sind. Zu denen ich irgendwie gehöre und irgendwie auch nicht.

Noah fährt mich nach Salzburg, erzählt, wie den halben Abend schon, von all den Dingen, die er bis zur Hochzeit nächsten Samstag noch erledigen muss. In einer Woche sehen wir uns wieder. Ich freue mich drauf. Will einerseits gar nicht nach Hause fliegen. Und muss es andererseits doch.

Über den Deal und Jana sprechen wir nicht. Was sollten wir auch sagen?

Ich habe mich in ein Hirngespinst verrannt, in eine jugendliche Spinnerei. Doch immerhin hat sie mich dazu gebracht, Weihnachten wieder mit meiner Familie zu verbringen. Und das allein war es wert.

Kapitel 17

Montag, 25. Dezember 2023

Jana

Obwohl das Fenster auf Kipp steht, riecht es selbst im Schlafzimmer nach Bratfett, Bärlauch und Rinderfilet. Dem Essen, das weder Marcel noch ich wirklich angerührt haben. Und dieser Geruch trägt nicht dazu bei, dass ich endlich in den Schlaf finde. Seufzend ziehe ich meine Bettdecke bis über die Nase.

Als Marcel vor Stunden die Wohnung überstürzt verlassen hat, standen die gefüllten Teller und Rotweingläser wie ein Stillleben auf dem Tisch mit der weißen Decke. Dekoration, Requisite für den letzten Akt. Ich konnte nichts wegräumen, nicht sofort. Ließ einfach alles an seinem Platz und mich kraftlos auf das Sofa fallen. In mir herrschte nichts als Chaos. Im Kopf, im Herz, selbst in meinem Magen.

Wie widersprüchlich, wie zerrissen, wie schizophren kann man sich in einem einzigen Augenblick fühlen?

Irgendwo zwischen richtig und falsch, zwischen einsam und frei, zwischen fast verlobt und Single, zwischen Angst, Zweifel und Erleichterung habe ich meinen schweren Kopf auf das beige Sofakissen mit dem *Home, sweet home*-Aufdruck sinken lassen. Habe einfach nur dagelegen und an die Decke gestarrt. In dem Wohnzimmer, das plötzlich nicht mehr unseres war.

Irgendwann, nach einer gefühlten Ewigkeit, bin ich aufgestanden und habe aufgeräumt. Habe das Essen unter Frischhaltefolie im Kühlschrank aufgetürmt, weil ich es nicht wegwerfen konnte. Dabei ist mir klar, dass ich es tun werde. Reine Verzögerungstaktik.

Zu Coldplays *Scientist* habe ich den Weihnachtsbaum abgeschmückt, den Adventskranz in den Mülleimer geschmissen, die kleinen silbernen Engel von der Fensterbank genommen und in ihre Boxen verstaut. Ich habe Weihnachten 2023 in nicht einmal zwanzig Minuten zusammengeräumt und weggestapelt. Wenn das doch mit allem anderen auch so einfach ginge.

Mein Blick sucht die Leuchtziffern des Radioweckers.

0:10.

Vor zwanzig Minuten habe ich mich ins Bett gelegt, mehr aus Überforderung als aus Müdigkeit. Für einen Augenblick hatte ich die Hoffnung, dass ich dennoch einfach einschlafen könnte. Dass ich fliehen könnte, weg von dem Gedankenwirrwarr in meinem Kopf. Aber Hoffnung allein hilft halt nur selten …

Der Geruch und die Gedanken haben ohne Probleme den Weg ins Schlafzimmer gefunden, auf meine Seite des Bettes, ja, sogar bis unter die Decke. Dabei habe ich meinen Rücken demonstrativ zur Mitte gedreht, um nicht auf den leeren Platz neben mir blicken zu müssen. Er ist seit Tagen frei, und trotzdem tut es heute ein wenig mehr weh. Wäre der Abend anders verlaufen, hätte ich anders reagiert, hätte ich wie geplant tief durchgeatmet und beide Augen zugedrückt, dann würde Marcel vermutlich jetzt neben mir liegen. Ob ich dann schlafen könnte?

Weiter starre ich die Leuchtziffern an, sehe, wie aus der Elf eine Zwölf wird, und bin kurz davor, aufzustehen. Im Bett auf Müdigkeit zu warten, ist Schwachsinn.

Mein Handy vibriert, kündigt eine Nachricht an. Wieder liegt es mit dem Display nach unten, diesmal auf meinem Nachttisch, eine Armlänge entfernt und ohne Aufwand erreichbar, aber … ich will nicht.

Bestimmt ist es eine Nachricht von Marcel. Entweder schickt er mir eine Entschuldigung, eine Beleidigung oder vielleicht schon die Mail mit den Stornierungskosten für Budapest. Welche Variante auch immer, ich kann keine davon in diesem Moment gebrauchen.

Es ist nicht so, dass ich meine Worte bereue, auch nicht die Endgültigkeit dahinter. Natürlich hätte unsere Trennung harmonischer ablaufen können, aber trotz alledem spüre ich tief in mir, dass es die richtige Entscheidung war. Dass sie überfällig war.

Und ja, da ist ein Hauch Freiheit, da ist Platz zum Durchatmen, da bin irgendwo ich. So gern ich mich darüber freuen würde, ich kann es nicht. Noch nicht. Um mich herum liegen zu viele Scherben von einer Zukunft, die nicht mehr so kommen wird, wie ich sie mir noch vor vier Wochen vorgestellt habe. Drei Viertel meines Kopfes wissen, dass es besser so ist. Aber ein Viertel ist enttäuscht, hat Angst vor den nächsten Schritten … so ganz allein, so ohne Plan … über all die Scherben und Trümmer. Hat Angst, dass es wehtut, dass ich mich schneide, dass es dauert, bis die Wunden dann heilen.

Seufzend atme ich ein. Vermutlich brauche ich einfach mehr Zeit, um aufzuräumen … und durchzulüften. Nicht nur diese Wohnung, sondern mein Leben.

★★★★★

Irgendwann strahlt mir von der Anzeige des Weckers eine 7:03 Uhr entgegen. Nach einer gefühlten Ewigkeit muss ich in einen kurzen Dämmerschlaf gefallen sein. Ich reibe meine Augen, fühle mich, als hätte ich die Nacht durchgefeiert. Leichte Kopfschmerzen, Unwohlsein, ein knurrender Magen und unfassbare Müdigkeit.

Ich sollte unter die Dusche springen, doch ich kann mich nicht aufraffen. Ein Gähnen übermannt mich. Besser ich bleibe liegen und schreibe Franzi. Gestern habe ich mich nicht getraut, ihr vom Ausgang meines Abends zu erzählen. Mir war klar, dass sie keine Sekunde gezögert hätte, um vor meiner Haustür zu stehen. Sie wäre sofort für mich dagewesen und hätte mich in den Arm genommen. Aber ich wollte ihren Heiligabend nicht auch noch kaputtmachen, denn eigentlich – auch wenn sie es nie zugeben würde – mag sie das Kniffel-Weihnachten mit ihrer Familie ziemlich gerne.

Im Dunkeln greife ich nach meinem Handy und ziehe es zu mir aufs Kopfkissen, blicke mit schläfrigen Augen auf das Display und sehe die Vorschau der eingegangenen Nachricht von gestern Nacht.

Sie ist nicht von Marcel.

Nicht von Franzi.

Auch nicht von meinen Eltern.

Der Absender hat eine +44-Vorwahl. United Kingdom, oder? Unter der langen unbekannten Telefonnummer befindet sich das Symbol einer kleinen Kamera, daneben ein paar Worte, ganz rechts ein verschwommenes Foto.

Irritation und Herzklopfen überholen einander.

Hastig gebe ich meine PIN ein und tippe auf die Nachricht. Das Foto öffnet sich, und noch bevor ich es heruntergeladen habe, erkenne ich eine Holzbank.

Nein, nicht irgendeine.

Obwohl die Kissen und Decken andere sind, weiß ich sofort, um welche es sich handelt. Es ist unsere Holzbank vor unserer Blockhütte.

Ich schlucke, als ich die Worte darunter lese.

Schade, ich hatte gehofft, dass du auch hier bist. Frohe Weihnachten, Jana. Wo auch immer du stecken magst. Leon

Scheiße! Er war da.

Mein Herz schlägt noch schneller, eine Welle von Gefühlen und Gedanken bricht über mir zusammen. All die Kindheitserinnerungen, diese Basis, die wir hatten. Dieses blinde Vertrauen, obwohl wir uns doch nur für so kurze Zeit im Jahr trafen. Der Kuss, der erste und vielleicht beste meines Lebens. Unsere Gespräche auf der Bank. Und auch das letzte davon. Wie seine Augen gestrahlt haben, als er von seinem Neuseelandplan erzählt hat, und wie mir klar wurde, dass ich ihn gehen lassen musste. Der

Deal, Hand drauf. Unsere Telefonate und Nachrichten im Anschluss. Die anderthalb Jahre, in denen wir alles geteilt haben, in denen wir wie selbstverständlich über Dates gesprochen haben, über andere Frauen … etwas mehr als über andere Männer. Die anderthalb Jahre, in denen ich immer wusste, wen ich zuerst anrufen wollte, wenn ich nicht weiterkam. Und er ebenso. Die anderthalb Jahre, in denen es gut war, wie es war. In denen wir dachten, wir hätten alles im Griff. Dann die Spätsommernacht, in der wir zu nah waren, um ohne Narben auseinanderzugehen. Das lange Schweigen danach, sein betrunkener Anruf, seine Worte und mein Schlussstrich.

Ich kann nicht sagen, ob die Welle, die in meinem Kopf tobt, mich mit sich runterzieht oder mich trägt. Da ist viel Positives und gleichzeitig einiges Negatives, bruchstückhaft, lückenbehaftet, unsortiert. Aber während das alles ineinander verschwimmt, ist ein Gedanke klar und deutlich greifbar.

Leon war da … und ich nicht.

Der Gedanke tut weh, ganz tief unten im Magen, in der Brust, im Herz, im Kopf. Überall. Warum?

Wirklich vergessen habe ich den Deal nicht. Nie. Dachte nur, dass er hinfällig war, dass er nicht mehr existierte, ebenso wie unsere Freundschaft. Ich habe jeden Gedanken daran weggeschoben, hätte nie auch nur im Traum gedacht, dass Leon kommen würde.

Und trotzdem: *Er war da. Ich nicht.*

Dabei ging es bei dem Deal nicht um gestern, nicht um unsere Vergangenheit, es ging um heute. Wir hatten uns geschworen, dass wir uns gemeinsam auf unsere Bank setzen, um zu hören, wie es uns ergangen ist. Ein kurzer

Cameo-Auftritt im Leben des anderen, ganz ohne sinnlose Was-wäre-wenn-Gedanken.

Doch dieses Treffen habe ich verpasst, diese Möglichkeit, die alte Freundschaft nach all den Jahren für einen kurzen Moment aufleben zu lassen. Ich habe sie vergeigt.

Das Handy fällt aus meinen Händen, als ich mir in die Haare greife und meine Ellenbogen vor meinem Gesicht zusammendrücke.

Und plötzlich ist mir egal, dass es erst kurz nach sieben ist. Ich muss zu Leon, muss unseren Deal, wenn auch nachträglich, einhalten. In der Hoffnung, dass es zwar spät, aber noch nicht zu spät ist.

Ich tippe auf meine Kontaktliste und mit einem seltsam engen Gefühl in der Brust auf die Nummer meines Bruders.

Es klingelt zweimal, dann ertönt seine Stimme am anderen Ende. »Schwesterchen, was ist los? So früh wach? Dabei könntest doch wenigstens du ausschlafen.«

Im Hintergrund höre ich das aufgeregte Gebrabbel meiner kleinen Nichten, die so früh am Morgen bereits eine ganze Menge Energie zu haben scheinen.

»Sorry«, presche ich vor, ohne auf seine Fragen einzugehen. »Aber bei dir war ich mir sicher, dass du wach bist. Max, ich … also …« Ich balle meine Hand zu einer Faust, schließe die Augen. Es kann doch nicht so schwer sein, diesen Satz vernünftig über die Lippen zu bekommen. Verflucht!

»Jana? Alles gut? Falsches Weihnachtsgeschenk bekommen?« Max klingt leicht besorgt, allerdings in seiner lockeren, nicht ganz so übertriebenen Großer-Bruder-Art.

Ich gehe nicht darauf ein, es ist keine Zeit. Ohne Erklärungen, ohne weiteres Drumherum haue ich raus, was in meinem Kopf kreist. »Ist Leon noch da?«

»Leon?« Max zögert, meine Frage scheint ihn zu überraschen. »Woher weißt du …? Habt ihr noch Kontakt? Ich dachte, die Sache wäre seit Jahren abgehakt?« Er macht eine kurze Pause, scheint jedoch zu verstehen, dass er von mir keine Antworten hören wird, dass ich nur eine von ihm will. »Wie auch immer, irgendwie schien er damit gerechnet zu haben, dass du auch kommen würdest.«

»Habt ihr über den … also über mich gesprochen?«

Mein Bruder weiß nichts von dem Deal, ich habe es ihm nie gesagt.

»Nicht wirklich, nur ganz kurz bei all dem Trubel. Die Kids standen ja mal wieder im Mittelpunkt.« Er scheint kurz nachzudenken. »Beim Essen habe ich erzählt, dass ich mir vorstellen könnte, dass Marcel und du die Nächsten sind, die in Richtung Standesamt laufen werden, wenn erst mal das Häuschen steht. Aber keine Ahnung, ob Leon richtig zugehört hat. Er hat nur genickt und das nächste Raclette-Pfännchen genommen.«

Es kommt mir fast vor, als könnte ich das Schulterzucken meines Bruders hören.

Aber was redet er da? *Standesamt?*

Nein, eben nicht, garantiert nicht.

Wenn du wüsstest.

Kurz spüre ich den Impuls, alles richtigzustellen … aber dann bleibe ich bei meiner Frage. Nur sie ist jetzt wichtig. »Ist er noch da?«, wiederhole ich und atme tief durch, blicke an die Decke, in den Lichtkegel, den die Nachttischlampe dort bildet, versuche, mich dadurch zu beruhigen, zu fokussieren. »Ich muss das echt wissen«, ergänze ich dann, leiser, nicht so drängend wie zuvor.

»Nein, er hat nicht hier oben geschlafen.«

Die Antwort meines Bruders fühlt sich an wie ein Schlag in die Magenkuhle.

Er ist weg. Leon ist nicht mehr da. Chance verpasst.

Ich muss Luft holen, viel davon.

»Es war ja eh eine Überraschung, dass er mit Laura und den Jungs aufgetaucht ist«, erzählt Max weiter. »War echt total cool, ihn mal wieder zu sehen. Aber anstatt auf dem Sofa zu pennen, hat er sich ein Hotel in Salzburg genommen. Frag mich nicht, warum. Noah hat ihn nachts noch rübergefahren. Vielleicht wäre es Leon heute Morgen zu stressig geworden. Oder ein paar Stunden Hütte haben ihm erst mal wieder für die nächsten Jahre gereicht. Bei ihm weiß man ja nie.« Max lacht.

Mir ist dagegen eher zum Heulen zumute.

»Also fliegt er heute wieder nach Hause?«, presse ich hervor, schiebe die Frage mit Mühe an dem Schmerz vorbei, der von dem Schlag noch in mir nachhallt.

»Ja«, antwortet Max leichthin. »Er meinte, sein Flug würde irgendwann am frühen Nachmittag gehen.«

Früher Nachmittag?

Mein Blick hastet zum Radiowecker. 7:20.

Wenn ich direkt ins Auto springe, wäre ich gegen zehn Uhr in Salzburg. Dann hätten wir immerhin noch ein bisschen Zeit.

Aber wo muss ich hin? Wo finde ich ihn?

»Weißt du, in welchem Hotel er ist?«

»Neeeiiin.« Mein Bruder zieht das Wort nervig lang. »Warum sollte ich?«

Weil ich dort hinfahren will! Jetzt, sofort! Weil ich ihn treffen will, treffen muss, diese Chance nicht verstreichen lassen darf.

»Egal«, erwidere ich hastig, gehe im Kopf schon die Route nach Salzburg durch. »Dann fröhliche Weihnachten an alle.«

»Hast du uns doch gestern schon gewünscht.« Das Lachen meines Bruders klingt erneut durch die Leitung. Darin versteckt auch ein wenig Skepsis. »Aber gut, dann dir auch noch mal frohe Weihnachten. Und ich frag einfach nicht weiter. Nicht, warum du so durcheinander bist, und auch nicht, warum Leon dich plötzlich wieder so brennend interessiert.«

Natürlich muss ihm einiges an meinem Anruf merkwürdig vorkommen, umso erleichterter bin ich, dass er es nur bei diesen Andeutungen belässt.

Ein »Danke« presse ich noch hervor, obwohl meine Gedanken schon woanders hängen. Ich lege auf und atme durch. Ein. Aus. Dann öffne ich WhatsApp und tippe eine Nachricht.

Leon, es tut mir unfassbar leid. Ich hätte da sein sollen, will es immer noch. Du musst mir glauben, ich wollte unseren Deal nicht platzen lassen.

Bestimmt schläft er noch. Bestimmt liest er die Nachricht erst in ein paar Stunden. Es ist Quatsch, die beiden grauen Haken anzustarren und darauf zu hoffen, dass sie sich blau verfärben. Aber ich kann mich dennoch nicht davon abbringen.

Ich starre, und ich hoffe.

Plötzlich, keine Minute nach dem Senden, verändert sich die Farbe doch.

Und obwohl er kilometerweit entfernt ist und ich nicht weiß, was er gerade denkt, halte ich die Luft an.

Ich sehe, dass er eine Nachricht verfasst, und meine Nervosität steigt weiter, steigt unendlich hoch.

Er schreibt nur kurz, schon summt das Handy in meiner Hand.

Dann komm …

Er spielt auf unser letztes Telefonat an, ich verstehe es sofort.

Wie konnte ich nur glauben, dass er zu betrunken war, um sich daran zu erinnern?

Ein Stein fällt mir vom Herzen, gleichzeitig legt sich ein neuer drauf. Er weiß es noch, hätte er dann nicht … Stopp! Nein!

Ich schiebe jedes *hätte* zur Seite. Der Konjunktiv kann mich heute mal.

Keine Schulterblicke – Vorwärtsgang.

Bin quasi unterwegs. Schick mir die Adresse, ich brauche gute zwei Stunden, wenn die Autobahn mir keinen Strich durch die Rechnung macht.

Nachdem ich auf Senden gedrückt habe, spüre ich, wie sich ein Gefühl in mir ausbreitet, ein gutes, ein warmes.

Eines, das ich nach den letzten paar Wochen verdammt gut gebrauchen kann.

Alles klar. Freu mich auf dich,
J. B.

Als der Standort des Salzburger Hotels per Nachricht eintrifft, bin ich bereits in meine Jeans gehüpft und habe mir ein schwarzes T-Shirt und einen schwarzen Rolli übergeworfen. Auf die Dusche verzichte ich, will keine Zeit verlieren. Wenn ich Pech habe und ein Stau dazukommt, haben wir vielleicht nur zwei Stunden, bis Leon zum Flughafen muss. Oder weniger.

Ich spritze mir lediglich etwas Wasser ins Gesicht, gebe mir nicht mehr als fünf Minuten für Haare und Make-up. Das muss reichen.

Ein kurzer Blick in den Spiegel, ein nervöses Lächeln. Dann schnappe ich mir den Schlüsselbund, eile die Treppe hinunter und springe in meinen schwarzen Mini, spüre dieses Kribbeln in meinem Bauch. Dieses Kribbeln, das ich all die Jahre kannte, wenn ich mit meiner Familie an Weihnachten in dieselbe Richtung aufgebrochen bin. Es ist ein wunderbarer Mix aus Aufregung und Vorfreude. Und ich könnte mir einbilden, dass er heute im Vergleich zu all den Jahren zuvor noch mal an Intensität zugenommen hat.

Kapitel 18

Montag, 25. Dezember 2023

Jana

Meine Knie sind weich, als ich im Aufzug des Hotels den Knopf für das Erdgeschoss drücke.

Die Türen schließen sich und lassen die grauen Betonwände der Tiefgarage verschwinden. Deren Geruch, dieses leicht Metallische, dieses Muffige, begleitet mich noch einen Moment und schlägt mir auf meinen eh schon nervösen Magen.

Durch den Mund atmend fixiere ich die Anzeige über den Fahrstuhltasten. Folge ihr dabei, wie sie von minus zwei zu minus eins und dann zu E wechselt, und merke, wie mir mein Herz auf dem Weg nach oben langsam, aber sicher in die Hose rutscht. Im nächsten Augenblick lässt mich der kurze Signalton zum Öffnen der Türen zusammenzucken.

Erdgeschoss. Lobby. Frühstücksraum.

Jetzt müsste ich aus dem Fahrstuhl gehen, aber meine Beine sind wie eingefroren.

Shit. Was ist denn plötzlich mit mir los? Wo ist die Vorfreude hin, die mich die letzten zwei Stunden jedes Lied im Radio laut hat mitsingen lassen?

Angespannt knete ich abwechselnd meine Handinnenflächen. Etwas zu fest.

Erst als sich die Türen des Aufzugs bereits schließen, schaffe ich es, die Starre zu überwinden und in die Lobby zu treten. Nur einen Schritt. Einen kleinen. Mehr nicht. Dann halte ich wieder an. Ausgebremst von zu vielen Fragen in meinem Kopf.

Was, wenn wir still voreinanderstehen, wenn wir uns nach all der Zeit nichts zu sagen haben? Wenn die Gespräche sich ziehen, wenn unangenehme Pausen aufkommen? Wenn plötzlich nichts mehr so leicht ist wie früher?

Nur weil wir vereinbart haben, miteinander zu sprechen, heißt es nicht, dass das auch klappen wird. Freunde für immer hat ja schon mal nicht funktioniert.

Wir haben uns seit sechs Jahren nicht gehört, und unser letztes Telefonat hat alles andere als nett geendet. Wenn ich ehrlich bin, habe ich keine Ahnung, wem ich da gleich gegenüber stehen werde.

Ich seufze, knete weiter meine Hände.

Seit ich nicht mehr mit den anderen auf die Hütte gefahren bin, habe ich nur unvollständige Updates über Leons Leben erhalten. Fragmente, die meine Eltern oder mein Bruder mir nach den Weihnachtsurlauben bei einem Kaffee oder einem kurzen Treffen auf der Straße beiläufig erzählten. Die sie auch nie direkt von Leon hatten, sondern stets von seiner Familie. Ein Stille-Post-Update über drei Ecken. Mal war von einem Umzug nach London die Rede, mal von einer neuen Stelle, immer wieder von abgefahrenen Urlauben wie der Besteigung des Kilimandscharo. Nie von einer Verlobung, nie von einer Familiengründung, nie von einer großen Liebe. Aber das heißt natürlich nichts. Außerdem habe ich nie nachgefragt, das Thema nur schnell abgetan, als würde es mich nicht interessieren. Tat es aber … immer. Und tut es noch.

Ich weiß nicht einmal, wie er heute aussieht. Das letzte Mal gesehen habe ich ihn auf dem legendären Poolvideo. Nach dem endgültigen Schlussstrich damals bin ich ihm auf Social Media entfolgt und habe mich stets im letzten Moment davon abhalten können, ihn zu suchen oder zu googeln. Sechs Jahre verändern einen, äußerlich und innerlich, das merke ich an meinem Bruder, an meinen Freunden und an mir.

Kurz zusammengefasst: Ich habe keinen Schimmer, was mich im Frühstücksraum erwartet.

Aber wie war das noch?

Egal, was passiert, wo wir sind oder mit wem – an Heiligabend in zehn Jahren treffen wir uns genau hier.

Und Leon war da … ist jetzt in diesem Hotel. Genau deshalb sollte ich keine Zeit verschwenden, sondern weitergehen. Weil ich ihn wiedersehen will, weil er mich wiedersehen will, weil wir wissen wollen, wer der jeweils andere geworden ist.

Ein kurzes Schließen der Augen, ein tiefer Atemzug, dann laufe ich los.

Zeitgleich zu dem freundlichen »Guten Morgen«, mit dem mich die Dame hinter der Rezeption grüßt, höre ich Klimpern von Geschirr. Meine Antwort in Richtung Empfang bekomme ich selbst nur halb mit, mein Blick sucht schon den Frühstücksraum … und findet ihn in ein paar Metern Entfernung. Hinter einem goldglitzernden Christbaum mit hunderten kleiner Lichter, zum Großteil verdeckt von einem beigen Vorhang.

Ich gehe die paar Schritte darauf zu, die Knie weich, das Herz einige Takte zu schnell, und alles etwas zittrig. Neben der dicken hellen Stoffbahn bleibe ich stehen und sehe in den Raum dahinter. Menschen tummeln sich auf beigen, braunen und grauen Stühlen. Sicherlich nicht so viele wie an einem normalen Wochentag, aber eine erstaunlich große Menge für den ersten Weihnachtsfeiertag. Pärchen, mehrere Familien, sogar eine Gruppe, die sich scheinbar zum Frühstück getroffen hat. Und irgendwo dazwischen … Leon.

Mein Blick fliegt über die Tische und das Büffet hinweg, bleibt für einen Moment an den bodentiefen Fenstern hängen, muss sich kurz an das trübe Dezemberlicht gewöhnen, das schwach hereinscheint. Selbst am Vormittag schafft es der Tag nicht, den Saal zu Genüge zu erhellen. Gibt diesen Job an die zahlreichen kleinen Deckenstrahler ab.

Meine Augen wandern weiter. Ich nehme das Treiben im Raum zwar wahr, die Geräusche, die seichte Musik, die Gesprächsfetzen, das Lachen der Kinder, doch alles nur am Rande, wie gefiltert. Denn ich suche.

Und ich finde.

Leon.

Mit einer Kaffeetasse in der Hand sitzt er an einem Zweiertisch am anderen Ende. Sein Blick verliert sich im grauen Weihnachtsmorgen vor dem Fenster.

Träumt er oder hofft er, mich irgendwo da draußen zu sehen?

Wie auch immer, ich bin froh über meinen kleinen Vorsprung, froh, dass er mich noch nicht bemerkt hat, ich ihn aber. Denn so kann ich mich ein paar Sekunden hinter dem Vorhang verstecken. Nur kurz.

Ich muss lächeln, ich hatte unrecht. Er hat sich nicht stark verändert. Er sieht noch immer so gut aus wie damals. Obwohl? Nein, nicht genauso gut – besser. Erwachsener irgendwie, doch ohne den negativen Touch, mit dem das Wort gern verknüpft wird. Nicht alt, nicht spießig, nicht vernünftig, einfach nur erwachsen – gut erwachsen.

Die Haare trägt er anders als auf den Bildern, die ich zuletzt von ihm gesehen habe, die aus Rio. Damals fielen sie ihm im Jonas-Brothers-Style weit über die Stirn, heute sind sie lediglich oben etwas länger als an den Seiten. Ein leichter Drei- … oder eher Fünf-Tage-Bart säumt sein Gesicht. Der Oberkörper steckt in einem hellen Wollpulli mit V-Ausschnitt, die Ärmel hat er hochgekrempelt.

Er nimmt einen Schluck aus der Tasse. Und dann plötzlich … zwischen all den Leuten, zwischen dem Murmeln der Gäste und dem geschäftigen Servicepersonal, zwischen Käseplatten und Brötchenkörben, verschieden großen Papierschneeflocken, die von der Decke hängen, und kleinen weißen Weihnachtssternen, die die Tische zieren, inmitten des Geruchs von Kaffee, Rührei und Toast … treffen sich unsere Blicke.

Sein Lächeln, sein etwas verlegenes Streichen durch die Haare, sein Blick aus diesen großen dunklen Augen – und sofort zweifle ich nicht mehr, dass meine Entscheidung, heute Morgen ins Auto zu springen, falsch gewesen sein könnte. Ist sie nicht. Sie war und ist goldrichtig.

Wir sehen uns an, und während ich breit grinsend auf ihn zugehe, stellt er seinen Kaffee ab und erhebt sich von seinem Stuhl.

Es sind nur ein paar Schritte, vielleicht fünfzehn, schon stehe ich vor seinem Tisch, vor ihm.

Und dann ist er da, der Moment, in dem für Bruchteile von Sekunden keiner weiß, was er sagen oder tun soll. Doch so unangenehm wie befürchtet fühlt er sich nicht an, dieser Augenblick.

Ich habe keine Zeit, den Grund dafür zu hinterfragen, denn Leon breitet seine Arme aus und legt sie um mich. Hält mich ohne ein Wort. Die perfekte Begrüßung. Nicht zu viel, nicht zu wenig, nicht zu eng, nicht zu fest. Einfach nur echt.

Sofort ist das Zittern aus meinem Körper verschwunden, meine Knie sind nicht mehr weich. Ich hoffe, dass er mich nicht zu schnell loslässt. Will einen Moment länger in seiner Umarmung verweilen. Nur einen Atemzug mehr, weil sie sich tatsächlich so anfühlt, wie ich heimlich gehofft hatte. So wie früher. Als hätten wir zurückgespult, über die Probleme hinweg, zurück bis zu den guten Zeiten. Leon drückt mich ein wenig fester, und ich glaube, er fühlt es auch.

Als er schließlich seine Arme löst und etwas zurücktritt, blickt er mich an, sieht mir ins Gesicht.

Und bevor die Stille zwischen uns zu lang andauert, ziehe ich eine Augenbraue hoch. »Wehe, du sagst jetzt so was wie: Du bist kein Stück älter geworden.«

»Auf die Idee wäre ich nie gekommen. Wieso sollte ich das sagen?« Grinsend mustert er mich von oben bis unten, auch dann noch, als ihn ein leichter Schlag meines Handrückens am Oberarm trifft.

»Blödmann.«

Er lacht. »Danke, ich freu mich auch riesig, dich zu sehen.«

Ich verdrehe gespielt genervt die Augen, und er lacht noch mehr.

»Nein, wirklich«, sagt er dann, sein Lachen durch ein warmes Lächeln ersetzt. »Schön, dass du da bist.«

»Finde ich auch …«

Er zeigt auf den Tisch, auf dem neben einem silbernen Elch und goldenen Christbaumkugeln, die sich um den weißen Weihnachtsstern sammeln, ein kleines Edelstahlkännchen steht. »Kaffee?«

»Ehrlich gesagt, lieber Cappuccino.« Suchend sehe ich mich im Raum um. »Muss ich den bestellen?«

Schwarzen Kaffee trinke ich nur in Notfällen pur. Wirklich nur, wenn die Milch drei Tage zu lang im Kühlschrank gestanden hat, der Weg zum Supermarkt an einem Samstagmorgen zu weit ist oder es nur Reismilch als Alternative gibt.

»Ich hole dir einen«, sagt Leon. »Der Automat ist etwas versteckt hinten links.« Er macht eine kleine Kopfbewegung in die Richtung und geht bereits los, bevor ich mit »Quatsch, ich geh schon« antworten kann.

Lächelnd sehe ich ihm für einen Moment hinterher, atme dabei einmal durch. Unser Start war überraschend einfach, so einfach, dass mein Kopf schon nach dem ersten Wort über nichts mehr nachgedacht hat. Und über nichts nachzudenken, tut echt gut.

Auch jetzt fühle ich mich nicht fehl am Platz. Ich ziehe den Stuhl zurück und setze mich, lasse meinen Blick schweifen und verliere ihn draußen vor dem Fenster, wie soeben Leon. Spüre dabei deutlich, dass die Vorfreude zurück ist. Sie hatte sich nur eine kurze Verschnaufpause genommen. Wir werden eine schöne Zeit haben, auch wenn sie – wie so viele Male zuvor – viel zu kurz sein wird. Aber sie wird gut, da bin ich mir sicher, darauf freue ich mich.

Leon kehrt zurück. In der rechten Hand hält er einen Cappuccino mit perfekter Milchschaumkrone, in der linken einen Teller mit kleinen Croissants, Cupcakes und weihnachtlichen Minigebäcken. Er stellt beides auf den Tisch und nimmt Platz.

Erst jetzt, erst in diesem Moment fällt mein Blick auf sein Handgelenk, und mein Herz setzt einen Schlag aus. Schwarzes Segeltau, ein silberner Verschluss, ein kleiner aufgedruckter Angelhaken. Es ist mein Armband … also seins … Das, was ich ihm vor zehn Jahren geschenkt habe.

Er trägt es immer noch.

Schnell senke ich den Blick, streue Zucker in den Cappuccino, rühre geschäftig um und hoffe, dass Leon nicht gesehen hat, wie ich auf seinen Arm gestarrt habe. Dass er auch jetzt die Röte auf meinen Wangen nicht bemerkt.

Wieso trägt er es noch?

»Frohe Weihnachten, Jana.« Seine dunkle Stimme lässt mich aufsehen.

Meine ist heiser, als ich seinen Wunsch erwidere. »Frohe Weihnachten, Leon.«

Da liegt viel Wärme in den Worten. In seinen und in meinen. Kein Argwohn, keine versteckten Vorwürfe.

»Und jetzt zeig mal ein paar Bilder von deinem Büchercafé«, fordert er mich auf, während ich zwei große Schlucke von meinem Cappuccino nehme, um meine Stimme ein wenig zu reparieren. »Ich will das unbedingt sehen.«

Er fragt nicht, ob ich den Plan, das Café meiner Oma zu übernehmen, in die Tat umgesetzt habe, er sieht es als gegeben an. Vielleicht, weil er es aus Erzählungen seiner Eltern oder seiner Brüder weiß? Vielleicht, weil er es gegoogelt hat? Vielleicht aber auch, weil es für ihn immer klar war, dass es so kommen wird?

Letzteres wäre wohl kein Wunder. Tja, ich und meine akribischen Pläne halt …

Trotz dieses leichten Anflugs von Selbstzweifeln lächle ich in meine Tasse hinein, nehme noch einen kräftigen Schluck und zücke dann mein Handy aus meiner Handtasche, die über der Stuhllehne hängt. Zu gern will ich ihm alles zeigen.

»Einen Moment, ich muss die Bilder erst suchen.« Ich sehe auf mein Display, klicke auf das Fotoalbum und bilde mir auf einmal ein, seinen Blick auf mir zu spüren. Nutzt jetzt er seine Chance, mich still zu betrachten? In Ruhe, ohne Worte.

»Wie hast du das Café genannt?«, fragt er, während ich weiterhin durch meine Bilder scrolle. »*Coffee between Pages*, wie damals gedacht?«

Ich hebe mein Gesicht, könnte überrascht sein, dass er sich erinnert, wie wir uns vor Ewigkeiten im Michis Namen für mein Café überlegt haben. *Coffee between Pages* war dabei ganz klar mein Favorit gewesen, seiner dagegen

Kaffee, Buchstaben und Papier. Auch *Geschichten an Gebäck* stand hoch im Rennen.

Ich könnte wirklich überrascht sein, dass er es noch weiß, bin ich aber nicht. Nur glücklich.

»Ja und nein«, antworte ich und spiele mit dem silbernen Löffel, der auf der Untertasse meines Cappuccinos liegt. »*Coffee between Pages* war tatsächlich der Plan. Ich hatte das Schild sogar schon bestellt. Eine schwarze Metalltafel, auf der in weißem Handlettering der Name stand. Aber als ich dann den ursprünglichen Schriftzug über der Eingangstür entfernen wollte, den, den meine Oma dort damals hat hinschreiben lassen, konnte ich es nicht. Es hängt so viel Erinnerung an jedem einzelnen Buchstaben. Alle kennen das Café unter ihrem Namen. Aber weil es halt nicht mehr nur das *Lissi* ist, hab ich ihn ergänzt. Um zwei kleine Wörter, die etwas versetzt darunter stehen: *und ich*.« Lächelnd zucke ich mit den Schultern.

Leon wirft mir einen liebevollen Blick zu. »*Lissi und ich*. Das klingt … perfekt.«

Ich nicke und lächle noch ein bisschen mehr. Doch bevor ich zu viel lächle, schiebe ich mein Handy über den Tisch und zeige Leon die Fotos, die ich endlich gefunden habe. »Schau, die schwarze Tafel habe ich trotzdem aufgehoben. Sie steht gleich neben der Kuchenauslage, und ich versuche jeden Morgen, die Tagesangebote einigermaßen stylisch daaufzuschreiben. Gelingt mir nicht wirklich. Dieses Handlettering ist einfach megakompliziert. Aber … egal.« Noch einmal zucke ich mit den Schultern, greife nach dem Mini-Cupcake, esse ihn mit zwei Bissen auf, bewerte gedanklich kurz seinen Geschmack, die Krume und die Saftigkeit mit gar nicht übel und scrolle dann durch weitere Bilder meines Cafés. Deute auf die weißen Holzstühle in unterschiedlichen Stilen, die ich so gerne mag, und kann mich nicht zurückhalten, extra zu betonen, dass die Tischplatten aus Eiche-Echtholz sind, genau wie der Tresen. Ich wische durch die Fotos, zeige Leon den Schwedenofen, die Regale, die Sprossenfenster, die alten Dachbalken und schwärme von der Restauration, den vielen Büchern, den Kuchen. Einfach allem.

Leon ist begeistert, nickt, fragt und hört zu. Nicht irgendwie, sondern richtig. Und zum ersten Mal seit einer Ewigkeit macht sich ein Gefühl in meiner Brust breit, das mich nicht mehr länger mit den Schultern zucken lässt. Stolz. Viel zu lange hatte er sich versteckt. Hinter der Befürchtung, dass meine Arbeit zwar nett, aber weniger wert ist als die meiner Freunde, weil ich nicht studiert habe, weil ich nur etwas übernommen habe, das jemand anderes erschaffen hat.

Doch das stimmt nicht. Ich habe nicht nur *übernommen*, ich habe die Konditorei meiner Oma zu neuem Leben erweckt, habe sie damit vor dem Untergang befreit, der mit Sicherheit über kurz oder lang eingetreten wäre. Weil Zeit nach Veränderung ruft und Tradition oft nicht reicht. Jeden einzelnen Tag gebe ich zweihundert Prozent, und ich liebe es. Ich kann stolz sein. Ich darf stolz sein. Auf alles, was ich erreicht habe.

»Und das hier, das ist Ella«, erkläre ich beim nächsten Bild.

»Ella?« Leon sieht mich ungläubig an. »Du gibst deiner Kaffeemaschine einen Namen?«

Ich lege meine Stirn gespielt kritisch in Falten. »Natürlich. Außerdem ist es eine Siebträgermaschine.« Und was für eine schöne. Beim Anblick des auf Hochglanz polierten Chroms, in den ein Manometer eingelassen ist, muss ich erneut lächeln. Ja, auch auf die Maschine bin ich stolz. »Sie ist bisher meine einzige Angestellte, und es läuft echt gut mit uns zweien. Sie ist überpünktlich, kann unter Druck bestens arbeiten, und wenn man sie mit Respekt behandelt, dann verweigert sie ihren Dienst nur ganz selten.«

Leon lacht. »Alles klar, dann kündige ihr bloß nicht.«

Entgeistert reiße ich die Augen auf. »Auf gar keinen Fall!«

»Du und Namen.« Er schüttelt den Kopf. »Ich weiß noch, wie du mir damals an deinem achtzehnten Geburtstag ein Bild von der Taufe deines ersten gebrauchten Autos geschickt hast.«

»Von meinem schwarzen Mini! Der steht zwei Etagen unter uns in der Tiefgarage.«

»Echt? Der läuft noch?«

Ich bewege die Hände abwägend auf und ab. »Mehr oder weniger. Bloß bei all den Investitionen in das Café ist für ein neues Auto nichts mehr übrig. Macht aber nichts. Und irgendwie finde ich es auch cool, dass mein Wagen noch ein Kassettendeck hat.«

Unsere Blicke halten sich einen Moment lang wortlos fest. Etwas liegt in Leons Augen. Bewunderung?

»Du kannst so dermaßen stolz auf dich sein«, sagt er, bestätigt mich einfach so.

Und mal wieder sind es Taschenwärmerworte, für die ich dankbarer nicht sein könnte. Worte, die ich gern behalten und mit nach Hause nehmen würde, um sie im Bedarfsfall zu reaktivieren.

Noch immer sieht Leon mich an, der Ausdruck in seinen Augen verändert sich nicht. »Es hat mich schon immer beeindruckt, dass du ganz klar wusstest, was du im Leben willst. Du kennst deinen Weg, hast ihn Stück für Stück umgesetzt und machst es immer noch. Nichts bremst dich aus.«

Doch … versuche ich, mit meinem Blick zu antworten. So oft stoße ich genau deswegen an meine Grenzen. Es mag gut sein, aber nicht immer. Manchmal – und das denke ich schon so lange –, manchmal wäre ich lieber ein wenig wie er. Er, der sein Leben so anders lebt.

»Na ja, ich würd eher sagen, dich bremst nichts. Du hast deinen Traum doch genauso verfolgt und in die Tat umgesetzt. Und warst dabei noch wahnsinnig mutig, bist einfach weggegangen – ohne Netz und doppelten Boden. Dir war sogar egal, was alle anderen darüber denken.«

Er nickt langsam und senkt seinen Blick. »So kann man es natürlich auch sehen«, erwidert er, und es hört sich ziemlich danach an, als würde er es ganz und gar nicht so sehen.

Ich verstehe nicht, warum. Kann seine plötzliche Traurigkeit, wenn es denn eine ist, nicht einordnen. Aber ich ahne, dass, was auch immer ihn belastet, zu schwer für unser kleines Treffen ist. Es passt nicht in einen Frühstücksraum neben Croissants und Cappuccino.

Deswegen ziehe ich mein Handy zurück und wechsle schnell das Thema. »Aber was ist mit dir? Was machst du? Wo arbeitest du? Wo wohnst du?« Ich bombardiere ihn mit meinen Fragen, und weil ich grad so in Fahrt bin, füge ich noch ein unauffälliges, völlig beiläufiges »Und mit wem?« an. Dann spreche ich schnell weiter, damit er bloß nicht merkt, wie brennend mich genau dieses Thema interessiert. »Was treiben deine Brüder so? Wie laufen Noahs Hochzeitsvorbereitungen? Wie geht es deinen Eltern? Wie –«

»Moment, Moment. Warte. Ich beantworte dir gern alles, was du wissen willst. Aber langsamer. Ich bin alt, ich komm nicht mit.« Er lacht, die Traurigkeit scheint vergessen. Mein Ablenkungsmanöver hat funktioniert. Doch irgendwie mag es mir plötzlich nicht mehr gelingen, sein Grinsen zu erwidern.

Wir haben keine Zeit für langsam.

»Ich dachte, wir müssen uns beeilen, weil dein Flugzeug bald fliegt«, sage ich und merke, ich spreche viel zu leise. Jetzt klinge ich zu traurig für den Frühstücksraum. Also trinke ich einen weiteren Schluck des Cappuccinos, spüle damit all die Trauer meinen Hals hinab, für das ich mir wirklich keine Zeit nehmen sollte, und versuche mich doch an dem Grinsen, zwinge es auf mein Gesicht. »Aber gut, dann nicht so schnell, sondern altersgerecht. Alles klar. Also: Waaas aaar-beiiii-teeeest duuu?« Ich betone jede Silbe, ziehe die Buchstaben auseinander, könnte nicht langsamer sprechen. Versuche, superlustig zu sein, doch fühle mich kein bisschen so.

Leon lacht nicht. Stattdessen scheint er seltsam abwesend. »Sorry … mir fällt grad was ein … Bin gleich wieder da, okay?« Er steht auf, und kaum ist er gegangen, fällt mein falsches Grinsen von meinem Gesicht.

Wieso, verdammt, war ich gestern nicht hier? Wir hätten Stunden gehabt, die ganze Nacht, so viel mehr Zeit als jetzt. Unsere Bank wäre bis morgens für uns reserviert gewesen. Wir hätten uns unsere Fragen beantwortet und wären heute vielleicht endlich wieder als echte Freunde auseinandergegangen.

Aber anstatt mit Leon zusammen zu sein, habe ich mich an einer Zukunft festgehalten, die es schon längst nicht mehr gab, nur um dann allein in meinem Bett zu liegen und sinnlos an die Wand zu starren.

Und er? Wie ging es ihm damit, dass ich nicht gekommen bin?

Schade, hat er geschrieben, *ich hatte gehofft, dass du auch hier bist.* Es klang traurig. Oder war er eher enttäuscht? Sauer vielleicht? Nein, er macht nicht den Eindruck, als hätte er sich geärgert. Fand er es am Ende gar nicht schlimm? Hat er vielleicht sogar damit gerechnet?

Während ich mir noch das Hirn zermartere, ist er zurück, setzt sich mir wieder gegenüber. Sein Blick ist merkwürdig, schwer greifbar. Vorsichtig?

»Ähm …«, beginnt er, und mein Kopf entscheidet direkt, dass dieser Satzanfang nur ein schlechter sein kann.

Deshalb nehme ich die innere Deckung hoch, aus Angst vor dem, was jetzt kommt.

»Eigentlich wollte ich ganz selbstbewusst etwas sagen. Wenn ich aber länger darüber nachdenke, komme ich mir total bescheuert vor. Weil ich gar nicht weiß, ob du es gut findest.« Er streicht sich durch die Haare, wie immer, wenn er verunsichert ist.

Aber wieso? Ich habe keinen Schimmer, wovon er spricht. Bevor ich nachfragen kann, redet er weiter.

»Ich habe eben meinen Flug umgebucht. Auf morgen früh. Das Hotelzimmer habe ich auch direkt verlängert.« Noch einmal fährt er sich durchs Haar und blickt mich abwartend an. Abwartend und hoffnungsvoll. »Wie wäre es also, wenn du heute was vorhättest? Salzburg? Weihnachtsmarkt? Mozartkugeln? Abendessen? … Mit mir?«

Meine Augen werden groß, mein Mund öffnet sich und will laut *Ja!* rufen. *Ja, das ist die beste Idee überhaupt!*

Aber erneut ist Leon schneller. »Wir hätten den ganzen Tag, um uns sämtliche Fragen zu beantworten. Hast du Lust? Und … Zeit? Ich geb auch einen Glühwein aus.« Er grinst schief, wirkt so süß verlegen, dass mir erneut warm wird. Irgendwo da, wo das Herz sitzt.

Ich kann nicht genau begreifen, was in mir passiert, aber es fühlt sich verflucht gut an. Ein bisschen wie früher und doch anders. Und nein, ich muss es auch gar nicht verstehen, muss es nicht analysieren, meine Antwort steht so oder so fest. »Ein Tag mit dir in Salzburg klingt ziemlich, ziemlich gut.«

Kapitel 19

Montag, 25. Dezember 2023

Leon

»Ziemlich, ziemlich gut«, echoe ich und lächle. So wie Jana es auch tut – und vor lauter Erleichterung noch dreimal mehr.

Keine Ahnung, warum ich plötzlich so verunsichert war. Eben noch schien es, als wäre die Idee, meinen Aufenthalt zu verlängern, genauso gut wie die, Jana gestern Abend die Nachricht zu schicken. Doch als ich von der Rezeption zurückkam und vor Jana stand, hatte ich auf einmal Angst, dass ich mir die Traurigkeit, die zuvor in ihrem Blick lag, nur eingebildet hatte. Wusste nicht, ob ich zu forsch war.

Ich weiß nicht, was ich getan hätte, wenn sie abgelehnt hätte. Oder mir erklärt hätte, dass sie zurück zu ihrem Freund muss. Ich wundere mich ohnehin, was er davon hält, dass sie heute Morgen in aller Früh in ihr Auto gesprungen ist, um zu mir zu fahren. Sie hat ihn allein zurückgelassen … an Weihnachten. Findet er das okay?

Aber was mache ich mir Gedanken? Jana möchte den Tag mit mir verbringen. Das ist alles, was zählt.

»Dann los?«, frage ich.

Sie hält ihren Zeigefinger in die Höhe, um mir zu bedeuten, dass ich kurz warten soll. Setzt ihre Tasse an den Mund, trinkt einen großen Schluck und stellt sie wieder ab. »Tschuldigung, der schmeckte so gut, den konnte ich nicht einfach stehen lassen. Jetzt aber, los.«

Lachend erhebe ich mich, nehme zwei Plätzchen vom Teller, stecke eines selbst in den Mund und strecke ihr das andere entgegen. »Wegzehrung?«

»Gute Idee.« Sie isst das Plätzchen, greift sich das kleine Croissant und will gerade davon abbeißen, als sie innehält. »Oh, wir brauchen noch unsere Jacken.«

»Gute Idee«, wiederhole ich ihre Worte mit einem Grinsen. »Dann hole ich meine aus meinem Zimmer, du deine aus dem Auto und wir treffen uns gleich wieder hier in der Lobby?«

»Gute Idee.« Ihre Augen funkeln, und ich lache noch mehr.

Bekomme mein Lächeln auch nicht von meinem Gesicht, als Jana in den Fahrstuhl nach unten steigt und ich in den nach oben. Es ist so leicht mit ihr, so, wie es immer war. Bevor sich die Schwere zwischen uns geschoben hat. Und ja, wir dürfen sie nicht ignorieren, sollten darüber sprechen, was passiert ist. Müssen. Aber nicht jetzt, nachher. Es ist noch Zeit.

*****

Als ich ein paar Minuten später zurück in die Eingangshalle trete, wartet Jana bereits auf mich und studiert die

Flyer der Salzburger Touristenattraktionen, die gleich neben der Rezeption in einem hüfthohen Regal stecken. Sie trägt eine graue Winterjacke, um den Hals einen dicken beigen Schal und auf dem Kopf eine Pudelmütze in derselben Farbe. Braun fließen ihre Haare darunter hervor, ein ganzes Stück über ihre Schultern.

Jana.

Obwohl sie nur ein paar Schritte entfernt steht, ich bereits mit ihr gesprochen und gelacht habe, ist es weiterhin seltsam surreal, dass sie hier ist. Wirklich hier. Vorhin war das Gefühl noch stärker, als sie durch den Frühstückssaal auf mich zugelaufen kam. Als ich sie nach all der Zeit endlich wiedergesehen habe, sie in die Arme schließen konnte.

Es tat so gut, sie zu halten. Tut immer noch so gut, sie bei mir zu wissen. Und mich bei ihr.

»Hey.« Sie lächelt, als sie mich kommen sieht, und hält mir einen Prospekt vom berühmten Café Fürst entgegen, dem Hersteller der Mozartkugeln. »Weißt du noch, wie wir damals dort waren, Felix viel zu viele Kugeln gegessen hat und dann auf dem Weg zurück zur Hütte …?« Sie spricht nicht weiter, muss sie nicht, ich erinnere mich voll Ekel daran.

»Das Auto hat dermaßen gestunken. Ich musste mich so zusammenreißen, nicht selbst –«

»Ich auch. Und abends im Bett hat er einfach heimlich den Rest der Packung gegessen.«

»Aber immerhin sind die drinnengeblieben.«

»Zu unserem Glück.«

Wir lachen, lachen gemeinsam. Es ist schon erstaunlich, wie Erinnerungen schmerzen, aber auch heilen können.

Jana deutet auf den Flyer. »Das Café ist nicht weit von hier. Wir können dort als Erstes vorbei und uns ein bisschen durchprobieren. Ich hab grad kurz gegoogelt, sie müssten heute offen haben. Und gegenüber liegt direkt der Mirabellgarten. Von da können wir über die Salzach auf die linke Altstadtseite. Dann durch die Getreidegasse, die ist doch so schön. Weißt du noch … mit all den schmiedeeisernen Schildern? Dann snacken wir irgendwo was, gehen hoch zur Festung und später, wenn's dunkel ist, zum Christkindlmarkt. Die Lichter wirken einfach bes–« Sie stoppt, als sie mein Schmunzeln bemerkt. »Was ist?«

Bevor ich antworten kann, bevor ich Worte dafür finden kann, wie gut es tut, ihren Enthusiasmus zu erleben, legt sich Betroffenheit in ihren Blick. Ich könnte mir sogar einbilden, es wäre Scham. Aber das gibt absolut keinen Sinn.

»Ich plane schon wieder zu viel«, sagt sie leise und sieht zu den anthrazitfarbenen Fliesen hinab. »Sorry. Das nervt total.«

»Tut es nicht.« Meine Hand will unter ihr Kinn greifen, will ihren Kopf heben, denn es gibt nichts, wofür sie sich entschuldigen muss. Erst recht nicht schämen.

»Doch. Ich muss das abstellen.« Ihr Blick findet von allein zu mir, Ärger hat die Betroffenheit darin ersetzt. Offensichtlich ist es Ärger über sich selbst. Beinahe achtlos wirft sie den Flyer zurück ins Regal, scheint ihn nicht schnell genug loswerden zu können. »Noch mal auf

Anfang. Sag du, was wir machen. Oder wir gehen einfach los und schauen, wo wir landen. Ich bin für alles offen.« Sie nickt bekräftigend, wohl, um zu unterstreichen, dass sie ihre letzten Worte wirklich so meint. Dabei hätte ich nie etwas anderes angenommen.

Ich lasse meinen Blick über ihr Gesicht wandern, versuche, zu ergründen, was sie denkt und warum. Warum sie etwas schlechtredet, was schon immer ihre Stärke war. »Nur weil man gern plant, heißt das nicht, dass man neuen Ideen gegenüber nicht aufgeschlossen ist.«

»Doch, ich meine schon«, erwidert sie und klingt nicht so, als ließe sie sich so schnell von diesem Glauben abbringen.

»Aber für dich gilt das nicht. Du bist eine Meisterin im Planen und eine noch größere im Anpassen deiner Pläne.«

Sie gibt ein Prusten von sich, das sich nicht resignierter anhören könnte. »Ich bin eine Meisterin im Unspontansein.«

»Bist du nicht.« Wie kommt sie nur auf den Scheiß?

Eben noch saß sie mir im Frühstücksraum gegenüber und hat mir mit dem größten Strahlen in den Augen die Bilder ihres Cafés gezeigt. Und mit Sicherheit hat dieses Strahlen nicht nur mich gewärmt. Die Erschöpfung, die Jana zuvor umgeben hat, war von einem Moment zum nächsten verschwunden, ersetzt durch echte Freude, durch Stolz auf das, was sie erreicht hat. Darauf, dass sie ihre Pläne in die Tat umgesetzt hat. Bestimmt lief nicht immer alles glatt und wie ursprünglich gedacht. Bestimmt hat sie mehr als einmal umdisponieren müssen. Und wie man sieht, dennoch alles mit Bravour gemeistert.

Ich ziehe einen Flyer für die Eislaufbahn auf dem Mozartplatz aus dem Regal. »Was würdest du sagen, wenn ich das gerne machen möchte?«

»Okay?«, fragt sie vorsichtig, scheint nicht zu verstehen, auf was ich hinauswill.

Das trifft sich gut, denn ich kann ebenfalls absolut nicht nachvollziehen, was ihr Hirn für einen Murks zusammenspinnt. Oder ist es ihr Herz?

»Und wenn ich frage, wann wir das am besten machen sollten?«

Immer noch blickt sie mich zögerlich an. »Dann würde ich sagen, bevor wir auf den Christkindlmarkt gehen … Denn der ist auf dem Residenzplatz, gleich um die Ecke vom Mozartplatz. Außerdem werden wir beim Schlittschuhlaufen bestimmt frieren und könnten uns dann auf dem Weihnachtsmarkt mit einem Glühwein aufwärmen.«

»Aha.«

»Was?«

Ich zucke mit den Schultern – nicht fragend, bestätigend. »Meisterin.«

»Quatsch.« Sie verdreht die Augen, findet meine Logik offensichtlich völlig daneben. »Das ist doch nichts Besonderes. Diese Überlegungen liegen klar auf der Hand. Jeder würde so denken.«

»Warum entschuldigst du dich dann?«

Für eine Sekunde sieht sie mich ausdruckslos an. Doch schon einen Wimpernschlag später macht sie eine wegwerfende Handbewegung und untermalt diese mit einem Lachen. »Ach, ich red halt manchmal dummes Zeug. Kennst mich ja.«

Ja, genau.

Und deswegen weiß ich, dass das Lachen falsch ist, und dass sie das Thema viel zu sehr belastet, als dass es mit einer Handbewegung weggewischt werden könnte. Für Jana ist es eben kein dummes Zeug, was sie redet. Sie glaubt, dass es stimmt. Ich verstehe nur nicht, wieso.

»Wollen wir dann mal los? Mir wird ganz schön warm hier drinnen.« Sie lockert ihren Schal und fächert sich damit Luft zu. Fächert sich völlig übertrieben Luft zu.

Aber ich akzeptiere ihr Ablenkungsmanöver und gehe einen Schritt beiseite, um ihr den Vortritt durch die Tür zu lassen. »Auf zu den Mozartkugeln.«

Nacheinander treten wir in die Kälte, ziehen unsere Reißverschlüsse bis oben zu und laufen los, durch die Stadt, in der wir schon ein paarmal zusammen waren, doch nie nur zu zweit.

Jana schenkt mir ein Lächeln, ein echtes. Und wenn mich nicht alles täuscht, liegt Dankbarkeit darin. Weil ich ihre Flucht akzeptiere und nicht nachfrage?

Natürlich, ich sehe es ein. Wir haben uns erst vor einer guten Stunde wiedergetroffen, es ist noch zu früh für Themen, die hinter einem Lachen versteckt werden müssen. Ich finde es ohnehin verwunderlich, dass unser Gespräch nach solch kurzer Zeit den Weg dorthin gefunden hat. Doch bevor wir ihn weitergehen, bevor wir die richtig großen Schlaglöcher überqueren und die richtig hohen Hürden überspringen müssen, ist es sicher besser, wir lernen uns erst neu kennen, wir nähern uns erst langsam wieder an. Dann erinnert Jana sich hoffentlich, dass sie mit mir über alles sprechen kann, auch und vor allem über Dinge, die offensichtlich wehtun.

Es kann aber auch gut sein, dass sie mir diese gar nicht anvertrauen mag. Jetzt nicht und nicht später – obwohl das im engeren Sinne gegen unseren Deal verstoßen würde. Aber vielleicht haben sich einfach zu viele Jahre zwischen unsere Freundschaft geschoben. Zu viele, die es nicht mehr zulassen, dass wir holprige Wege gemeinsam bestreiten und anders als oberflächlich miteinander umgehen.

★★★★★

Wie Jana es geplant hat, stöbern wir zuerst durch die Auslage im Café Fürst, spazieren dann vorbei am Schloss Mirabell und durch den dazugehörigen Garten, der die Touristen im Sommer aufgrund seiner Blumenpracht anzieht, doch den ich bisher nur im kahlen Winterkleid erlebt habe. Heute allerdings ist er von einer dünnen Schneedecke überzogen, die gleiche, die auch die Dächer der Häuser, an denen wir vorbeilaufen, weiß färbt.

Nach und nach verziehen sich die Wolken, blauer Himmel scheint immer wieder durch. Als wir in die Getreidegasse einbiegen, schafft es sogar die Sonne. Wir lassen uns ein wenig von ihr wärmen, während wir an all den Geschäften und Boutiquen vorbeilaufen, die die historische Straße säumen. Allesamt haben heute geschlossen, für einige Cafés und Restaurants gilt das zum Glück nicht. In einem wärmen wir uns gegen späten Mittag bei einer Portion Käsespätzle auf, die wir uns wie früher auf der Skihütte teilen, damit noch Platz für einen Kaiserschmarrn zum Nachtisch bleibt. Auch ein Kaffee passt noch rein, dann folgen wir weiter Janas Plan – ohne offen darüber zu sprechen.

Wir steigen hoch zur Festung Hohensalzburg, genießen den Blick über die schneebestäubte Stadt. Über die Türme und Giebel, die verwinkelten Gassen, die man von oben nur erahnen kann, und die Salzach, die sich einmal hindurchschlängelt.

Langsam, aber sicher legt sich die Dämmerung über die Häuser und Straßen. Ein Lichtermeer breitet sich unter uns aus. Und als wir hinab in die Altstadt laufen, hin zum Schlittschuhplatz, leuchten uns nicht nur die Laternen den Weg, sondern auch die Sterne und Lichterketten in den Fenstern und an den Bäumen.

Den gesamten Tag über reden wir viel, lachen noch mehr. Ich erzähle Jana vom Junggesellenabschied und meinem Job in London, sie erzählt mir Anekdoten aus ihrem Laden, witzige Begebenheiten mit Kunden. Wir sprechen über unsere Eltern, unsere Geschwister, schwelgen ab und an in Erinnerungen. Der Gesprächsstoff geht uns nicht aus. Doch er bleibt immer unverfänglich. Oberflächlich. Selbst nach Stunden noch.

Richtig Privates lassen wir völlig außen vor, reden weder über ihr Liebesleben noch über meins – mal abgesehen davon, dass es bei mir nicht viel zu erzählen gibt. Zumindest nichts Erwähnenswertes, nichts, was über ein paar Wochen Beziehung hinausgeht.

Aber sie ist seit Jahren mit ihrem Freund zusammen, baut mit ihm sogar ein Haus. Er ist ein fester Bestandteil ihres Lebens. Wieso spricht sie nicht über ihn? Ist es ihr unangenehm vor mir?

Dabei soll sie sich doch an unseren Deal halten, soll mir die Wahrheit sagen. Ich will wissen, wie es ihr wirklich geht. Ob sie glücklich ist. Oder nicht.

Denn ich kann mir nicht helfen, die Traurigkeit, die Nachdenklichkeit – die Einsamkeit? –, die heute Morgen in ihren Augen lag, ist über den Tag geblieben. Jemand, der Jana nicht so gut kennt, mag sie nicht sehen, doch vor mir kann sie sie nicht verstecken. Sie war nicht dauerhaft da, vielleicht zwischendrin auch mal vergessen – oder verdrängt? –, aber immer wieder ist sie durchgeblitzt. Hat Jana dazu gebracht, den Blick zu senken, das Thema zu wechseln, gute Miene zu einem Spiel zu machen, von dem ich nicht weiß, welches es ist. Wie böse es ist.

»Sei vorgewarnt«, sagt sie jetzt, als wir gemeinsam aufs Eis treten, »es könnte ziemlich wackelig werden.« Auf ihrem Gesicht liegt ein Lachen, ein echtes.

Kaum hat sie ihren Satz beendet, kommt sie leicht ins Straucheln. Ihre Hände, die in dünnen, hellgrauen Handschuhen stecken, fliegen zu mir, klammern sich an meinen Oberarm. Ihr Lachen verstärkt sich, ist nicht leise, zurückhaltend, sondern laut und unbeschwert. Kein Stück mädchenhaft und deshalb dreimal so niedlich. Es ist ansteckend, und ebenso wie ihre Freude über ihr Café wärmt es von innen.

Automatisch lege ich ihr meinen anderen Arm um den Rücken, fahre vor sie und ziehe sie an mich, blicke auf sie hinab. Halte sie womöglich ein wenig zu fest, ein wenig zu nah. Doch ich will schließlich nicht, dass sie stürzt. »Ich hab eigentlich in Erinnerung, dass du eislaufen kannst.«

»Kann ich auch.« Sie sieht zu mir hinauf, ihre Augen so graublau, wie es der Himmel heute Morgen war. Wie es der Himmel schon so oft an einem Dezembertag war, den wir zusammen verbracht haben. »Aber weißt du, wie lange das her ist? Ich muss erst wieder reinkommen. Seit dem einen Mal damals, als wir auf die Eisbahn gegangen sind anstatt zum Nachtrodeln, stand ich nie wieder auf Schlittschuhen.« Sie mustert mich und meinen festen Stand auf dem Eis mit zusammengezogenen Brauen. »Du dagegen wohl offensichtlich schon.«

»Möglicherweise noch ein-, zweimal.« Ich grinse schief. »Oder öfter.«

Ihre Brauen ziehen sich weiter zusammen. »Wie oft?«

»Mit-ein-paar-Jungs-in-London-regelmäßig-Eishockey-spielen-oft.«

»Was? Wieso sagst du mir nicht, dass du Profi bist?«

»Weil ich keiner bin. Aber wieso sagst du mir nicht, dass du nicht mehr Schlittschuhlaufen kannst?«

»Weil ich es kann.«

»Dann los.« Ich löse meinen Griff und fahre eine Armlänge zurück, gebe ihr Raum zum Starten, doch bleibe nah genug, um sie notfalls halten zu können.

Und genau das muss ich keine Sekunde später tun.

Sie ist noch nicht richtig losgefahren, da verliert sie erneut das Gleichgewicht, rudert mit ihren Armen hilflos in der Luft. Ich strecke meine aus, umgreife ihre Hüften, stütze sie ein weiteres Mal, bis sie wieder gerade steht. Und dabei wie eben lacht.

»Ehrlich, gleich klappt's. Gib mir nur eine Sekunde … oder die Bande.« Kichernd deutet sie mit dem Kopf in Richtung der Eisflächenumrandung, die verschiedenen Salzburger Firmen als Werbefläche dient und an der sich bereits andere Schlittschuhläufer vorsichtig entlangtasten.

»Wie wär's, wenn wir gemeinsam fahren?« Ich strecke ihr meine Hände entgegen, warte, dass sie sie nimmt. Hoffe es.

Jana blickt darauf hinab, scheint einen Moment zu zögern. Doch bevor dieser für sie oder für mich unangenehm werden könnte, legt sie ihre Hände in meine. Kalt spüre ich die dünne Handschuhwolle auf meiner Haut und greife zu. Um Jana zu halten, um sie zu wärmen.

»Ich fahre rückwärts, du vorwärts«, ordne ich an. »Wenn du bereit bist, es allein zu versuchen, gibst du Bescheid.«

Sie nickt, und ich setze mich langsam in Bewegung, gleite vorsichtig mit ihr über das Eis. Vorbei an anderen Schlittschuhläufern, die sich dick eingepackt mit uns auf der Fläche tummeln. Die meisten von ihnen ziehen gemächlich ihre Bahnen, andere preschen wild und schnell um uns herum.

Vom Christkindlmarkt nebenan schwingen die Töne von *Winter Wonderland* zu uns herüber, durchbrochen einzig vom Stimmenwirrwarr und Gelächter der Menschen. Nicht nur derer auf dem Eis, auch von denen, die vor den Ständen mit einem Punsch oder Glühwein in der Hand zusammenstehen. Lichterketten sind über ihnen gespannt. Der Duft gebrannter Mandeln und heißer Maroni liegt in der Luft, steigt mir in die Nase.

Ob ich daran glaube oder nicht, auch hier versprüht Weihnachten eine Magie. Möglicherweise übertreibt Salzburg nicht, wenn es von Eiszauber auf dem Mozartplatz spricht.

Wir werden schneller, die Winterluft weht uns kühl entgegen, färbt unsere Nasen und Wangen rot. Jana lächelt, mit jedem Meter, den wir fahren, ein bisschen mehr. Und mit jeder Sekunde, die vergeht, setzt sich ihr Lächeln stärker in mir fest. Da, wo es schon früher so gutgetan hat.

»Ich bin froh, dass du doch noch gekommen bist«, sage ich, sage es einfach, obwohl mir mehr als bewusst ist, dass ich mich damit unter die Oberfläche begebe.

Deswegen darf es mich auch nicht wundern, als Jana ein weiteres Mal an diesem Tag im ersten Moment überrascht die Augen aufreißt und im nächsten wegsieht. Dass sie zwar eine Kopfbewegung macht, die ein Nicken sein könnte, doch nichts erwidert.

Nein, das darf mich nicht wundern. Wehtun kann es aber dennoch. Da, wo es lang so geschmerzt hat.

»Ich glaub, ich probier es mal allein«, murmelt sie einen wackeligen Atemzug später – meiner, nicht ihrer – und versucht, ihre Hände meinem Griff zu entziehen.

Ich lasse sofort los, ich halte sie nicht gegen ihren Willen fest.

Mit dem Schwung, den wir hatten, fährt sie weiter, setzt einen Fuß vor den anderen, gleitet mit ihren Kufen über das Eis. Sie schafft es wunderbar allein, es klappt richtig gut – bis es das plötzlich nicht mehr tut. Bis sie, aus welchem Grund auch immer, ins Stolpern gerät.

Ich bin sofort bei ihr, fange sie auf, bevor sie zu Boden fällt. Richte sie auf, damit sie auf beiden Beinen steht. Sie kann das.

Dann lasse ich sie wieder los, gebe ihr den Abstand, den sie scheinbar möchte. Oder braucht.

Wir stehen voreinander, unsere Wangen sind noch rot, Dean Martin singt noch im Hintergrund, der Mandelduft weht noch zu uns herüber, doch der Zauber ist verflogen.

Jana rückt ihre Mütze zurecht, die sich bei ihrem Beinahesturz ein wenig verschoben hat. »Danke, das hätte fies fürs Steißbein enden können.«

»Oder für den Hinterkopf.«

Sie verzieht das Gesicht, als könne sie sich den Schmerz gut vorstellen. Dann sieht sie mir in die Augen, wendet ihren Blick nicht ab, verhakt ihn mit meinem. »Danke«, wiederholt sie, doch ich glaube, sie spricht nicht länger vom Auffangen. »Ich bin auch froh, dass ich noch gekommen bin«, fügt sie leise und mit einem Lächeln hinzu, das, obwohl nur vorsichtig, dennoch erstaunlich heilsame Wirkung besitzt. »Aber ich hätte gestern schon hier sein sollen. Wie abgemacht.« Noch immer hält sie meinem Blick stand. Traurigkeit liegt jetzt in ihrem. Diesmal versteckt sie diese nicht. »Es tut mir leid, dass ich unseren Deal nicht eingehalten habe.«

Und diese Worte heilen noch mehr. Besonders, weil sie Hoffnung geben, dass uns die Zeit unsere Freundschaft doch noch nicht genommen hat. Dass wir auf eine Ebene zurückfinden, die tiefer als eine von Höflichkeit geprägte Oberfläche geht. Die Frage ist nur … wie tief?

»Ist okay«, erwidere ich und würde ihr so gerne die Strähne unter die Mütze streichen, die ihr in die Stirn fällt. Aber wahrscheinlich ist eine solche Berührung zu tief. Besser ich vergrabe meine Hände in den Hosentaschen. »Irgendwo auf der Welt«, sage ich dann, »war heute Morgen noch gestern … Und wir haben ja nie festgelegt, an welcher Zeitzone wir uns orientieren, also …« Ich versuche mich an einem Grinsen, das mir überraschend leichtfällt. Obwohl ich nicht weiß, wie ich mich verhalten soll. Und obwohl ich mir noch letzte Nacht nicht hätte vorstellen können, diesem Thema je mit Spaß zu begegnen.

Janas Lächeln kehrt zurück, doch gleichzeitig schüttelt sie den Kopf. »Nachdem ich diejenige von uns beiden bin, die immer in der mitteleuropäischen Zeitzone geblieben ist, funktioniert die Ausrede für mich wohl eher nicht so gut«, sagt sie und streicht sich die Strähne selbst aus dem Gesicht. Für einen Moment senkt sie den Blick ab, schaut auf das Eis unter uns, das von Kerben durchgezogen ist, von Furchen und Schnitten. Bestimmt fährt bald die Bearbeitungsmaschine darüber, macht es im Nu wieder glatt. Wenn das mit unserer Freundschaft doch auch so einfach ginge. Nur kurz die kaputte Schicht wegnehmen, die, die im Laufe der Zeit gelitten hat, durch die sich ein fieser Spalt gezogen hat, ein zu tiefer Riss. Und diese schnell durch eine neue ersetzen, eine, die noch heil ist – und es hoffentlich bleibt. *Für immer.*

Jana räuspert sich, hebt den Blick. »Ich wünschte ehrlich, ich hätte eine überzeugende Erklärung, warum ich gestern nicht da war, aber irgendwie … weiß ich es selbst nicht genau.« Hilflos zuckt sie mit den Schultern, scheint plötzlich so verloren, dass ich kurz davor bin, meine Hände doch wieder hervorzuholen. »Ich glaub, ich habe einfach niemals damit gerechnet, dass du kommst. Und dann allein dazustehen … Die Vorstellung war … nicht so angenehm.« Sie atmet tief durch, zittrig ein und zittrig aus. »Und wenn ich ›nicht so angenehm‹ sage, meine ich unerträglich.«

»Die Erklärung klingt für mich eigentlich ziemlich überzeugend«, erwidere ich, meine Stimme so leise wie ihre.

Sie schluckt. »War es so? Unerträglich?«

»Wieso hast du niemals damit gerechnet, dass ich komme?«, frage ich, anstatt ihr eine Antwort zu geben. Welche sollte das auch sein? Die Wahrheit mit Sicherheit nicht.

Für einen Moment erwidert sie nichts, schafft es vielleicht ebenso nicht, Worte für die Wahrheit zu finden. »Weil du es beim letzten Mal auch nicht getan hast ... obwohl ich dich darum gebeten habe«, sagt sie dann. Schafft es doch.

Sie spricht von unserem Telefonat an Weihnachten vor sechs Jahren, unserem letzten Kontakt. Als ich sie aus meinem Urlaub in Rio anrief, nachdem ich zuvor vergeblich versucht habe, meine Sehnsucht nach ihr im Zuckerrohrschnaps zu ertränken. Und ich weiß noch, es tat so gut, ihre Stimme zu hören, und gleichzeitig so weh. Weil die Telefonleitung mir zwar eine Brücke zu Jana baute, ich aber dennoch nicht darüber gehen konnte. Sie brachte mir Jana zwar näher, doch sie brachte mich nicht zu ihr. Und das war es, was ich wollte. Was ich, egal, wo ich war, immer wollte.

Dennoch habe ich nie danach gehandelt – bis gestern.

Dann komm ...

Zwei Worte, die sich in mir festgesetzt haben, in meinem Kopf, in meinem Herz. Auch sie taten im ersten Moment, als Jana sie damals am Telefon ausgesprochen hat, so gut, weil sie mir gezeigt haben, dass Jana mich bei sich haben wollte – obwohl sie es war, die mich nach unserer Nacht allein zurückgelassen hat. Doch im nächsten Moment taten die beiden Worte nichts als weh, weil ich wusste, sie hatten keine Zukunft. *Wir* hatten keine Zukunft.

Als wir gegangen sind, erst ich, dann sie, haben wir es nicht ohne Grund getan. Und wäre ich damals an dem Weihnachten zu ihr gekommen, ich hätte sie wieder verlassen müssen. Ich hätte nicht bleiben können, ich studierte mittlerweile in Schottland, ein Jobangebot in London war in Sicht. Es war hoffnungslos, wir waren chancenlos, und mit meinem Anruf hatte ich alles noch schlimmer gemacht.

»Heute hast du mich mit denselben Worten darum gebeten, und ich bin gekommen«, flüstert Jana kaum hörbar.

»Ich weiß.« Und wie ich das weiß. Es ist nicht so, als hätte ich die Worte heute Morgen nicht mit Absicht gewählt. Und als hätte ich, als Jana ohne Zögern so darauf reagiert hat, wie ich es damals nicht habe, nicht noch minutenlang im Bett gelegen, an die Decke gestarrt und zum wiederholten Mal an diesem Wochenende meine Entscheidungen hinterfragt. War irgendeine jemals richtig? »Jana, es tut mir ehrlich –«

»Nein.« Ihre Hand fährt hoch, stoppt mich. »Entschuldige dich nicht. Ich mache dir keinen Vorwurf, das sollte nicht so klingen. Absolut nicht. Ich wäre auch hergefahren, hättest du mich nicht darum gebeten. Im Gegenteil, dann hätte ich dich gefragt, ob du noch ein bisschen bleibst. Ich wollte kommen.«

»Das wollte ich damals auch.«

»Aber es wäre sinnlos gewesen. Heute weiß ich das.« Kurz legt sie ihre Hand auf meinen Arm, schenkt mir Verständnis, das sich wahnsinnig gut anfühlt, das die Leere füllt, doch von dem ich nicht sicher bin, ob ich es verdient habe.

Ich fahre mir durch mein Haar, schiebe meine Hände zurück in die Hosentaschen, weiß nicht, wohin mit ihnen. Mit mir. »Wir hatten halt einfach schon immer das beschissenste Timing der Welt.«

Jana nickt stumm.

Nach all den Jahren wäre es vielleicht an der Zeit, über diese unumstößliche Wahrheit zu lachen, doch wir tun es nicht. Können es nicht. Wie auch? Es ist weit davon entfernt, lustig zu sein.

Wir sehen uns nur an, blicken uns in die Augen. Ob sie in meinen ebenso viel Verzweiflung erkennen kann wie ich in ihren? Ob es dieselbe Verzweiflung ist? Über falsche Entscheidungen und vertane Zeit?

Jana räuspert sich. »Du hast meine Frage vorhin nicht beantwortet … War es unerträglich?«

Mein Kopf schüttelt sich von allein. Er lügt, ohne, dass ich ihm das Okay dazu gebe.

»Es war schön, die anderen wiederzusehen«, sagt mein Mund und mogelt sich damit abermals an der Wahrheit vorbei.

Jana scheint die Antwort dennoch zu akzeptieren, sie lächelt. »Silke und Stefan haben sich bestimmt gefreut.«

»Das haben sie.«

»Also waren tatsächlich zum ersten Mal seit Jahren alle zusammen – außer mir. Fabelhaft. Ein weiterer Beweis für mein 1A-Timing-Talent. Ich hab's echt richtig drauf.«

»Quatsch.« Meine Hand winkt von allein ab. »Jeder versteht, dass du mit deinem Freund deine eigenen Weihnachtstraditionen schaffen willst. Das ist absolut okay. Und wie ich höre, seid ihr ab nächstem Jahr sogar im eigenen Haus? Toll!« Mein Daumen streckt sich in die Höhe, mein Mund grinst.

Mein Kiefer schmerzt.

Es wird Zeit, dass ich meine Körperteile besser im Zaum halte, dass sie aufhören, sich so falsch zu verhalten. Doch ich fürchte, wenn ich ihnen das befehle, meldet sich mein Herz zu Wort und lässt mich das Einmaleins des Selbstschutzes wiederholen.

Jana erwidert nichts. Ihr Blick schweift über meine Schulter zum Christkindlmarkt. Vielleicht sollten wir da langsam hingehen. Der Glühwein ruft. Oder ein Schnaps.

Ich deute in die Richtung. »Bereit für einen Locationwechsel oder magst du noch ein paar Runden fahren?«

Sie sieht zurück zu mir. »Glühwein«, ist alles, was sie sagt. Im nächsten Moment gibt sie ein wenig Schwung und gleitet mit weit ausgestreckten Armen zur Bande, versucht dabei, ihr Gleichgewicht allein zu halten. Um meine Hand, meine Hilfe, bittet sie nicht. Sie fährt einfach weg, entfernt sich von mir.

Wieso? Habe ich etwas Falsches gesagt?

Ich stoße mich ab, bin einen Augenblick später bei ihr. Doch sie beachtet mich nicht, hangelt sich stattdessen an der Bande entlang zum Ausgang. Ich halte sie am Arm fest, halte sie auf.

»Hey«, sage ich leise und warte, bis sie sich zu mir dreht. Meine Hand lasse ich liegen, wo sie ist. Jetzt möchte ich Jana Verständnis schenken, so wie sie mir zuvor. Und berühren möchte ich sie auch. »Du musst dir wirklich keine Vorwürfe machen wegen gestern.«

»Doch. Muss ich.«

»Wie ich schon meinte, alle haben vollstes Verständnis.«

»Darum geht es nicht.« Sie schüttelt meine Hand ab, dreht sich zurück zur Bande, umklammert diese mit beiden Händen und zieht sich erneut daran entlang.

Ich bewege mich nicht von der Stelle. »Jana.«

Sie hält inne.

»Worum geht es dann?«

Über die Schulter blickt sie zurück zu mir, mehr als nur Verzweiflung auf ihrem Gesicht. »Darum, dass ich eben doch keine Meisterin der Planänderung bin.«

Kapitel 20

Montag, 25. Dezember 2023

Jana

Echt, ich bin es nicht.

Der Ärger darüber liegt mir wie ein Stein im Magen, aber es ist halt so. Ich trage keinen Titel, bin nicht die Erste, nicht die Zweite, nicht die Dritte. Bei der Meisterschaft fürs Umplanen, fürs Spontansein, habe ich mich nicht mal qualifiziert.

Denn wenn ich Richtungsänderungen einschlagen könnte, bevor ich mit Höchstgeschwindigkeit gegen die Mauer knalle, dann hätte ich es doch längst gemacht. Dann hätte ich mich doch schon längst nicht mehr an meinem Plan festgehalten, an dem von Marcel und mir, unserem Haus, unserer gemeinsamen Zukunft. Dann hätte ich mir doch schon längst eingestanden, dass der Plan überarbeitet gehört, Anpassungsbedarf hat. Ich wäre definitiv nicht so bescheuert gewesen und hätte auf Marcels Bitte, Heiligabend mit ihm zu verbringen, mit Ja geantwortet. Nein, hätte ich nicht so einen Schiss vor einer

Planänderung gehabt, dann hätte ich einfach aufgehört, mich selbst zu belügen und mir eingestanden, dass die einzig richtige Antwort auf seine WhatsApp ein Nein gewesen wäre.

Genervt von mir selbst hangle ich mich an der Bande entlang, habe Leon den Rücken zugewandt, obwohl ich das gar nicht will. Mein Stimmungswechsel muss ihn total irritieren. Aber hier und jetzt schaffe ich es nicht, gegenzusteuern.

Am Ausgang der Eisbahn holt er mich ein, folgt mir schweigend über die Gummimatten, die zum Schutz der Kufen vor der Eisfläche auf dem Boden liegen. Auch wenn ich nicht mehr auf spiegelglattem Untergrund stehe, fühle ich mich wackelig, unsicher. Aber natürlich nicht aufgrund der Schlittschuhe, nicht der staksigen Schritte wegen.

Stumm laufen wir Seite an Seite zu der Bank, unter der wir vorhin unsere Stiefel abgestellt haben. Ich fröstle, schiebe mein Kinn, meinen Mund tiefer in den Schal und greife zu meinen Winterstiefeln. Leon setzt sich neben mich. Nicht nur die Bank ist eiskalt, als wir uns daraufsetzen, unsere Schuhe sind es ebenso.

»Hier fehlt eindeutig eine Sitzheizung, die gleichzeitig Stiefel wärmt«, sagt Leon, während er sich zu seinen Schlittschuhen hinunterbeugt und deren Schnallen löst. Er versucht, die Stille zu füllen, ich weiß es. Aber sie ist zu groß für ein so unverfängliches Thema. Es geht einfach darin unter, fällt lautlos wie ein kleiner Stein in einen tiefen Brunnen, löst nicht viel mehr aus als ein leises Klacken.

Dabei will ich das Schweigen doch auch loswerden. Habe aber keine Ahnung, wie. Wie soll ich mein Verhalten erklären? Ehrlichkeit? Einfach raus damit?

Ich öffne den Mund, will die Wahrheit sagen, keinen Bogen mehr um das Thema machen. Könnte es doch eigentlich mit nur einem Satz – wenn ich es könnte. Aber es geht nicht. Obwohl die Stille zwischen uns hängt, uns gerade so viel nimmt und ich mich darüber ärgere. Doch über Marcel will ich nicht sprechen, ich will ihn nicht herholen, nicht mal gedanklich, denn ich weiß nicht, ob er dann nicht mehr Platz einnimmt als das Schweigen. Also schließe ich meinen Mund wieder. Verstecke ihn und mich erneut in meinem Schal. Nicke nur stumm und bin froh, wenigstens mit dem Anziehen meiner Stiefel beschäftigt zu sein, auch wenn ich Leons Blick auf mir spüre. Fragend? Sorgenvoll?

Irgendetwas muss ich sagen. Einfach irgendwas.

»Glühwein wäre jetzt echt toll«, wiederhole ich, zwinge Enthusiasmus in meine Stimme, versuche krampfhaft, glaubwürdig zu klingen. Und würde ich nicht mit meinen Füßen sprechen anstatt mit Leon, würde er es mir vielleicht sogar abkaufen.

★★★★★

Als wir Minuten später nach der Rückgabe der Schlittschuhe unter den strahlenden Lichterketten des angrenzenden Christkindlmarktes spazieren, ist das bohrende Gefühl noch immer da. Tapfer versucht Leon, es mit einem Lächeln zu vertreiben, aber es will nicht gehen. Und ich ahne, dass es das auch nicht einfach so – nicht ohne meine Mithilfe – tun wird.

Am ersten Glühweinstand bleibt Leon stehen, stupst mich an, als er einen freien Stehtisch sieht, und macht eine einladende Geste. »Ich hatte dir heute Morgen im Hotel versprochen, einen auszugeben. Mit Schuss oder ohne?«

Mit, ruft mein Kopf, *am besten doppelt.*

»Gerne mit Amaretto.« Meine Antwort geht fast im Gemurmel der Menschen um uns herum unter. Etwas lauter, aber noch immer zu leise schicke ich ein »Dafür zahle ich dann aber gleich die gebrannten Mandeln« hinterher.

Während Leon sich nach einem kurzen Nicken auf den Weg zum Tresen macht, lasse ich meinen Blick über den mit Tannenzweigen geschmückten Stand gleiten. Sehe den großen goldenen Stern, der am First des kleinen Holzbüdchens leuchtet, und die hölzernen Tafeln mit der enormen Auswahl an Punsch und Glühwein.

Erst jetzt fällt mir auf, dass aus den Weihnachtsmarktboxen keine Christmas-Pophits mehr klingen, sondern ein Gospelchor ertönt, der anscheinend an einer anderen Ecke des Platzes live *Oh Happy Day* singt und klatscht. Ich war so sehr in Gedanken, dass ich es zuvor nicht wahrgenommen habe. Bescheuert. Wir haben nicht viel Zeit, und ich verbringe sie in meinem Kopf. Dabei sollte ich hier sein. Hier, jetzt mit Leon und nirgendwo anders. Ich muss das ändern.

In nächsten Moment stellt er zwei hohe schwarze Tassen mit weißen kleinen Sternen und dem Emblem des Salzburger Christkindlmarktes auf den Stehtisch vor mich. Der Geruch von Nelke, Sternanis und Zimt macht sich breit. Ich ziehe die Handschuhe aus und schmiege meine Hände um einen der beiden Becher. Die Wärme tut gut.

»Danke.« Ich blicke zu Leon, sehe, wie auch er die Hände um seinen Becher legt, wie auch er die Wärme sucht, die uns auf der Eisbahn abhandengekommen ist.

»Flötentassen«, sagt er zusammenhangslos.

Ich ziehe eine Augenbraue hoch, und er grinst.

»Nicht, dass du denkst, das wären einfach irgendwelche Tassen. Nein, es sind Original Salzburger Glühweinflöten.« Und weil er so sachkundig dabei schaut, so, als wäre diese Bemerkung mehr als nur unnützes Wissen, muss auch ich leicht grinsen. Endlich wieder.

Und ich merke, dass ich das will. Wärme, Grinsen – seins und meins. *Oh-Happy-Day*-Leichtigkeit. Aber noch mehr. Ich will nicht nur das Äußere, nicht nur das Cover, nicht nur den Klappentext, ich möchte das Buch aufschlagen und hineinschauen … und hineinschauen lassen. Will alles lesen, auch das zwischen den Zeilen. Wie früher. Dafür muss ich es nur zulassen. Wieder.

»Prost.« Leon hebt seinen Becher in die Höhe.

»Prost! Und selber Glühweinflöte«, entgegne ich und lege meine Lippen an den Rand der Tasse, während meine Daumen über ihre Oberfläche streichen. Schon der Dampf des heißen Getränkes wärmt leicht meine Wangen, aber Leons Lachen tut es noch mehr.

Ich nehme einen Schluck, ein wenig so, als würde ich mir Mut antrinken. Was natürlich Blödsinn ist. Erstens weil ein Schluck mit Sicherheit nichts dazu beiträgt und zweitens weil ich mir überhaupt gar nichts anzutrinken brauche, weil es bei dem, der mir gegenübersteht, bisher nie nötig war. Ich schmecke die Mandelnote des Amaretto, fühle, wie der warme Wein in meinem Magen ankommt und einen weiteren Teil der Kälte nimmt. Um den Rest muss ich mich kümmern.

»Leon?« Noch immer liegen meine Hände um die Tasse. »Können wir noch mal zurück zu dem Thema von eben … auf der Eisbahn? Also zum …« Ich zögere, wusste vorhin nicht, wie ich anfangen sollte, und weiß es jetzt genauso wenig. Nur weil man sich entscheidet, über etwas zu reden, macht es das nicht unbedingt leichter. »Haus«, füge ich dann an. Und ja, es ist ein kleiner Umweg, aber hey, es ist ein Anfang.

Leon nickt langsam. Sein Lachen ist zwar verklungen, aber sein Gesicht strahlt weiter diese Warmherzigkeit aus, die für ihn so typisch ist. Weil er so oft mehr versteht, als ich sage. »Klar können wir – müssen wir aber nicht. Das weißt du hoffentlich. Doch wenn du möchtest, dann gerne.«

Ja, ich möchte. Und … vielleicht muss ich sogar, nicht seinetwegen. Meinetwegen.

Und obwohl ich weiß, dass es nicht nötig wäre, senke ich den Blick Richtung Stehtisch. »Es wird kein Haus geben.« Die Antwort kommt nicht so verhalten über meine Lippen, wie ich vermutet hätte. Sondern recht direkt, so, als wäre dieses *kein Haus* eine bewusste Entscheidung von mir gewesen. So, als hätte ich es einfach nicht gewollt … Und auf eine gewisse Art war es ja so. Wenn auch wohl eher unterbewusst.

Ich nehme einen zweiten Schluck von meinem Glühwein und spreche weiter. Den Blick noch immer auf die Tasse gerichtet, auf die kleine Nebelschwade, die daraus in die kalte Abendluft emporsteigt. »Ich hatte mich da in etwas verrannt. So sehr, dass ich eine lange Zeit geglaubt habe, dass ich genau das wollte.«

Etwas irritiert wiederhole ich meine eigenen Worte im Kopf. Realisiere erst jetzt, was ich gesagt habe. Aber es stimmt, ohne die Sätze vorher zurechtgelegt zu haben, treffen sie genau auf den Punkt.

»Und dann ist dir irgendwann klargeworden, dass es nicht so ist? Dass du das … es eben nicht willst?«, fragt Leon. In seinem Unterton schwingt etwas mit. Als wären es rhetorische Fragen, die er mir stellt. Fragen, auf die er die Antwort kennt. Warum?

Kurz zögere ich, bin mir nicht sicher, wie genau ich reagieren soll. »Ja, irgendwie schon«, sage ich dann, und plötzlich ist sie da, diese innere Stimme. Sie ruft, schreit förmlich und stampft dabei energisch mit dem Fuß auf den Boden, weil sie will, dass ich endlich mit der Sprache rausrücke, aufhöre, drumrumzureden. Und das tue ich. »Es gab allerdings einen Auslöser … Marcel, mein Ex-Freund …« Es ist das erste Mal, dass ich ihn so nenne, und selbst jetzt ist da kein Stich, kein Schmerz, sondern eher ein Stein, der gleichzeitig von meinen Schultern und von meinem Herzen fällt. So, als sei die Tatsache erst mit dem Aussprechen zur Realität geworden. Aber keiner furchtbaren, keiner dystopischen, vor der ich Angst haben sollte. Nein, eine Realität, in der ich mich ein Stück mehr aufrichten kann. »Er hat es mit der Treue nicht so ernst genommen.«

»Idiot«, kommt es von der anderen Seite des Stehtisches, bevor ich Zeit habe, weiter in mich hineinzuhören.

Und ja, Leon hat recht. Aber ich will gar nicht in diese Richtung. Ich brauche niemanden mehr, der Partei für mich ergreift – auch wenn es natürlich guttut. Aber darum geht es jetzt nicht, es geht um etwas anderes. Tiefer. Zwischen den Zeilen.

»Das klingt jetzt eventuell bescheuert«, fange ich an und spreche aus, was sich in meinem Kopf formt. Dabei hebe ich den Blick, treffe auf Leons, der mir wortlos zuruft, *egal, was du sagen wirst, bescheuert klingt es garantiert nicht.* Trotzdem zucke ich mit den Schultern. »Irgendwie bin ich ihm fast dankbar dafür. Es hat nicht mehr gepasst, schon lange nicht mehr, vielleicht nie so hundertprozentig. Auch wenn ich es wollte. Aber ich konnte es nicht sehen. Stand mir selbst im Weg. Verstehst du?«

Einen Atemzug lang antwortet er nicht. Sieht mich nur weiter an, und ich ihn. »Besser, als du denkst.« Er sagt es ohne Schwere in der Stimme, und doch wiegen die Worte viel. Am liebsten würde ich fragen, warum genau er sie sagt. Aber ich tue es nicht, zumindest nicht mit Worten.

Leon scheint meine Frage dennoch zu erreichen. Er nickt sachte, nur ein wenig. »Ich habe auch zu spät gemerkt, dass ich in etwas steckte, das ich gar nicht wollte. Nur der Auslöser war ein anderer.« Er macht eine Pause, blickt mich an. Doch bevor die Pause und der Blick zu bedeutend werden, schnaubt er kopfschüttelnd. »Tja, mir selbst im Weg zu stehen, ist wohl meine Paradedisziplin. Aber egal, wie sehr man will, dass eine Beziehung funktioniert, es ist trotzdem ein beschissener Grund, zu bleiben, wenn sie es eben nicht tut.«

Unauffällig beiße ich auf meine Unterlippe, bin irritiert, weil ich zwar hoffe, dass er uns nicht meint, mir aber nicht sicher bin. Schließlich ist er nicht geblieben, damals nach unserer ersten Woche.

Vielleicht kann er auch dieses Gefühl in meinem Gesicht ablesen, denn er räuspert sich. »Bei Lucy ging es mir wie dir jetzt.«

Der Satz braucht einen Moment, um bei mir anzukommen.

Er hat Lucy nicht wirklich gewollt. Er hat es zu spät gemerkt, aber er hat die Beziehung mit ihr nicht gewollt.

Bis heute war allein ihr Name ein rotes Tuch für mich, mittlerweile ein kleineres, ein rotes Taschentuch eher, aber trotzdem … Doch mit einem Mal, mit diesem einen Satz scheint sich das Thema zu verabschieden. Irgendwo tief in meinem Bauch macht sich ein Gefühl breit … Genugtuung? Dabei weiß ich, dass es albern ist nach all den Jahren, völlig kindisch. Aber vielleicht darf man das auch einfach mal sein. Denn wenn ich ehrlich bin, haben mich meine *Es ist Zeit, erwachsen zu werden*-Sätze konsequent in falsche Richtungen geführt.

Doch da ist noch eine Frage, die ich stellen muss. Wenn ich es jetzt nicht tue, verpasse ich die Chance vielleicht. Und so war der Deal, oder? Wir wollten wissen, wo und mit wem wir glücklich geworden sind.

Ich nehme all meinen Mut zusammen und dazu noch einen Schluck vom Glühwein. »Und … gibt es momentan jemanden in deinem Leben?« Die Neutralität, die ich der Frage gern verleihen würde, lässt mich im Stich. Meine Stimme ist belegt, weil ich es unbedingt wissen möchte, aber keine Ahnung habe, ob ich die Antwort wirklich ertragen kann. Und doch frage ich weiter. »Jemanden, der hundertprozentig passt?«

Unsere Blicke ruhen ineinander, halten sich fest, und ich spüre eine Enge in meinem Hals, in meiner Brust.

Bilde ich es mir ein, oder liegt da ein *Ja, du* in seinem sanften Lächeln?

Der Moment dauert ein paar Atemzüge. Mein Herz interpretiert auf Hochleistung, obwohl ich es ihm verbieten möchte. Das sollte der Kopf erledigen, der wäre nämlich deutlich zurückhaltender. Bleiben wir bei der guten alten Aufgabenteilung. Jeder macht das, was er kann. Herz, Kopf, Magen, Beine.

Endlich öffnet Leon den Mund. »Ich bin Single, schon lange.«

Seine Worte lassen mich durchatmen. Ich hoffe, die Erleichterung zeigt sich nicht zu sehr in meinem Gesicht, denn eigentlich müsste mir sein Beziehungsstatus egal sein. Müsste, sollte – ist er aber nicht. Trotzdem wird es Zeit, über etwas anderes zu sprechen. Zerbrochene Beziehungen, Expartner und geplatzte Eigenheimträume sind ziemlich schwere Themen für zwei Glühweinflöten und einen Stehtisch.

Erst jetzt bemerke ich, wie durchgefroren meine Füße sind. Richtige Eisklumpen stecken in meinen Stiefeln. Beim Versuch, die Zehen zu bewegen, realisiere ich, dass sie vollkommen taub sind.

»Sollten wir uns vielleicht nach einem Restaurant umsehen? Der Glühwein hat zwar einen guten Job gemacht, aber bis zu den Füßen schafft er es irgendwie nicht.« Außerdem würde ich mich wirklich gerne hinsetzen.

»Endlich fragst du.« Leon lacht und drückt seine Handflächen dankbar gegeneinander. »Ich wollte ja nicht als Memme dastehen, aber mir ist echt arschkalt und sorry, stehen kann ich auch nicht mehr nach unserer XXL-Sightseeing-Tour inklusive Sportprogramm.«

Ich pruste. »Gleicher Gedanke hier. Perfect match!«, rufe ich und laufe im nächsten Moment knallrot an, als Leon seine Augenbraue hochzieht.

»Na, wenn du das so sagst.«

Jetzt glühe ich. War mir nicht eben noch kalt? Ich muss vom Thema ablenken, oder am besten kurz flüchten. Hastig schnappe ich mir die beiden Tassen vom Stehtisch. »Ich bring die mal eben weg. Dann können wir weiter. Wartest du?«

★★★★★

Stunden später haben wir das kleine italienische Restaurant in einer der Seitenstraßen bereits wieder verlassen, schlendern nebeneinander durch die eisige Abendluft in Richtung Salzach.

Die Zeit an dem kleinen Tisch, den Matteo, der Eigentümer, uns aus Mitleid noch direkt neben dem Zugang zur Küche aufgebaut hat, weil man doch nicht so verrückt sein kann, am ersten Weihnachtstag ohne Reservierung vorbeizukommen, ist im Nu verflogen. Ich muss lächeln, weil es einfach richtig schön war, schön ist. Nicht nur das urige kleine Restaurant, nicht nur die Pizza Margherita, nicht nur das wackelige Tischchen oder die leisen Flüche der Bedienung, wenn sie sich wieder an uns vorbeischieben musste, nicht nur die Gespräche zwischen Leon und mir und unser Lachen. Nein, eine ganze Menge ist gerade einfach schön, alles an diesem so spontanen Tag in Salzburg, ohne Reservierung, ohne große Vorplanung, ohne Struktur … Aber mit uns, so viel von uns.

»Ich glaube, das Tiramisu muss ich definitiv in meinem Café anbieten.« Der Satz ist nicht nur so dahingesagt.

Klar, es ist kein Kuchen, aber das Dessert ist so unfassbar gut gewesen, dass ich mich bemüht habe, die einzelnen Komponenten rauszuschmecken, um es daheim zu kopieren. Obwohl ich in diesem Augenblick pappsatt bin, freue ich mich drauf.

»Definitiv. Die Leute werden dir die Bude einrennen. Tun sie vermutlich eh schon. Apropos …« Er geht einen Schritt langsamer, so, als würde das Nachdenken die Energie aus seinen Beinen ziehen. »Was ist eigentlich aus deiner anderen Idee von früher geworden? Die mit der Renovierung der alten Wohnung über der Bäckerei und dem Schuppen dahinter? Wohnst du da? Wenn ja, wo sind die Fotos?« Er sieht mich erwartungsvoll an.

Erneut ist da eine Erinnerung in meinem Kopf, leicht verschwommene Bilder, darüber ein Vintage-Filter. Leon und ich mit sechzehn mitten in der Nacht dick eingepackt auf der Bank vor der Blockhütte. Mein Kopf auf seiner Schulter, sein Arm um mich gelegt, unser Blick hinab ins Tal. Und während hunderte und tausende leichter Flocken Richtung Boden rieseln, erzähle ich ihm jedes noch so kleine Detail meiner Ideen.

Viele der Pläne habe ich nahezu eins zu eins umgesetzt. Natürlich musste ich ab und an Kleinigkeiten anpassen, aber am Großen und Ganzen hat das nichts geändert. Doch diesen einen Plan, der aufkam, als vor über einem Jahrzehnt klar wurde, dass meine Oma die steile Treppe zu ihrer Dachgeschosswohnung nicht mehr lange gehen können würde, den habe ich nicht angefasst.

Und wieder wird mir etwas klar, wieder kann ich etwas greifen, was bisher in meinem Kopf nur sinnlos herumgelegen hat – plötzlich passt es zu den anderen Teilen und ergibt gemeinsam mit ihnen einen Sinn. Genau deshalb habe ich die Entwürfe für das Haus kontinuierlich geändert, war nie zufrieden. Aus diesem Grund habe ich den Termin bei der Bank verschoben. Darum ging es nicht so schnell voran, wie Marcel es sich gewünscht hat.

Ich wollte den Neubau nie. Ich wollte immer die alte Wohnung restaurieren und im Anbau dahinter eine kleine Rösterei einrichten.

Nur weil Marcel mir mehrfach vorgerechnet hat, dass sich der Umbau aus rein finanzieller Sicht nicht lohnt, habe ich die Idee verworfen. Aber verabschiedet hat sie sich nie. Sie war immer da oben … und jetzt kriecht sie aus ihrem Versteck, schüttelt sich den Staub von den Knien und zwinkert mir zu.

»Ich hab die Wohnung nicht renoviert«, antworte ich langsam, während ich genauso langsam einen Fuß vor den nächsten setze. »Da gäbe es eine Menge *weils* und *warums*, mit denen ich mich rausreden könnte, aber eigentlich habe ich es einfach nur nicht gemacht.«

Und dann ist der da, der Stich, den ich beim Thema Marcel erwartet hätte … nicht jetzt.

Leon nickt. »Schade, es klang nach einer so guten Idee.«

Ohne mein Zutun legt sich meine Stirn in Falten, und ein Gedanke bildet sich in meinem Kopf. Einer, den ich mag, einer, den es sich laut auszusprechen lohnt. »Ich glaube, es ist noch immer eine gute Idee.« Auf meinem Gesicht breitet sich ein Lächeln aus. Eines von denen, die man in jedem Gesichtsmuskel spürt und auch ein wenig im Herzen. »Weißt du was? Genau das werde ich machen! Kommendes Jahr werde ich mit dem Umbau von Omas alter Wohnung starten. Hab ich gerade in diesem Moment beschlossen.«

Leon wirft mir einen anerkennenden Blick zu, der mich stolz macht, weil ich sofort weiß, dass er mir glaubt. Nach nur einem Satz von mir ist er überzeugt, dass ich umsetze, was ich sage. Und ich bin froh, soeben selbst den nächsten großen Schritt für mich festgelegt zu haben.

»Mach das auf jeden Fall. Wenn wir jetzt noch bei Matteo wären, hätte ich mit dir auf neue alte Pläne angestoßen.« Leon hebt ein imaginäres Weinglas. »Manchmal muss man Dingen nur ihre Zeit geben, manches braucht einfach länger.«

Ich hebe mein nicht existierendes Glas ebenfalls, und wir stoßen ohne ein Klirren an. Und irgendwie bin ich mir mit einem Mal nicht mehr sicher, ob wir überhaupt noch über die Restaurierung einer alten Wohnung sprechen.

Als wir um die nächste Ecke biegen, erreichen wir den Müllner Steg. Langsam schlendern wir auf die Brücke und müssen dann stehen bleiben, weil die Aussicht auf das winterliche Salzburg einfach unfassbar ist. Die Silhouette der Altstadt liegt mit weißen Hauben bedeckt vor uns. Sowohl die Gassen als auch die Häuser in der ersten Reihe am Fluss sind vom warmen gelben Licht der Straßenlaternen erleuchtet, das sich zum Teil im ruhigen Wasser spiegelt. Oben auf dem Felsen erhebt sich die angestrahlte Festung mit ihren Zinnen, Türmen und Schattenspielen auf den alten Mauern. Vor ein paar Stunden waren wir noch dort oben zu Besuch. Salzburg wirkt märchenhaft … und fast ein wenig wie in der Zeit versunken.

»Ich hätte meine Spiegelreflexkamera mitnehmen sollen.« Meine Worte sind leise, weil um uns herum alles leise ist. Erstaunlich still für eine Großstadt. Salzburg scheint müde zu werden. Wie spät es wohl ist?

»Hast du eine?«

»Ja, hin und wieder mache ich Bilder. Draußen in der Natur. Aber in letzter Zeit eher weniger.« Warum eigentlich? Mein Blick ist weiter gefesselt von dieser faszinierenden Aussicht. »Heute hätte es sich gelohnt. Die Stadt sieht wundervoll aus. Das Licht, die Stimmung.«

»Du«, fügt Leon an, und mein Blick fliegt zu ihm. Seiner liegt bereits auf mir, kribbelt bis zu den Zehenspitzen durch mich hindurch, wärmt. Ich glaube nicht, dass sie je wieder einfrieren können.

»Danke für heute.« Leon steht so dicht neben mir, dass ich ihn berühren könnte, würde ich meine Hand ausstrecken. Oder er seine. »Danke, dass du doch noch gekommen bist. Dass wir jetzt eine neue Erinnerung haben. Ich hab sie abgespeichert, auch ohne Spiegelreflexkamera.« Er tippt sich an die Schläfe. Seine Augen scheinen dunkler als sonst, fangen meine ein. »All die Bilder von heute sind da oben drin. Da, wo auch die von früher sind. Und es ist noch Platz für mehr … ziemlich viel Platz.«

Ich schlucke und hoffe, dass er es nicht bemerkt. Am liebsten möchte ich entgegnen, dass er damit aufhören soll. Aufhören, die richtigen Sachen zu sagen, in der verdammt noch mal richtigen Tonart. Dass er aufhören soll, so sehr er selbst zu sein, diese Version von damals in Kombination mit der von heute. Dass er aufhören soll, mir diese Blicke zuzuwerfen, sich so durchs Haar zu streichen und dabei so unfassbar gut auszusehen … Dass er einfach damit aufhören soll, so verflucht großartig zu sein. Weil ich doch eigentlich nur versuche, mich nicht direkt wieder in ihn zu verlieben.

Aber ich sage es nicht, sage kein Wort. Denn alles in mir will, dass er weitermacht. Mein Herz, mein Kopf, mein Bauch, selbst meine wackeligen Knie.

Vermutlich weil es eh zu spät ist, weil es doch längst passiert ist. Wenn ich ehrlich bin, hat es keine drei Minuten gedauert. Keine drei Minuten heute Morgen im Frühstücksraum … Und mit jeder weiteren ist es nur noch intensiver geworden.

Deshalb gebe ich auf, wehre mich nicht mehr dagegen, ziehe die tief in der Jackentasche vergrabene Hand heraus und nähere mich seiner.

Schon die vorsichtige Berührung unserer kleinen Finger löst eine Gänsehaut auf meinem gesamten Körper aus, und als er seine Hand über meine legt und sich unsere Finger ineinander verschränken, ist es, als wäre alles um uns verschwunden. Die Stadt, der Schnee, erst recht die Kälte.

Wir sehen uns an, unsere Blicke ruhen ineinander, reichen tief, wie damals, wie heute so oft … wie schon immer.

Ich greife behutsam Leons zweite Hand. Halte sie fest, merke, wie er meine Hände leicht drückt. Bin dankbar, dass keiner von uns mehr Handschuhe trägt, dass wir unsere Wärme spüren, unsere Haut … und nicht den Stoff dazwischen.

Hand in Hand stehen wir da.

Und ohne nachzudenken, bewege ich mich auf Leon zu. Langsam, aber zielstrebig komme ich ihm entgegen, muss mich etwas auf die Zehenspitzen stellen, bis er sich zu mir hinunterbeugt. Er löst seine Hände aus meinen und legt die Arme um mich. Seine Lippen nähern sich meinen, immer näher, doch plötzlich verharrt er. Der Bruchteil einer Sekunde vergeht, ein quälend langer Bruchteil, in dem er sich nicht rührt, mich nur ansieht. In seinen Augen kann ich lesen, was er fragt.

Willst du? Willst du eine neue Erinnerung schaffen?

Und ob ich will.

Ich umgreife den Kragen seiner Jacke, halte mich daran fest. Das ist auch gut so, denn als ich seine Lippen auf meine ziehe, als ich ihn küsse, als er mich küsst, weiß ich für einen kurzen Moment nicht mehr, wo oben und wo unten ist.

Kapitel 21

Montag, 25. Dezember 2023

Leon

Endlich.

Jana hat meine Lippen auf ihre gezogen, lässt es zu, dass ich sie küsse. Will es. So wie ich.

Ihre Finger legen sich in meinen Nacken, streifen zart über das schmale Stück Haut, das der Kragen meiner Jacke nicht bedeckt. Eben noch hätte ich einen Schal gebrauchen können, um mich vor dem Wind zu schützen, der in frostigen Schüben über den Müllner Steg pfeift, jetzt ist mir nicht mehr kalt. Weder außen noch innen.

An dem Morgen nach unserer gemeinsamen Nacht, als ich Jana auf dem Weg zur Dusche geküsst habe, konnte ich nicht ahnen, dass es das letzte Mal sein würde. Dass sie weg sein würde, einfach aus meinem Leben verschwunden, wenn ich aus dem Bad käme. Und in all der Zeit, die seitdem vergangen ist, habe ich es nicht für möglich gehalten, dass es jemals wieder passieren würde, dass ich ihre Lippen jemals wieder auf meinen spüren dürfte.

Ich habe davon geträumt, mehr als einmal, aber daran geglaubt habe ich nicht.

Doch jetzt, wenige Stunden, nachdem ich allein vor unserer Bank stand und dachte, Jana hat mich bereits unwiderruflich aus ihrem Leben gestrichen, halte ich sie in meinen Armen, küsse sie. Träume nicht mehr.

Ich nehme ihr Gesicht in beide Hände, ziehe sie näher an mich, intensiviere unseren Kuss. Unsere Lippen öffnen sich, unsere Zungen finden einander, spielen miteinander, und Jana seufzt. Ich hätte Ideen, wie ich sie dazu bringen könnte, es wieder zu tun. Und noch mal und noch mal. Einige Ideen. Viele.

Meine Hände fahren ihren Rücken hinab, pressen sie fester an mich. Wie früher so oft verfluche ich auch jetzt die dicke Winterjackenschicht, die sich zwischen uns drängt. Ich hätte nichts dagegen, sie loszuwerden. Ob Jana das ähnlich sieht?

Bevor ich sie fragen kann, spüre ich etwas Kaltes auf meine Wange fallen, dann auf meine Stirn. Im selben Moment löst Jana sich ein wenig von mir.

»Es schneit!« Sie blickt in den schwarzen Nachthimmel hinauf, durch den dicke weiße Flocken wirbeln. Auf ihrem Gesicht liegt ein Strahlen, das sie so sorglos und glücklich scheinen lässt, dass ich nicht anders kann, als sie erneut zu küssen. Meine Lippen nur kurz auf ihre zu legen. Sie dann aber weiter im Arm zu halten, während sie ihre Finger ausstreckt, um die Flocken aufzufangen. Während eine nach der anderen auf ihren Handflächen landet, dort für einen Augenblick verweilt und dann zu einem Wassertropfen zerschmilzt.

»Eiszauber auf dem Mozartplatz und Schneezauber auf dem Müllner Steg – Respekt, Salzburg, du hast es echt raus.« Ich drücke meine flache Hand an das metallene Brückengeländer neben mir, gebe der Stadt ein High five.

Jana lacht, weiterhin nichts als sorglos. Sie stellt sich auf die Zehenspitzen, schlingt ihre Arme um meinen Nacken und küsst mich, küsst mich so, als hätte sie auch Ideen. »Weihnachtszauber«, flüstert sie dann an meine Lippen.

Ich kann nur nicken, nur spüren. Mittlerweile glaube ich definitiv daran.

Immer mehr Schnee fällt vom Himmel herab, legt sich als Schicht auf den Asphalt, auf Janas Mütze, unsere Jacken, mein Haar.

»Lass uns gehen.« Ich warte ihre Antwort nicht ab, sondern greife ihre Hand und ziehe sie mit mir. Schnell.

Lachend versucht sie, Schritt zu halten. »Wieso hast du es denn so eilig?«

Ich wende mich ihr zu, beuge mich zu ihrem Ohr hinab. »Hotelzauber«, flüstere ich, und auf einmal ist sie es, die mich mit sich zieht.

Schnell.

★★★★★

Schon wenig später erreichen wir das alte Gebäude, das sich mit seinen Erkern und weißen Mauern perfekt in die Salzburger Innenstadt einfügt. Wir nehmen die Abkürzung durch die Tiefgarage, deren Tor gerade offensteht. Sparen uns so den langen Weg um das Haus.

Während wir die Einfahrt hinablaufen, klopfen wir uns den Schnee von den Stiefeln und wischen ihn uns gegenseitig von den Jacken. Jana schüttelt ihre Mütze aus, nimmt den Schal vom Hals. Wir hinterlassen eine nasse Spur einmal quer durch die Garage, von deren kahlen Betonwänden unsere Schritte widerhallen.

Die meisten Parkplätze sind unbesetzt, doch auf einem, gleich gegenüber der Tür zu den Fahrstühlen, steht Janas Auto, der schwarze Mini. Sie hat mir früher so viel davon vorgeschwärmt, dass ich das Gefühl habe, ich würde ihn heute nicht zum ersten Mal sehen, wir wären alte Bekannte. Und irgendwie tut es gut, zu wissen, dass etwas von damals noch immer Bestand hat.

Das Neonlicht über uns flackert, als Jana auf den Wagen deutet. »Hella Leon. Leon Hella«, stellt sie uns vor.

Ich hebe meine Hand zum Gruß. »Hi, hab schon viel von dir gehört und würd auch echt gern bleiben und ein bisschen plaudern, aber ich hab leider was Wichtiges vor. Also Tschö.«

Ein Grinsen huscht über Janas Gesicht, doch es huscht im wahrsten Sinne des Wortes. Einen Wimpernschlag später ist es verschwunden. Jana bewegt sich nicht vom Fleck, scheint auf einmal zu zögern. Als würde sie lieber bei Hella bleiben, anstatt mit mir in mein Zimmer zu gehen. Als würde sie doch lieber nach Hause fahren?

»Alles okay?«

»Jaja.« Sie nickt hastig.

Ich schlucke. *Jaja heißt –*

»Ich wollte nur … Also … ich …«, stottert sie, doch beendet ihre Sätze nicht, findet keine Worte für das, was sie mir sagen will.

Nicht gut.

»Es ist nur … Ich brauche mal kurz einen Moment …« Sie atmet tief, blickt mich mit großen Augen an.

Ich erkenne einzig Unsicherheit darin.

Bitte mach keinen Rückzieher. Bitte mach den Kuss, den wir uns eben auf dem Weg zum Hotel zwischen zwei schnellen Schritten gegeben haben, nicht erneut ohne Vorwarnung zu dem, was er gerade ist: unser letzter.

»Wenn es dir zu schnell geht … oder du nicht möchtest, dann müssen wir nicht. Wir können auch einfach nur zusammenliegen … oder -sitzen und uns unterhalten.« Ich will nach ihrer Hand greifen, strecke meine aus, doch im selben Augenblick umfasst sie den Riemen ihrer Handtasche, die sie quer über der Brust trägt. Meine Hand landet am Saum ihrer offenstehenden Jacke, hält sich daran fest. Hält sie fest. Ich will sie noch nicht loslassen. »Wir haben die ganze Nacht. Das ist zwar nicht viel, aber immerhin ein bisschen, immerhin ausnahmsweise ein bisschen gemeinsame Zeit – und wenn du magst, dann würde ich die wirklich gern mit dir verbringen.«

Für zwei unaushaltbare Herzschläge, die im gleichen Takt stolpern wie das Neonlicht, sieht Jana mich stumm an. Ich habe wirklich keine Ahnung, was sie denkt, wieso sie mich eben noch lachend in Richtung des Hotels gezogen hat, doch jetzt vor etwas Angst zu haben scheint. Aber vor was? Vor falschen Entscheidungen? Vor morgen? Vor mir?

Kälte schießt mir in den Bauch, krallt sich die Wärme, die Janas Küsse eben noch vertrieben ha–

»Ich möchte«, schneidet ihre Stimme durch den frostigen Stich, der mit ihren Worten sofort verebbt. Sie lässt ihre Handtasche los und nimmt meine Hand. »Ich möchte diese Nacht mit dir verbringen, und zwar nicht im Sitzen.

Wobei, das geht natürlich auch … Also, du weißt schon.« Ihre Wangen färben sich rot, während sich auf meinen ein Grinsen breitmacht, ein amüsiertes und extrem erleichtertes. Eines, das nicht vorbeihuscht, sondern bleibt.

Sie haut mir lachend auf den Oberarm. »Hör auf, so zu grinsen.«

Ich beuge mich zu ihr hinab, fange ihr Lachen mit meinen Lippen auf. Hole mir die Wärme zurück. Sie schlingt ihre Arme um meinen Hals, so wie vorhin auf der Brücke, und ich kann nur hoffen, dass sie zu der Sorglosigkeit zurückfindet, die sie da gespürt haben muss.

Das Licht der Tiefgarage erlischt. Wir verlieren uns in dem Kuss, bis Jana sich leicht von mir löst und der Bewegungsmelder die Lampen wieder anknipst.

»Ich wollte eigentlich noch etwas sagen …«, flüstert sie, in ihren Augen derselbe Ausdruck wie eben. Die Unsicherheit.

Das Flackern beginnt erneut.

»Es geht mir nicht *zu* schnell, aber es geht eben doch ziemlich schnell. So schnell, dass ich grad kurz das Gefühl hatte, ich komme nicht hinterher. Ich glaub, ich brauchte einen Moment, um uns einzuholen.« Sie lächelt zaghaft. »Verstehst du?«

»Ja. Absolut.« Und ich wünschte, wir hätten mehr Ruhe, um uns langsam anzunähern, hätten alle Zeit der Welt. Doch wie immer rennen wir gegen sie an, wie immer hat sie für uns ein Ablaufdatum.

Morgen.

Natürlich könnte ich das jetzt zur Sprache bringen. Wir könnten darüber reden, ob wir etwas dagegen tun wollen, ob wir die Deadline hinausschieben oder gar aufheben wollen. Ob das überhaupt möglich wäre. Ob sie es möchte, ob ich. Wo ein Wille ist, ist auch ein Weg – oder?

Aber was, wenn wir keinen finden? Wieder keinen finden. Und schon jetzt mit diesem Gespräch alles zerstören, was wir in den nächsten Stunden noch haben könnten?

Wir haben uns gerade eingeholt. Was, wenn wir uns schon wieder verlieren?

Dann bin ich lieber still, schiebe die Fragen ganz weit weg, verbanne sie aus meinem Kopf und erst recht aus meinem Herz. Genieße einfach, solange ich genießen kann. Das mag eine egoistische Entscheidung sein, vielleicht erneut eine falsche, garantiert eine zweifelhafte, aber im Moment die einzige, die ich treffen kann.

»Dann bin ich froh.« Jana atmet noch einmal tief durch, scheint erleichtert und womöglich aus der Puste vom Hinterherlaufen. Uns und der Zeit.

»Lass uns gehen.« Wie vorhin auf der Brücke greife ich ihre Hand und ziehe sie mit mir mit.

Diesmal fragt sie nicht, warum ich es so eilig habe. Sie weiß selbst, wie wichtig es ist, dass wir rennen.

Wir nehmen den Fahrstuhl bis zu meinem Stockwerk unter dem Dach, müssen ein paar Schritte über den Flur, dann stehen wir vor meinem Zimmer. Ich halte Jana die Tür auf. Sie geht hindurch, schlüpft aus ihren Stiefeln, hängt ihre nasse Jacke, den Schal und die Mütze an einen der Garderobenhaken und läuft auf Strümpfen weiter in den Raum.

»Schön«, sagt sie, während sie sich umsieht und den Blick über das Bett mit seinen weißen Laken und ordentlich arrangierten Kissen schweifen lässt, über das schmale Sideboard an der Wand gegenüber, auf das sie ihre Handtasche stellt, und über den Lesesessel unter dem abgerundeten Giebelfenster, vor dem die Schneeflocken immer noch wild durch die Luft wirbeln.

Die hinter dem Kopfteil des Bettes versteckte LED-Leiste erhellt den Raum, taucht ihn in warmes Licht, wirft Schatten in die Ecken und zeichnet Janas Gesichtszüge noch weicher, als sie es eh schon sind.

Ich schließe die Zimmertür, lasse meine Stiefel und meine Jacke achtlos in dem kleinen Flur zurück, der zum Bad führt, und stehe zwei Sekunden später vor Jana.

Eine Haarsträhne fällt ihr ins Gesicht, feucht vom Schnee.

Ich streiche sie hinter ihr Ohr. »Würde es sich kolossal kitschig anhören, wenn ich sagen würde, dass nicht das Zimmer schön ist, sondern du?«

Sie lächelt und nickt.

»Okay, dann sage ich es natürlich nicht …«

Ihr Lächeln verstärkt sich. Dahinter versucht sie, die gleiche Nervosität zu verstecken, die auch mein Herz schneller schlagen lässt Ich sehe es ihr an. Aber es ist keine ängstliche Nervosität, keine schlechte. Es ist eine gute. Eine, die nicht abwarten kann, was als Nächstes passiert.

Wir atmen beide tief ein. Und aus.

Jana beißt sich auf die Unterlippe – und mein Blut schießt ein Stockwerk tiefer. Ich will nicht mehr nur wissen, was als Nächstes passiert, ich will es tun.

Meine Hände umfassen ihr Gesicht. Ich ziehe sie an mich, drücke meine Lippen auf ihre und meine Zunge in ihren Mund.

Sie seufzt.

Genau das wollte ich. Ihr genau *das* Gefühl geben. Offensichtlich gefällt es ihr. Und mir sowieso.

Ich will mehr davon.

Jana scheinbar auch, denn sie küsst mich fordernder, drängend. Ihre Hände fahren über meine Schultern, hinab zu meinem Bauch, unter meinen Pulli.

Ich ziehe ihn mir aus.

Noch während er zu Boden fällt, landen Janas Lippen wieder auf meinen und ihre Hände auf meiner Brust. Sie presst sie dagegen, streichelt mit ihren Fingerspitzen über meine Haut, fühlt jeden Muskel, jede Erhöhung, jede Vertiefung. Streift hinunter bis zum Bund meiner Jeans, hinterlässt eine Gänsehaut auf ihrem Weg, die nicht nur außen kribbelt, innen auch. Ich erschaudere unter ihren Berührungen, und diesmal fängt sie mein Seufzen auf. Mein Keuchen.

Sie hat definitiv zu viel an.

Mit meinen Händen gleite ich an ihren Seiten entlang zum Saum ihres Rollkragenpullis. Darunter trägt sie ein T-Shirt, ordentlich in den Bund ihrer Jeans geschoben. Ich zerre es heraus, greife es gemeinsam mit dem Pulli und schiebe beide Lagen nach oben, schiebe sie über ihre nackte Haut. Mit einem zittrigen Atemzug streckt Jana ihre Arme in die Höhe, hilft mir dabei, sie auszuziehen.

Dann steht sie vor mir, trägt nur mehr einen schwarzen BH. Ihr braunes Haar fällt über ihre Schultern, umrahmt in Wellen ihr Gesicht. Ihr Brustkorb hebt und senkt sich im gleichen Takt wie meiner. Bebend, schnell.

Ich streiche über ihre Wange, vergrabe meine Hände in ihrem Haar. Weich fließt es über meine Knöchel. »Ich sage es jetzt doch …«, flüstere ich, meine Stimme heiser.

Sie muss mit unseren Klamotten zu Boden gefallen sein. »Du bist wunderschön.«

Janas Brustkorb bebt noch ein bisschen mehr.

Meiner erst recht, als sie ihren Blick mit meinem verhakt, und hinter ihren Rücken greift. Sie öffnet ihren BH, streift ihn sich von den Schultern. Mein Verstand verabschiedet sich komplett, gibt die Kontrolle endgültig an ein anderes Körperteil ab.

Ich atme schwer.

Und ich bin mir sicher, Jana kann in meinen Augen lesen, dass stimmt, was ich ihr eben gesagt habe. Ich könnte es wiederholen, noch mal und noch mal, aber dafür müsste ich mich aufs Sprechen konzentrieren, und das klappt im Moment auf keinen Fall.

Mein Mund streift über ihren, fängt ihren Atem auf. Schickt Küsse ihren Hals hinab, über ihr Schlüsselbein, ihre Schulter, immer tiefer. Ich kenne ihren Körper, habe nicht vergessen, wie gut sie sich unter meinen Fingern anfühlt, unter meinen Lippen. Wie gut sie schmeckt.

Sie umfasst meinen Kopf, drückt meinen Mund an ihre Haut, immer tiefer. Meine Hände streicheln, meine Lippen saugen. Jana seufzt nicht mehr, sie stöhnt.

Meine Finger wandern weiter, öffnen den Knopf ihrer Jeans und den Reißverschluss, wollen ihr die Hose hinabschieben, langsam, verführerisch. Doch Jana fackelt nicht lange, zieht sich die Jeans in einem Atemzug selbst aus. Und die Socken auch gleich mit.

Dann steht sie vor mir, trägt nur mehr einen schwarzen Slip. Ihre Lippen vom Küssen rot, ihre graublauen Augen so viel dunkler als normal.

Ich sinke auf die Knie. Umfasse ihre Taille, küsse ihren Bauch, fahre mit meinen Lippen zu dem dünnen Stück Stoff hinab und mit meiner Zunge darunter. Am Saum entlang.

Sie streckt sich mir entgegen, sie will mehr.

Fuck, ich auch.

Mit einem schnellen Handgriff ziehe ich ihr den Slip hinunter, sie steigt heraus und ich werfe ihn neben mich. Achte nicht darauf, wo er landet, habe Besseres zu tun. So viel Besseres. Ich streichle mit meinen Lippen und meinen Fingern an Janas Beinen hinauf, bedecke jeden Zentimeter mit Küssen. Mein Herz hämmert gegen meinen Brustkorb, als ich wieder dort lande, wo ich eben schon war. Nur tiefer.

Sie wirft ihren Kopf in den Nacken, greift in mein Haar, drückt meinen Mund abermals dahin, wo sie ihn haben will. Wo sie ihn braucht. Und mit jeder Sekunde, die vergeht, die sie sich mir so hingibt, strömt mehr Verlangen durch meinen Körper, stürmt mit unermesslicher Geschwindigkeit und unbeherrschbarer Kraft.

Plötzlich zieht Jana mich hoch, zieht mich auf die Beine. Ihre Finger fliegen an den Bund meiner Jeans, zerren am Knopf. »Leon, ich … Du musst … Bett«, stottert sie atemlos, in ihren Augen die gleiche Begierde, die ich in mir spüre.

Ich schmeiße meine Hose von mir, die Socken, die Boxershorts, breche den Geschwindigkeitsrekord im Ausziehen.

Dann stehen wir voreinander. Nackt.

Ein bebender Atemzug, ein rasender Herzschlag – und wir überbrücken den winzigen Abstand zwischen uns.

Unsere Lippen treffen aufeinander, unsere Körper auch. Haut an Haut. Hitze, unbändige Hitze.

Meine Hände gleiten an Janas Rücken hinab, umgreifen ihren Hintern, pressen sie an mich, fest. Fester. Mit einem Ruck hebe ich sie hoch, ihre Beine umschlingen automatisch meine Hüften, ihre Arme meinen Hals.

Sie küsst mich, küsst mich um den Verstand, obwohl der doch eh schon längst verschwunden ist.

Nur ein Schritt, und wir erreichen das Bett. Ich lasse uns darauf fallen. Bin kurz davor, selbst zu fallen.

Ich atme, ringe um Kontrolle. »Kondom«, presse ich hervor, schaffe es nicht, ihr mehr als diese Ein-Wort-Erklärung zu geben, damit sie versteht, warum ich mich kurz von ihr löse. Nicht für lang, auf keinen Fall lang.

Sie nickt nur, und ich beuge mich über den Rand der Matratze, greife nach meiner Hose, dem Portemonnaie und dem Kondom darin. Rolle es über.

Zwei drängende Herzschläge später bin ich wieder bei ihr, über ihr.

In ihr.

Mit ihr.

Wir blicken uns an, sehen uns, vertrauen uns, bewegen uns im selben Takt. Einen, den wir vorgeben. In dem wir nicht schneller sind, als wir wollen, uns nicht hinterherrennen. In dem wir uns die Zeit nehmen, die wir brauchen, sie voll auskosten. Spüren, fühlen. Tiefer, immer tiefer. Bis wir fallen.

Gemeinsam.

Kapitel 22

Montag, 25. Dezember 2023

Jana

»Wahnsinn«, keuche ich, noch immer außer Atem. Und schon im nächsten Moment ist es mir etwas peinlich, meinen Gedanken laut ausgesprochen zu haben. Nicht sehr unangenehm, nur ein klein wenig.

Obwohl Leons breites Grinsen mir zeigt, dass ich mit meiner Zusammenfassung der letzten halben Stunde goldrichtig liege.

»Der absolute Wahnsinn.« Seine Augen leuchten.

Lachend lasse ich mich zu ihm in die weichen Kissen fallen, die wir ordentlich durchwühlt haben. Sofort legt er seinen Arm um mich, zieht mich näher zu sich, hält mich fest. Ich kuschle mich an seinen nackten Oberkörper und hole tief Luft, während mein Herz heftig schlägt und mein Körper einen Weg sucht, sich nach diesem Feuerwerk wieder runterzufahren.

Für einen Moment schließe ich die Augen und versuche, ruhiger zu atmen. Rieche Leon, seinen Geruch, der mir so unglaublich gefehlt hat, fühle, wie sein Brustkorb sich hebt und senkt, spüre seine Wärme und höre sein Herz, das ebenfalls viel zu schnell schlägt … meinetwegen.

Mein Lächeln wird breiter.

All das, was in diesem Zimmer gerade passiert ist, war wie ein Rausch. Die Küsse, die Berührungen. So vertraut, als hätten wir uns nie zwischendurch verloren. Gleichzeitig so aufregend, so neu, als würden wir uns zum ersten Mal auf diese Weise entdecken. Und so intensiv, als wüssten wir nicht, ob es sich je wiederholen lassen wird …

Dabei will ich das. Will mehr, viel mehr. Mehr von Leon, mehr von uns. Und zwar ohne einen einzigen Gedanken an morgen zu verschwenden. Ich will nicht zurückblicken und genauso wenig nach vorne. Nichts denken, nur fühlen. Gestern war gestern, morgen ist morgen … aber heute, jetzt, in diesem Augenblick liegen wir hier, Herzschlag an Herzschlag, und holen uns ein Stück unserer verlorenen Zeit zurück. Vielleicht nicht für lange. Ganz sicher nicht auf Dauer. Aber diese eine Nacht gehört uns.

Deshalb hebe ich meinen Kopf, stütze mich auf meinen Ellenbogen und drehe mein Gesicht Leon zu, sehe ihn an. Sehe das Strahlen in seinen Augen, diese Zufriedenheit. Spüre in mich hinein, stecke noch immer in dieser Mischung aus Entspannung und Euphorie, diesem Mix aus wohligen Schauern und freiem Fall, dieser Kombination von Kopf aus und Herz an.

»Und? Kannst du auch nicht schlafen?«, frage ich mit einem aufgesetzt unschuldigen Blick und male dabei winzige Kreise auf seine Brust.

Er grinst. »Kein Stück. Bist du etwa müde?« Mit seinem Zeigefinger streicht er mir eine meiner Strähnen hinter das Ohr.

Wie ich sie liebe, diese kleine Geste.

Als er die Hand zurückzieht, streift er mit seinen Fingerspitzen sanft meinen Hals.

Bei dem Zittern, das mich überkommt, beiße ich auf meine Unterlippe und schüttle sacht den Kopf. »Noch lange nicht.« Es ist eher ein Seufzen als ein Sprechen.

Kaum habe ich den Satz beendet, finde ich mich auf dem Rücken liegend in den Kissen wieder. Leons Gesicht lächelnd dicht über meinem.

Er beugt sich weiter runter, näher zu meinem Ohr. »Dann hätte ich eine ziemlich gute Idee, wie wir uns die Zeit noch ein wenig vertreiben könnten.«

Eine Hitzewelle strömt durch meinen Körper. Schlägt über mir zusammen und zieht mich mit sich.

Bevor ich überhaupt ansetzen könnte, etwas zu erwidern, küsst Leon mich. Auf den Mund, auf die Halsbeuge, auf das Schlüsselbein, wandert ein Stück an meinem Körper herunter, streicht mit dem Finger zärtlich über die Haut an meinen Brüsten … Und schon wird jedes weitere Wort überflüssig.

*****

Ein leises, aber penetrantes Piepen reißt mich weg von unserer Blockhütte, weg von unserer Bank … mitten aus dem Tiefschlaf.

Ich öffne meine Augen vorsichtig, nur einen Spalt und muss mich für einen Augenblick in der Dunkelheit orientieren.

»Hey, du.« Als ich Leons Stimme neben mir flüstern höre, weiß ich, dass Aufwachen heute nicht das Schlechteste ist. »Sorry, ich muss den Alarm mal ausschalten. Im nächsten Leben mache ich echt was ohne Wecker.«

Wir liegen so eng ineinander verschlungen, dass er erst seinen Arm unter mir wegziehen muss, um sich in Richtung Nachttisch zu drehen, sein Handy zu suchen und den nervigen Ton abzustellen.

Ich reibe mir mit den Handflächen über das Gesicht, gähne leise und lasse meinen Blick über das Hotelzimmer fliegen. Die Gardinen sind nicht zugezogen, aber draußen ist es noch dunkel. Drinnen ebenso, bis Leon die kleine Nachttischlampe anschaltet. Wie spät es wohl sein mag? Mir fehlt jegliches Zeitgefühl. Müde bin ich. Kein Wunder, wir haben definitiv zu wenig geschlafen.

Bei all den Klamotten, die wild zerstreut um uns herum liegen, bei den Gedanken an die letzten Stunden und unter anderem daran, dass unser Zimmer zum Glück unter dem Dach liegt – sonst wäre das Zuziehen der Gardinen vielleicht doch eine gute Idee gewesen –, muss ich grinsen … schon wieder. Kann man vom Lächeln eigentlich einen Muskelkater bekommen?

Doch nur einen Atemzug später friert es ein, um dann schlagartig aus meinem Gesicht zu verschwinden. Denn erst in dieser Sekunde begreift mein noch halb schlafendes Hirn, was das Klingeln von Leons Handy zu bedeuten hat.

Es ist nicht nur sein Wecker, sondern auch ein abgelaufener Timer. Ein Timer, der mit seinem grellen Signalton die Magie des letzten Tages Vergangenheit werden lässt und die Realität zwischen uns schiebt.

Und auch wenn er jetzt abgeschaltet ist, es ändert nichts an dem bevorstehenden Abschied.

Langsam drehe ich mich zu Leon.

Er checkt kurz etwas in seinem Handy und legt es danach zurück auf den Nachttisch. Im nächsten Moment wendet auch er sich zu mir. »Guten Morgen«, sagt er leise und warm.

Wir liegen nicht weit auseinander, aber so viel weiter als in den letzten Stunden, berühren uns nicht, blicken uns an.

»Guten Morgen.« Meine Antwort ist ebenso leise, vielleicht weil sie die Melancholie in Leons Augen sieht. »Wann geht dein Flieger?« Die Frage kommt mir schwer über die Lippen, aber es ist Zeit, sie zu stellen. Und damit auch Zeit für so viel mehr, Zeit für all das, was wir gestern so blauäugig von uns weggeschoben haben.

Er schluckt. »In zwei Stunden«, erwidert er knapp, seine Stimme brüchig. Auch ihm scheint das Thema nicht leicht zu fallen. Dann ist plötzlich Stille zwischen uns. Stille, obwohl wir uns vermutlich beide die gleichen Fragen stellen und beide Angst vor den Antworten haben. Sowohl vor den eigenen als auch vor denen des anderen.

Weil Schweigen aber noch schlimmer ist und die Zeit uns Minute für Minute durch die Hände rinnt, überwinde ich mich. »Und jetzt?« Mehr Worte bekomme ich nicht aneinandergereiht. Auch weil ich nicht weiß, welche genau ich verwenden soll. Was ist jetzt mit uns? Wie machen wir weiter? Wie gehen wir auseinander? Leon blickt mich an, hebt seine Hand, die nah neben meinem Gesicht liegt. Kurz denke ich, er würde mich berühren, mir über die

Wange streichen, dann seine Finger um meine legen, aber er senkt sie wieder.

»Ich habe keine Ahnung«, antwortet er. »Sag du es mir.«

Kurz schließe ich meine Augen und seufze. Wie sehr hatte ich versucht, unsere Stunden festzuhalten, weil ich nicht über die Zukunft nachdenken wollte … Aber nun muss ich es doch tun.

»Auf diesen Zustand, auf dieses zwischen den Zeiten, zwischen den Jahren sind wir echt gebucht, oder?« Ich rede langsam, sage es nicht verdrossen oder verletzt, sondern erstaunlich neutral »Immer nur kurz, immer nur Schnappschüsse, Momentaufnahmen, bevor einer von uns aus dem Leben des anderen verschwindet.«

Leon bewegt seine Hand erneut, schiebt sie über das Kissen auf mich zu, doch die letzten Zentimeter hin zu meiner überbrückt er nicht. Scheint sich nicht zu trauen. Ich komme ihm entgegen, bis sich unsere kleinen Finger berühren.

Er blickt für eine Weile darauf, dann zu mir. »Darf ich dich was fragen?«, flüstert er.

Ich nicke und hoffe, dass ich ihm auf das, was gleich kommt, auch wirklich eine Antwort geben kann.

»Warum bist du damals gegangen? Warum warst du einfach weg?«

Er muss es nicht konkretisieren, ich weiß, wovon er spricht. Unsere erste Nacht, unser erster Morgen danach.

Einen Augenblick zögere ich, lege mir die Worte zurecht. »Ich wollte nicht gehen. Eigentlich.« Das *eigentlich* hängt mir wie ein Kloß im Hals. Weil es dort nicht hingehört. Es hat da nichts zu suchen. Weil ich nicht gehen wollte damals, gar nicht, sondern musste. »Dann … habe ich Lucys Nachricht auf deinem Handy gelesen. Es lag neben mir auf der Arbeitsfläche, und ich weiß, ich hätte wegsehen sollen, habe ich aber nicht.« Dabei wäre es auch nicht leichter gewesen, wenn ich weggeschaut hätte. Wegsehen hilft nur kurzfristig gegen Realität. »Und als ich ihre Worte gelesen hatte, wusste ich, dass wir einfach nur passiert waren, nicht geplant, nur passiert. Für den Moment, nicht auf Dauer.« Mal wieder nicht länger. Niemals länger. »Ich bin gegangen, um dir Erklärungen zu ersparen. Wir hatten es besprochen, nur Freunde, nicht mehr – hatten die Kontrolle verloren. Und du warst in einer Beziehung.«

Leon nickt, langsam zwar, aber er scheint zu verstehen. Anscheinend erst heute. Hat er den Grund wirklich nie geahnt?

»Mir war nicht klar, dass du ihre Nachricht gelesen hast. Ich war echt verwirrt, hab Erklärungen gesucht und mir welche zurechtgebogen. Dachte, du wolltest nur diesen kurzen Ausflug, mehr nicht. Nicht uns. Für mich war dein Zettel ein Abschiedsbrief. Deshalb habe ich mich auch nicht gemeldet … zumindest bis …« Er hält inne. Und erst jetzt, acht Jahre später, wird mir klar, wie sehr ich ihn damals verletzt haben muss. Ich kann es sehen, in seinen Augen, in seinem Gesicht.

Er räuspert sich, bewegt seine Hand noch ein Stück, sodass auch unsere Ringfinger und Mittelfinger aneinanderliegen.

Wie von selbst bewegt sich mein Mund und flüstert ein viel zu spätes »Es tut mir leid«. Aber in seinem Gesicht kann ich lesen, dass es ankommt, dass er die Entschuldigung annimmt.

»Gestern am Glühweinstand habe ich gesagt, dass ich verstehe, wie du dich gefühlt hast in deiner Beziehung, die du so sehr wolltest, aber die nicht gepasst hat. Dass es mir mit Lucy genauso ging.«

Ich nicke ohne ein Wort, bevor er weiterspricht.

»Dass aber der Auslöser, den ich brauchte, um es endlich zu begreifen, ein anderer war.« Er holt Luft, versucht sich an einem Lächeln, das nicht zu dem Rest seines Gesichtsausdrucks passen will. »Dieser Auslöser warst du, Jana. Wir. Direkt an dem Abend nach unserer Nacht, als ich nach Hause gekommen bin, habe ich mich von Lucy getrennt. Denn sie hatte recht mit ihrer Eifersucht. Ich war nie voll und ganz bei ihr. Ein Teil von mir war immer bei dir. Selbst wenn ich keine Ahnung hatte, wo du gerade gesteckt hast.« Er sieht mir tief in die Augen. »Es warst immer du.«

Es warst immer du.

Die Worte tun gut und weh. Ich habe mich jahrelang nach diesem Satz gesehnt, und jetzt weiß ich nicht einmal, ob ich ihn wirklich hören will. Jetzt, wo der Timer doch bereits abgelaufen ist.

»Aber …«, setze ich an und blicke hoch zur weißen Zimmerdecke, nehme meinen Mut zusammen, um die Fragen zu stellen, die ich mich nie zu fragen getraut habe, obwohl ich Antworten gebraucht hätte. »Wenn es dir immer klar war, warum bist du dann weiter weggelaufen, anstatt zurückzukommen? Nach Neuseeland hättest du wiederkommen können. Nach Berlin … Die Chance war immer wieder da. Warum hast du sie nie genutzt?«

»Ich weiß es nicht«. Obwohl er auf dem Bett liegt, habe ich das Gefühl, dass er in sich zusammensackt.

Trotzdem muss ich es wissen. »Wovor bist du weggelaufen?«

Zwei, drei Sekunden vergehen, bevor er antwortet. »Erst wollte ich einfach nur ausbrechen, wollte raus aus meinem Leben, musste was sehen. Irgendwie merken, wer ich sein kann, wer ich bin, wenn es nur mich gibt.« Sein Blick gleitet über mein Gesicht, als wolle er darin lesen, ob ich verstehe. »Und warum ich nie wiedergekommen bin? Ich glaub, weil ich Angst hatte, ich würde das mit uns eh nur versauen, weil ich eben nicht bleiben konnte.« Er seufzt, scheint noch kleiner zu werden. »Deshalb bin ich weiter weggelaufen, um mehr Distanz zwischen uns zu bringen. Weil ich wollte, dass es aufhört. Dass du, dass wir … nicht mehr dauerhaft in meinem Kopf herumspuken.« Traurig streicht er sich durch die Haare. »Dass ich nicht mehr an dir hänge, weil es …« Mitten im Satz bricht er ab, verstummt.

Aber ich weiß dennoch, wie der Satz aufhört. Ich weiß es, weil ich ihn selbst so oft gedacht habe. Und deshalb beende ich ihn mit erstaunlich starker Stimme. »Weil es so viel einfacher wäre. Einfacher für uns beide.«

Leon sieht mich an, überrascht, aber nickt leicht. Stimmt mir zu.

»Es ging und geht mir doch genauso.« Ich hole Luft, die ich brauche, um weiterzusprechen. »Aber es hat trotzdem nie ganz aufgehört.«

»Nein, nie.«

Zwei Worte, die mir das Atmen schwerer machen.

Noch einmal senkt Leon seinen Blick, schaut auf unsere Hände, auf die Finger, die sich noch immer berühren.

»Vielleicht reicht es nicht. Vielleicht reicht …« … *auch Liebe manchmal nicht aus*, möchte ich sagen, schaffe es jedoch nicht. Schwäche es ab, schwäche *uns* ab, um mir den Absprung wenigstens noch irgendwie zu ermöglichen. Denn ich weiß, dass er kommen wird. »Vielleicht reichen auch starke Gefühle manchmal nicht aus.«

»Aber was, wenn –«

»Leon, ich kann mein Leben nicht aufgeben.« Ich zucke mit den Schultern, so hilflos, wie ich mich fühle. Tränen laufen meine Wangen herunter, nicht eine, nicht zwei, sondern viele. »Es geht nicht.«

»Natürlich kannst du das nicht. Sollst du auch nicht. Dann wärst du nicht mehr du.« Er hebt seinen Blick, etwas Positives liegt darin. Hoffnung? Mit warmer Stimme setzt er noch mal an: »Aber –«

»Nein.« Auch dieses Mal lasse ich ihn nicht ausreden, weil ich Angst habe vor dem Satz, der kommen wird. Weil ich gar nicht erst hören will, dass er sein Leben für mich aufgeben will. Ich will es nicht hören, weil ich Schiss habe, dass ich dann *Ja!* rufe, ganz laut, und ihn halten möchte. Aber auch er darf sich nicht durch uns eingrenzen lassen. »Nein, Leon. Du auch nicht. Du darfst dein Leben auch nicht zurücklassen, nur um uns möglich zu machen.«

Meine Worte haben das positive Etwas in seinen Augen, das ich nicht wirklich zuordnen konnte – das vielleicht Hoffnung war –, gelöscht. Er sagt nichts. Wieder tritt Stille zwischen uns. Stille, die wehtut, die tief schneidet.

Ich kann ihn doch nicht einsperren, ihm das nehmen, wofür er lebt. Ihn zwingen, zurückzukommen zu dem, was er damals so mutig verlassen hat. Warum sind wir in dieser Hinsicht so verdammt unterschiedlich? Er quasi mit einem Coffee to go in der Hand und ich gleich mit einem ganzen Café. Er, der sich scheinbar jeden neuen Ort zu eigen machen kann, und ich, die glaubt, dass es die meisten Dinge nicht *to go* geben sollte. Nicht für unterwegs, sondern dort, wo sie hingehören.

Deshalb spreche ich weiter. »Es würde nicht funktionieren.«

Leon nickt, und nie hätte ich gedacht, dass ein Nicken so resigniert wirken kann. »Vermutlich hast du recht.« Wieder einmal schluckt er. »Darf ich dich denn dann mal besuchen im *Lissi und ich*?«

Ich weiß, er meint es ernst. Aber ich schüttle den Kopf. »Nein, Freunde für immer war schon damals eine Lüge. Guck uns an. Wir können nur ganz oder gar nicht. Und weil ganz keine Option ist …« Meine Stimme bricht.

»… müssen wir uns auf gar nicht festlegen. Sonst gehen wir beide daran kaputt. Verstehe.« Er nimmt mich in den Arm. Fest. Drückt mich, hält mich, während ich meinen Tränen ihren Lauf lasse.

Auch in seinen Augen sehe ich welche.

Er kämpft dagegen an, während ich den Kampf längst aufgegeben habe.

»Dann war der Tag gestern also unser großes Finale?« Leons Stimme ist wieder warm, es liegt Trauer in ihr, aber keine Wut, kein verletzter Stolz.

»Ja«, antworte ich schniefend, noch völlig aufgelöst. »Und was für eins.«

Durch die Tränen hindurch, schicken wir uns ein gegenseitiges Lächeln, ein echtes, ein ehrliches.

Dann lösen wir uns voneinander, trennen uns.
Weil es besser ist.

*****

Als ich nicht einmal eine halbe Stunde später angezogen in seinem Hotelzimmer stehe, die Jacke über die Handtasche gelegt, und – zumindest körperlich – bereit zum Gehen bin, nehmen wir uns ein letztes Mal in den Arm. Dann wende ich mich Richtung Tür, mache zwei Schritte in den kleinen Flur hinaus.

»Jana?«, höre ich es hinter mir. Leise, bittend.

»Ja.« Ich drehe mich um.

Leon steht vor mir, streicht sich unsicher durch die Haare, wirkt plötzlich fast so, als wäre er wieder der Junge von damals. In der Hand hält er ein kleines, längliches, flaches Päckchen in goldenem Papier. »Ich … habe noch ein Geschenk für dich.« Den zweiten Teil des Satzes sagt er erstaunlich schnell. So, als müsse er ihn aussprechen, bevor er sich umentscheidet. »Das wirkt jetzt echt merkwürdig. Aber ich habe es vor Jahren besorgt. Damals dachte ich völlig naiv, dass ich vielleicht doch irgendwann mal wieder mit der Familie und dir Weihnachten auf der Hütte feiern werde. Aber dann …« Er winkt ab und reicht mir das Präsent. »Was soll ich sagen? Wie auch immer, ich konnte es nie wegwerfen. Keine Ahnung, vielleicht hat irgendwas in mir gewusst, dass ich noch mal die Chance bekomme, es dir zu geben. Und wenigstens die lasse ich nicht verstreichen. Frohe Weihnachten, J. B.«

Alles in mir ist zentnerschwer und zieht mich runter. Am liebsten würde ich mich auf den Boden fallen lassen, keinen Schritt mehr tun. Bleiben. Dieser Moment macht das Gehen noch unmöglicher, dabei schaffe ich es doch eh kaum. Jetzt, heute und gestern, all das ist zu perfekt für ein Ende.

Ich greife zu, fahre behutsam mit den Fingern über das Geschenkpapier, dem die Jahre den einen oder anderen Knick zugefügt haben. Aber wem nicht? Berühre die kleine Karte, auf der in Leons Handschrift *Für J. B.* geschrieben steht. Verdammt, ich habe nicht geahnt, dass Herzen gleichzeitig hüpfen und zersplittern können.

In dem Augenblick, in dem mein Zeigefinger beim Tesafilm angekommen ist und ich diesen lösen könnte, legt Leon seine Hand auf meine.

»Nicht jetzt«, sagt er, »zu Hause.« Er nimmt seine Hand von meiner, nimmt mir seine Wärme. »Ich hoffe, es gefällt dir.«

Tausend Worte fliegen durch meinen Kopf, aber keines traue ich mich, auszusprechen. Und ich weiß nicht, ob das klug ist oder einfach nur feige.

Immerhin finde ich den Mut, ihm einen kurzen Kuss auf die Wange zu geben, dann drehe ich mich endgültig um. Öffne die Tür, laufe hindurch und höre sie hinter mir ins Schloss fallen. Ich bleibe nicht stehen, gehe Schritt für Schritt weiter. Durch den Flur bis zum Aufzug, Schritt für Schritt. Erst davor halte ich an, warte, bis sich die Tür öffnet. Gehe hinein, gehe einen nächsten Schritt. Immer einen nach dem anderen. Immer weiter.

Und erst als mein Finger auf die Taste mit der minus Zwei drückt und sich die Tür schließt, lasse ich den nächsten Schwall an Tränen zu.

Kapitel 23

Dienstag, 26. Dezember 2023

Leon

Ohne sich ein weiteres Mal umzudrehen, verlässt Jana das Zimmer. Ich bleibe im Flur stehen, fasse an meine Wange, spüre ihre Lippen noch auf meiner Haut.

Am liebsten würde ich ihr hinterherrufen, all die Worte, die auf meiner Zunge liegen und in meinem Herz. Doch ich presse meine Kiefer aufeinander, halte meinen Mund verschlossen.

Es wäre nicht gut.

Würde ich versuchen, Jana zurückzuhalten, würde ich alles nur noch schlimmer machen, noch schmerzhafter. Wir würden nichts anderes tun, als uns im Kreis zu drehen. Immer weiter, weil es für sie keinen anderen Ausweg gibt als den, den wir soeben genommen haben. Für sie gibt es ihn nicht. Und für mich daher auch nicht.

Mit einem Krach fällt die Tür hinter ihr ins Schloss, und ich zucke zusammen. Trete einen Schritt vor, will ihr doch hinterher. Will laufen, stürzen, rennen. Will brüllen, schreien. Will ihr sagen, was sie eben nicht hören wollte.

Aber meine Gefühle für dich sind so viel mehr als nur stark.

Aber vielleicht gibt es doch einen Weg.

Nein. Ich drehe mich um, drehe mich weg von der Tür. Es würde alles nur noch schlimmer machen. Besser ich gehe ins Bad und suche meine Sachen zusammen. Das Flugzeug wartet nicht. Nach zwei verschobenen Anläufen wird es mich diesmal wirklich nach Hause bringen.

Als ich die Ablage neben dem Waschbecken abräume, Zahnbürste und Deo in meinen Kulturbeutel werfe, fällt mein Blick auf mein Spiegelbild. Eine Mischung aus Fassungslosigkeit und Verzweiflung schaut mir entgegen. Keine gute Kombination.

Was, verdammt noch mal, tust du? Was stehst du hier rum? Warum packst du für einen Flug, den du nicht antreten willst? Los, renn ihr nach, halte sie auf!

Ich atme bebend ein, zermalme meinen Kiefer, fahre mir durchs Haar. Blicke zur Tür. Schließe die Augen. Blicke zum Spiegel zurück.

Los! Es ist noch nicht zu spät.

Meine Schultern sacken zusammen. Ich atme flach aus, schaue weg. Schüttle den Kopf.

Doch. Doch, es ist zu spät.

Und noch dazu führt es zu nichts.

Schluss jetzt.

Ich greife nach meinen restlichen Badeutensilien, schmeiße sie in den Kulturbeutel und diesen dann in den Koffer, der offen neben dem Sideboard auf der hölzernen Gepäckablage liegt. Noch die Jeans von vorgestern dazu, die über dem Stuhl hängt, dann könnte ich den Koffer schließen. Doch plötzlich reiße ich mir meinen Pulli über den Kopf. Der von gestern, den ich vorhin, als Jana und ich uns stumm angezogen haben, vom Boden aufgeklaubt habe. Ich werfe ihn in den Koffer, schleudere ihn von mir. Er riecht nach ihr. Hat ihr Parfüm angenommen, nicht viel – nur leicht. Aber allein das ertrage ich nicht. Ich will nicht ihren Geruch um mich haben. Ich will sie.

Meine einzigen anderen Alternativen an Langarmoberteilen sind der Weihnachtspulli vom Junggesellenabschied und das Hemd, das ich auf dem Hinflug anhatte, weil ich mich nach der Arbeit nicht mehr umziehen wollte. Immerhin hatte ich so ein akzeptables Festtagsoutfit für Heiligabend, zumindest so lange, bis Lotte ihren Nachtisch auf meinen Schoß sitzend gegessen und das weiße Hemd mit schokoladeneisbraunen Sprenkeln verziert hat.

Ich greife zu dem schielenden Elch. Mittlerweile ist einfach alles egal.

Dann klappe ich endgültig den Koffer zu, stecke Portemonnaie und Handy in die Hosentaschen, greife mein Gepäck und meine Jacke und verlasse das Zimmer, so wie Jana es getan hat. Lasse die Tür krachend hinter mir ins Schloss fallen. Zucke nicht zusammen.

Mit dem Taxi fahre ich zum Flughafen, checke ein, boarde. Ich weiß, ich gehe den richtigen Weg. In die richtige Richtung. Ich mache alles so, wie es sein soll, wie es verlangt wird, wie es richtig ist.

Aber, scheiße noch mal, kann es sich dann bitte auch endlich so anfühlen?

★★★★★

Die Stunden vergehen. Ich warte vergebens. Meine Gefühlslage ändert sich nicht.

Ich lande in London, komme zurück in meine dunkle Wohnung, doch schalte das Licht nicht an.

Es wird abends, ich gehe ins Bett, doch schlafe nicht. Ich liege wach, zermartere mir das Hirn, male mir Szenarien aus, in denen ich sämtliche Entscheidungen anders treffe – von damals bis heute. In denen ich nicht nach Neuseeland fliege, in denen ich Jana hinterherrenne. Und alle enden damit, dass wir zusammen sind und glücklich. Und alle zeigen mir, dass ich es komplett versaut habe. Von damals bis heute.

Es wird morgens, der 27. Dezember. Ich gehe zur Arbeit, sitze viel zu lang vor viel zu vielen Bildschirmen, will mich einzig auf den Feinschliff des Hydraulikventils konzentrieren, doch würde den Job am liebsten hinschmeißen. Kündigen. Woanders hin.

Es wird abends, ich jogge ins Fitnessstudio, verausgabe mich erst am Rudergerät, dann an den Battle Ropes. Übertreibe vollkommen.

Ich versuche alles, um mich abzulenken, doch versage auf ganzer Linie.

Erst kurz vor Mitternacht komme ich wieder nach Hause, werfe die Schlüssel auf das Sideboard im Flur und die Sporttasche in die Ecke. Kicke meine Sneakers von den Füßen, hole mir ein Wasser aus dem Kühlschrank, lasse mich auf die Couch fallen und meine Füße auf den Tisch davor.

Ich mache alles wie immer und mehr, aber nichts fühlt sich richtig an.

Auch meine Wohnung nicht. Obwohl ich wusste, dass sie nicht mein endgültiges Zuhause sein wird, war ich dennoch gern hier. Jetzt bin ich es nicht mehr. Dabei hat sie sich nicht verändert, ist immer noch die alte mit dem Rotweinfleck von unserer Einweihungsfeier auf dem Sessel mir gegenüber und den Mixtiles von Matts und meinen Reisen an der Wand hinter mir. Mit der Mikrowellenuhr, die ständig drei Minuten nachgeht, egal, wie oft wir sie stellen, und dem Kühlschrank, der seit Monaten auffällig laut brummt, doch uns zum Glück noch nicht im Stich gelassen hat.

Eigentlich müsste mir die gewohnte Umgebung guttun, sie müsste mir Stärke geben und Halt. Aber das tut sie nicht. Sie erdrückt mich, nimmt mir die Luft zum Atmen, schnürt mir die Kehle zu. Eventuell ist aber auch die Einsamkeit daran schuld. Oder die Sehnsucht.

Ich nehme einen großen Schluck von meiner Wasserflasche, versuche, meinen Hals freizuspülen. Versuche es vergeblich. Vielleicht sollte ich besser zu etwas mit deutlich mehr Prozenten greifen, das so stark ist, dass es alles in mir wegbrennt, wegätzt, was schmerzt. Und von dem ich dann so lange trinke, bis ich nichts mehr fühle. Weder richtig noch falsch. Weder Sehnsucht noch Liebe.

Aber irgendwie habe ich darauf auch keine Lust. Auf das Trinken. Auf das Nichtfühlen.

Mein Kopf fällt an die Lehne. Der Lichtstrahl, der neben mir vom Flur hereinscheint, malt Schatten auf das Parkett. Ansonsten liegt das Wohnzimmer im Dunkeln. Vor Erschöpfung würde ich am liebsten die Augen schließen, aber ich mag die Bilder nicht sehen, die dann erscheinen. Die vom großartigsten Tag, den ich seit Langem erlebt habe. Von der heißesten Nacht. Und dem schlimmsten Morgen. Ebenso die vom Junggesellenabschied, von Weihnachten, von meiner Heimkehr und meiner Abreise.

Alles in allem habe ich ein Wochenende hinter mir, auf das ich nicht vorbereitet war. Voll Gefühlen, die ich nicht habe kommen sehen, die mich ohne Vorwarnung aus der Bahn geworfen haben. Obwohl ich dachte, ich hätte mich längst gegen sie geschützt.

Und jetzt? Jetzt ist die Rastlosigkeit zurück.

Ich will woanders sein.

Doch im Gegensatz zu früher weiß ich diesmal ganz genau, wo.

Und im Gegensatz zu früher werde ich diesmal nichts dagegen tun. Werde es aushalten müssen. Weil ich es Jana versprochen habe.

Ganz oder gar nicht.

Manchmal ist es eben besser, auf alles zu verzichten, wenn man nur die Hälfte haben kann. Bestimmt ist es so. Ich werde es schon noch merken.

Bald wird es sich richtig anfühlen.

Kapitel 24

Donnerstag, 28. Dezember 2023

Jana

Schnaubend stelle ich den gefüllten Umzugskarton auf den Stapel neben der offenen Zimmertür. Dabei kondensiert mein Atem zu einer mittelgroßen weißen Wolke. Kein Wunder. Es ist saukalt in der leerstehenden Wohnung. Nicht mal das Schleppen der Kisten reicht aus, um mich aufzuwärmen. Im Licht der Glühbirne, die an einem nackten Kabel von der Decke hängt, reibe ich meine Hände aneinander, hauche zwischen sie, damit wieder Leben in meine Finger kommt.

Und nein, ich werde nicht daran denken, wann meine Hände das letzte Mal so eisig waren …

Fünf Kisten habe ich in den vergangenen zwei Stunden gepackt. Voll mit Bleikristallgläsern, kiloweise Tafelsilber, hölzernen Bilderrahmen und anderem Kram, der sich in den Schubladen alter Schränke oder in den Ecken des kleinen Nähzimmers finden ließ. Und bei all dem Aufräumen habe ich definitiv zu wenig weggeworfen. Viel zu wenig. Wenn man von den Spannbettlaken absieht, dann eigentlich überhaupt nichts. Aber wie auch? Sobald ich etwas in der Hand halte, was einmal meiner Oma gehört hat, erinnert es mich an sie. Und dann will ich es behalten, wie den alten Schellackplattenspieler, der seine Swingplatten demnächst hier im Wohnzimmer abspielen wird. Anderen Sachen werde ich eine neue Aufgabe geben, wie dem Tafelsilber, das ich irgendwann zu Deko umarbeiten will … Aber erst mal – zur Renovierung – muss alles raus. Runter in den Schuppen hinter dem Haus. Auch die Möbel.

Zeitgleich zu einem leichten Seufzer streiche ich mit dem Zeigefinger über die Kante der Kommode, auf der sich eine zentimeterdicke Staubschicht gebildet hat, und denke zurück an die Jahre vor dem Staub. So oft war ich bei Oma Lissi, habe viele Stunden, sogar ganze Tage in der Bäckerei und in ihrer Wohnung verbracht.

Meine Großmutter war eine der Säulen in meinem Leben, eine Säule mit Kittelschürze, Dauerwelle, dem Geruch von frischem Brot gemischt mit Drei-Wetter-Taft und einem unfassbar großen Herz. Bei dem Gedanken muss ich lächeln, gleichzeitig wird mein Hals eng. Sie fehlt mir. Und dabei ist mir egal, dass sie fast achtzig geworden ist und ich dafür dankbar sein sollte. Dabei ist mir egal, dass sie krank war und es ihr jetzt besser geht, und es ist mir auch egal, dass ich alt genug sein müsste, um das alles genauso anzunehmen. Denn sie fehlt. Trotzdem.

Ich drehe mich langsam um die eigene Achse, lasse den Raum, der früher ihr Wohnzimmer war, auf mich wirken. Habe das Gefühl, es sei erst ein paar Wochen her, dass Leben in den vier Wänden steckte. Dabei ist es über zehn

Jahre her, dass Oma in die kleine Einzimmerwohnung von Tante Ulla auf der gegenüberliegenden Straßenseite umziehen musste, weil ihr Rheuma gegen die steile Holztreppe gewonnen hatte. Mitnehmen konnte sie nicht viel, auch bei ihrem nächsten Umzug ins Altenheim nicht und bei ihrem letzten … schon gar nicht. Ich schlucke. Nach Oma Lissis Tod hat Mama es nicht übers Herz gebracht, die Wohnung zu entrümpeln. Hat nur ein paar Andenken an sich genommen, alte Fotos, Bücher, Kleinigkeiten, genau wie ich.

Mein Blick bleibt bei der Stehlampe hängen. Ich erinnere mich, wie ich als Kind unter den weißen, schlanken Lampenschirm mit den Fransen geklettert bin. Wie ich mir dabei vorgestellt habe, es wäre eine dieser Trockenhauben, die Oma stundenlang beim Frisör blockierte. Wie ich fest daran geglaubt habe, dass mich eine Dauerwelle erwartete, sobald ich den Fußschalter betätige. Getraut habe ich mich nie.

Ich sehe das grüne Samtsofa unter seiner Schutzfolie und weiß noch, wie wir gemeinsam dort saßen. Mein Gesicht tief in ihrer Kittelschürze vergraben, wenn die fiesen Wilddruden bei *Ronja Räubertochter* aufgetaucht sind … Wie gern würde ich genau dort jetzt wieder mit ihr sitzen, und dass ich siebenundzwanzig bin, wäre mir dabei reichlich egal.

Kurz schließe ich die Augen, atme aus und ziehe den Reißverschluss meiner Jacke noch ein Stück weiter zu. Es ist kalt hier, früher war es immer ein wenig zu warm. Auch als wir Jahre später auf diesem Sofa saßen und Oma meinen Plänen gelauscht hat. Wie stolz sie war, dass ich liebend gern ihre kleine Bäckerei übernehmen und modernisieren wollte. Wie sie ebenso für das Projekt gebrannt hat, wie wir Rezepte verfeinert und aufgeschrieben haben.

Viele Dinge über mich hat sie vor meiner Mutter gewusst, zum Beispiel, dass ich durch die erste praktische Führerscheinprüfung gefallen bin, oder dass ich nach dem Abitur eine Ausbildung zur Buchhändlerin machen wollte, anstatt Germanistik zu studieren.

Immer konnte ich mit meinen aus heutiger Sicht kleinen, aber für mich damals oft gigantischen Problemen zu ihr kommen. Denn trotz ihres Alters war sie nicht altmodisch, nicht mal konservativ. Sie hat zugehört, genickt, ihren Arm auf meine Schulter gelegt und am Ende nie geurteilt, sondern meist etwas gesagt wie: »Janchen, lass uns in die Backstube gehen. Die besten Lösungen findet man oft irgendwo zwischen Mehl, Eiern, Butter und Zucker. Und wenn nicht, dann hat man zumindest nachher einen vernünftigen Kuchen.«

Mit drei Schritten durchschreite ich den Raum, bleibe neben dem alten Ohrensessel stehen, den ich demnächst zur Aufarbeitung geben möchte. Behutsam nehme ich die Schutzfolie ab, die über all den Polstermöbeln liegt, setze mich auf den grünen Samtbezug und male mir aus, wie die Wohnung demnächst aussehen könnte. Eine Mischung aus Alt und Neu – mit Erinnerungen, aber auch Platz für Neuem, für mich.

Es wird eine Menge Arbeit, aber es kann echt gut werden. Wird es. Da bin ich mir sicher. Nur schnell wird es nicht gehen.

Auf neue alte Pläne. Manchmal muss man Dingen nur ihre Zeit geben, manches braucht einfach länger.

Mit der Handfläche reibe ich mir übers Gesicht, schiebe genervt von mir selbst meinen Unterkiefer vor. Will meine Gedanken unter Kontrolle halten. Aber es gelingt nur hin und wieder – viel zu selten.

Natürlich weiß ich, dass diese Umbauaktion völlig überstürzt und überambitioniert ist. Direkt gestern habe ich angefangen, die Idee von der Renovierung in die Tat umzusetzen, obwohl Franzi nur mit dem Kopf geschüttelt hat über die Eile und noch über einiges mehr.

Egal, ich musste loslegen. Nicht nur, weil die Zeit dafür endgültig reif war, sondern weil ich nicht in meiner Wohnung sein wollte und will. Das Alleinsein ist furchtbar. Und es ist nicht Marcel, der fehlt.

Genauso wenig kann ich jeden Abend bei Franzi auf dem Sofa hocken, auch wenn sie tapfer das Gegenteil beteuert. Aber ich bin nicht auszuhalten. Ich funktioniere nicht und sollte das schleunigst in den Griff bekommen. Genau deshalb muss ich irgendetwas tun, aktiv werden, mich selbst ablenken, auch nach Feierabend. Wenn ich hier räume, wenn ich mich überanstrenge, wenn ich über Schleifpapier, Spachtelmasse und Eimer voll Farbe nachdenke, dann ist da weniger Platz für Leon. Aber trotzdem noch immer viel zu viel …

Ob es ihm ähnlich geht? Ob er auch seit zwei Tagen damit kämpft, einen einzigen zu vergessen?

Ich zumindest kämpfe … nur ohne Erfolg.

Mein zweiter Weihnachtstag war eine Katastrophe. Nachdem ich die Tränen im Aufzug zugelassen hatte, hörten sie einfach nicht mehr auf. Fast die gesamte Autofahrt liefen sie mir über die Wangen, sodass ich nicht mehr wusste, ob der Regen draußen oder meine Tränen drinnen mir die Sicht erschwerten. Auch daheim ließen die Gedanken mich nicht los. Sie waren … nein, sie sind wie Treibsand. Je mehr ich strample, desto weiter versinke ich in dieser traurigen Endgültigkeit. Hinzu kommen die Zweifel darüber, ob meine Entscheidung die richtige war. Dabei weiß ich es doch, tief in mir. Eigentlich. Ich darf Leon nicht dazu bringen, sein Leben aufzugeben, darf ihn nicht aus irgendwelchen völlig egoistischen Gründen zurückholen von dort, wo er glücklich ist. Mein Leben, meine Pläne, meine Zukunft sind für ihn nicht genug … Ich reiche nicht. Nicht für immer.

Das Schlimme ist, dass ich mir hundertprozentig sicher bin, dass er dieses Mal nicht wieder gehen würde. Nein, was auch kommt, wie unglücklich er wäre, er würde bleiben. Das weiß ich. Deshalb musste ich entscheiden, wie ich es getan habe … Und ich würde es wieder tun. Gegen uns – aber für ihn und irgendwie auch für mich.

Wenn dieser einzig richtige Weg allerdings in diesem gottverdammten Meer aus Treibsand endet, dann ist das einfach nur scheiße. Und trotzdem muss ich mich da rauskämpfen, allein. Momentan ist die Renovierung das, woran ich mich festhalten kann. Zum Rausziehen, um wieder festen Boden unter den Füßen zu spüren, reicht sie bei Weitem nicht, aber es ist ein Anfang, lenkt mich ab. Zumindest bis zu dem Augenblick, in dem ich abends meine Wohnung betrete und den Schlüsselbund auf das schmale Sideboard im Flur neben der Garderobe lege. Bis zu dem Augenblick, in dem mich das kleine goldene Geschenk dort, nur ein paar Zentimeter entfernt, begrüßt. Eingepackt und unangetastet.

Bisher hat es außer mir nur Max zu Gesicht bekommen. Ich konnte es nicht mehr wegräumen, als er gestern Abend ohne Ankündigung vor meiner Wohnungstür stand, um – wie er meinte – nur mal kurz nach dem Rechten zu sehen. Skeptisch zog er die Stirn kraus, als er das kleine Kärtchen mit der Aufschrift *Für J. B.* entdeckte. Ein zusätzlicher Blick in mein Gesicht hat wohl letztendlich gereicht, um eins und eins zusammenzuzählen.

»Du bist hingefahren, oder?«, war nach einer kurzen Begrüßung, nach einer Umarmung, der erste Satz, den Max sagte. Und allein der reichte bereits, um mich aus dem Konzept zu bringen.

»Wohin?« Mein Versuch, ihm vorzuspielen, dass ich keinen blassen Schimmer hatte, wovon er sprach, war lächerlich.

Er legte den Kopf leicht schräg, hob eine Augenbraue an und schickte mit einem minimal genervten Unterton ein »Zu ihm. Nach Salzburg« in meine Richtung.

Und er hatte recht. Miserable Vorstellung. Wem bitte wollte ich etwas vormachen? Ihm oder mir?

»Ja.« Es war die Wahrheit, die Wahrheit in ziemlich kurz und ziemlich leise. »Und jetzt bin ich wieder hier.«

Noch immer standen wir im schummrigen Licht meines Flurs. Max lehnte sich mit der Hüfte an das Sideboard und seufzte laut.

»Jana, du siehst übel aus. Warum tust du dir das an? Schon wieder?« Verständnislos schüttelte er den Kopf. »Verdammt, du weißt doch genau, wie es ausgeht. Das habt ihr schon durch. Am Ende hängst du in der Luft und er in irgendeinem Flieger.«

Wut flammte in mir auf … allerdings nicht wegen der Worte über mich, sondern wegen der gegen Leon. »Für dich ist immer er der Schuldige, oder?«

»Nicht nur für mich.« Max schnaubte, und natürlich hätte ich dankbar sein können. Dankbar, dass er Stellung bezog, dass er sich ohne Hintergrundwissen auf meine Seite schlug. Aber bei der Sache mit Leon und mir gibt es eben keine Seiten. Es ist einfach nur unfair. Alles.

»Weil er es ist, der geht?« Ich machte eine kurze Pause. Hörte mir selber zu und bemerkte erst in diesem Moment, wie falsch der Gedanke war. Und weil es mein Bruder war, der vor mir stand, ließ ich die nächsten Sätze los, ohne vorab darüber nachzudenken, ohne die Gedanken zu sortieren. »Aber vielleicht ist er nicht schuld. Vielleicht bin auch ich es. Die, die bleibt. Die, die nicht mitkommt, die … die keinem auch nur annähernd die Chance gibt, überhaupt einen Weg zu finden, nur um nicht von ihrem eigenen Lebensweg abzuweichen.«

Wenn ich nämlich etwas nicht bin, dann irgendeine bescheuerte Meisterin. Von wegen! Bei der Weltmeisterschaft in Spontanität habe ich mich nicht mal qualifiziert.

»Weil du die bist, die zumindest einen Weg hat.« Die Antwort meines Bruders kam, ohne zu zögern.

Doch ich wollte und konnte nicht darüber mit ihm diskutieren. Über Wege, Umwege, Holzwege … Ich wollte das Thema abhaken, ein anderes suchen. Aber Max war noch nicht fertig.

»Wissen Mama und Papa davon?«

Schon die Frage reichte aus, dass mein Magen sich zusammenzog. Ich ertrage all diese Gespräche nicht.

»Noch nicht.« Natürlich hatte ich sie nicht angerufen. Was hätte ich auch erzählen sollen? Außerdem musste es niemand wissen. Es war wieder vorbei. Es hatte keine Bedeutung für die Zukunft.

Max schüttelte schweigend den Kopf.

»Bitte sag es ihnen nicht. Das Thema Marcel reicht mir momentan zur familiären Aufarbeitung. Tatsächlich bin ich froh, dass Mama und Papa bis zur Hochzeit im Chalet bleiben. Das gibt mir Zeit.« Ich knetete meine Handflächen, versuchte zu lächeln und ahnte, dass es erbärmlich aussah. Aber vielleicht half gerade das.

»Okay, ich sage nichts. Und das mit Marcel? Ist das … ähm … komplett vorbei?«

Ich nickte, und es tat nicht weh. Weder das Ende der Beziehung noch das Max jetzt davon wusste. Es fühlte sich richtig an. Genau so richtig wie die tröstende Umarmung, in die er mich zog.

»Ich sag's ungern, aber unglücklich bin ich über eure Trennung nicht. Er war nicht der Mann für dich, nicht der, der auf deinem Treppchen ganz oben stehen sollte.«

Es ist ein merkwürdiges Gefühl, zu wissen, dass Max es die gesamte Zeit geahnt hat. Dass ihm klar war, dass Marcel und ich nicht füreinander gemacht sind. Vielleicht wussten es alle um mich herum, eigentlich ja sogar ich. Und leider ist mir ebenso bewusst, wen ich brauche, wen ich möchte, wer den obersten Platz auf dem Siegerpodest seit einem Jahrzehnt erfolgreich blockiert.

Aber endlich wechselten wir das Thema. Max schnappte sich eine Cola aus meinem Kühlschrank, setzte sich auf das Sofa und erzählte von den letzten vier Tagen. Darüber, wie sehr Hanna und Lotte sich über die Geschenke von mir gefreut haben. Wie sie Felix auf Max‘ Kommando Eiswürfel ins Shirt gesteckt haben, so auffällig, dass er ihm noch immer Respekt dafür zollt, es quiekend durchgezogen zu haben. Von Mama und Anne, die dieses Jahr etwas zu tief in ihre Baileysgläser geschaut haben und die Schneeschuhwanderung am nächsten Morgen ausfallen ließen, um zu zweit im Whirlpool zu sitzen.

Ich lächelte hin und wieder und ärgerte mich noch mehr, nicht dagewesen zu sein.

Als Max sich aus dem Sofa hochdrückte und gehen wollte, hielt ich ihn an der Schulter zurück. Sein fragender Blick traf meinen.

»Bitte lass Leon auf der Hochzeitsfeier in Ruhe. Sprich ihn nicht drauf an.«

»Du kommst nicht, auch wenn du jetzt eigentlich könntest?«

Ich nickte. Auch ohne Freund, ohne eine Reise nach Budapest werde ich auf der Hochzeit nicht aufkreuzen. Es geht nicht.

Halb versteckt hinter dem Rücken ballte Max seine Hand zur Faust.

Dennoch nahm ich es wahr und schickte ein weiteres sehr leises »Bitte« hinterher. »Es ist vorbei, es war nur diese eine Nacht. Mach bitte nicht den großen Bruder.«

Wenn es doch nur genauso gewesen wäre. Eine gemeinsame Nacht – nicht mehr. Nichts, was unter die Haut geht und sich da dauerhaft einnistet. Bleibt.

Und natürlich wusste ich, dass Max mir nicht glaubte. Wie auch? Jede Faser meines Körpers zeigte ihm, dass es nicht die Wahrheit war.

Trotzdem oder gerade deshalb löste sich seine Faust. »Gut, ich werd ihn in Ruhe lassen. Kannst dich drauf verlassen.« Er versuchte ein Lächeln, und nein, seines war nicht erbärmlich, aber dafür sorgenvoll.

★★★★★

Ich schließe meine Augen, atme tief ein und schiebe die Erinnerung an gestern in meinem Kopf beiseite. Auch wenn ich weiß, dass es nicht weit genug weg sein wird. Aber ich will nicht schon wieder weinen. Das wäre unsinnig, nichts als verschwendete Energie.

Aus dem Makita-Baustellenradio, das ich gestern aus dem Keller meiner Eltern geholt habe, dröhnen nach *Flowers* jetzt die Stimmen von Udo Lindenberg und Apache. Ein Rückblick, die Top-25-Songs dieses Jahres. Kein Wunder, es ist der 28. Dezember – Zeit, auf die vergangenen zwölf Monate zurückzublicken.

Dabei wünsche ich mir nichts mehr als einen Zeitsprung, mitten rein in 2024. Kein Schulterblick. Nein, nur ein Neuanfang. Ich will kein unnötiges Dazwischenhängen. Ich mag sie nicht, diese Tage zwischen den Jahren, die so unnütz geworden sind, dass man sie am allerbesten streichen sollte. Weihnachten und dann Silvester, den Rest braucht keiner.

Ich kann nicht abstreiten, dass ich sie früher mal geliebt habe, diese Tage, von denen wir immer wussten, wo und mit wem wir sie verbringen werden. Die Tage, die uns gehörten, die jahrelang so gut mit Leben gefüllt waren. Die wir in Perfektion randvoll gepackt haben mit Rodeln, Schneemännern, Whirlpool und so vielem mehr. Doch nur so voll, dass trotzdem genug Platz blieb für alle … und uns. Für uns zwei zwischen den Jahren.

Aber das ist vorbei. Ich mag die Tage schon lange nicht mehr, will nur, dass sie vorübergehen. Und das, obwohl ich mich an neue Traditionen gewagt habe, obwohl ich so viel anders gemacht habe.

Trotzdem lassen sie mich jedes Jahr aufs Neue an früher denken. An die Familienzeit, an die guten Zeiten, an Silke und Stefan, an Noah und Felix … aber am meisten an Leon. Dieses Jahr ist es schlimmer, dieses Jahr frisst es mich auf. Ein einziger Tag mit ihm, und alles ist zurück.

Manchmal habe ich das Gefühl, dass es schon immer so war. Leon hat diesen festen Platz in meinem Herz. Reserviert, gebucht, blockiert. Und egal, was ich mache, wie sehr ich daran arbeite, ihn zu vergessen, mein Herz aufräume, unsere eingeritzten Namen überspachtle … es braucht nur einen Anruf, ein Treffen, einen Blick, und wie auf Knopfdruck ist alles wieder da. Zurückgesetzt auf Werkseinstellung, einfach so.

Und ich habe keinen Schimmer, welchen Knopf ich drücken muss, um mich zurück in einen akzeptablen Zustand zu versetzen. Einen, der mich nach vorn schauen lässt. Einen, der sich nicht nur nach einsam, dunkel und schmerzhaft anfühlt.

Meine Hand streicht über den grünen Samt des Ohrensessels, malt ihn dunkelgrün in die eine Richtung, hellgrün in die andere. Dann wandert mein Blick aus dem Fenster. Obwohl ich nichts sehen kann, weil sich aufgrund des Glühbirnenlichts nur der karge Raum in der Scheibe spiegelt, schaue ich in Richtung Himmel.

Ach Oma, jetzt bräuchte ich dich, jetzt bräuchte ich eine deiner besten Lösungen.

Nur ein oder zwei Sekunden später nicke ich langsam und stehe auf, ziehe die Folie wieder über den Sessel. Zielstrebig gehe ich die paar Schritte bis zum Flur, schalte das Licht aus, schließe die Tür hinter mir und mache mich auf den Weg in die Backstube. In Richtung Mehl, Eier, Butter und Zucker. Und was immer dabei herauskommt, ein Blech Streuselkuchen kann auch um kurz nach dreiundzwanzig Uhr nicht das schlechteste Ergebnis sein.

Kapitel 25

Sonntag, 31. Dezember 2023

Leon

»Ich verspreche, dich zu lieben, achten und ehren, solange ich lebe.« Noahs Stimme hallt durch das in einen Trausaal umfunktionierte, lichtdurchflutete Palmenhaus mit der meterhohen Decke aus Glas. Er wiederholt die Worte, die Laura gerade schon gesprochen hat und dabei deutlich weniger belegt klang als er.

Mit bebenden Fingern löst er den silbernen Ring von dem kleinen weißen Seidenkissen, das Hanna ihm aufgeregt entgegenstreckt. Die Kleine hat als Blumenmädchen und Ringträgerin heute gleich zwei verantwortungsvolle Jobs. Viele der Gäste links und rechts des Ganges mussten in der letzten halben Stunde über ihre süß-angestrengte Gewissenhaftigkeit lächeln. Inklusive mir.

Manchmal klappt es.

»Bitte trage diesen Ring als Zeichen meiner Liebe und Treue.« Noahs Hände hören nicht auf, zu zittern, als er das silberne Band an Lauras Finger schiebt.

Ich lächle erneut, zum dritten Mal in den letzten fünf Minuten. Dreimal öfter als in den letzten fünf Tagen.

Meine Mutter neben mir schnieft. Mein Vater legt ihr liebevoll den Arm um die Schultern, drückt sie an sich. Felix auf der anderen Seite von mir räuspert sich, hat das, seit die Standesbeamtin die ersten Worte gesprochen hat, schon auffällig oft getan. Rechts neben meinem Vater sitzt mein Opa, komplettiert damit die Reihe der engsten Familienmitglieder Noahs. Doch von ihm sind keine Gefühlsregungen zu erwarten. Die zeigt er nur, wenn Bayern München spielt.

»Dann dürft ihr euch jetzt küssen«, sagt die Standesbeamtin mit einem Lächeln. Sie ist eine Freundin von Laura und ermöglicht ihr nicht nur den Traum einer Silvesterhochzeit, sondern noch dazu, diese hier im Palmenhaus des Nymphenburger Schlosses zu feiern, in Lauras Traumlocation. Es ist schon praktisch, wenn man wen kennt, der wen kennt. Und wenn man zudem einen spendierfreudigen Vater hat.

Noah und Laura lassen sich nicht zweimal bitten. Sie strahlen mit der Wintersonne um die Wette, die durch das Glasdach und die Fensterfront, die sich über die gesamte Länge des Gebäudes erstreckt, hineinscheint und den Spitzenbesatz auf Lauras eng anliegendem weißen Kleid zum Funkeln bringt. Noah flüstert ihr etwas zu, das ihr Lächeln noch verstärkt. Laura streichelt über seine Wange. Die Lippen der beiden finden zueinander. Und meine Mutter schnäuzt sich.

Ich reiche ihr ein weiteres Taschentuch. Papa hat schon gewusst, warum er Felix und mir vor der Tür jeweils eine volle Packung in die Hand gedrückt und sich selbst auch eine in die Innentasche seines Jacketts gesteckt hat. Nach zweiunddreißig Ehejahren kennt er seine Frau.

Ein einzelnes Taschentuch hat er allerdings wohl für sich eingeplant. Tupft sich damit jetzt über die Augen, während wir uns alle gemeinsam erheben und in tosenden Applaus verfallen.

»Woohoo! Go, Sander eins!«, höre ich Max zwei Reihen hinter mir jubeln. Als ich mich umdrehe, stößt Tina ihn gerade mit einem vorwurfsvollen »Pschscht« gegen die Schulter. Er lässt sich davon nicht beirren, er grinst breit. Noch breiter, als er Felix anerkennendes Lachen bemerkt. Dann schweift sein Blick zu mir, bleibt kaum hängen, doch sein Grinsen verschwindet. Ein Schatten huscht über sein Gesicht. Nur für einen Sekundenbruchteil. Danach ist Max' Blick längst weitergewandert und das Grinsen zurück.

Bei seiner Ankunft vorhin hat er es noch etwas länger ausgehalten, mich anzusehen – immerhin eine volle Sekunde oder zwei. Auf mein »Hallo« hat er aber schon da nur mit einem abweisenden Nicken geantwortet. Einem, das mich wie so vieles in letzter Zeit unvorbereitet getroffen und ziemlich verwundert zurückgelassen hat. Ich kann nur vermuten, dass er mit Jana über mich gesprochen hat. Und was auch immer er gehört hat, offensichtlich hat es ihm nicht gefallen.

»Der Erste ist unter der Haube, Stefan.« Vor Stolz überschäumend hält meine Mutter meinem Vater ihre Hand zum High five hin.

Er schlägt ein, verschränkt seine Finger mit ihren, zieht sie in seinen Arm, beugt sie nach hinten und gibt ihr einen filmreifen Kuss. Der mir einerseits ein erneutes Lächeln auf mein Gesicht legt, doch mich andererseits die Leere in meinem Herzen noch stärker spüren lässt. Ich hätte nicht gedacht, dass das möglich ist.

»Awww, ihr zwei«, säuselt Felix. »So süß. Aber reicht dann auch, ja? Stiehlt mal den beiden da vorn nicht die Show.«

»Nie darf man irgendwas«, grummelt Papa gespielt genervt und hält Mama weiterhin fest im Arm.

»Bist du neidisch, Felix?«, fragt sie frech, ihre Augen funkeln wie die meines Vaters. Lachfalten graben sich bei beiden tief in die Haut, lassen die zwei jedoch keineswegs alt aussehen. Nein. Nur glücklich.

Plötzlich ist es schwer, das nicht auch zu wollen.

Genau das.

Ich atme tief durch, löse den Knoten meiner schwarzen Krawatte ein winziges Stück. Gleichzeitig verfluche ich mich. Solche Gedanken, solche Wünsche helfen mir null weiter. Mir geht es doch ohne sie schon beschissen genug.

Felix sieht Mama an, als wäre sie von Sinnen. »Neidisch? Ich? Natürlich nicht. Zuhause wartet mein Barkeeper auf mich. Und ich wage zu behaupten, in ganz München gibt es keinen zweiten, der so hot ist.«

»Wer?« Opa klopft auf sein Hörgerät, hat Felix entweder akustisch nicht verstanden oder kann mit dessen Denglisch nichts anfangen.

»Mein Freund«, erklärt Felix extra laut und extra langsam. »Er –«

»Schrei nicht so, ich bin nicht taub«, unterbricht Opa ihn mit vorwurfsvollem Blick. »Und red schneller, sonst liege ich unter der Erde, bis du fertig bist.«

Mein Vater seufzt. »Papa …«

»Ist doch wahr«, gibt Opa zurück und wendet sich dann wieder Felix zu. »Also?«

»Er arbeitet in einer Bar«, beeilt Felix sich zu antworten. In normaler Lautstärke.

»Wenn er meint.« Opa zuckt mit den Schultern und schwankt ein wenig, wäre wohl doch besser sitzen geblieben. Mit seinen neunzig Jahren verliert er gerne mal das Gleichgewicht. Ich halte seinen Arm, stütze ihn, während er mit seinem Zeigefinger belehrend vor Felix' Gesicht herumfuchtelt. »Aber heiz du mal nicht so viel, Junge. Nicht, dass du Geldprobleme bekommst. Das kann doch keiner mehr bezahlen.«

Felix sieht ihn an wie ein Fragezeichen, schaut dann hilflos zu uns in die Runde. Mit dem Mund formt er ein stummes *Hä?*.

Ich verkneife mir ein Grinsen.

Opas Gedankengänge … Nicht immer leicht nachvollziehbar, aber genau aus dem Grund ein hilfreiches Mittel zur Ablenkung. Während einer Unterhaltung mit ihm ist der Kopf so beschäftigt, da bleibt kein Platz für anderes.

»Dem Barkeeper ist nicht warm, Opa«, erkläre ich. »Er sieht gut aus. Er ist hot. Das sagt man heute so.«

Für einen Moment blickt Opa mich ausdruckslos an, dann verdreht er die Augen. Würde er Denglisch sprechen, hieße das wohl so viel wie *Whatever*.

»Aha«, erwidert er stattdessen. »Und was ist mit dir? Hast du auch jemand … Hottes?«

Und einfach so ist nur noch Platz für anderes.

Einfach so, keine Stunde, nachdem die Feier begonnen hat, ist der Moment da, den ich befürchtet hatte. Ich wusste, ich bin vor der Frage nicht sicher. Nicht auf der

Hochzeit meines Bruders. Da ist ein *Und du? Auch bald so weit?* doch der naheliegendste Beginn eines jeden Gesprächs.

Ausnahmsweise war ich auf die Frage also vorbereitet, dennoch steckt mir die Antwort im Hals fest. Mit Mühe presse ich ein »Nein« hervor und sehne mich rüber zu den Stehtischen am anderen Ende des Raumes, an denen es sich die ersten Gäste bereits mit Sekt und Lachs- oder Camembert-Schnittchen gutgehen lassen. Und über Dinge reden, über die sie reden wollen.

»Wieso?«, fragt Opa, lässt nicht locker. »Zu meiner Zeit waren die Engländerinnen äußerst … hot.«

Ich nicke. Worte finde ich keine. Was soll ich auch sagen? Ich wünschte, mich würde jemand in London interessieren. Es wäre so viel einfacher.

Felix haut Opa anerkennend auf die Schulter. »Voll gut, Opa, jetzt hast du in deinem Alter noch ein neues Wort gelernt. Komm, darauf trinken wir einen.« Er hakt sich bei ihm ein und steuert direkt auf einen der vielen Kellner zu, die runde Tabletts voll gefüllter Gläser durch die Gästeschar tragen. Über die Schulter schaut er zurück zu mir und kann die Dankbarkeit in meinem Blick hoffentlich lesen.

Ich würde sie ihm deutlicher zu verstehen geben, würde ich nicht spüren, dass meine Eltern mich beobachten. Viel zu aufmerksam, viel zu nachdenklich. Besser, ich schiebe das Lächeln zurück auf mein Gesicht und meißle es fortan fest. »Sekt klingt gut, oder? Ich hol uns mal drei Gläser.«

Damit drehe ich mich um, warte ihre Antwort nicht ab. Gehe und trinke die komplette Ladung am besten selbst.

Gute zwei Stunden später sind die Schnittchen verputzt und die Schlange der Gratulanten hat sich längst aufgelöst, doch ich klammere mich immer noch an meinen Sekt.

Zwischenzeitlich haben wir uns für ein Gruppenfoto nach draußen begeben und das Brautpaar dabei angefeuert, einen Baumstamm zu zersägen. Wir haben Wünsche an Gasluftballons geknotet und diese gen Himmel geschickt, haben bereits dem ersten Gedicht lauschen müssen – hatten alles in allem volles Programm. Dennoch hat es jede einzelne meiner Tanten und Großtanten geschafft, mich auf das winzige, aber offensichtlich äußerst wichtige und vor allem interessante Detail anzusprechen, dass ich ohne Begleitung auf dieser Veranstaltung verweile. Selbst Cousinen und Cousins – und zwar nicht nur meine – mussten das Thema zum Thema machen. Und natürlich wollten sie alle wissen, warum.

Aber warum wohl gehe ich allein auf eine Hochzeit? Warum tue ich mir das freiwillig an? Diese ständigen Verhöre. Noch schlimmer: das Glück überall. Und die Liebe. Die Scheißliebe.

Warum wohl?

Weil ich allein bin, verdammt noch mal. Weil ich keine andere Wahl habe.

Felix, der neben mir am Stehtisch stand, hatte zwar das gleiche Schicksal ereilt – auch er wurde mit Fragen gelöchert –, doch er musste nur sein Handy mit einem Foto von sich und dem Barkeeper zücken und schon war die Verwandtschaft zufriedengestellt.

Ich dagegen konnte froh sein, dass Felix sich lediglich einen meiner drei Sekt geschnappt und ich so zumindest noch rund dreißig Zentiliter Flüssigkeit zur Verfügung hatte, um gegen den Druck in meinem Brustkorb anzutrinken. Der, der sich nicht nur mit jeder weiteren Frage verstärkt hat, sondern auch aufgrund der Tatsache, dass sich auf meinem Handy ebenfalls Bilder befinden. Von Jana und mir in Salzburg. Das vor dem Geburtshaus Mozarts oder das, auf dem wir auf der Festung stehen, ganz nah beieinander, und in die Kamera lachen. In einem Alternativszenario könnte ich die Fotos zeigen und alle wären still. In diesem leider nicht.

Mit einem faden Geschmack im Mund hebe ich das Sektglas an, doch lasse es sofort wieder sinken. Es ist leer. Also greife ich zu meinem Handy, scrolle durch Instagram, gehe nicht auf Janas Profil … oder vielleicht doch, gebe mich immens beschäftigt, in der Hoffnung, dass mich vorerst niemand mehr anspricht.

»Ich wollte mir ein bisschen die Beine vertreten. Magst du mitkommen?«, höre ich keine Minute später die nächste Stimme. Aber immerhin ist es die meiner Mutter.

Eingepackt in Wintermantel und Schal steht Mama auf der anderen Seite des runden Tisches. Meine Jacke liegt über ihrem Arm. Offenkundig ist ihre Frage eine Aufforderung.

Macht nichts. Ich bin froh, für eine Weile aus dieser rosaroten Inquisitionshölle zu flüchten.

Nickend nehme ich ihr meine Jacke ab, ziehe sie mir im Gehen über. »Ist es dir nicht zu kalt?«, frage ich mit Blick auf Mamas Beine, die unter dem Mantel herausschauen und lediglich in Feinstrumpfhosen stecken.

Sie winkt ab. »Ein paar Schritte halte ich schon aus. Und heute waren die Temperaturen ja ganz angenehm.«

Die Betonung liegt auf *waren*. Es ist kurz vor sechs Uhr, die Sonne ist bereits untergegangen und hat das bisschen Wärme mitgenommen, das sie Noah und Laura zur Feier des Tages geschenkt hat.

Meine Mutter zieht ihren Schal enger um den Hals, als wir ins Freie treten und dem Kiesweg folgen, der im Karree um die quadratische Gartenanlage vor dem Gebäude führt und diese auch mittig kreuzt. Kurfürst Max' Landschaftsplaner hatte scheinbar ein Faible für streng symmetrische Formen. Das Licht, das durch die Glasfront des Palmenhauses scheint, leuchtet uns gemeinsam mit einzeln verteilten Laternen den Weg.

»So ein schöner Tag, oder?«, fragt Mama mit einem Lächeln auf dem Gesicht.

»Ja«, stimme ich ihr zu und meine es so. Noah und Laura sind superglücklich. Um mich geht es nicht.

»Aber wir dürfen es nicht verschreien.« Mama hält mahnend ihren Zeigefinger in die Höhe. »Der Abend ist noch lang.«

»Alles klar. Ich hab nichts gesagt.« Ich verschließe meinen Mund mit einem imaginären Schlüssel und schmeiße diesen im hohen Bogen durch die kahlen Bäume neben uns in den Kanal, der dahinter entlang fließt.

Mama lacht. »Du glaubst nicht, was wir in den letzten Tagen noch für plötzliche Baustellen hatten. Eigentlich dürfte heute wirklich nichts mehr schiefgehen.« Sie hakt sich bei mir ein, und während wir langsam die Quadrate ablaufen, beschreibt sie mir all die Last-Minute-Rettungsaktionen, mit denen sie sich seit ihrer Rückkehr aus Österreich auseinandersetzen musste.

Ich lasse mich von ihren Erzählungen berieseln, kommentiere hier und da, doch höre hauptsächlich zu. Höre endlich wem anders zu als meinen Gedanken.

Bis Mama darüber spricht, dass Laura noch gestern die Sitzordnung anpassen musste, weil Freunde krank wurden und kurzfristig abgesagt haben. Mit den beiden waren es nun wohl insgesamt fünfzehn Leute, die nicht gekommen sind. Aus welchem Grund auch immer, zählt Mama mir all die fünfzehn auf – inklusive Jana. Und von jetzt auf gleich zerplatzt erneut eine Ablenkungsblase, in der ich mich befunden habe. In der ich mich für einen erholsamen Moment zurücklehnen und durchatmen konnte. Und sie zerplatzt nicht einfach nur mit einem kleinen Peng. Nein, sie zerplatzt mit einem Riesenknall. Der bis in mein Herz dröhnt.

»Gut, was ich so von Anne höre, scheint mit Marcel ja nicht mehr alles im Lot zu sein«, redet Mama weiter, als sei das Thema eines von vielen. »Wahrscheinlich wäre Jana wohl letztendlich eh allein gekommen. Aber schade, dass sie es dennoch nicht einrichten konnte. Schon wieder nicht.« Mama schenkt mir einen vorsichtigen Seitenblick. Einer, der wohl unauffällig sein soll, der mir nicht verraten soll, dass sie mich voll Sorge betrachtet, und auch nicht, dass sie ganz genau weiß, dass dieses Thema eben nicht eines von vielen ist. Dass sie nicht zufällig darauf gekommen ist, sondern mich aushorchen will. Sie kann sich ihre Mühe sparen. Zum einen sind jegliche Gefühlsregungen auf ihrem Gesicht klar ablesbar. Zum anderen hätte sie nicht an jeden Satz ein Fragezeichen hängen sollen. Ich höre alle klar und deutlich. Selbst über das Dröhnen meines Herzens hinweg. Und jedes einzelne fragt: *Wie geht es dir damit?*

»Hmhm«, murmle ich und schaue in die entgegengesetzte Richtung, habe extremes Interesse an blattlosen Sträuchern und Erde.

Vermutlich hätte sich meine Mutter eine andere Antwort gewünscht. Eine ausformulierte mit richtigen und vor allem ehrlichen Worten. Gleichzeitig habe ich das unbestimmte Gefühl, sie weiß ohnehin, wie diese lauten würden.

Was ich nur nicht verstehe, ist, wieso sie das Thema genau jetzt zur Sprache bringt. Hat Noah ihr etwas erzählt? Wobei der von Janas und meinem Tag in Salzburg nichts weiß, von unserer Nacht sowieso nicht. Aber Mama und ich, wir haben noch nie über Jana in diesem Kontext gesprochen, in diesem Jana-und-Leon-Gefühlskontext. Selbst vor zehn Jahren nicht. Und ehrlich gesagt, bin ich mir bis heute nicht sicher, ob sie überhaupt eine Ahnung hat, was genau zwischen uns war.

Aber vermutlich wissen Mütter mehr, als Kinder ahnen.

Sie bleibt stehen, entzieht mir ihren Arm, doch nur, um mir über die Wange zu streicheln, so, wie sie es früher immer getan hat, wenn sich einer von uns Kindern verletzt hat. »Ist alles okay?«, fragt sie und sieht mich so ehrlich besorgt an, dass mein Herz sich nicht mehr nur aufgrund des Knalls die Ohren zuhält. Anders ist es ihm nicht möglich, länger gegen die Welle voll Mütterfürsorge anzulügen, in der es zu versinken droht.

Noch aber hält es sich über Wasser … irgendwie. Mein Mund formt sich scheinbar automatisch zu einem erneuten »Hmhm«. Toppt dieses sogar noch mit einem hervorgepressten »Alles bestens«.

Mama erwidert nichts, mustert mich nur mit zusammengezogenen Brauen.

Mich überkommt das dringende Bedürfnis, die Stille zu füllen, doch ich bin nicht in der Lage dazu. Bin untergegangen. Ich kann meiner Mutter nicht weiter etwas vorspielen. Aber ihr die Wahrheit zu sagen, über Jana zu sprechen und über die Endgültigkeit unseres Kontexts, schaffe ich ebenfalls nicht.

Langsam setze ich mich in Bewegung, biege in den Weg ein, der mittig durch den Garten zurück zum Gebäude führt. Möglicherweise laufe ich davon. Aber Mama bleibt an meiner Seite.

»Dann ist gut«, antwortet sie, obwohl wir beide wissen, dass es das nicht ist. In ihrer Stimme liegt so viel Zuneigung, dass mein Herz endgültig die Hände von den Ohren nimmt.

»Eigentlich wollte ich gar nicht über die Hochzeit reden«, spricht Mama weiter, »eigentlich wollte ich dir noch mal sagen, wie sehr ich mich gefreut habe, dass du Weihnachten bei uns warst. Das hat mir wirklich viel bedeutet.«

»Mir auch.« Mein Mund formt die Antwort abermals ohne mein Zutun. Ich kann nicht wirklich reden, kann einzig die Zuneigung auffangen und mich von ihr umarmen lassen. Kann spüren, wie sie wohltuend durch mich hindurchfließt und mich stärkt. So sehr, dass ich mich auf einmal in der Lage fühle, meiner Mutter eine andere Wahrheit zu sagen. Und dafür höre ich auf, zu laufen. In der Mitte des Gartens, genau im Wegkreuz, in das ein kleiner runder Brunnen eingelassen ist, bleibe ich stehen. »Mama, es tut mir leid, dass ich so viele Weihnachten … so viele Jahre verpasst habe. Ich weiß, ich hab euch enttäuscht, und ich –«

»Enttäuscht?«, unterbricht sie mich. Verwunderung ziert so deutlich ihre Züge, ich bräuchte die Beleuchtung des stillgelegten Brunnens nicht, um das zu erkennen. »Du uns? Wie kommst du denn darauf?«

»Weil ich nur an mich gedacht habe«, gebe ich ebenso verwundert zurück. Ich verstehe nicht. Sie weiß es doch. »Papa hatte mir den Job besorgt, aber ich habe ihn hängen lassen. Ich bin einfach gegangen und nicht mehr zurückgekommen, obwohl ich wusste, wie gern ihr das gehabt hättet und auch damit gerechnet habt. Ich habe eure Erwartungen nullkommanull erfüllt.«

»O Leon.« Mamas Hand fährt an ihren Mund. Tränen schimmern in ihren Augen. Sie atmet tief durch, legt dann ihre Hand auf meine und lächelt. Ein solch trauriges Lächeln, ich ziehe sie in meinen Arm, drücke sie fest, fühle mein Zuhause, fülle die Leere in mir.

»Du hast uns nicht enttäuscht«, sagt sie, als sie sich nach ein paar wohltuenden Herzschlägen von mir löst. »Wie könntest du? Du hast deine Träume verfolgt. Weißt du denn gar nicht, wie mutig das ist? Viel zu wenige trauen sich das. Aber du bist los, ganz allein, und hättest du es nicht getan, wärst du nicht der geworden, der du heute bist. Und auf den wir so unendlich stolz sind.«

Die Leere füllt sich noch mehr. Meine Augen ebenfalls. Ich wische darüber. Komme mir unsagbar peinlich vor. Kindisch. Lächerlich.

»Und Papa wollte dir mit dem Job bei der Münchner Rück nur Optionen offenhalten. Die Entscheidung war immer deine. Obwohl wir das wohl offensichtlich zu wenig gezeigt haben … Natürlich, wir würden lügen, würden wir behaupten, wir hätten unsere Kinder nicht am liebsten bei uns. Wir sind Eltern – was sollen wir machen?« Sie grinst schief, nur kurz, doch nimmt dem Gespräch dennoch ein wenig die Schwere. »Aber wenn du dir Vorwürfe machst, dass du uns enttäuschst«, fährt sie dann ernst fort, »wenn du überhaupt das Gefühl hast, Erwartungen erfüllen zu müssen, und du noch dazu meinst, du machst etwas falsch, weil du dein Leben anders lebst als wir unseres, dann müssen wir uns bei dir entschuldigen. Dann haben definitiv wir etwas falsch gemacht.«

Ich öffne meinen Mund, will automatisch widersprechen. Das klingt zu extrem, viel zu extrem. Aber Fakt ist, genau diese Vorwürfe mache ich mir, und das nicht ohne Grund.

»Es ist halt manchmal schwierig …«, antworte ich, versuche, mich zu erklären. »Felix und Noah wohnen in eurer Nähe, machen beruflich das Gleiche wie ihr oder sind dabei, es zu lernen. Ich bin komplett außen vor. Und obwohl ich irgendwie dazugehöre, tue ich es nicht.«

»Doch! Du gehörst dazu! Immer!«, gibt Mama bestimmt zurück. »Bitte, denk nie etwas anderes.«

»Okay«, flüstere ich, bin der Meinung, ich könnte zumindest zwei Silben über die Lippen bringen, ohne dass meine Stimme bricht. Täusche mich.

»Leon …« Mama sagt nur meinen Namen, doch könnte ihn nicht tröstender aussprechen. Sie weiß mit zwei Silben umzugehen. »Es tut mir so leid, wenn wir dir auch das falsch vermittelt haben.«

»Habt ihr nicht. Es … Es fühlt sich nur einfach trotzdem so an.« Ich verdrehe die Augen über mich selbst, stöhne frustriert. »Sorry, ich klinge zum Fremdschämen kindisch. Absolut grausam.«

»Quatsch!«, entgegnet Mama erneut mit Nachdruck. »Und außerdem – du bist mein Kind, du darfst so klingen.« Wieder grinst sie leicht, aber hauptsächlich liebevoll und zieht damit auch meine Mundwinkel nach oben. Obwohl ich gleichzeitig den Kopf schüttle. Denn nein, ich bin achtundzwanzig und ein Mann, ich darf so nicht klingen.

»Okay«, wiederhole ich trotzdem, und diesmal fällt es mir um einiges leichter.

»Leon, wirklich, lass mich das noch mal ganz deutlich sagen. Meine einzige Erwartung an dich … Nein, streich das. Erwartung ist ein Scheißwort. Anders: Das Einzige, was ich mir wünsche, ist, dass du glücklich bist. Dann bin ich es auch. Und wenn ich dich dabei ab und an mal sehe, bin ich es noch mehr.« Erneut lächelt sie Wärme in mein Herz. »Aber weißt du was?«, fragt sie dann, lächelt nicht mehr. »Ich habe leider das Gefühl, dass du nicht glücklich bist. Und zwar hauptsächlich aus anderen Gründen als die, die du mir grad genannt hast.«

Ich fahre mir über das Gesicht, dann über den Nacken. Meine Beine wollen sich ein weiteres Mal in Bewegung setzen, doch ich verbiete es ihnen. »Ja, ich …«, setze ich an, suche nach der Kraft für die Richtung, die das Gespräch nun doch einschlägt, aber finde sie weiterhin nicht. »Das wird schon wieder«, ist alles, was ich erübrigen kann.

»Bist du sicher?«, fragt Mama zweifelnd.

»Nein«, antworte ich, lüge nicht mehr. »Aber es muss.«

Sie nickt nachdenklich, scheint zu verstehen, jedoch dennoch nicht zufrieden zu sein.

Willkommen in meinem Leben.

»Möchtest du mir nicht –«, beginnt sie, doch wird unterbrochen.

Jemand ruft laut ihren Namen. Im nächsten Augenblick taucht Lauras Vater am Ende unseres Kieswegs auf, dort, wo dieser auf den Platz vor dem Gebäude trifft. »Silke? Bist du das dahinten? Ich bräuchte deinen USB-Stick für die Diashow.«

»Ich komme«, ruft Mama zurück und schenkt mir einen entschuldigenden Blick. »Das ist jetzt doof, so mitten im Gespräch … Wollen wir nachher weitersprechen?«

»Nein, alles gut.« Das ist zwar maßlos übertrieben, aber Mama kann mich mit meinen Gedanken allein lassen, ein paar wiegen bei Weitem nicht mehr so schwer. »Geh du schon mal vor. Ich komme gleich nach.«

»Okay.« Sie nimmt mich kurz in den Arm, drückt mir einen Kuss auf die Wange. »Du kannst immer mit mir reden, das weißt du, oder?«

»Ja.« Ich nicke. Natürlich weiß ich das. Und sollte es in Zukunft auch öfter mal tun.

»Gut«, antwortet sie, und ich drehe mich um, will noch einmal in die andere Richtung gehen, vielleicht auch weiter durch das Tor in den Nymphenburger Schlosspark hinaus. Ich setze schon den ersten Schritt, als sie sagt: »Aber Leon, Oscar Wilde hat recht.«

Verwundert wende ich mich ihr wieder zu, verstehe nicht.

»Am Ende wird alles gut. Und wenn es noch nicht gut ist, ist es noch nicht das Ende …« Sie sieht mich fragend an, wartet offensichtlich auf eine Reaktion.

Ich kann ihr keine geben. Jetzt verstehe ich zwar, doch bin dennoch nur in der Lage, das Zitat sacken zu lassen.

»Und auch wenn das vielleicht wieder wie eine Erwartung klingt«, spricht sie zögerlich weiter, »aber … Jana und du? – Anne und ich, wir waren schon immer eure größten Fans.«

Damit dreht sie sich um und geht. Und ich weiß nicht so recht, ob ich wirklich weiter in die andere Richtung laufen will.

Kapitel 26

Sonntag, 31. Dezember 2023

Jana

»Jana?« Franzi sieht mich abwartend an. »Das Sonnenblumenöl?«

Irritiert schüttle ich den Kopf und reiche ihr die braune Glasflasche mit dem gelben Drehverschluss. »Sorry, ich war in Gedanken.«

»Sag bloß«, antwortet sie mit einem kleinen Augenverdreher. Franzi weiß, wohin meine Gedanken geschweift sind, wohin sie ständig schweifen, während wir eine Sorte Tapas nach der anderen vorbereiten. Aber Franzi weiß ebenso, dass ich nicht darüber reden will.

»Ist jetzt auch die letzte Variante. Den Rest bringen die anderen mit.« Sie kippt die halbe Flasche Öl zum Frittieren in die Pfanne. Nach Datteln im Speckmantel, selbstgemachter Aioli und einer Kartoffeltortilla stehen nun gebackene Zwiebelringe auf dem Programm. »Henry hat übrigens vorhin abgesagt, sein Magen macht wieder

Probleme. Es muss echt irgendeine Unverträglichkeit sein. Ines glaubt das auch.«

Ich versuche wirklich, den Erzählungen meiner Freundin zu folgen, aber einfach ist es nicht. Mich zu konzentrieren fällt mir in den letzten Tagen eh schon schwer, und Franzis Gedankensprünge machen es nicht weniger komplex.

Jetzt zuckt sie mit den Schultern. »Wie auch immer. Könntest du dein Baguette aufschneiden und auf die Brotkörbe verteilen?«

Nickend mache ich mich auf die Suche nach Schneidebrett und Brotmesser. In der dritten Schublade von oben, gleich neben den Gewürzen, finde ich ein relativ scharfes Messer, von einem Brotmesser ist es jedoch meilenweit entfernt. Ich erweitere Franzis Geburtstagsgeschenkliste gedanklich um einen weiteren Punkt und packe auch direkt ein großes Schneidebrett mit drauf, denn das, was hinter dem Toaster steht, ist winzig. Dennoch finde ich auf der gesamten Arbeitsplatte keinen Platz dafür. In der Küche herrscht das reinste Chaos. Unsere Essensvorbereitungen haben eine wilde Spur hinterlassen. Wir müssen dringend aufräumen.

»Wann kommen die anderen denn?«, frage ich mit hektischem Blick zur Uhr. Hoffentlich ist noch genügend Zeit.

»So in einer halben Stunde etwa. Warum?« Franzis Stimme klingt völlig entspannt.

Meine nicht. »Schau dich mal um. Es sieht aus wie –«

»O Mann, Jana.« Ein lautes Lachen durchdringt die Küche. »Es kommen nur Freunde, weder mein Arbeitgeber noch das Ordnungsamt. Was fertig ist, ist fertig, was krümelig ist, ist krümelig.« Sie macht eine wegwerfende Handbewegung. »Chill mal. Einzig dramatisch wäre ein Engpass beim Aperol. Der Rest ergibt sich.«

Sie hat recht, ich muss runterkommen. Meine Anspannung macht mich fertig. Heute ist sie besonders schlimm. Ich kann meinem Kopf hundertmal sagen, dass es Blödsinn ist, aber bei jeder noch so kleinen Gelegenheit biegen meine Gedanken zu Lauras und Noahs Hochzeit ab. Vor einer Stunde habe ich eine Sprachnachricht mit Gratulationsgrüßen an Noah geschickt, natürlich erst, als ich die Fotos vom finalen Kuss in Felix‘ Status gesehen hatte. Den ich ebenso wie den von Max und Tina heimlich im zehnminütigen Rhythmus checke. Sobald ein blauer Ring um eines der Profilfotos erscheint, muss ich draufklicken. Nicht unbedingt nur, um bezüglich der Feier auf dem Laufenden zu bleiben, nicht unbedingt nur wegen des Brautpaares … Immer wieder ertappe ich mich dabei, den Hintergrund der Fotos großzuziehen, um die anderen Gäste erkennen zu können, oder eher einen ganz speziellen.

Auf einem von Felix‘ Bildern habe ich ihn tatsächlich entdeckt. Hinten rechts, neben seinem Vater. In einem dunkelblauen Anzug mit schmaler schwarzer Krawatte und strahlend weißem Hemd lehnte er mit der Schulter an einer Wand.

Meine Brust zog sich sofort zusammen. Nicht, weil er unfassbar gut aussah. Nein. Es lag daran, dass es wirkte, als würde er nur körperlich anwesend sein, irgendwie nicht vollständig. So, als wäre er in Gedanken ganz woanders. Genau wie ich …

Verdammt, Jana! Hör auf damit! Es ist nur ein Foto, ein Moment, und der sagt überhaupt nichts aus. Bestimmt bilde ich mir all das nur ein, und er hatte gerade –

»Franzi Steinbach an Jana Langer, können Sie mich hören?«

O Gott, schon wieder bin ich den Tiefen meines Kopfes versunken.

»Äh klar, Zwiebelringe.«

Franzi lächelt mir zwar zu, aber da ist mehr in ihrem Blick. Ein Seufzer, den sie sich nicht auszustoßen traut? Ein Vorwurf?

Egal, was es ist, ich sollte mich endlich zusammenreißen. Es wird Zeit. Das Thema ist abgeschlossen. Keine Fotos mehr, keine Gedanken. Punkt.

★★★★★

Um halb zehn sitzen wir vollgefuttert am Esstisch im Wohnzimmer. Emma und Lars erzählen von ihrem letzten Sommerurlaub. Camping in Irland bei Dauerregen und gefühlten zwölf Grad Celsius. Während Lars fasziniert von der Kylemore Abbey, Galway und den Dark Hedges spricht, erläutert Emma nur die Art des Regens am jeweiligen Tag. Schmückt seine Ausführungen aus und ergänzt, ob es kleine Tropfen waren oder große, ob die Massen seitlich auf sie einpeitschten oder geradewegs von oben herunterströmten.

Selbst ich muss ein paarmal lächeln, weil die beiden in der Kombination echt lustig sind. Die Performance ist nahezu bühnenreif.

Während sich Ines, die ich seit Jahren als Kollegin von Franzi kenne, erneut das Weinglas vollgießt, nippe ich an meinem Wasser und blicke über den Tisch, auf dem sich zahlreiche dreckige Teller türmen. Ich entscheide mich, ein wenig aufzuräumen.

Franzi ist viel zu sehr in ihrem Element, um daran zu denken. Und eine kurze Flucht in die Küche, ein Durchatmen, täte mir gut. Allein.

Kaum schiebe ich meinen Stuhl zurück und schnappe mir den ersten Tellerstapel, blickt der Rest der Truppe mich an.

»Dann helfen wir aber«, ist die Reaktion von Ines, die ein Nicken von Lars und Emma erntet.

Bevor ich meine kleine Me-Time in Gefahr bringe, winke ich ab. »Auf gar keinen Fall. Ihr bleibt brav sitzen und kümmert euch dann einfach später um das Dessert.«

Unter zustimmendem Gemurmel und einer Schilderung vom Nieselregen an den Cliffs of Moher verlasse ich das Wohnzimmer und bringe das Geschirr in die Küche.

Ich bin gerade erst dabei, den zweiten Teller zu säubern, ihn von den Essensresten zu befreien, um ihn dann in die Spülmaschine zu räumen, als ich Franzi im Augenwinkel bemerke.

Sie tritt neben mich an die Spüle, legt ihre Hand auf meinen Unterarm und macht eine Kopfbewegung in Richtung Arbeitsplatte. »Stell den doch bitte mal kurz weg.«

Erst jetzt fällt mir auf, dass sie die Tür hinter sich geschlossen hat, und mir schwant, dass sie ein Thema anschneiden wird, von dem ich gehofft habe, dass sie es heute nicht mehr auspackt.

Wortlos stelle ich den Teller zurück auf den Stapel und wasche meine Hände notdürftig unter dem Wasserhahn der Spüle ab. Da ich weit und breit kein Handtuch sehe, trockne ich die Hände an meinen schwarzen Jeans ab und vergrabe sie, so tief es geht, in meinen Gesäßtaschen.

»Ich habe etwas für dich.« Mit einem Lächeln zieht Franzi hinter ihrem Rücken einen Keks hervor, um den eine Schleife aus rotem Baumwollband gebunden ist. Ein Glückskeks. Sie streckt ihn mir entgegen. »Falls du es nicht erkennen kannst – hab ich selbst gebacken.« In ihrer Stimme schwingt Stolz mit. »Klar, ich weiß, backtechnisch kann ich mit dir nicht mithalten, aber es geht ja um die inneren Werte. Ich hoffe bloß, ich bin nicht durcheinandergekommen. Wenn *Geh mal zum Allergologen* auf deinem Zettel steht, hast du Henrys.« Sie zwinkert mir zu, und ich muss tatsächlich kurz lachen. Kurz. »Für die anderen habe ich auch welche, aber ich dachte, du möchtest deinen vielleicht besser allein öffnen.«

Ich atme tief ein, zögere, bevor ich meine rechte Hand aus der Hosentasche ziehe und den Keks entgegennehme. Wenn Franzi es so sagt und extra die Tür schließt, wird auf dem Zettel – wenn es denn der für mich ist – etwas Tiefgehendes, etwas mit Bedeutung stehen, kein lustiger Spruch.

Vorsichtig breche ich die knusprigen Gebäckschichten in der Mitte durch.

Das eingebackene Blättchen kommt direkt zum Vorschein, ich kann es problemlos mit zwei Fingern herausziehen. Die beiden Kekshälften lege ich neben mich auf die Spüle und falte das Papier behutsam auseinander.

Dann lese ich.

Jana, das Leben ist zu kurz, um das Glücklichsein auf später zu verschieben …
Und du weißt, wen du dazu brauchst.

Ich spüre, wie meine Augen leicht glasig werden. Weil es stimmt, was da steht.

»Aber –«, fange ich an, doch meine beste Freundin unterbricht mich sofort.

»Nichts aber, Jana. Mach den Schritt. Und zwar am allerbesten jetzt.«

Jetzt?

Mir wird schwindelig.

»Geh!« Franzi deutet freundlich, aber bestimmt auf die Küchentür.

»Ich kann dich doch nicht einfach allein lassen.«

»Nicht? Du kannst mich in meiner eigenen Wohnung mit einer Gruppe von Freunden, Essen für drei Tage und einem Kühlschrank voller Kaltgetränke nicht allein lassen?« Sie zieht die Brauen zusammen, gibt vor, nachzudenken. »Ich weiß nicht … klingt für mich nicht nach einem Horror-Szenario.«

Kurz ist es still. Händeringend suche ich nach weiteren Ausreden, mir fällt nur keine einzige mehr ein und vermutlich würde Franzi sie sowieso nicht gelten lassen.

»Ganz ehrlich, Jana, ich komme klar, aber du solltest dein Silvester nicht mit einem Haufen Pädagogen verbringen.« Sie lacht ironisch. »Okay, ich gebe zu, es gibt

Schlimmeres. Du solltest aber trotzdem nicht hier sein. Vor allem nicht, wenn nur zwei Stunden entfernt ein ziemlich netter Typ eine ziemlich nette Frau heiratet. Und noch weniger, wenn dieser nette Typ einen verdammt großartigen Bruder hat, von dem du mir seit dem Kindergarten vorschwärmst.«

Ich verstecke mein Gesicht hinter meiner Hand, bekomme keinen Satz raus, fühle mich ertappt und gleichzeitig albern. Obwohl mir doch klar ist, dass Franzi all das über mich, über uns weiß.

»Echt, mach schnell, es ist deine letzte Chance. Ines packt gerade das Dinner-for-One-Brettspiel aus. Ja, richtig gehört: Brettspiel! Wenn du nicht abhaust, bist du selbst schuld. Ich bin mir zu hundert Prozent sicher, dass das übelst langweilig wird.«

Eigentlich müsste ich ihr dankbar sein, dafür, dass sie mich wegschickt, und dafür, dass sie es mir so leicht macht, doch mein Zwiespalt lässt es nicht zu. »Was, wenn es gar nichts mit Glücklichsein zu tun hat? Was, wenn es genau im Gegenteil endet? Für ihn … und dann auch für mich?« Jetzt stelle ich sie doch, die Fragen, vor denen ich so viel Angst habe.

»Kann ich mir beim besten Willen nicht vorstellen. Wenn ihr nicht beide immer denken würdet, ihr wüsstet, was besser für den anderen ist, ohne diesen ein einziges Mal zu fragen, hättet ihr längst einen Weg gefunden.«

Ist das so?

Bevor ich darüber nachdenken kann, bevor ich erneut zu tief in meinem Kopf abtauche, fasst Franzi mich an den Schultern und dreht mich zur Tür. »Pass auf, du gehst jetzt nach Hause und tust endlich das, was du schon vor

Tagen hättest tun sollen: Du packst sein Geschenk aus. Dann nimmst du dir einen Augenblick Zeit, hörst auf dein Herz und zeigst der Angst den Schweigefuchs.« Sie macht eine kurze Pause, lässt ihren Vorschlag nachhallen. »Und entweder kommst du zurück und siehst uns gedankenversunken bei diesem absurden Brettspiel zu, oder du steigst in deinen Wagen und fährst dahin, wo du, verdammt noch mal, längst sein solltest.«

Franzi tut so, als wäre ihr Vorschlag die einfachste Sache der Welt. Ist er aber leider nicht.

Ich nicke dennoch. »Okay«, sage ich, doch klinge nicht besonders überzeugt. Bin es kein bisschen. »Und was sag ich Ines und den anderen?«

»Das regle ich schon. Kein Problem. Schnapp dir deine Jacke und dann hoffentlich Leon.«

Ich lächle mit leicht erhitzten Wangen, falte sorgfältig den Zettel zusammen und stecke ihn in die Hosentasche. »Danke.« Ein Wort, dabei wären so viele mehr angebracht. Aber bevor ich etwas ergänzen kann, stößt Franzi ihre Schulter gegen meine. »Immer gerne. Und jetzt schleich dich.«

*****

Nicht mal zehn Minuten später stehe ich vor meinem Sideboard und nehme das schmale flache Geschenk in die Hand. Erneut streiche ich über das goldene Papier, über die Kanten des dünnen Rechtecks. Es wiegt nicht viel, ist eher leicht.

In den letzten Tagen habe ich mehrfach hier gestanden und es angesehen, überlegt, was es sein könnte. Ein Armband? Ein Stift? Einmal war ich kurz davor, es zu öffnen, ein anderes Mal hatte ich bereits entscheiden, es verschlossen in eine meiner Erinnerungskisten zu packen. Trotzdem blieb es an Ort und Stelle. Bis jetzt.

Langsam trage ich das Päckchen zum Küchentisch, schiebe den Stuhl zurück und setze mich. Lege es behutsam vor mich.

Als ich den Tesafilm berühre, erinnere ich mich zurück an den Augenblick, in dem Leon im Hotelzimmer seine Hand auf meine gelegt und mich davon abgehalten hat, das Geschenk zu öffnen. *Jetzt nicht,* hat er gesagt, *zu Hause.* Und auch wenn ich gerade kein gutes, warmes Zuhausegefühl im Bauch habe, bin ich dennoch hier. Der Moment ist da.

Vorsichtig ziehe ich den Klebestreifen ab und das Papier auseinander. Mein Blick fällt auf eine schwarze längliche Box. In Zeitlupe hebe ich den Deckel an. Erkenne eine Uhr.

Ich mag sie sofort.

Ein dunkelbraunes Lederband schmiegt sich an ein weißes schlichtes Ziffernblatt in genau der richtigen Größe. Das silberne Gehäuse glänzt im Licht der Küchentischlampe.

Ich muss lächeln, weil es eine Uhr ist, die zu mir passt. Und zwar mit siebzehn, mit siebenundzwanzig und vermutlich auch noch mit siebenunddreißig.

Wann er sie wohl gekauft hat?

Es muss schon eine Weile her sein, denn sie funktioniert nicht mehr. Obwohl, vermutlich hat nur die Batterie über die Jahre ihren Geist aufgegeben.

Im Inneren des Deckels liegt ein Zettel. Mein Herz schlägt schneller, als ich Leons Handschrift darauf erkenne. Dann fliegen meine Augen über die Worte.

Manchmal, ganz manchmal wünsch ich mir, dass die Zeit damals einfach stehengeblieben wäre. Aber ich trau mich nicht, es dir zu sagen.
Leon, November 2016

Mein Blick fällt auf das Ziffernblatt der Uhr. Die Zeiger stehen auf 00:35 Uhr.

Zeit? ... Stehengeblieben? ... Damals?

Und dann verstehe ich. Ja, kurz nach halb eins in der Nacht war es, als wir uns zum ersten Mal geküsst haben. 2013 auf der Bank vor dem Chalet.

Er hat den Zettel drei Jahre später geschrieben, Wochen nach unserer gemeinsamen Nacht, nach meinem Verschwinden, hat die Uhr durch Herausziehen des kleinen Rädchens zum Stehen gebracht, das Päckchen gepackt ... Hat es nie weggeworfen und mir jetzt gegeben. Weil es immer so war, noch immer so ist.

Ich bemerke die Träne, die sich auf den Weg gemacht hat erst, als sie meine Wange erreicht. Dann streiche ich sie weg.

Wir beide wollten und wollen uns so sehr, doch bekommen es nicht hin. Franzi hat recht. Vor lauter Angst, dass wir einander verletzen und dass der andere mit uns unglücklich ist, geben wir uns erst gar keine Chance. Was im Umkehrschluss dazu führt, dass wir beide unglücklich sind. Hervorragende Problemlösung.

Warum habe ich Leon nicht ausreden lassen in Salzburg? Warum habe ich schon wieder alles vorher in meinem Kopf zum Scheitern verurteilt? Warum sage ich, ganz oder gar nicht, wenn mir doch eigentlich so viel dazwischen reichen würde?

Solange wir uns lieben.

London und München, wir könnten uns sehen, wir könnten einen Weg finden. Weil wir uns lieben … oder? Es muss nicht immer alles sein, wie ich es geplant habe. Ich kann Dinge umplanen, ich kann das, tue es ständig und gebe mich dabei doch nicht auf.

Wir ferngesteuert lege ich die Uhr um mein Handgelenk, stehe auf, greife den Autoschlüssel und suche auf der Hochzeitseinladung, die noch immer an der Pinnwand hängt, die Adresse der Location.

Kapitel 27

Sonntag, 31. Dezember 2023

Leon

23:10 Uhr. Noch fünfzig Minuten bis Mitternacht.

Mein Kopf sinkt an die Wand hinter mir, mein Rücken lehnt ohnehin bereits dagegen. Ich schließe die Augen. Für einen Atemzug, zwei. Konzentriere mich ganz auf das Lied, das der DJ im Moment gestartet hat, auf die Melodie, die zu mir hinüberschallt, auf den Bass, der durch mich hindurchdröhnt. So lange, bis ich den Drang, aufzuspringen, rauszurennen, wegzufahren, unterdrückt habe. Zumindest für den Moment. In Kürze wird er sich wieder melden. So, wie er es schon die ganze Zeit tut.

Ich öffne die Augen.

Wir sind längst nicht mehr in dem Raum, in dem die Trauung und der Sektempfang stattgefunden haben. Zum Abendessen und für die Feier danach haben wir in einen anderen, viel größeren Saal gewechselt. Eine deckenhohe, mit rechteckigen Streben durchzogene Glaswand trennt ihn in zwei Teile, grenzt Tanzfläche und Bar vom Speisebereich ab. In diesem sitze ich, allein am ersten Tisch hinter der gläsernen Wand, quer auf dem Stuhl ganz in der Ecke, wo Mauer und Wand aufeinandertreffen. Wo mein Rücken und mein Kopf eine Stütze finden.

Zu meiner Linken sind nur mehr wenige der im ehemals noblen Weiß dekorierten, mittlerweile eher rotweinrot oder bratensoßenbraun gepunkteten Tische belegt. Ganz hinten unterhält sich Verwandtschaft von Laura, weiter vorn sitzen ein paar ihrer Schulfreundinnen. Mir haben bis eben meine Cousins und Cousinen Gesellschaft geleistet und ausnahmsweise nicht mich gelöchert, sondern mir Fragen zu ihrem Privatleben beantwortet. Wahrscheinlich haben sie verstanden, dass ich nichts zu erzählen habe, nichts erzählen will.

Nachdem jedoch der DJ einen Klassiker nach dem nächsten aufgelegt hat, wollten die fünf unbedingt tanzen und tummeln sich nun mit der Mehrzahl der Gäste zu meiner Rechten, im anderen Teil des Raumes, und schreiben grölend mit beiden Armen *YMCA* in die Luft. Natürlich wollten sie, dass ich mitkomme, dass ich Stimmung mache wie früher auf den Familienfesten. Leon, der Partyhengst. Der alle mitreißt, der die Tanzfläche rockt und erst ein Ende findet, wenn das große Licht angeht.

Ich habe nur mit dem Kopf geschüttelt. Die Zeiten sind vorbei. So bin ich schon lange nicht mehr. Und heute sowieso nicht.

Mein Blick schweift über die Tanzwütigen, über Mama, die das C jedes Mal verkehrt herum schreibt, und Papa, der sich darüber köstlich amüsiert. Über Laura und Noah, die einfach still zwischen allen anderen stehen und sich küssen, als würde niemand zuschauen.

Felix sitzt mit Alex an der Bar auf der anderen Seite der Tanzfläche. Ich könnte mich zu den beiden gesellen, könnte versuchen, mich mit der nächsten Unterhaltung abzulenken, die nächsten paar Minuten hinter mich zu bringen.

Mein Blick fällt erneut auf das Handy in meiner Hand. 23:15.

Besser ich gehe nicht zu den beiden. Das Risiko ist zu hoch, dass ich an ihnen vorbeilaufen würde, durch die Tür und weiter. Besser ich bleibe sitzen, genau hier, und bewege mich nicht von der Stelle.

Wieder schaue ich auf die Uhr. 23:16. Noch vierundvierzig Minuten bis Mitternacht, bis das neue Jahr beginnt.

Besser ich schnalle mich fest.

Die Rastlosigkeit, sie macht mich verrückt. Sie treibt mich an. Sie will nicht, dass ich 2024 so beginne, wie ich 2023 aufhöre. Wenn Weihnachten Magie besitzt, dann ein Jahreswechsel erst recht. Die Magie des Neuanfangs. Des Muts zur Veränderung.

Die Rastlosigkeit, sie will mich von meinem Stuhl zerren, will mich von hier weglotsen. In die einzige Richtung, die richtig ist. Die keine zwei Stunden von hier ihr Ziel hat. So nah. Und doch unerreichbar.

Oder?

»Du siehst aus, als könntest du einen von denen hier gebrauchen.« Felix tritt durch die geöffnete Flügeltür der Glaswand, stellt zwei Gin Tonic auf den Tisch und lässt sich auf den Stuhl neben mich fallen. Bevor er mit Alex an der Bar saß, hat auch er getanzt, seine Haare fallen ihm verschwitzt in die Stirn. Sein Hemd hat er ausgezogen und trägt nur noch ein weißes T-Shirt mit der Aufschrift *Sounds gay – I'm in.*

Und plötzlich muss ich grinsen. Obwohl das all die unterdrückten Wünsche kaum mehr zulassen.

Felix schiebt mir eines der beiden Gläser rüber. »Tausch den mal besser gegen dein Spezi«, sagt er, mehr nicht. Er lehnt sich in seinem Stuhl zurück, nimmt sein Handy und schreibt eine Nachricht, zieht ein paarmal von seinem Strohhalm und schreibt weiter. Dem Schmunzeln nach zu urteilen wahrscheinlich dem Barkeeper.

Mich lässt er in Ruhe. Er fragt nicht, warum ich allein in der Ecke sitze und immer wieder die Augen schließe, warum ich nicht tanze, bis das Licht angeht. Warum ich nicht vom Gin Tonic trinke, sondern weiter von meinem Spezi. Er sitzt einfach nur neben mir, und ich könnte ihm nicht dankbarer sein. Gleichzeitig zeigt es mir, dass ich mich besser zusammenreißen muss. Mein Lächeln irgendwie zurück auf mein Gesicht zimmern, Unbeschwertheit ausstrahlen muss. Die Waffe gegen sämtliche Verhöre.

Und es ist ja nicht mehr lang. Ich sollte den Countdown bis Mitternacht positiv sehen. Danach muss ich nur noch schnell die Neujahrsgrüße und das Feuerwerk aushalten, dann kann ich mich verabschieden. Bestimmt werden es etliche andere Gäste zur selben Zeit tun.

Ich blicke auf die Uhr. 23:22.

»Na, ihr zwei Spaßkanonen. Ihr lasst es so richtig krachen, wie ich sehe?«

Felix und ich schrecken von unseren Displays hoch, haben Noah nicht kommen gehört.

Er setzt sich auf den freien Stuhl mir gegenüber, greift nach meinem Spezi und nimmt einen großen Schluck.

Der Schweiß steht ihm auf der Stirn, das Haar wild zu Berge. Seine adrette Bräutigamfrisur muss sich irgendwann zwischen der Reise nach Jerusalem und der ersten Neue-Deutsche-Welle-Runde verabschiedet haben. Sein Jackett hat er schon während des Essens ausgezogen und uns damit das erlösende Zeichen gegeben, es ihm gleichzutun. Seine Weste hängt längst über irgendeinem Stuhl, die Fliege habe ich vorhin drei Tische weiter gesehen, halb unter einer Stoffserviette versteckt. Er hat die Ärmel seines weißen Hemdes hochgekrempelt wie ich, doch im Unterschied zu mir spannt sich über seine Brust ein Paar anthrazitfarbener Hosenträger im Paisley-Muster.

Angewidert gibt er mir mein Glas zurück. »Da ist ja gar kein Alkohol drin.«

»Nimm dir ein Beispiel, sonst wird das nichts mit der Hochzeitsnacht«, ruft Alex im Vorbeigehen, während ich Noah wortlos den Gin rüberschiebe. Scheinbar hat er ihn zuvor hinter dem Blumenbouquet, das zwischen uns auf dem Tisch steht, nicht entdeckt. »Und du willst Laura doch zumindest noch ein wenig im Glauben lassen, dass du ein geiler Hengst bist.«

Noah zeigt ihm den Mittelfinger, und Alex läuft lachend weiter zu einem der hinteren Tische.

Wären doch alle Gespräche so einfach.

»Also? Was wird das hier?« Noah blickt von Felix zu mir. »Hängt nicht so lahm rum. Ihr sollt feiern.«

»Machen wir«, erwidert Felix, ohne von seinem Display aufzusehen, auf das er erneut und mit einem Schmunzeln eintippt. »Ich feiere grad meinen Freund.«

Noah nickt, akzeptiert offenbar Felix' Erklärung. Blöd, dass ich so eine nicht habe.

»Und du?«, fragt Noah wie aufs Stichwort. »Hast du heute überhaupt schon getanzt?«

»Ja«, gebe ich zurück, inklusive eines irritierten *Türlich*-Blicks.

»Einmal mit Hanna vor drei Stunden zählt nicht.«

Ich behalte meinen Blick bei. »Es war nicht nur einmal.« Es waren zweimal. Zum *Fliegerlied* und zu *Cowboy und Indianer*. Hanna hat mir beide Tänze beigebracht. Und beim *Griechischer-Wein*-Sirtaki gleich nach dem Hochzeitsbingo habe ich schließlich auch mitgemacht.

Noah verdreht die Augen. »Leon, echt. Laber keinen Scheiß«, ist alles, was er sagt, doch er fragt noch so viel mehr. All die Fragen, die auch Felix nicht laut ausgesprochen hat.

Und die ich immer noch nicht beantworten möchte.

Warum das so ist, weiß ich selbst nicht genau. Vielleicht, weil ich heute schon zu viele unangenehme Fragen beantworten musste. Vielleicht, weil ich mich bei meinen Brüdern nicht mit schwammigem Geblubber rausreden kann – wie man eben wunderbar gemerkt hat. Vielleicht aber auch, weil ich Angst vor ihrer Reaktion auf die Wahrheit habe. Vor ihrem Ratschlag. Ich will ihn nicht hören. Die Gefahr ist zu groß, dass es der falsche ist.

Bevor ich meinen Mund öffnen kann, bevor ich überhaupt weiß, welche Worte ich benutzen sollte, die uns beide zufriedenstellen, hat Felix andere für mich parat.

»Jana ist doch noch gekommen«, sagt er. Einfach so und absolut unaufgeregt. So unaufgeregt, wie er sein T-Shirt trägt.

Unsere Blicke fliegen zu ihm. Meiner entgeistert, Noahs erstaunt.

Ich sitze aufrecht auf meinem Stuhl. »Woher –?«, ist alles, was ich hervorbringe, während Noah mit einem gleichzeitigen »Was? Wann?« das Bouquet zur Seite schiebt. Wahrscheinlich, um besser hören zu können.

»Am ersten Weihnachtsfeiertag. Leon ist doch nicht nach Hause geflogen. Sie waren zusammen in Salzburg unterwegs«, erklärt Felix, als würde ich nicht danebensitzen. Dennoch wendet er sich dann zu mir. »Tina hat es mir unter dem Mantel der Verschwiegenheit anvertraut.«

»Na, der hat offensichtlich ein Loch«, erwidere ich trocken. Mehr fällt mir dazu nicht ein.

»Ich hab es niemandem weitergesagt«, verteidigt Felix sich sofort.

Mir fehlen die Worte. Schon wieder. Ich deute stumm, aber demonstrativ über den Tisch zu Noah, der Felix sofort mit einem nachdrücklichen »Es war absolut richtig, dass er es erzählt hat« beisteht.

»Wer soll es sonst tun, wenn du es nicht für nötig hältst?«, fügt er an und schenkt mir einen verständnislosen Blick. Einen, der eine ordentliche Standpauke in sich trägt, aber auch verletzt wirkt.

Scheiße.

»Noah …«

Er winkt ab. »Egal. Darüber können wir später sprechen. Jetzt will ich wissen, was genau passiert ist. Und zwar vorzugsweise von dir.« Mit dem Zeigefinger deutet er auf mich.

Ich schaue dennoch zu Felix. »Weißt du's?«

»Nein«, entgegnet er mit einer leicht schnippischen Note im Unterton. »Außer«, fährt er dann fort und nimmt seinem *Nein* sofort die Glaubwürdigkeit, »dass ihr euch erst am nächsten Morgen getrennt habt.« Er sieht vielsagend zu Noah, will offenbar sichergehen, dass die Information aus diesem Satz auch wirklich bei unserem ältesten Bruder ankommt. Tut sie. Noah grinst.

Mir bleibt nichts anderes übrig, als die Augen zu verdrehen. Worte fehlen mir weiterhin.

Noah hält entschuldigend die Hände in die Höhe. »Was denn? Ich find das mega!« Er strahlt mich an, so stark, dass über mein Gesicht ebenfalls ein Lächeln fliegt.

Weil … Es war mega.

Bis es das nicht mehr war.

»Aber scheinbar habt ihr euch ja nicht im Guten getrennt«, mutmaßt Felix, »sonst würdest du hier nicht rumhängen wie …« Mit der flachen Hand deutet er auf mich, einmal von oben bis unten. »So halt.«

Noah nickt. Anscheinend ist mit dieser Beschreibung alles gesagt. Ich wusste ja, dass mein Happy Face zu sehr gewackelt hat.

»Details. Jetzt!«, fordert Noah, und ich weiß, es hilft alles nichts. Ich muss Worte finden und mich vor der Reaktion meiner Brüder schützen. Falls es die falsche ist.

Also erzähle ich. Beginne mit der Nachricht, die ich Jana Heiligabend von der Veranda geschickt habe, erkläre, dass sie daraufhin nach Salzburg gekommen ist und wir spontan den Tag zusammen verbracht, doch am Ende realisiert haben, dass es besser ist, den Kontakt wieder abzubrechen.

Ich spreche schnell und schaffe es so hoffentlich, den Emotionen voraus zu sein. Damit sie sich erst gar nicht in meine Stimme legen können. Als ich mit meinem Bericht fertig bin, warte ich und schiebe mit den Fingern ein paar Baguettebrösel hin und her.

23:38.

Noah und Felix blicken mich wortlos an, dann sich, danach wieder zu mir.

»Okay«, sagt Noah langsam, »mal abgesehen davon, dass das quasi das Gleiche ist, was Felix erzählt hat –«

»Echt, Mann«, geht dieser dazwischen. »Wo bitte sind die Details?«

Ich schüttle den Kopf. Weiß wirklich nicht, wie meine Brüder sich das vorstellen. Als ob ich hier einfach sitzen und mal eben so über den Tag oder gar die Nacht in Salzburg sprechen könnte. Die Details, sie gehören Jana und mir. Ich werde sie nicht erzählen, will mich am liebsten noch nicht einmal daran erinnern. Doch muss es tun, wenn mir meine Brüder all diese Fragen stellen, dieses Verhör aufdrücken. Im Kampf gegen die Rastlosigkeit, gegen den Drang, zu Jana zu wollen – jetzt, sofort! –, ist es mein Kryptonit.

»Also, mal abgesehen davon«, wiederholt Noah, »verstehe ich nicht … Wieso ist es besser, dass ihr keinen Kontakt habt?«

»Weil es sinnlos ist!«, platzt es aus mir heraus. So plötzlich, dass es mich selbst erschreckt. Aber Superman würde wohl auch nicht anders reagieren. Frust rauscht mit unendlicher Kraft durch mich hindurch. Heiß, unaushaltbar. Nicht zu unterdrücken. »Weil wir keine Zukunft haben, okay?«, poltere ich weiter, wie der Herzschlag in meiner Brust. »Weil sie hier lebt, und ich zwei Länder und ein Meer weiter. Weil sie ihren Laden nicht aufgeben kann und es auch nicht möchte, und weil ich nur ein letztes

Scheißventil von der Teamführung entfernt bin.« Ich atme schwer, greife nach meinem Spezi, trinke hastig.

Die zwei Eiswürfel, die das Getränk anfangs noch gekühlt haben, sind geschmolzen. Die Kohlensäure ist ebenfalls verpufft. Abgestanden und süß fließt die Flüssigkeit durch meine Kehle, ätzt wieder einmal nichts weg und betäubt noch weniger. Ich kann mich dennoch nicht dazu bringen, zum Gin Tonic zu greifen. Dem bisschen Sekt von vorhin habe ich mit Schweinefilet, Kroketten und einem Riesenstück der dreistöckigen Hochzeitstorte sicherlich die alkoholisierende Wirkung genommen. Ich könnte in ein Auto steigen und fahren. Ich hätte die Option. Jetzt hätte ich sie noch.

Noah und Felix schauen mich unverwandt an, so, als würden sie davon ausgehen, dass ich mehr sage, sobald ich das Glas abstelle. Aber ich bin fertig. So was von.

»Und weiter?«, fragt Felix, als ich still bleibe.

»Nichts weiter.«

»Aber das sind doch keine Gründe«, entgegnet er irritiert und erntet von Noah ein bestätigendes Nicken.

»Natürlich sind das Gründe.« Der Frust lässt mich patzig klingen. Der Frust, der immer noch heiß in mir brodelt, besonders, weil er ganz genau weiß, dass meine Brüder recht haben. Und genau aus dem Grund sollte er doch gar nicht da sein, mich nicht beherrschen. Die Reaktion von Noah und Felix ist die richtige. Es ist die, die ich hören wollte. Trotzdem hilft sie mir kein Stück weiter.

»Aber es sind keine Gründe, die nicht überwindbar wären.« Noah schmeißt ebenfalls ein Aber in den Topf. Wie Felix zuvor. Wie ich. Doch was bringt es, wenn die Sätze nur vor sich hinsiechen?

Zeitgleich mustert Noah mich mit zusammengezogenen Brauen, hat seinen Detektiv-Blick aufgesetzt. Der mit dem Bullshit-Radar. Allein der Gedanke, dagegen anzuhalten, ist mir zu anstrengend. Auf einmal ist alles zu anstrengend.

»Das sieht sie scheinbar anders«, murmle ich und sacke auf meinem Stuhl zurück. Lehne meinen Kopf wieder an die Mauer hinter mir, fahre mir übers Gesicht, schließe doch die Augen, aber nur, während ich einmal Luft hole. Um den Frust rauszuschmeißen, meinen Herzschlag zu beruhigen, Kraft zu finden. Doch es klappt nicht. Es ist zu viel für einen Atemzug.

Felix drückt mir mein Spezi in die Hand. »Hier, nimm noch mal einen Schluck.«

Ich trinke, trinke das Glas leer.

»Wieso meinst du, dass Jana es anders sieht?«, hakt Noah nach.

Ich sehe zu ihm rüber, ohne meinen Kopf von der Wand zu heben. Habe keine Energie dafür. Verbrauche sie komplett, um mit meinen Schultern zu zucken. »Ich weiß es nicht. Vielleicht stimmt es auch nicht, vielleicht sieht sie es nicht anders. Ich weiß nur, sie wollte es nicht hören, als ich versucht habe, ihr genau die Gründe zu erklären, die ihr gerade genannt habt.«

»Was hast du denn gesagt?«, löchert Noah weiter, sticht genau dahin, wo es schmerzt.

Und der Schmerz lässt mich doch wieder aufbrausen, senkrecht sitzen, aus der Haut fahren. »Nichts! Ich habe nichts gesagt. Das ist es ja.« Am liebsten würde ich aufspringen, den Stuhl in die Ecke pfeffern und abhauen, irgendwo dahin, wo mir niemand Fragen stellt, erst recht nicht solche, die mir die Hoffnungslosigkeit meiner Situation erbarmungslos unter die Nase reiben. Aber natürlich bleibe ich sitzen, unterdrücke auch diesen Drang. »Ich wollte ihr sagen, dass ich bereit bin, zurückzukommen. Aber sie hat geahnt, was ich sagen will, und mich nicht ausreden lassen. Sie meinte, sie könnte nicht von mir verlangen, mein Leben aufzugeben.«

»Dazu wärst du bereit?« Noah blickt überrascht zu mir.

»Ja.«

»Echt? Wärst du?« Felix scheint ebenso erstaunt, und das triggert mich noch mehr.

»Ja, verdammt! Wie oft denn noch?«, schnauze ich ihn an, weiß, es ist nicht richtig, ihn als Ventil zu benutzen, doch kann mich dennoch nicht stoppen, muss irgendwohin mit all der Hoffnungslosigkeit.

Er hält entschuldigend die Hände in die Höhe. »Ich frag ja nur«, wiegelt er ab, versteht nicht, dass es nun mal genau die falschen Fragen sind. Aber woher soll er es wissen, wenn ich es nicht erkläre?

»Ich weiß ja, ich bin für euch alle der, der immer geht und niemals bleibt. Auch Jana denkt so von mir. Und daher glaubt sie natürlich auch, dass ich sie diesmal wieder verlassen würde. Ist völlig klar.«

Noah öffnet den Mund, um etwas zu entgegnen, aber ich halte meine Hand hoch und stoppe ihn. Jetzt habe ich endlich Worte, jetzt muss ich sie auch loswerden.

»Das Ding ist aber ja: Ich würde mein Leben nicht aufgeben. Das hört sich so ätzend negativ an. Dabei wäre es doch überhaupt nicht so.« Ich sehe von Noah zu Felix, fragend, verzweifelt, nach Zustimmung suchend. »Alles, was ich machen würde, wäre, eine neue Richtung einzuschlagen. So, wie ich es schon etliche Male getan habe. Nur diesmal wäre die Richtung halt eine, die mich nicht wegführt, sondern zurückbringt. Und es ist nun mal die Einzige, die sich richtig anfühlt …«

»Dann sag Jana genau das«, erwidert Felix. »Genau das.«

»Sie will es nicht hören.«

»Doch, glaub mir, *das* will sie hören. Darauf verwette ich meinen Gin.« Er hebt sein Glas in die Höhe, prostet dem Versprechen zu, das er mir gibt – und das absolut null Substanz hat. »Ich bin mir sicher, wenn du es ihr so sagst, wie du es uns gerade gesagt hast, wird sie dir glauben.«

»So wie du?« Ich schenke ihm einen gezielten Blick, habe denselben auch für Noah übrig. »So wie ihr alle? Ihr habt mich doch vor Jahren in eine Schublade gesteckt, und euch seitdem nicht mehr die Mühe gemacht, mal nachzusehen, ob das Label noch stimmt.«

»Quatsch«, verteidigt Felix sich wie immer sofort, doch klingt längst nicht so überzeugt wie von seiner Wette.

Noah nickt, und ich weiß nicht, ob er damit Felix' Aussage bestätigt oder meine. »Du hast recht«, sagt er, gibt mir die Antwort. »Wir hätten –«

Bevor er auf die Idee kommt, sich zu entschuldigen, schüttle ich den Kopf. Es wäre nicht fair. »Ist egal. Ich mach euch keinen Vorwurf«, unterbreche ich ihn. »Ich hätte ja auch einfach nach Hause kommen können.«

»Und warum bist du nicht?«, fragt Felix.

Weil ich nicht wusste, ob ich noch dazu gehöre.

Ich öffne den Mund, will den Satz hervorpressen, doch bekomme ihn nicht über die Lippen. Vor meiner Mutter habe ich es gerade so geschafft, über meine Unsicherheit zu sprechen, vor meinen Brüdern kann ich es einfach nicht. Dieses Eingeständnis hört sich immer noch viel zu kindisch an. Viel zu erbärmlich.

»Irgendwie habe ich mir wohl selbst nicht geglaubt, dass ich bereit dazu bin«, antworte ich stattdessen, senke den Blick auf die weiße Tischdecke, schnipse die Brösel weg und weiß plötzlich nicht, ob dieser Satz nicht genauso lächerlich ist.

»Aber jetzt glaubst du es und bist bereit.« Noah fragt nicht, er fasst zusammen.

»Und deswegen gibt es nur noch eines zu tun: Fahr zu Jana.« Felix rutscht mit seinem Stuhl nah an den Tisch, macht mir umgehend den Weg hinter ihm frei. »Los«, fordert er, als ich mich nicht bewege.

Er sagt mir genau das, was ich hören wollte, gibt mir genau den richtigen Rat. Dennoch schaffe ich es nicht, aufzustehen.

»Leon, echt, fa–«, setzt Noah mit ernster Miene an, doch stoppt.

Alex steht erneut neben unserem Tisch. Über seinem Anzug trägt er eine dicke Winterjacke mit Kunstfellkragen, auf der Nase eine lustige *Happy-New-Year*-Brille. Er wirft drei weitere Partybrillen auf den Tisch und hält Noah seinen Mantel entgegen. »Anziehen. Wir gehen raus. Es ist gleich null Uhr.«

Tatsächlich. 23:50. Fast Mitternacht. Jahreswechsel. Neuanfang.

Noah legt den Mantel auf den leeren Stuhl neben sich. »Ich komme sofort.«

»Nee, Mann, jetzt.« Vor Dringlichkeit verzieht Alex das Gesicht. »Laura ist schon draußen und hat mir unmissverständlich klargemacht, dass es meine Aufgabe als Trauzeuge ist, dich rechtzeitig zu ihr zu bringen. Ich hab echt keinen Bock auf Konsequenzen.« Er blickt nervös durch die Glaswand, hinter der sich der Raum extrem geleert hat.

Die Musik schallt immer noch bis zum Anschlag, hat die Töne des Aufbruchs der anderen wohl verschluckt.

»Eine Minute. Ich versprech's.«

Alex seufzt, gibt sich geschlagen. Vielleicht hätte er ohne seine Brille mehr Durchsetzungserfolg gehabt. Sie nimmt ihm jegliche Autorität, falls er je welche hatte. »Wehe, wenn nicht«, droht er, versucht es zumindest. »Du musst um Mitternacht neben Laura stehen. Das ist echt wichtig.«

»Das hier auch.« Noah deutet auf Felix und mich.

Über Alex' Züge huscht Verwunderung. Fast so, als würde er erst in diesem Augenblick registrieren, dass wir mit Noah am Tisch sitzen. Er nickt. »Eine Minute«, wiederholt er. »Keine Sekunde länger.«

23:52.

Kaum ist Alex verschwunden, wendet Noah sich uns wieder zu … oder besser gesagt, mir. »Eine Sache wollte ich noch zur Überlegung in den Ring werfen«, sagt er, hat seinen ernsten Blick von eben nicht verloren. »Stichwort: *Leben aufgeben*. Was ist denn, wenn es anders ist, als du denkst? Wenn Jana nicht glaubt, dass du wieder gehst, sondern ahnt, dass du diesmal bleiben würdest? Für sie. Wenn sie davon ausgeht, sie würde dich an einen Ort binden, dich Weltenbummler. Und wenn sie Angst davor hat, was das mit dir macht?«

»Nein.« Diese Theorie gibt keinen Sinn. »Ich lebe seit fünf Jahren am selben Ort und bummle nur noch für Urlaub durch die Welt. Das weiß Jana.« Wir haben bei unserem Spaziergang durch Salzburg schließlich stundenlang über nichts anderes gesprochen – um alles Private, was eine oder zwei, drei Schichten tiefer ging, zu umschiffen.

»Dann kann es ja auch sein, dass sie denkt, du willst in London bleiben«, überlegt Felix, doch ich schüttle den Kopf. Auch diese Theorie ist Quatsch.

»Ich hab ihr gesagt, dass London nicht meine letzte Station sein wird.«

»Sondern?«, will Noah wissen und stellt mir damit dieselbe Frage, die Jana mich auch gefragt hat. Auf die ich ihr aber keine konkrete Antwort geben konnte. Weil sie Erklärungen voraussetzt, die mindestens vier Schichten tief gehen. Erklärungen zu meinem Zwiespalt über eine Rückkehr in die Heimat, meinem Wunsch, wieder dazuzugehören, meiner Angst, es nicht mehr zu können.

Ich fahre mir durchs Haar. Vielleicht sind meine Brüder doch ziemlich gute Theoretiker.

»Aha.« Noah lächelt zufrieden, kann mir meine Gedanken wohl vom Gesicht ablesen. Im nächsten Moment wird er geschäftig, steht von seinem Stuhl auf, zieht seinen Mantel an. »Deswegen jetzt folgender Plan: Du gehst zu Papa, holst dir seine Autoschlüssel und fährst los.« Er deutet auf Felix. »Du besorgst Janas Adresse. Frag einfach irgendeinen der Langers.«

»Check.« Felix erhebt sich ebenfalls und greift dabei nach einer der Brillen, erwischt diejenige, die über ihren sektkelchförmigen Gläsern den Schriftzug *Cheers 2024* trägt. Er ist schon dabei, sie sich auf seine Nase zu setzen, doch hält auf halbem Weg inne. »Aber Max frage ich besser nicht.«

Als Noah verwundert die Augenbrauen zusammenzieht, winkt er nur ab.

»Erzähle ich dir später.«

Noah nickt, akzeptiert Felix' schwammige Erklärung. Ich ebenso. Nachdem Tina Felix so gut über Janas Besuch in Salzburg informiert hat, ist es wohl kaum verwunderlich, dass er zudem weiß, welchen Groll Max gegen mich hegt. Aber jetzt ist nicht der Moment, in dem ich diesem Thema auf den Grund gehen möchte. Jetzt ist der Moment, in dem ich mir Gedanken darüber machen sollte, dass ich als Einziger noch sitze, obwohl ich doch zuvor nichts anderes wollte, als aufzustehen.

»Also, Felix schickt dir die Adresse«, wiederholt Noah eilig, wirkt nun deutlich gehetzt.

23:54.

Die Uhr tickt.

Ich sitze immer noch.

Noah nimmt sich ebenfalls eine Brille und zeigt damit auf mich. »Und dann fährst du zu Jana und sagst ihr all das, was du uns gesagt hast.«

Ich nicke. Ist doch die einfachste Sache der Welt.

Felix hebt den Zeigefinger anstatt der Brille. Die trägt er jetzt. »Wehe, du versaust es. Aber no pressure, ist klar, ne?« Er grinst sein Grinsen, und Noah lacht.

»Witzig«, presse ich hervor und wäre dann wohl doch an dem Punkt angekommen, an dem ich den Gin Tonic in einem Zug austrinken würde, hätte Noah ihn nicht schon geleert und würde ich mich nicht von meinem Stuhl erheben. Mit nervösem Magen, aber einem ziemlich entschlossenen Herz.

Felix öffnet seine Arme, während ich mein Jackett von der Lehne nehme und es anziehe. »Los, Familienumarmung, abgespeckte Version. So viel Zeit muss sein.«

23:56.

Auch wenn es Jahre gegeben hat, in denen wir Jungs zu cool für diese Tradition waren, die unsere Eltern schon früh ins Leben gerufen haben, sind wir es jetzt nicht mehr. Wir umarmen uns, nur für einen kurzen Augenblick, aber der gibt mehr Kraft, als es Augenschließen und Durchatmen je könnten.

Noah klopft mir auf die Schulter. »Schnell jetzt«, sagt er, und plötzlich ist das alles, was ich denken kann.

23:57.

Schnell jetzt. Wieso habe ich so lange gewartet?

Wir laufen los. Während Noah direkt vom Nebenraum ins Freie tritt, müssen Felix und ich noch den Umweg über die Garderobe nehmen. Ich reiße meine Jacke vom Haken, ziehe mich im Rennen an, eile vors Haus. Felix bleibt an meiner Seite, hilft mir bei der Suche nach unserem Vater, hat wahrscheinlich nicht annähernd so hohen Puls wie ich, als wir ihn zwischen all den Gästen, die sich mit Sektgläsern in der Hand versammelt haben, nicht finden können.

Ich hetze durch die Menge, nutze meine Größe, schaue über die Leute hinweg, doch entdecke Papa erst, nachdem Felix ein erlösendes »Dahinten!« gerufen hat.

23:59.

Kaum stehe ich vor Papa, halte ich meine Hand auf. Hoffentlich trägt er seinen Schlüssel bei sich. »Kannst du mir dein Auto leihen? – Erklärung später.«

Er greift wortlos in seine Tasche und legt den schwarzen Funkschlüssel in meine Hand.

Mir fällt ein Stein vom Herzen. Doch bei dem Riesengeröllhaufen, der weiterhin darauf liegt, merke ich es kaum.

Mein Vater wirkt kein bisschen verwundert. Er lächelt. »Viel Glück«, ist alles, was er sagt.

»Danke«, erwidere ich, und vielleicht wird der Steinhaufen noch ein bisschen leichter. »Okay. Dann bin ich mal weg.« Ich laufe schon rückwärts. Schnell jetzt.

»Hauptsache, du kommst bald wieder«, ruft Felix über das Stimmengewirr hinweg, während Papa seine gedrückten Daumen in die Höhe hält und anfügt: »Und vorzugsweise nicht allein.«

Offensichtlich ahnen auch Väter einiges.

Aber ja, *vorzugsweise nicht allein*. So ist der Plan.

Ich atme einmal durch, für mehr ist keine Zeit.

Die Hochzeitsschar um Noah und Laura setzt bereits zum Countdown der letzten Sekunden an. Der letzten zehn bis zum Neuanfang.

Aber ich bin auf dem Weg, bewege mich endlich in die richtige Richtung. Sie ist es, ich habe keine Zweifel daran. Sie war es immer.

Ich jogge durch den Garten, durch den ich mit meiner Mutter vorhin noch spaziert bin, hinaus in den anliegenden Schlosspark. Meine Füße tragen mich über den Kies. Mein Herz schlägt wild in meiner Brust, aber nicht vor Anstrengung.

Das Auto meiner Eltern steht auf dem Parkplatz auf der anderen Seite des Nymphenburger Schlosses, ewig entfernt, gefühlt auf halber Strecke zu Jana. Aber das ist okay, denn da will ich hin.

»Fünf«, höre ich die Hochzeitsgesellschaft noch zählen, dann biege ich in den Hauptweg des Parks und hunderte anderer Menschen übernehmen den Rest des Countdowns. Wie jedes Jahr sind sie in Massen gekommen, um von hier das Feuerwerk über München zu bestaunen.

Von irgendwo ertönt bereits ein erster, verfrühter Raketenknall, während ich im Slalom durch die Menge jogge, im letzten Moment ausweiche, beinahe stolpere, doch mich fange und weiterhetze.

Mein Atem malt weiße Kreise in die dunkle Nacht, vor mir erscheint das Schloss und über mir der erste Goldregen. Aus Gold wird Blau wird Rot wird Grün.

Mitternacht.

Die Leute um mich herum jubeln und fallen sich in die Arme. Ein Lächeln stiehlt sich auf mein Gesicht. Eines, das erleichtert ist, dass ich endlich das mache, was ich mir die ganze Zeit verboten habe. Was ich schon in Salzburg tun wollte, kaum war die Zimmertür hinter Jana zugefallen.

Endlich laufe ich zu ihr, um ihr zu sagen, wie ich fühle. Was ich fühle. Für sie.

Ich renne schneller. Durch einen der Torbögen, die mich auf den Vorplatz des Schlosses führen, dann weiter, immer weiter geradeaus. Die Lampen am Gebäude und am Wegesrand leuchten mir den Weg, das Feuerwerk über mir sowieso. Ein Knall jagt den nächsten. Die Rufe der Menschen und ihre Glückwünsche begleiten mich.

Ein paar Meter weiter vorn, am Ende des Weges, der dort zum Parkplatz abbiegt, sehe ich im Schein einer der Laternen plötzlich jemanden gehen.

Ich weiß sofort, wer es ist.

Meine Füße bremsen abrupt ab, bleiben auf der Stelle stehen. Mein Atem rast, mein Brustkorb hebt und senkt sich im dazugehörigen Takt. Nur mein Herz fällt aus der Reihe. Es setzt einen Schlag aus. Vielleicht sind es auch zwei. Dann nimmt es seine Arbeit wieder auf und pocht, viel zu schnell und viel zu laut. So wie eben, als ich gelaufen bin. Aber da waren die Gründe für das Herzrasen noch Nervosität und Unsicherheit. Jetzt hat sich Verwunderung hinzugemischt. Überraschung. Freude. Und eine vorsichtige Andeutung von Glück.

Jana.

Sie ist hier. Sie läuft auf mich zu.

Sie läuft in meine Richtung.

Kapitel 28

Montag, 1. Januar 2024

Jana

Mein Blick verfolgt eine der vielen Raketen, die zischend in die Höhe rasen und den Himmel über dem Nymphenburger Schloss mit unterschiedlichsten Farben und Lichtern sprenkeln. Überall auf den Wegen und Wiesen um mich herum prosten Menschen sich zu, liegen einander in den Armen. Und obwohl Mitternacht bereits einige Minuten verstrichen ist, fliegen gemeinsam mit den Raketen immer wieder glückliche *Frohes neues Jahr*-Rufe durch die eisige Nacht.

2024 knistert, prasselt, strahlt, liebt und lacht. Und während ich mit irgendwie noch zögerlichen Schritten vom Parkplatz in Richtung Palmenhaus gehe, hoffe ich so sehr, dass das Jahr auch hält, was es verspricht.

Bitte 2024, bitte, bitte, bitte!

Ich biege um die Ecke des Weges, habe damit freie Sicht auf die gesamte Fassade des Schlosses, die angestrahlt fast golden wirkt. Doch plötzlich verschwimmen die Farben miteinander, werden matter, ähnlich dem weichgezeichneten Hintergrund bei manchen Videoanrufen. Auch die Explosionen des Feuerwerks und die Stimmen um mich herum höre ich mit einem Mal deutlich gedämpfter. Alles wird ausgeblendet, weil der Fokus woanders liegt. Weil meine Augen eine Silhouette fixieren, die sich aus der Menge löst, jemanden, der auf mich zujoggt.

Ist das …? Ich halte die Luft an.

Nein, es kann nicht sein.

Mein Herz schlägt mir bis zum Hals, überholt sich selbst, stolpert, lässt keinen Zweifel zu. Meine Schritte wollen auf doppelte Geschwindigkeit umschalten, haben ihre Zögerlichkeit vergessen. Alles drängt mich vorwärts, will zu der Person, die Konturen annimmt … Nur mein Kopf hält mich zurück, drückt den Alarmknopf, ruft laut, dass es sich um einen Irrtum handeln muss, weil es absolut keinen Sinn macht, dass er hier ist. Hier draußen im Schlossrondell. Allein.

Wieder schießt ein Schwall Raketen fauchend in den Himmel. Zaubert silberne Sterne, rote und blaue Punkte auf die schwarze Leinwand. *Ohs* und *Ahs* sind aus den Menschentrauben zu hören, aber es ist mir egal, ich habe nur Augen für ihn. Er, der mit seiner offenen Jacke in einer Art Slalom zügig die Leute passiert, gegen den Strom zum Parkplatz zu eilen scheint. Dorthin, wo sich deutlich weniger Publikum tummelt, in die Richtung, aus der ich komme.

Bei meinem nächsten Atemzug schleicht sich endgültig ein Lächeln auf mein Gesicht. Ich weiß, dass er es ist. Weiß es einfach. Fühle es.

Egal, wie wenig Sinn es macht.

Es ist Leon.

Und obwohl er es bis vor ein paar Sekunden doch scheinbar so eilig hatte, sogar gejoggt ist, stoppt er unvermittelt. Mitten auf dem Weg. Steht still. Fast so, als müsse er plötzlich nicht mehr weiter, fast so, als sei er bereits an seinem Ziel angekommen.

Wollte er … Wollte er … zu mir?

Ich spüre seinen Blick auf mir. Dabei ist das gar nicht möglich. Er ist zu weit weg, ich kann seine Augen nur erahnen.

Und wieder meldet sich diese penetrante innere Stimme zu Wort. Die Stimme, die mir einreden will, dass er nicht meinetwegen hier ist. Weil er nicht wissen konnte, dass ich hergefahren bin. Weil er die Hochzeitsfeier unmöglich verlassen haben kann, um mich zu suchen, um zu mir zu kommen.

Doch ich habe keine Lust mehr, ihr weiter zuzuhören. Echt nicht. Lieber konzentriere ich mich auf mein noch immer stolperndes Herz, lasse die Wärme zu, die sich in mir wie ein Lauffeuer ausbreitet, und schicke ein *Klappe halten, Kopf!* in die obere Etage.

Wie von selbst setzen meine Füße sich voreinander. Rechts, links. Schritt für Schritt. Ich kann nicht stehen bleiben.

Ein paar Meter trennen Leon und mich noch, doch ich erkenne bereits die Überraschung auf seinem Gesicht. Sehe das Lächeln, das mich immer wieder aufs Neue erdet und gleichzeitig hochfliegen lässt. Das Lächeln, das ich liebe und doch manches Mal verflucht habe.

»Hey«, sage ich, spreche so leise, dass meine Begrüßung den Weg zu ihm vermutlich nicht schafft, sondern mit dem Feuerwerk, das über uns noch immer den Himmel erleuchtet, verpufft.

»Du bist hier.« Seine Stimme ist ebenfalls zu leise, aber ich kann die Worte von seinen Lippen lesen. Er stellt sie nicht als Frage. Sie sind eine Feststellung. Trotzdem nicke ich

Ich bin hier.

Angekommen ... bei dir.

Dabei stand ich sogar schon eine ganze Weile auf dem Parkplatz, habe meinen Mini gute zehn Minuten vor Mitternacht zwischen zwei großen SUVs geparkt. Wahrscheinlich hätte ich es rechtzeitig zum Ende des Countdowns zur Hochzeitsfeier geschafft. Aber ich habe mich nicht getraut, der Auftritt wäre eine Nummer zu groß gewesen. Ich bin nicht die, die unter Goldregen und zwischen Feuerfontänen einen Kiesweg entlang auf die Menge zugeht und jedes Gespräch verstummen lässt. Bin nicht die Hauptperson eines saisonalen Romans oder eines Kinofilms. Deshalb habe ich gewartet, mich erst um Mitternacht auf den Weg gemacht, den zehn Jahren Aufschub noch zehn Minuten mehr aufgebürgt und dabei gehofft, Leon irgendwie draußen vor der Location abfangen zu können. Allein.

Doch das neue Jahr legt weiter gut vor. Denn ein Aufeinandertreffen jetzt, hier, nur er und ich unter Fremden, die uns nicht beachten, fühlt sich noch besser an. Sogar mehr als besser, mehr als gut. Es fühlt sich richtig an.

Trotzdem oder vielleicht deswegen sind meine Knie weich, zittern meine Hände, übertreibt es mein Herz, arbeitet alles auf Hochtouren, als ich die letzten zwei Schritte gehe. Nur mein Kopf lässt mich im Stich, scheint beleidigt zu sein, weil ich ihm den Mund verboten habe. Ignoriert mich. Gibt mir keine Idee, was ich sagen könnte.

Tonlos sehen wir uns an. Lächeln in Lächeln. Und vielleicht könnte alles ganz einfach sein, wenn da zwischen uns nicht die Worte vom Morgen des zweiten Weihnachtsfeiertages liegen würden.

»Guck uns an. Wir können nur ganz oder gar nicht. Und weil ganz keine Option ist …«

»… müssen wir uns auf gar nicht festlegen.«

Es sind diese drei Sätze, die mich daran hindern, meine Arme um ihn zu legen und ihn so zu küssen, wie ich es, verdammt noch mal, möchte. Es sind diese drei Sätze, die mich dazu bringen, auf meine Unterlippe zu beißen und sonst nichts zu tun.

Gott, wo fange ich an … und wie?

Leon wirkt ebenso unsicher, scheint auch nicht zu wissen, was zu viel ist und was zu wenig. »Frohes Neues, Jana«, sagt er dann, bricht das Schweigen, und seine Stimme nimmt mich in den Arm, obwohl wir uns nicht berühren.

Natürlich könnte ich genau das antworten, könnte ihm ebenso ein frohes neues Jahr wünschen. Doch das letzte Mal, als ich ihm diese Worte aus einer ähnlichen Entfernung zuflüsterte, haben wir uns noch in der gleichen Nacht aufgegeben, einander tonnenschwere Vorsätze aufgehalst, unter denen wir letztendlich zusammengebrochen sind. Deswegen will ich es nicht, nicht jetzt. Nicht bevor ich all das gesagt habe, was in mir sein eigenes völlig unkoordiniertes Feuerwerk veranstaltet und damit Gefahr läuft, in absehbarer Zeit einen Kurzschluss zu verursachen.

»Leon, ich … Wir …« Ich breche ab, starte neu. »Entschuldige, ich suche noch nach den passenden Worten.« Zwei Stunden Autofahrt und nicht mal der Anfang des Gesprächs sitzt. Bravo, echt. Ich senke den Blick, spiele mit dem Ring an meinem Finger. Dabei ist mir so klar, was ich sagen will. Gar nicht viel, es ist ein Satz.

Eine weitere Runde drehe ich den Ring im Uhrzeigersinn, beobachte das eingravierte Zickzackmuster dabei genau und sortiere währenddessen Buchstaben in meinem Kopf. Dann öffne ich vorsichtig meinen Mund. »In Salzburg habe ich gesagt, dass wir nur ganz oder gar nicht können. Und dass ganz keine Option ist. Aber wenn …« Ich zögere, hole Luft. Doch egal, wie tief ich einatme, es ist zu wenig. Ich nehme meinen Mut zusammen, hebe mein Gesicht, sehe in Leons Augen. In das dunkle Braun, das hier draußen, mitten in der Nacht, fast schwarz wirkt und in dem sich die grellen Lichtblitze der Feuerwerkskörper spiegeln. Und im nächsten Moment sage ich es einfach, sage, was Leon wissen muss. »Aber wenn irgendetwas keine Option ist, dann gar nicht. Leon, ich will dich, ich brauche dich. Ich kann nicht ohne dich.«

Mein stolperndes Herz setzt aus. Verweigert scheinbar gänzlich seinen Dienst, als ich auf Leons Reaktion warte.

Dann sehe ich sie in seinem Blick, der noch weicher wird. In seiner Mimik, die sich entspannt.

Und ohne ein Wort, ohne eine ausgesprochene Antwort, macht er den halben Schritt auf mich zu, nimmt mein Gesicht in seine Hände. Sanft und warm. Er lächelt und küsst mich. Und all die Explosionen, die Lichter, die Funken am Himmel sind lächerlich im Vergleich zu dem, was seine Berührung in mir auslöst. Seine Lippen auf meinen.

Obwohl ich hoffe, dieser Moment würde ewig andauern, ist es nur ein kurzer Kuss.

Leon löst sich von mir, zieht sich ein wenig zurück, nicht viel, nur eine Handbreit, und sieht mich an. Das Lächeln ist weiter auf seinem Gesicht, aber er holt Luft. Scheint auch unbedingt etwas sagen zu wollen. »Du hast Angst, oder?« Er fragt es warm, leise und dennoch beschwört es sie herauf. Die Angst. Leon holt sie aus ihrem Verschlag, den ich doch mit aller Kraft verschlossen halten wollte. Seine Frage gibt ihr die Oberhand und löscht im gleichen Atemzug jedes innere Leuchten aus. Aber ich will nicht lügen und werde es auch nicht tun.

Deshalb nicke ich. Nicke sacht und doch klar und deutlich, weil es stimmt. Weil ich nun mal Angst habe, und sie sich blöderweise nicht dauerhaft wegsperren lassen wird.

»Wovor?«, fragt er, obwohl ich das Gefühl habe, er weiß die Antwort, er möchte nur eine Bestätigung dafür. »Davor, dass ich wieder gehe, dass ich dich zurücklasse?«

»Nein.« Ich bin mir hundertprozentig sicher, dass er das nicht tun würde. Doch genau da liegt das Problem. »Ich weiß, dass du mich nicht mehr verlassen würdest, weiß, dass du alles dafür tun würdest, bei mir zu bleiben. Und genau das ist das eigentliche Problem, Leon.« Ich sacke ein Stück in mich zusammen, denke, dass ich einfach nur bescheuert klinge. Aber was soll ich machen? Es ist, wie es ist. »Ich habe Angst, irgendwann in deine Augen zu blicken und zu sehen, dass du unglücklich bist … bei mir, mit mir. Schiss davor, dass wir nicht reichen.«

Er nickt, als hätte er damit gerechnet. Als wäre ihm der Gedanke nicht neu. Dabei will ich nicht recht haben, will nicht, dass er mich bestätigt. Aber wie sollte er nicht?

Trotzdem kann und werde ich es nicht so stehen lassen. Will und muss noch etwas ergänzen. Entschlossen schüttle ich den Kopf, als er zu einer Antwort ansetzt. »Entschuldige, aber lass mich noch eines sagen, dann darfst du. Heute lasse ich dich aussprechen. Ehrenwort.« Ein schuldbewusstes Lächeln meinerseits, ein *Sei-nicht-so-streng-mit-dir*-Lächeln seinerseits, dann rede ich weiter. »Ja, davor habe ich Angst, und gleichzeitig weiß ich doch, wie du mich angesehen hast. In Salzburg. Als ich … gegangen bin.« Jetzt spiele ich nicht mehr an meinem Ring, sondern halte mich daran fest, schnaube, weil ich mich an den Schmerz der letzten Tage erinnere. »Du kannst dir echt nicht vorstellen, wie sehr ich dich vermisst habe, wie übel es mir ging.«

»Doch. Glaub mir, ich kann es mir vorstellen. Viel zu gut. Viel zu übel.« In Leons Stimme liegt unendlich viel Mitgefühl, in seinem Blick der gleiche Schmerz, die gleichen Erinnerungen.

Einerseits tut es mir weh, zu hören, zu sehen, wie sehr mein Gehen ihn verletzt hat, andererseits bestätigt es das, was ich zu erklären versuche. »Siehst du, und genau das ist doch total krank. Es macht so was von überhaupt gar keinen Sinn, dass wir beide unglücklich sind, nur weil ich Schiss habe, dass wir es eines Tages werden könnten. Erst du, dann ich.« Ich seufze laut, verdrehe die Augen, genervt von mir selbst. »Und eigentlich hatte ich vorhin im Auto genug Zeit, diese Sätze so vorzubereiten, dass sie vernünftig und vielleicht auch minimal romantisch klingen. Hat ja großartig funktioniert.« Ich zucke mit den Schultern.

Leon lacht leise, greift meine Hand und drückt sie. Zumindest scheint er mich verstanden zu haben, weiß, dass ich bereit bin, den Weg mit ihm zu gehen, wenn er denn will. »Wie kommst du nur auf die Idee, ich könnte unglücklich werden? Mit dir? Wie kannst du nur glauben, dass wir beide mir nicht reichen könnten?« Die Wärme in seiner Stimme schiebt jeden Vorwurf beiseite.

Und ich würde ihm so gern glauben, so verflucht gern würde ich vollkommen überzeugt davon sein, dass wir reichen. Aber ich bin es nicht.

Ganz leicht schüttelt er den Kopf. »Weil du nicht mal ansatzweise ahnst, wie perfekt du eigentlich bist. Ich will dich mindestens genauso sehr, wie du mich willst. Immer schon. Du ahnst nicht, wie oft ich gehadert habe mit den Entscheidungen, die ich getroffen habe, wie oft ich geglaubt habe, dass es genau die falschen waren. Wie oft ich mir sicher war, dass ich bei einer Weggabelung, bei einer Fifty-fifty-Chance immer die falsche Wahl getroffen und mich damit weiter verrannt habe. Weg von dir, weg von uns, aber auch weg von mir.« Plötzlich wirkt er kleiner, verletzlicher. Seine Hand drückt nicht mehr, liegt nur in meiner.

»Nein.« Ich will ihn nicht so sehen, mit all dieser Schuld, die er auf seine Schultern stapelt, obwohl wir sie verteilen müssten. »Du konntest nicht anders, es hätte nicht funktioniert. Wenn du denkst, du wärst von uns beiden der Egoist, dann dreh dich mal in die Richtung meines kleinen Büchercafés. Ja, allerdings, ich bin es genauso. Auch ich hätte doch jede Entscheidung anders treffen können, hätte mit oder zu dir kommen können … Aber wir sind, wer wir sind, und wenn wir die nicht wären, dann hätte das mit uns vermutlich gar nicht erst angefangen.« Ich glaube, fast sehen zu können, wie meine Worte Leon erreichen und ein paar der Felsbrocken auf seinen Schultern wegsprengen. Nicht alle … aber zumindest so viele, dass er wieder lächeln kann.

»Vielleicht ist da was dran. Sehr wahrscheinlich sogar. Aber ich möchte, dass du weißt, ich habe all die Jahre, die ich in der Welt herumgeturnt bin, nicht gebraucht, um zu verstehen, dass ich dich liebe.«

Ich höre auf, zu atmen, lasse die Worte nachhallen.

Leon liebt mich.

Eigentlich braucht es kein weiteres Wort, keine weitere Erklärung. *Ich liebe dich auch,* denke ich. Traue mich aber noch nicht, es zu sagen. Dafür drücke ich seine Hand, greife die zweite, halte beide in meinen. Die Angst in mir wird leiser, überlagert, aber trotzdem ist sie nicht verschwunden.

Leon legt den Kopf leicht schräg und intensiviert seinen Blick, sieht in mich hinein. Ob er es erkennt? Beides? Das *Ich liebe dich auch* und die Angst, die mich am Aussprechen hindert? Dann redet er weiter. »Meine Gefühle für dich waren immer klar und deutlich. Und ja, ich habe sie verdrängt, habe sie immer wieder so weit wie möglich weggekickt, aber eben nur, weil sie sich ständig zurück in den Vordergrund gedrängelt haben. Wie ich dir schon in Salzburg gesagt habe … Es warst immer du. Und du bist es weiterhin. Deshalb könnte ich gar nicht unglücklich werden, bei dir … mit dir.«

Ich bin ganz kurz davor, ihm zu glauben, würde liebend gern meine Arme um seinen Hals legen, aber da ist noch dieser eine Gedanke. Es ärgert mich selbst, trotzdem muss ich ihn loswerden. Muss Leons Erklärung hören und verstehen, sonst wird dieser Gedanke immer zwischen uns stehen. Also zwinge ich ihn aus mir heraus. »Aber in Salzburg hast du auch gesagt, London wäre nicht deine letzte Station.«

Ich hatte befürchtet, er würde seinen Blick senken, meinem ausweichen, wenn ich ihn darauf anspreche. Aber er sieht mir weiterhin direkt in die Augen. Ich erkenne Zuneigung in seinen und noch etwas … Überzeugung? Selbstsicherheit? … Ich glaube, es ist Klarheit.

»Stimmt, London ist nicht, wo ich bleiben will. Weil es mich woanders hintreibt, an einen Ort, den ich so lange kategorisch ausgeschlossen habe, dass ich es nicht mal mir selbst eingestehen konnte. Jana, ich will nach Hause. Ich will zurückkommen, endlich zurückkommen. Du glaubst gar nicht, wie sehr.« Mit einem Mal strahlt sein Gesicht, mit einem Mal scheint so viel von ihm abzufallen. Er wirkt fast euphorisch, als er weiterspricht. »Ich möchte näher bei meinen Eltern sein, will hin und wieder an ihrem Tisch sitzen, weil ich es nicht ausstehen kann, dass ich keinen festen Platz mehr dort habe. Ich will mit meinem Vater abends ein Bier trinken und ihm zuhören, wenn er sich über die Preise des VW ID. Buzz aufregt, und gemeinsam mit Mama die Augen darüber verdrehen. Ich möchte die letzten Jahre, die mein Opa noch hat, nicht verpassen, will mit ihm vor dem Fernseher sitzen, wenn Bayern spielt. Ich will zurück zu meinen völlig irren, aber liebenswerten Brüdern, will, dass wir uns wieder mehr erzählen. Möchte der sein, zu dem Noah fährt, wenn er sich mit Laura gestritten hat – was vermutlich nie vorkommen wird.« Er zuckt mit den Achseln, und ich nicke zustimmend, bevor er weiterspricht. »Ich will für meine Nichten oder Neffen nicht der Onkel sein, den sie nur per Skype treffen. Außerdem muss ich den Barkeeper, den Felix so feiert, unbedingt besser kennenlernen. Und ich will nächstes Weihnachten wieder mit auf unsere Hütte. Aber am allermeisten und vor allem und noch viel mehr will ich dich.« Er sieht so unfassbar glücklich aus mit mir Hand in Hand. So, als wäre sein Monolog ein Befreiungsschlag gewesen. »Jana, ich war lang genug weg, um zu wissen, wo ich hingehöre … zu dir. Hierher.«

Jedes seiner Worte ist wie ein einzelner Herzschlag. Jedes pumpt Endorphine durch meine Adern, durch meinen Körper, tut gut, macht leicht, euphorisch, fast ein wenig high … lässt mich fliegen. Und da oben am Silvesterhimmel ist kein Platz für Zweifel.

Einen Atemzug später kann ich mich nicht mehr zurückhalten. Ich greife Leons Kragen und ziehe ihn zu mir. Wie in Salzburg. Ziehe ihn immer näher und drücke meine Lippen auf seine, fest, küsse ihn. Und weiß, dass er versteht, wie sehr auch ich ihn will.

Es ist ein intensiver Kuss, und als er endet, lehnt Leons Stirn an meiner.

Ich blicke hoch zu ihm, er leicht zu mir herunter, und dann sage ich es doch. Leise, flüstere nur. »Frohes neues Jahr, Leon.«

Plötzlich bin ich mir sicher, dass 2024 halten wird, was es versprochen hat, dass es eines wird, ein frohes, ein gutes, ein wundervolles. Eines mit Prasseln, Leuchten, Strahlen, Lachen und Liebe … für ihn, für mich, für uns.

Er senkt seine Lippen auf meine, lässt mich nicht mehr los, küsst mich, während die Raketenknaller über uns und die Menschen um uns herum langsam weniger werden.

»Wie spät ist es überhaupt?«, fragt Leon, als er sich ein bisschen von mir löst.

Ich ziehe den Ärmel meines Mantels ein kleines Stück nach oben und schaue auf meine Uhr, meine neue Uhr. Mit einem schulterzuckenden »Keine Ahnung, sorry – stehen geblieben« halte ich sie ihm entgegen.

Ein Lächeln legt sich auf sein Gesicht. Er verstärkt seine Umarmung und küsst mich erneut.

»Danke für das wunderschöne Geschenk.« Ich schmiege meinen Kopf an seine Schulter.

»Schön, dass du sie trägst.« Er umfasst mein Handgelenk und streicht vorsichtig über das Ziffernblatt der Uhr, stoppt dann an der Krone, dem kleinen Rädchen zur Zeiteinstellung, das immer noch so hervorsteht. »Ich will die Zeit nicht mehr anhalten. Will nicht festhängen in 2013, will keinen Schulterblick. Ich will in den Vorwärtsgang schalten, will loslegen. Will in die Zukunft starten. In die Zeit mit dir.«

Alles in mir wird weit. Und ich denke, dass ich genau das auch will. Zeit mit Leon. Stunden, Tage … Jahre

»Okay. Wie spät ist es?«, fragt er erneut, und ich hole mein Handy aus der Manteltasche, schaue darauf.

»0:56.«

Leon dreht an der Krone, doch er schiebt sie nicht zurück an das Gehäuse. Mit einem leichten Kopfnicken fordert er mich dazu auf, diesen Job zu übernehmen. Die Uhr zu aktivieren.

Ich tue es, drücke das kleine Rädchen, bis es mit einem leisen Klick einrastet. Bis es damit den Startschuss gibt. In eine neue Zeitrechnung.

Unsere.

Epilog

Samstag, 24. Dezember 2033

Jana

»Ja, Mama, wir machen uns gleich auf den Weg.« Leon presst sich sein Handy zwischen Ohr und Schulter, während er mir eine letzte Klappkiste mit Vorräten aus der Hand nimmt und sie in den prallgefüllten Kofferraum unseres Wagens stellt. Bereits zum dritten Mal heute telefoniert er mit Silke, und dabei ist es erst halb zehn. »Doch, glaub mir«, redet er weiter auf sie ein, »es wird alles ganz entspannt. Aber ich muss jetzt aufhören, damit wir loskommen, okay?« Er wartet ihre Antwort nicht ab, schickt sofort ein »Also bis in ein paar Stunden dann« hinterher und legt auf. Mit einem Seufzen steckt er das Telefon in die Tasche seiner Winterjacke. »Wie viel Drama kann man bitte machen?«

»Deine Mama ist halt aufgeregt«, antworte ich mit einer großen Portion Verständnis und einem kurzen Kontrollblick über die Gepäckstücke. »Ich bin auch … na ja, sagen wir mal, neugierig, wie es laufen wird.«

»Aber wieso?« Leon wirft schwungvoll die Kofferraumklappe zu und dreht sich zu mir. »Nur weil Felix' angeblich große Liebe zwanzig Jahre älter ist als er?«

»Hey, du weißt genau, dass das nicht der Grund dafür ist. Es liegt wohl eher daran, dass die beiden sich erst vor vier Wochen kennengelernt haben, und könnte vielleicht auch minimal damit verknüpft sein, dass seine *große Liebe* hauptberuflich Schlagersänger auf Mallorca ist.«

Noch immer bin ich mir nicht sicher, ob ich die Tatsache eher lustig oder gruselig finden soll. Der Ballermann als Arbeitsplatz? Eine Kantine, die auch Sangria in Eimern serviert?

Leon lacht. »Mama und du, ihr müsst mal die Vorurteile eine Nummer zurückschrauben. Der Typ ist vermutlich völlig bodenständig und ganz normal.«

»Ja, sicher … Aber es fällt halt schwer, an ganz normal zu denken, wenn man den Künstlernamen *Voll, voller, Volker* hört. Und sorry, aber bitte, bitte lass diese Achtziger-Jahre-Locken nur eine Perücke sein.« Ich verstecke mein Gesicht hinter meiner Hand, weiß jetzt schon, dass ich mich die gesamte Woche über heimlich kaputtlachen werde, wenn Volker wirklich mit Dauerwelle und goldenem Jackett um die verschneite Ecke des Chalets kommt.

Leon prustet und versucht gleichzeitig, zu sprechen. »Das wird ganz großes Kino. Noch besser als all die Jahre zuvor. Also ich freu mich riesig.« Er zwinkert mir zu und geht dann in Richtung Fahrertür.

»Hallo! Ich fahre!«, rufe ich mit leichter Entrüstung. »Spätestens bei den Serpentinen wird mir sonst schlecht.« Mit einer Hand streiche ich über meinen Bauch, der sich langsam etwas wölbt. Dieses Mal geht es deutlich schneller. Einerseits habe ich keine Lust, erneut zu den Umstandsjeans zu wechseln, andererseits sind Gummizüge an Hosen für die Weihnachtsfeiertage vielleicht gar nicht die schlechteste Idee.

»Heißt das etwa, ich bin wieder hinten für die Kinderbespaßung zuständig?«, erwidert Leon mit einem gespielt entsetzten Gesichtsausdruck.

Ich nicke übertrieben. »Allerdings, wieder und wieder und wieder. So ist er nun mal, der neue Deal.«

»Ach ja, richtig. Du hattest die Wehen, und ich bekomme dafür *Peppa Wutz*, *Caillou* und *Paw Patrol*.«

»Und *My litte Pony*.« Ich schenke ihm ein makelloses Hollywood-Lächeln. »Deal ist Deal.«

»Das ist voll unfair«, wirft er mir in der Originaltonlage unserer Tochter entgegen. Wenn er dabei noch mit dem Fuß auf unsere Auffahrt stampfen oder sich wütend auf die Knie werfen würde, wäre die Illusion nahezu perfekt.

Dabei ist der Deal mehr als gerecht. Sofort würde ich zwei Staffeln *Bobo Siebenschläfer* gegen Schwangerschaftsstreifen am Bauch tauschen. »Also unfair ist wohl eher, dass du auch nächstes Jahr wieder jeden Monat eine Woche in London bist.«

Er hält die Hände vor den Oberkörper, als würde er sich ergeben. »Das ist Arbeit, J. B. …«

Ich ziehe meine Augenbrauen hoch. »Meinetwegen, aber es ist auch Durchschlafen. Und jetzt komm mir nicht mit all den anstrengenden After-Work-Partys mit Matt oder deinen ehemaligen Eishockey-Jungs.«

»Okay, okay.« Leon lacht und nimmt mich in den Arm. »Du hast gewonnen, wie immer.«

Ich kann ein liebevolles Schulterstupsen nicht unterdrücken, weil ich mich freue, dass er weiterhin so viele Freunde in London hat. Ende kommenden Jahres müssen wir dringend mal wieder gemeinsam als Familie hinfliegen.

Im nächsten Moment sehe ich im Augenwinkel Amelie aus der Ladentür in Richtung Auto stapfen, hinter ihr an einer Schnur ihr kleines grünes Krokodil auf Rädern. Ihr neuer roter Wintermantel wirkt noch eine Nummer zu groß, genau wie ihre Pudelmütze. Aber sie strahlt über das ganze Gesicht. »Fahren wir jetzt in den Schnee? Ich will ganz viel davon. Und beide Omas und Opas und die Zwillinge und Schokolade und Hanna und Lotte und Geschenke … und alles.«

»Jawoll, einsteigen, die Dame.« Leon öffnet unserer Tochter die Autotür.

Irritiert sieht Amelie in den Innenhof hinter uns, in Richtung Rösterei. »Fahren wir nicht mit Hella?«

Leon schüttelt den Kopf. »Hella schafft nur noch kleine Strecken. Sie müsste eigentlich dringend in den Ruhestand. Aber Mama will es nicht wahrhaben.«

Ich hebe den Zeigefinger und das Kinn. Meine Familie weiß, dass sie nichts Schlechtes über mein Auto sagen darf.

Hella und Rente, ich glaub, es hakt.

Während Amelie – mit der Antwort ihres Papas völlig zufrieden – in den Kindersitz klettert, drückt Leon mir einen Kuss auf die Wange.

»Ich liebe dich.« Seine Worte tun gut, passen so perfekt zu allem, zu uns.

»Ich dich auch,« antworte ich, lege meinen Kopf einen Moment an seine Schulter, eine Hand auf meinen Bauch und atme tief ein. Rieche Leon, sehe Amelie und spüre die Vorfreude in mir. Vorfreude auf den Urlaub, auf Weihnachten, auf die Tage zwischen den Jahren, auf Silvester und jeden einzelnen Tag danach.

Ende

Danksagung

Am Anfang war es nicht mehr als eine fixe Idee.

Jetzt, nach vier Monaten, etwa 641 Tassen Kaffee & Cappuccino, ungefähr 534 Minuten aufaddierten Sprachnachrichten, circa 214 Screenshots & Fotos, drei Videocalls, einigen Diskussionen über die Bandenwerbung der Eisbahn am Mozartplatz und die Raumaufteilung eines Chalets, über durchschnittliche Whirlpoolgrößen, Geschlechtsmerkmale von Rentieren und die richtige Art, Gurken zu würfeln, halten wir tatsächlich unser Buch in den Händen.

Aber auch wenn wir diesmal zu zweit waren und doppelten Antrieb hatten, wären wir niemals an unser Ziel gekommen ohne all diejenigen, die man so oft übersieht. Deshalb ist es Zeit, uns bei euch zu bedanken.

Zuerst bei unseren Familien, die sich mal wieder in Geduld üben mussten, weil wir so oft so tief in unserer Geschichte steckten. Dieses Mal so sehr, dass ihr aufgrund spontaner Heißhungerattacken im Spätsommer Raclette essen und Weihnachtsohrwürmer bei fünfunddreißig Grad im Schatten ertragen musstet. Danke für eure Unterstützung und euer Verständnis – ohne euch wäre es nicht möglich, unseren Traum vom Schreiben Realität werden zu lassen.

Dann ein großes Dankeschön an Katja für unser Cover. Es ist besonders, es ist leise und edel und schick. Passt perfekt. Und nächstes Mal sind wir auch weniger anstrengend. Versprochen.

Ebenfalls eine wichtige Aufgabe haben die Testleser übernommen. Denise, Steffi und Julie, ihr wisst gar nicht, was da alles auf euren Schultern lag. Mein Gott, waren wir nervös. Aber dann das liebe Feedback, die Antworten auf all unsere Fragen und die Schulterklopfer zur richtigen Zeit. Dreimal danke! Ohne euch wäre es nicht das Buch, das es jetzt ist.

Auch an unser fantastisches Bloggerteam senden wir ein großes Danke. Ihr supported uns, ihr liked, teilt, postet, bloggt, reeled … Und alles einfach so … Wie lieb seid ihr eigentlich?

Vielleicht sollten wir wirklich das Chalet in den Salzburger Bergen mieten und uns alle ein paar Tage mit Raclettekäse, Mozartkugeln und Baileys on the Rocks vor den offenen Kamin setzen. Weihnachten 2024 schon was vor? Wir fragen sonst Volker, der könnte mit seiner Gitarre auch für Stimmung sorgen …

Und last but not least ein Danke an DICH. Du hast das Buch gelesen und machst uns allein damit schon ziemlich happy. Ohne dich als Leser würde das Schreiben keinen Sinn machen, deshalb kommt hier ein dicker Drücker von uns beiden.

Hat dir die Geschichte gefallen? Dann schreib uns gerne eine Mail (leneschreibt@gmail.com, mila.marten@email.de). Und auch mit einer Rezension auf den unterschiedlichen Plattformen tust du uns einen riesigen Gefallen, denn die sind unfassbar wichtig für uns Selfpublisher. Besuch uns doch auch gern auf Instagram (@lene_schreibt, @mila.marten) oder lies in eins unserer anderen Bücher:

Moments like Snowflakes & Moments like Stars. Die Canada-Love-Dilogie von Mila.

In Richtung Stoppelfelder von Lene

Falls Weihnachten noch kommt: Happy X-Mas! Falls du mit dem Roman die Tage zwischen den Jahren verbracht hast, dann: Guten Rutsch & frohes neues Jahr! Und wenn du es einfach so gelesen hast, dann noch mal danke!

Hoffentlich bis ganz bald

Mila & Lene

PS: Ein Danke fehlt noch: Geht an dich, Mila. Es war mir ein Fest! *Rama lama lama ka dinga da dinga dong* … Ach, ich mach mal besser Sprachi.

PPS: Dann kommt von mir direkt noch eines an dich zurück, Lene. Deine fixe Idee war nämlich äußerst genial. Sonst gäbe es dieses Weihnachtsmützenbuch jetzt nicht, und das wäre echt ziemlich schade. Danke!

Printed in Poland
by Amazon Fulfillment
Poland Sp. z o.o., Wrocław

29740446R10206